Eva Klingler
Erbsünde

Zu diesem Buch

Die Karlsruher Ahnenforscherin Maren Mainhardt erhält überraschend einen Auftrag von ihrer ehemaligen Studienkollegin Vivi: Sie soll für die alteingesessene Maulbronner Familie Urban eine Familienchronik schreiben. In der Hoffnung, ihre verflossene Liebe zu vergessen, nimmt Maren nach anfänglichem Zögern den Auftrag an. Die überzeugte Städterin befürchtet, im Kraichgau vor Langeweile zu sterben – und ahnt nicht, wie nahe sie damit der Wahrheit kommt.

Die engagierte Ahnenforscherin stößt bei ihren Auftraggebern auf unerwarteten Widerstand.

Was hat Roswitha, Vivis burschikose Schwägerin, zu verbergen?

Und wer ist der merkwürdige Mann, der ständig in der Nähe der Urbans auftaucht?

Begleitet von den Erinnerungen Hermann Hesses durchstreift Maren das Kloster und erliegt zunehmend dem geheimnisumwitterten Charme der historischen Stätte – und dem männlichen Charme ihres Gastgebers Thomas Urban, dem attraktiven Ehemann der schönen Vivi.

Auf den Spuren seiner Vorfahren, die sich mit den Spuren des jungen Hesse zu kreuzen scheinen, gerät Maren immer tiefer in den Strudel der geheimnisvollen Vergangenheit der Urbans und verstrickt sich dabei mehr und mehr in die verwirrende Leidenschaft ihrer eigenen Gefühle.

Als schließlich in der Karlsruher Südstadt unweit von Marens Wohnung ein Mord geschieht und ausgerechnet Maren unter Verdacht gerät, ermittelt sie auf eigene Faust – und stößt dabei auf ein dunkles Familiengeheimnis: Die *Erbsünde* der Urbans.

Doch ihre Entdeckung hat tödliche Folgen …

Die Autorin

Eva Klingler, geboren 1955, ist Journalistin und Autorin. Sie arbeitete als Redakteurin beim SWR und für verschiedene Tageszeitungen. Veröffentlichte bisher über 13 Romane und Krimis.

Eva Klingler

ERBSÜNDE

Ein badischer Krimi

Für Clemens Läufer

G. Braun Buchverlag

Erstes Kapitel

Nach zweiundzwanzig Jahren fuhr ich zum erstenmal wieder mit der kleinen Bahn durch die sommerlichen Waldhügel der Maulbronner Gegend, stieg an der verschlafenen Haltestelle aus und wanderte durch den feuchten Wald nach Maulbronn …
(Hermann Hesse, »Der Brunnen im Maulbronner Kreuzgang«)

Der Auftrag kam zwar überraschend, aber durchaus willkommen.
Auf der Straßenbahnfahrt nach Maulbronn versuchte ich, meine Erinnerung an Violet Griesheimer hervorzuholen. Keine leichte Aufgabe für mich, die ich eher vergesslich bin, andererseits aber eine interessante Übung für jemanden, der in seiner Jugend – für die zahlreich konsultierten Ärzte rätselhaft – zwei Jahre lang taub gewesen war. Aus dieser Zeit hatte ich viel gelernt.

Wenn du nichts mehr hörst, siehst du schärfer, beobachtest anders – eine Gabe, die mir aus dieser grauen stillen Epoche meines Lebens erhalten geblieben war.

Also – Violet Griesheimer. Ein frischer Geschmack drängte sich mir auf. Irgendwas mit Pfefferminz … Vivil!

»Vivi!«

Ich lächelte erleichtert. Vivi! Richtig, man hatte sie Vivi genannt, obwohl nichts an ihr an jene Fernsehmoderatorin aus den Siebzigern erinnerte. Oder doch? Charmant und liebreizend – ein altmodisches Wort, und doch traf es den Kern – war auch unsere Vivi gewesen, dabei so fein wie eine französische Dame des 18. Jahrhunderts. Doch hatte ihre Freundlichkeit niemals aufgesetzt gewirkt, sondern stets echt, warm, mitfühlend und so sanft wie ein Stück Milchschokolade im Mund. Und obwohl unsere Bekanntschaft schon etliche Jahre zurücklag – ich kannte sie aus meiner Mannheimer Studentenzeit, aus einem Leben also, welches mir, der Maren Mainhardt von heute, wie das einer anderen vorkam – entstand jetzt vor meinen Augen ein deutliches Bild von Violet.

Es setzte sich langsam zusammen, so wie sich ein Phantombild auf dem Computerbildschirm aufbaut: ein makellos schönes Gesicht mit einer Haut, die Kosmetikerinnen arbeitslos werden ließ. Keine Rötungen, keine großen Poren, keine Äderchen – nur eine glatte Fläche von dunklem mattem Elfenbein. Dunkle Augen, schwarzes Haar, dichte Augenbrauen und perfekte Formen an Mund, Kinn und Stirn. Flache breite Wangenknochen. Schlank und zierlich, wie sie war, konnte sie alles tragen. Obwohl sie offensichtlich aus einfachen Verhältnissen stammte, kleidete sie sich edel, und wir in unseren T-Shirts, Sweatshirts, Jeans und – je nach ideologischer Ausrichtung – karierten Holzfällerhemden oder indischen Seidenblüschen, bewunderten ihren Geschmack.

Sanft, manchmal scheu, immer aber gewinnend war ihr Lächeln. Sie konnte gut zuhören und stellte die richtigen Fragen, die den Kern und das Herz trafen. Sie nahm echten Anteil, das spürte man, und deshalb suchte jeder ihre Gesellschaft.

»Maren, das Wertvollste, was du heute einem Menschen schenken kannst, ist deine Zeit!«, hatte sie einmal zu mir gesagt. Eine Weisheit, die trivial erscheint, aber gleichwohl stimmt.

Ich weiß, wovon ich rede. Ich bin nämlich Single, unfreiwillig übrigens, wie ich zugeben muss, und eins kann ich versichern: Es gibt nicht viele Leute, die dir beispielsweise an einem Sonntagmorgen ihre Zeit schenken. Da gehen die Läden bei den Paaren spät hoch, da wird gegähnt, gefrühstückt, in Socken und Bademantel der Tag geplant. Auszeit für Gesellschaft. Auszeit für Singles.

Ich fühlte den Schmerz – er war noch da. Rüdiger und die kleine Isobal! Glück auf Zeit.

Zurück zu Vivi.

Liebenswürdig, am Schicksal anderer interessiert, warm und weiblich und schön – die Männer, Studenten ebenso wie Dozenten, waren naturgemäß begeistert von solch einer Frau. Doch nur Letztere konnten sich Vivi leisten. Etwas Derartiges hätte sie natürlich niemals offen gesagt, doch ließ sie auf ihre liebreizende Weise Tatsachen sprechen.

Wer mit Vivi ausgehen wollte, musste die Rechnung übernehmen, ob Frau oder Mann, denn teures Essen im Restaurant konnte sie einfach nicht bezahlen. Das war bekannt, und sie schämte sich anscheinend nicht dafür. Sie setzte die Einladung mit einem sanften graziösen Lächeln voraus. Obwohl sie selbstverständlich niemals etwas *verlangte*.

»Ach, lass doch das Essen!«, sagte sie gerne und hakte ihr Gegenüber lächelnd unter, wobei jedem auffiel, dass sie gut roch. »Wir gehen zusammen spazieren und essen auf einer Bank einen Apfel!« Sprach es und landete auf zauberhafte Weise immer im Gourmettempel am anderen Ende der Stadt!

Ob dieses Prinzip funktioniert hätte, wenn sie ausgesehen hätte wie die meisten von uns, war unklar, doch die Natur hatte ihr großzügig geholfen: Vivi war nun mal eine Schönheit, und in jener Zeit, in der Boris Becker und seine hübsche Babs die Schlagzeilen beherrschten, war Vivis dunkle Exotik mehr als salonfähig.

Ihr Reiz war ihr selbst zwar gewiss nicht verborgen geblieben – sicher kannte sie ihren Wert auf den Cent genau, und sie würde ihn zu gegebener Zeit auch verlangen – doch schien sie niemals berechnend, sondern wirkte mädchenhaft und staunend, was die Welt möglicherweise noch zu bieten hätte. Und sie bot ihr eine Menge.

Ich seufzte. Das Leben hatte mich eigentlich auch nicht stiefmütterlich ausgestattet, aber Violet spielte eindeutig in einer anderen Liga. »Es gibt Mädchen, die rufen an, und es gibt Mädchen, die werden angerufen!«, hatte unsere Kommilitonin Ina einmal gesagt, und ich hatte trocken zugestimmt: »Ich könnte wetten, Vivi zahlt bei ihrer Telefonrechnung nur die Grundgebühr!«

Die Straßenbahn Richtung Kraichgau fuhr am Europaplatz los. Ich fahre nicht gerne Auto, denn ich habe Angst vor denen, die schneller fahren als ich, und das sind die meisten. In der Stadt bin ich allerdings mutig – todesmutig sagen meine Freunde –, das ist mein Revier, da flitze ich pfeilschnell umher, und wie ein Goldsucher spüre ich freie Parkplätze in engen Innenstadtstraßen auf. Außerhalb der Stadt aber taste ich mich ängstlich wie ein Hase übers Land und ducke mich in Haltebuchten, bis die dicken Wagen vorbei sind.

Also hatte ich die Straßenbahn genommen, und die förderte die Tugend der Geduld.

In der Kaiserstraße schlich die Bahn – ein Kind hätte nebenher laufen können –, sie klingelte schrill und hielt ständig ohne ersichtlichen Grund. An den Haltestellen füllten und leerten sich die Wagen unaufhörlich mit neuen Gestalten, Einkaufstüten drängten sich gefolgt von ihren Trägern in letzter Sekunde durch die seufzenden Türen, die sich rasch öffneten und schlossen. Langsam schob sich der gefüllte Lindwurm durch die Stadt.

Mein Atem formte einen kleinen Ring an der Scheibe, so nahe hing ich am Fenster und so sehr genoss ich den Anblick, denn ich liebe die Großstadt. Obwohl Karlsruhe eine kleine große Stadt ist. Es kommt immer wieder vor, dass du jemanden zufällig auf der Kaiserstraße triffst, und das gibt ein heimeliges Gefühl. Und doch ist die Stadt groß genug für mich. Wohin du auch schaust, es tut sich etwas. Ein kostenloser Film übers menschliche Leben. In jeder Ecke ein Schicksal. Kaum hast du dir ein vom Leben geprägtes Gesicht angesehen, hast versucht, eine Lebensgeschichte hineinzudenken, triffst du schon auf das nächste.

Ich zwang meine Gedanken, die so gerne herumwandern, sich manchmal so schwer einfangen lassen, zurück zu Violet.

Vivi hatte so gut wie nie über ihr Elternhaus gesprochen, was kaum weiter auffiel. Wozu in den späten achtziger Jahren an der Uni in Mannheim über die Familie sprechen? Die Zeit, in der man Klassenunterschiede hin und her diskutierte, um zum Schluss doch unter seinesgleichen zu bleiben, war vorbei. Hatte die Familie Geld, dann bezog man seinen Unterhalt eben von dort; hatte sie kein Geld, bekam man Bafög. In den Seminaren über die Entstehung des Nibelungenliedes oder über die Zarenherrschaft im 19. Jahrhundert war das ziemlich egal.

Vivi hatte ihre Eltern, beziehungsweise die Nicht-Existenz eines vollständigen Elternpaares, vor den anderen nur ein einziges Mal erwähnt, nämlich als in der kleinen Arbeitsgruppe »Familienstrukturen im ausgehenden 14. Jahrhundert« die Rede von der schwierigen Lage unehelicher Kinder gewesen war, die man damals *natürliche* nannte oder auch Kegel, woher der Ausdruck »Kind und Kegel« kommt. Vivi hatte dazu nur kurz bemerkt: »In diesen Tagen war es nicht lustig, ohne Vater aufzuwachsen, aber heute auch nicht. Ich habe auch keinen Vater. Oder zumindest keinen, den man sehen kann!«

»Vor allem nicht im Dunkeln!«, hatte eine Studentin gemurmelt, eine vierschrötige Blondine mit jenem rötlichen Teint, der schnell fleckig wird, wenn man sich aufregt. Noch heute erinnerte ich mich an den Blick, den Vivi dieser Marina zugeworfen hatte. Liebenswürdig und wohlerzogen wie immer hatte sie, begleitet von ihrem unnachahmlichen Lächeln, geantwortet: »Nun, wir erben alle möglichen Eigenschaften von unseren Vorfahren – gute und schlechte! Wir müssen damit leben, nicht wahr, Marina?«

Nach und nach sickerte durch: Ihr Vater sei ein amerikanischer Soldat gewesen, der früh gestorben sei. Irgendjemand behauptete, er habe sich das Leben genommen, bevor man ihn unehrenhaft aus der Armee ausschloss. Aber war das wirklich wichtig? Für uns nicht. Vivi war bezaubernd und nett, und woher sie kam, interessierte mit Ausnahme einiger ewig Gestriger niemanden.

Ich kehrte wieder in die Gegenwart zurück und sah, wie das stattliche Universitätsgebäude links an mir vorüber glitt. Direkt gegenüber lenkten Stripteaselokale und ein Pornokino vom Studium ab. Kopiershops, ein Orientgeschäft, ein Edelrestaurant im restaurierten Seilerhäuschen – bescheiden duckte sich das angeblich älteste Haus von Karlsruhe zwischen den stattlichen Häuserreihen.

Die Straßenbahn fuhr schneller, hielt weniger oft. Die Leute, die jetzt einstiegen, richteten sich häuslich ein wie für eine längere Fahrt. Eine junge Frau mit vielen Tüten von H&M und C&A streckte genüsslich ihre Nase in jede einzelne von ihnen, wühlte darin herum, ab und zu sah man ein paar Spitzen oder ein Stückchen geringelten Stoff hinauslugen.

Ich lächelte und fühlte mich wohl. Karlsruhe war meine Stadt. Für manche mag sie nichts Besonderes sein – nicht wirklich groß, nicht wirklich alt, keine monumentalen Bauwerke, sieht man vom Schloss ab –, aber ich liebe diese Stadt. Sie drängt dir niemals ihren Rhythmus auf wie andere Großstädte, sie lässt dich einfach leben und gibt dir den Rahmen dazu. Es war die Stadt, in der ich geboren war, und so weit ich es zurückverfolgen konnte auch die Stadt meiner Vorfahren. Schon im 18. Jahrhundert war ein Schneidermeister Mainhard im Zunftbuch verzeichnet. Hans Mainhard, damals noch ohne »dt«, hatte sogar für den Hof genäht und einen bescheidenen Wohlstand erreicht, den er sich langsam und zäh über Jahre erarbeitet hatte. »Eine Schande, dass ich nicht mal einen Knopf annähen kann!«, bedauerte ich immer, wenn ich an den fernen Hans dachte.

Seit ich denken konnte, beschäftigte mich die Frage, was in einer Familie an Eigenschaften wirklich vererbt wird. Talente? Die Stupsnase? Taucht der witzige Typ, der ganze Gesellschaften unterhalten kann, mehrere Generationen später als Fernsehmoderator wieder auf?

Mein Schneider Hans: Immerhin hatte ich ihn aufgespürt. Und nicht nur ihn, sondern darüber hinaus viele andere, die nicht zu meiner eigenen Familie gehörten.

Und deshalb befanden sich in meiner Tasche meine Visitenkarten: *Maren Mainhardt, Ahnenforschung für Frauen. Erstellen von attraktiven Familien- und Firmenchroniken.* E-mail Adresse, Telefonnummer, Büroadresse. Kein Wappen zierte die blaubraune Karte, lediglich der Kopf einer modernen Frau unbestimmten Alters und hinter ihr, nur angedeutet, zahlreiche andere Frauenköpfe, die ineinander verschwammen.

Männer wendeten die Visitenkarte meistens ratlos in den Händen. »Kapier ich nicht, was soll denn das Bild? Und diese anderen Bilder? Da kann man ja gar nichts erkennen.« Doch jede Frau verstand das Symbol – hinter ihr standen Generationen anderer Frauen, die sie zu dem gemacht hatten, was sie heute war.

Leider kam es auch vor, dass sich die falschen Leute für meine Arbeit interessierten: Es gab noch immer einige, die bei dem Begriff »Ahnenforschung« an die reine Rasse ihrer Vorfahren dachten.

Eine Sache, der sich die Nazis mit so viel Begeisterung gewidmet hatten, behielt ihren Stempel für immer.

Als ich mein Geschäft vor drei Jahren eröffnet hatte, war dies allgemein als Verzweiflungstat eingestuft worden. Ich hatte meine bereits begonnene Doktorarbeit über einen besonders hässlichen Aspekt der

Hexenverfolgung in Südfrankreich aufgegeben, als ich erfuhr, dass eine mir unbekannte Amerikanerin aus Boston bereits vor mir auf die gleiche Idee gekommen war.

»Warum kämpfst du nicht?«, hatte mich mein damaliger Freund Rüdiger gefragt und wie so oft, wenn es um mich ging, den Kopf geschüttelt, wobei sich keines seiner militärisch kurzen Haare mitwiegte. »Wogegen?«, hatte ich achselzuckend geantwortet, »Gegen die Zeit und gegen eine Frau, die täglichen Zugang zu einer der besten Unibibliotheken der Welt hat?«

Er hatte auch die Achseln gezuckt, aber bei ihm war es ein Zeichen seines verächtlichen Unverständnisses gewesen.

Rüdiger war Abteilungsleiter eines Baumarktes. Die Welt der Dissertationen blieb ihm so fremd wie nur irgend möglich. Eigentlich hätte er Leute, die den Doktortitel über ein so alltagsfernes Thema anstrebten, gerne – mich einschließend – als Faulenzer bezeichnet, da ich aber jeden Mittag für sein kleines Töchterchen kochte, hütete er sich davor.

Nach Abbruch meiner Dissertation hatte ich mich auf den Arbeitsmarkt geworfen – mit Energie, Charme und guten Antworten auf die immer gleichen Fragen in Bewerbungsgesprächen – und war halbtags fündig geworden.

Diesen Job im Archiv einer netten kleinen Stadt vor den Toren von Karlsruhe hatte ich allerdings nicht lange ausgeübt: Der Gemeinderat hatte Sitzung für Sitzung über meine ersatzlose Streichung diskutiert, so lange bis nur noch ein versprengtes Häuflein Grüner meine Existenz bejahte. Der Bürgermeister hatte vorgeschlagen, dass ich das Archiv künftig »mehr als Hobby« betreiben solle, war aber nicht herzlos und versprach, in der Stadtverwaltung nach einer anderen Aufgabe für mich zu suchen. Doch bevor auch diese andere Aufgabe einen Wegfallvermerk bekommen würde, wählte ich die Freiheit.

»Das läuft nicht!« Mein Freund – nein, nein: nur *ein* Freund! – Theophil Becher, Antiquar in der Karlsruher Südstadt, dort wo die Stadt noch am ehesten einen Anspruch auf Altstadtflair erheben kann, hatte die Schultern zweifelnd hochgezogen, so dass er mit seinem zottigen grauen Haar aussah wie ein alternder Rabe. »Wenn die Leute keine Zukunft haben, geben sie auch kein Geld für die Vergangenheit aus. Ich weiß, wovon ich rede!«

Auch Matthias Landhaus, mein zweiter platonischer Verehrer (beide strebten mit zäher Energie eine Veränderung dieses Zustandes an!) war skeptisch gewesen, obwohl ihm die Angelegenheiten von Leuten, die sich selbstständig machen wollten, beruflich sehr am Herzen lagen. Er war Versicherungs- und Anlageberater, und seine Visitenkarten waren ihm geradezu an der Hand festgewachsen. »Wenn Frauen überhaupt Ahnenforschung betreiben, dann nur für die Familie ihres Mannes!«

Es war anders gekommen: Mein Gewerbe lief nicht schlecht.

Und doch schien Vivis Anruf Matthias' Worte zu bestätigen.

»Hallo, Maren, ich bin es, Vivian«, hatte sie mich herzlich begrüßt und war bald zur Sache gekommen: »Also die Ina – wir haben mit ihr Zwischenprüfung in *Römische Zeugen auf deutschem Boden* gemacht, erinnerst du dich? – war vor einiger Zeit in Maulbronn. Wir sind uns tatsächlich zufällig begegnet! Sie hat mir erzählt, du betreibst jetzt Ahnenforschung. Ich hätte nämlich da vielleicht einen Auftrag …«

»Für dich? Ahnenforschung?«, hatte ich ziemlich überrascht gefragt. »Ich hatte eigentlich nie den Eindruck …«

»Nein, nein, nicht für mich!«, hatte Vivian rasch und mit ihrem unverändert charmanten Telefonlächeln geantwortet. »Dafür würde ich kein Geld ausgeben! Für die Familie meines Mannes! Eine alteingesessene Maulbronner Familie. Und ich darf sagen – recht gut situiert. Eine Familienchronik ist der innigste Wunsch einer alten Tante. Tante Johanna. Sie lebt bereits in einem Stift, ehrlich gesagt ist sie nicht mehr sehr gesund, und jetzt dringt sie mit Macht darauf, sich diesen Wunsch noch zu erfüllen.« Vivis Lachen klang wie eine dunkel anschlagende Glocke. »Also dein Honorar … du musst dir da keine Gedanken machen! Und ich weiß, dass du das sehr gut machen wirst. Ich bin glücklich, eine echte Spezialistin zu kennen!«

»Danke!«, entgegnete ich verblüfft, »Aber ich sorge mich eigentlich nicht wegen des Honorars!«

Es wunderte mich nicht, dass Vivi in einer wohlhabenden Familie gelandet war. Soweit ich mich erinnerte, hatte sie seinerzeit für einen blonden, draufgängerisch wirkenden und verdächtig nach Luftikus aussehenden Medizinstudenten das Studium aufgegeben – eine Entscheidung, die bei den Kommilitoninnen nicht mehr als ein kurzes Stirnrunzeln hervorgerufen hatte. Es waren die ausgehenden Achtziger gewesen. Man studierte oder man heiratete oder man tat keines von beiden. Oder beides. Keine Verbissenheit mehr. Eine Frau durfte durchaus auch Kinder haben, ohne dass sie damit sofort und automatisch für die Wissenschaft verloren war.

Vivi war schon immer von wohlhabenden Männern umworben worden, denn sie war nicht nur schön. Sie war das perfekte Dekor für einen gehobenen Lebensstandard – zart und sanft, geschmackvoll gekleidet, umsichtig und gescheit. Eine Frau für einen Mann im Aufstieg: Kein Dummchen, aber auch keine Frau, die in Röcken verkleidet aussah oder die eigene Karriere in den Vordergrund stellte.

Nun ja – vielleicht hatte sie sich verändert, aber im Grunde glaubte ich das nicht. Leute verändern sich ab zwanzig nur noch ganz wenig. Kurz dachte ich an Rüdiger. An die Enttäuschung, an seine Treulosigkeit und an die tägliche qualvolle Anstrengung, die es mich kostete, beides zu überwinden.

Der vertraute Schmerz stach und zog – ein Messer in der Wunde. Dann schlug mein Herz weiter, als sei nichts gewesen. Vielleicht würde ich eines Tages wieder lieben, aber bis jetzt rief allein der Gedanke an einen Mann, der mich berührte, noch Wundschmerz hervor. Wäre Rüdiger nicht so ein verdammt guter Liebhaber gewesen!

Die Straßenbahn passierte das Möbelhaus Mann Mobilia und schwang sich über die Autobahn in Richtung Durlach – ein Stadtteil, der meine ganz besondere Sympathie genoss. Gut, Karlsruhe mochte tatsächlich nicht viel Altstadt bieten, aber Durlach machte entschieden einiges wieder gut. Ich liebte die Gässchen mit den kleinen Geschäften, die bei gutem Wetter an Südfrankreich denken ließen.

Gegen den Schatten eines Baumes sah ich mein Gesicht in der Scheibe. Meine Haare, die lockig waren – und nicht glatt, wie ich sie mir immer gewünscht hatte. Aufspringende große Locken. Honigfarben, hatte einmal einer gesagt, der sie mochte und der seine

Finger darin spielen ließ. Honigfarben wie meine Augen und honigfarben wie meine helle Haut, die sich schnell bräunte. Mein Haar bewegte sich im Fahrtwind. Ich strich hindurch und vermisste Rüdiger – wie immer, wenn es Sommer war. Und wenn es Winter war. Und wenn es Herbst war …

Jemand von den Reisenden hatte ein Fenster geöffnet. Eine dicke Frau beschwerte sich darüber, doch eine andere, ebenso dicke Frau sagte: »Warum nicht? Genießen wir doch unsere gute Kraichgauluft nach all dem Gestank in der Stadt!« Es regte sich kein Protest.

Ich sah nach draußen und war überrascht, wie schnell meine Stadt einfach aufhörte und sich in grüne Flecken und versprengte Wäldchen auflöste. Die dicke Frau holte ein Kreuzworträtsel heraus.

Und ich war mir darüber klar: Wer *jetzt* hier mit ihr in der Straßenbahn saß – der wollte ins Kraichgau. Und er ging freiwillig dorthin!

Schon seit Kinderzeiten hatte ich eine Abneigung gegen Land und Dorf und die damit verbundene Abgeschiedenheit gehegt, die rational nicht zu erklären war.

Stadtleben, Lichter, Autos, Menschen, die einem pulsierenden Tag-Nacht-Rhythmus nachgingen, erfüllten mich mit einem Gefühl der Sicherheit. Das Land war für mich genau das Gegenteil.

Man sagt, das Landleben sei intakter, die Familien stabiler und man hätte mehr Platz zum Durchatmen. Für mich war das kein Argument. Es gab kaum einen Ort auf der Welt – ausgenommen vielleicht das Britische Museum und vergleichbare Institutionen – an dem ich so gut durchatmen konnte wie beispielsweise in der Badischen Landesbibliothek inmitten von anderen Menschen, umgeben von Büchern und den scharfen Blicken der Aufseher. Dort hatte ich zugegeben nicht viel Platz, so wie auch nicht auf meinem winzigen Balkon in der Südstadt, der wie angeklebt an dem schmucklosen Altstadthaus saß und jeglichen Kinderwunsch zumindest architektonisch ausschloss. Was nützte mir jede Menge Platz, wenn an dem Platz nichts los war? Ein Quadratmeter im Straßencafé auf der Kaiserstraße reichte mir!

Ich liebte es, Menschen zu beobachten, und wenn es mir mal schlecht ging, dann fuhr ich in mein ganz persönliches »Paris«: nach Straßburg. Dort setzte ich mich ins »Café Europe!«, ein einfaches, lärmendes, nach Pommes Frites, schwarzem Kaffee und Zigaretten riechendes Restaurant gegenüber dem Place Kleber, und ließ die Flut der Menschen aller Hautfarben an mir vorbeiwogen. Dabei empfand ich ein ähnliches Vergnügen wie der Ruhesuchende auf Sylt, wenn er die Wellen betrachtete.

Doch als es mir ganz schlecht ging – noch immer stach es, bohrte und zog schmerzhaft, würde das denn niemals aufhören? –, da hatte auch Straßburg nicht geholfen.

Vor den mäßig sauberen Scheiben der Straßenbahn erschien und verschwand ein einsam in einer Senke gelegenes Bauernhaus. Auf der anderen Seite schlängelte sich die Landstraße nach Bretten durch ein Waldstück. Die Straßenbahn ruckelte um die Ecke, glitt einen Hügel hinauf, schwang sich auf eine Kuppe und folgte der B 293 nach Bretten. Vor mir begann die Kraichgaulandschaft: Ein archaisch wirkendes Schachbrett aus Feldern, kleinen Wäldchen, hier und da ein Dorf oder eine Fabrik, und das alles in den widersprüchlichen Farben eines halbsonnigen Junitages.

Mein Handy vibrierte und piepste: Ein Briefsymbol erschien unten links. Mein Herz schlug schneller: Nie konnte ich dieses Zeichen sehen, ohne an Rüdiger zu denken. Zu Beginn unserer Beziehung hatte er mir jeden Morgen eine witzige Textmeldung geschickt. Jetzt war es wahrscheinlich nur Theo. Oder Matthias.

»Wo bist du? Trinkst du heute Mittag einen Kaffee mit mir und Zorro?« Es war Theo. Zorro war Theos Schlammspringer, eine hässliche faltige Amphibie, die wohl noch vom Beginn der Evolution übriggeblieben war. Er und Theo sahen sich mit den Jahren immer ähnlicher. Zorro lebte im Antiquariat, denn Theo lebte praktisch auch dort – er liebte seinen Laden, wahrscheinlich liebte der Laden deshalb auch ihn und ging einigermaßen gut. Zumindest konnte Theo seinen bescheidenen Lebensstil in der Südstadt davon finanzieren.

Neben den wertvollen und seltenen Stücken, die Theo liebevoll in Vitrinen aufbewahrte und mit denen er sprach wie andere Leute mit ihrem Hund, handelte er mit Reiseführern und Schulbüchern, was mehr Geld einbrachte. Theo war eigentlich ein zottiger überzeugter Dauersingle – er sah aus, als würde er »Huch« rufen, wenn eine Frau ihn zu küssen versuchte –, doch aus irgendeinem Grund hatte er eine Zuneigung zu mir gefasst, von der noch nicht so ganz klar war, um was genau es sich dabei handelte.

Auch er war für mich wichtig: Er begleitete meine »Fälle« literarisch. Diesmal war es Hermann Hesse gewesen.

»Wenn du dich in Maulbronn bewegst, wirst du ihn brauchen können!«, sagte er feierlich.

»Wieso denn das?« Ich musste zugeben: Mein Wissen über Hermann Hesse war dürftig.

In meiner Jugend – da hatte es eine Zeit gegeben, in der ich von Hesses *Siddhartha* fasziniert gewesen war. Zwei todstille Jahre, die ich vergessen wollte.

Danach hatte ich das Interesse an Hesse verloren.

Nach der Trennung von Rüdiger hatten alle möglichen Leute versucht, mich mit dem populären Stufen-Gedicht »Jedem Anfang wohnt ein Zauber inne« zu trösten. Erst spät hatte ich begriffen, dass es von Hermann Hesse war. Meiner Stimmung hatten sowieso eher die Verse von Rilke entsprochen: »Wer jetzt kein Haus hat, baut sich keines mehr …«. Auch auf Mörikes »Frühling lässt sein blaues Band …« konnte ich derzeit gut verzichten. Hörte ich den Feuerreiter, so sah ich Rüdiger auf seinem rotbraunen Hengst vorüberjagen, und bei Goethe litt ich mit Friederike und den anderen Verlassenen.

Natürlich wusste Theo mehr.

»Hesse war im Seminar in Maulbronn! Das weiß jeder! Allerdings war er nicht lange dort. Sieben Monate. Sieben prägende Monate. Für ihn und für das Seminar«, erklärte Theo, beinahe beleidigt angesichts meiner Unwissenheit. »So wie auch Hölderlin und Kepler und Scheffel. Und Georg Herwegh. Aber ich sehe schon – den kennst du überhaupt nicht! Manchmal glaubt man nicht, dass du studiert hast. Aber sieh es dir selbst an!« Er drückte mir ein Taschenbuch in die Hand. »Mit Hermann Hesse reisen« stand in schwarzen Lettern auf dem Einband. »Lies es! Du musst dich nicht besonders anstrengen, es ist eine Art Zusammenfassung von Hesses Äußerungen über Maulbronn …« Und wurde sich seiner Neigung zu mir wieder unsicherer. Frauen, die nur Zusammenfassungen lasen, gingen an seiner Buchhandlung und seiner Welt meistens vorbei.

Ganz sicher in seiner Neigung zu mir dagegen war sich Matthias. Ich hatte Matthias Landhaus an der Rhein-Fähre nach Frankreich in Plittersdorf kennen gelernt – oder vielleicht sollte ich besser sagen: Er hatte mich kennen gelernt.

Matthias ist nämlich einer, der handelt und nicht gehandelt wird. »Ich habe Sie gesehen«, behauptete er nach kurzer Zeit – nämlich nachdem man ein Bier miteinander geteilt hatte –, »und gewusst, dass Sie die Frau meines Lebens sind!«

Das Bier hatte ich ihm spendieren müssen.

Kurz vor der Ankunft in Plittersdorf hatte ich ein merkwürdiges Geräusch an meinem alten Golf wahrgenommen, und bevor ich auch nur zwei Meter ins Ausland fuhr, wollte ich mich vergewissern, dass ich drüben nicht stehen bleiben würde.

Der fremde Herr, groß, schlank, geschäftsmäßig gekleidet, mit einem alerten glatten Gesichtsausdruck, hatte sich nicht nur eifrig, sondern auch sehr kompetent über das Autoinnere gebeugt. Seine Diagnose war rasch und nicht ohne Humor erfolgt: »Dieses Auto hat seit vielen Kilometern keinen Tropfen Öl mehr gesehen!« Er hatte flink und wortlos einen Kanister Öl aus seinem eigenen Wagen herbeigezaubert, einem Auto, dessen Inneres aussah, als sei es gerade erst vom Band gerollt, und hatte unglaubliche Mengen in mein armes verdurstendes Auto geschüttet. Geld schlug er aus. »Gewähren Sie mir eine Stunde Ihrer Zeit und gehen Sie mit mir dort in dem kleinen Flammkuchenrestaurant etwas trinken, dann bin ich vollkommen zufrieden!«

Ich lud ihn also zu einem Bier ein, plauderte ein wenig mit ihm und machte erstmals in meinem Leben die Erfahrung, dass sich ein Mann auf den ersten Blick in mich verliebte. Das hatte ich mir immer als etwas ganz Tolles vorgestellt. Ich merkte jedoch bald, wie belastend es sein konnte, wenn es der Falsche war.

Bei dieser Erinnerung seufzte ich und berührte dabei mit meiner Nase beinahe die Scheibe des Straßenbahnwagens. »Warum immer die Falschen?«, murmelte ich. Meine Worte hinterließen einen kleinen Kringel auf der Scheibe.

Die Straßenbahn hielt an einem riesigen Werk, auf dessen Gelände Unmengen von Sand aufgehäuft waren. Nachts musste das hier ein gespenstischer Ort sein. Als Frau wollte ich hier nicht aussteigen. Steinbrüche und Sandwerke sind ideale Mordorte.

Überhaupt – je weiter ich mich von Karlsruhe und meinen vertrauten Straßenzügen zwischen Kriegsstraße, Schloss und Mühlburg entfernte, desto unbehaglicher fühlte ich mich. Die Bahn war jetzt beinahe leer: Drei Männer mit Bärten saßen zusammen, ein paar junge Leute, zwei Kinder, eine alte Dame, die dauernd ihr Täschchen auf und zu knipste. Eine Frau hatte ein Fahrrad dabei, das zweimal umfiel. Draußen dünne, ländliche Bebauung, Einfamilienhäuschen, im Hintergrund Wiesen, Obstbäume, Felder, dann der Beginn einer Kleinstadt mit etwas heruntergekommen wirkenden Außenvierteln. Bretten? Melanchthonstadt?

Der Ort leistete sich aber doch immerhin mehrere Stationen, bevor der Hauptbahnhof erreicht war. Ich stieg aus, sah mich um. Gleise nach vorne, Gleise nach hinten – eine Kleinstadt drum herum. Ein nicht sehr einladender Tunnel brachte mich auf die andere Seite in ein Bahnhofsgebäude, das aussah, als hätte man versucht, einen Supermarkt daraus zu machen – ein breites Warenangebot lag verloren in der nicht allzu attraktiv renovierten Halle herum. Es herrschte keinerlei Leben. Der Bahnhof stimmte mich traurig.

Vor dem Bahnhof kein Taxi, dafür ein Penner mit rotem Gesicht, der mir zuwinkte. Eine begünstigtere Frau als ich wurde von ihrem Mann mit einem mittelgroßen Mercedes abgeholt. Im Hintergrund liefen zwei Straßen, trostlos und zugeparkt, auf die Innenstadt zu.

Innenstadt? Dass ich nicht lachte! Doch ich wollte nicht ungerecht sein – Bahnhöfe sind selten der bauliche und kulturelle Höhepunkt von Kleinstädten. Misstrauisch sah ich, wie gefährlich nahe die Natur in Gestalt von Büschen und farblosem Gras an die reizlosen Häuser heranrückte. Und überhaupt … es schien kühler als in Karlsruhe.

Ich sah mich um und fröstelte an Leib und Seele.

Der Bus war fast leer, als er am Hauptbahnhof in Bretten losfuhr. Auf seinen drei Stationen innerhalb der Stadt nahm er noch ein paar lärmende Schulkinder auf, die sich auf die Sitze warfen und sofort begannen, Raubritterfiguren aus Plastik herauszuholen, die sich gegenseitig umbrachten. Handys läuteten in allen möglichen Kompositionen. Ein blonder sommersprossiger Junge lauschte verzückt, wie sein Handy den Bolero von Ravel intonierte, bevor er abnahm. »Oma, Oma, bist du's? Nein, ich mag keinen Rosenkohl. Hast du auch Fischstäbchen?« Ich betrachtete ihn, bemühte mich zu lächeln, aber tief im Innern war ich traurig wie ein Hund, den man ins Tierheim gebracht hat.

Der Kleine war etwa so alt wie Isobal – Rüdigers Tochter. Es war schön gewesen, ein Kind zu haben, auch wenn es nicht das eigene gewesen war. Isobal war in mein ruhiges Singleleben eingebrochen wie ein Wirbelsturm und hatte dabei Schwingungen hervorgerufen, die bis heute nachhallten.

Der Bus nahm seinen Weg aus Bretten hinaus in die freie Natur. Die Wiesen und Felder zeigten nach den ersten warmen Tagen in der letzten Woche schon frisches Grün, doch es schien noch zart und verletzlich. Der Bus bog links ab, drehte eine Runde durch Knittlingen, dann ging es zurück auf die Hauptstraße.

»Eilfingerhof!«, rief der Busfahrer und hielt an einer kleinen Ansammlung von Häusern, die sich Schutz suchend um einen Platz und eine kleine Kirche herumdrückten. Der blonde Junge stieg aus, seinen Fischstäbchen entgegen.

Ich seufzte. Da vorne, hinter der Biegung der Straße, musste die Stadt Maulbronn liegen. Nicht, dass ich mich freute. Ich war irgendwann als ganz kleines Kind einmal in Maulbronn gewesen und seither nie mehr. Ich erinnerte mich kaum an das Kloster. Es war verschwunden unter den tausend anderen Erinnerungen an mächtige Klöster in Spanien, in Italien, in der Normandie und graue, vom Wind gebeugte Kirchen in Schottland. Aber seit es Weltkulturerbe geworden war – wann war das gewesen? 1993? –, sah man das Maulbronner Kloster öfters in der Zeitung abgebildet oder auf Reiseführern prangen. Den Grundriss mit dem riesigen Platz in der Mitte, die ausgedehnten Klostergebäude, die alles beherrschende Kirche.

Die Fahrstraße wurde plötzlich mehrspurig, als nähere man sich Windsor oder Versailles.

Was Hesse betraf, so hatte er sich nicht besonders ausführlich über den eigentlichen Ort Maulbronn geäußert, nur festgehalten, dass er *»weltfern gelegen sei«, »zwischen waldigen Hügeln und stillen kleinen Seen«, »hinter Hügeln und Wäldern verborgen.«*

Ich nahm Theos Rat an und blätterte weiter in dem Buch über Hesse und seine Reisen. Gewiss hatte es in seinem Leben spannendere Orte gegeben. In Maulbronn war die Zeit nicht stehen geblieben, das war mein erster Eindruck, hier war sie ganz einfach vorübergegangen. Sie hatte den Ort gestreift und nur das Kloster hinterlassen.

So schien mir der Ort, der sich langsam anbahnte, alles andere als spektakulär – eine dünne unfrohe Häuserzeile, oben am Berg Einfamilienhäuser, ein großes Gebäude aus Backstein, das wie ein Krankenhaus aussah. Eine Tankstelle, ein Restaurant, ein kleiner Supermarkt … Ich verzog das Gesicht. Man sollte nur Ahnenforschungsaufträge in schönen Städten wahrnehmen. Paris oder London. Von mir aus auch Barcelona.

Der Bus fuhr zwei Hügel hinauf und hinunter.

»Kloster!«, rief der Busfahrer energisch nach hinten. »Monastery!«, fügte er sicherheitshalber auf Englisch hinzu. Ich packte meine Sachen und stieg zusammen mit den drei anderen verbliebenen Fahrgästen aus.

Vivi hatte gesagt, sie werde mich am Bus abholen oder abholen lassen. »Ich helfe meinem Mann in der Praxis, weißt du! Und wenn ein Notfall kommt, dann kann ich nicht weg, aber ich versuche es auf jeden Fall!« Sie hatte es offenbar geschafft.

Vor dem Restaurant *Klosterpost* mit seinen drei Stufen, die wohl in den Gastraum führten, stand sie – kein bisschen weniger schön als damals. Nur anders. Älter, reifer. Ein wenig angespannt vielleicht – feine Linien zeugten von Nächten an Kinderbetten oder von gelegentlichem Kummer.

Die schwarzen Haare hatte sie ein wenig heller getönt, was sie jünger machte und ihr gut stand. Sie war noch immer schlank, elegant, die Augen glänzten noch immer gutmütig und warm in jenem Schokobraun, die Zähne in fernsehtauglichem Weiß. Und noch immer diese beneidenswert kleine Nase im perfekt geschnittenen Gesicht.

Wie immer, wenn ich Vivi sah – und das war selten genug, denn seit unserer Studentenzeit hatten wir uns eigentlich nur zwei, drei Mal getroffen –, musste ich unwillkürlich an eine Amerikanerin denken. Ja, Vivi hatte definitiv etwas Amerikanisches an sich. Sie war zwar nicht blond wie diese typischen Collegegirls, aber sie sah aus wie eine amerikanische Hausfrau und Mutter – eine jener netten schicken Frauen, denen Gesundheit, guter Charakter und fleißiger Anstand aus den Augen blickt. Die jederzeit frisch geduscht riechen und ihre Jeans nicht über Speckröllchen, sondern nur über schlanke, vom Sport gestraffte und von der Sonne gebräunte Formen ziehen.

»Maren, wie schön, dich wiederzusehen! Du siehst einfach fabelhaft aus!« Natürlich, dachte ich, die ich es gewohnt war, auf feine Untertöne zu hören: Ein Satz wie aus einem Drehbuch. Und doch nahm ich ihn ihr ab. Wenn man die Welt lange genug liebevoll positiv sieht, wird das vielleicht irgendwann zur Realität.

Ich ließ mich deshalb widerstandslos von ihr küssen, registrierte einen edlen Duft und antwortete, wie es sich gehörte: »Ja, ich freue mich auch. Du bist so schön wie immer!«

»Ach, ich bin eine alte Frau und Mutter. Siehst du nicht die Sorgenfalten?«

Vivi deutete lächelnd auf imaginäre Falten, die höchstens zarte Linien waren. »Mein Sohn will zwar lernen, aber es klappt halt auch nicht immer – und meine Tochter will erst gar nicht. Englisch mangelhaft. Aber dann hören wir mit Erstaunen: Sie beherrscht jeden Songtext aus MTV auswendig. Sie möchte Sängerin in einer Band werden! Oder Model! Und wenn das alles nicht klappt – Kriminalkommissarin. Morde aufklären.« Und kopfschüttelnd fuhr sie fort: »Singen oder modeln kann sie hier ja noch halbwegs üben – aber fürs Morde-Aufklären ist Maulbronn denkbar ungeeignet!«

»Warte nur – eines Tages bringt dich die Besitzerin des Schönheitssalons um – Motiv: Neid!«

Vivi lachte. Ihr Lachen war immer schon ansteckend und herzlich gewesen. Ungeachtet ihrer Anmut hatte ich mehrfach erlebt, dass sie ein gutes Herz hatte. Sie war diejenige gewesen, die der vietnamesischen Studentin damals mit kostenlosem Deutschunterricht geholfen hatte. Großzügig, gar nicht zickig und immer gut gelaunt – so hatte ich sie in Erinnerung. Verehrer in Hülle und Fülle waren die Folge gewesen. Glanz zieht Leute an, die sich darin spiegeln wollen – mit Verlierern wollte auch damals keiner etwas zu tun haben.

Vivi würde sowieso niemals die Verliererin sein, das war allen klar gewesen. Mit *ihrem* Aussehen und ihren geistigen Voraussetzungen konnte einfach nichts schief gehen, selbst wenn sie sich bemüht hätte, alles falsch zu machen.

Ein kühler Luftzug streifte uns, als ein Lastwagen an uns vorbei die Hauptstraße entlang brummte. »Ich wünschte, wir hätten eine Umgehungsstraße!«, seufzte Vivi und hakte sich bei mir unter. »Aber dazu eignet sich das Tal nicht. Früher war das ein ganz abgeschiedener Ort hier!« »Was heißt ›früher‹?« »Früher?« Vivi lachte und stupste mich freundschaftlich in die Seite. »Na, bevor die Mönche kamen! Und die kamen etwa 1146. Ein durstiger Esel hat ihnen den Platz gezeigt, wo sie bauen sollten.«

»Ist das eine Legende?«, fragte ich.

»Tatsache ist: Sie sollten ein Kloster gründen. Das taten sie damals sowieso überall. Aber wie sollten sie hier in der Gegend eine geeignete Stelle finden? Der besagte Esel hat sich von der Gruppe entfernt und eine Wasserstelle gefunden. Voilà: Maulbronn! In dieser Zeit hat man mehr auf solche Zeichen gegeben als heute. Und Wasser war wichtig für die Zisterzienser, es war für sie wie ›das Wort Gottes‹ – deshalb auch ein Brunnen als Wahrzeichen des Klosters. Im Ganzen gibt es fünf Brunnen im Klosterbereich. Ja, und hier gibt es sowieso Wasser genug. Die Salzach fließt durchs Kloster hindurch und rundherum gibt es nicht weniger als 20 Fischteiche und Seen! Thomas geht da manchmal angeln. Für mich ist das nichts, aber unser Moritz wird bald seine Angelprüfung machen. Was soll man sagen – Väter und Söhne!«

Ich lächelte. »Du hast dich gut eingelebt, nicht wahr?« Ich blickte mich um.

Was ich bis jetzt sah, beeindruckte mich nicht. Hübsch waren nur die von grauem Stein eingefassten Weinterrassen, die den Berg hinter der mächtigen Klostermauer hinaufkletterten. Unterhalb davon störte ein ziemlich großer Parkplatz, der den Dorffriedhof geradezu einkesselte, das idyllische Bild.

»Natürlich, das muss man doch!« Vivi schien nachzudenken. »Weißt du, wenn du an einem Ort lebst, solltest du dich entweder auf ihn einlassen oder wegziehen. Du wohnst in der Südstadt in Karlsruhe, nicht wahr? Sicher nicht jedermanns Sache, aber für dich ist es richtig, das ist gut so. Und auf dieses Viertel hast du dich bestimmt auch eingelassen, nicht wahr?«

Ja, aber nicht so wie du, dachte ich. Ich ließ mich von einem Ort erobern, Vivi eroberte ihn. Das war wohl schon immer der Unterschied zwischen uns beiden gewesen. Zumindest soweit ich mich erinnerte.

Plaudernd untergehakt liefen wir herum und frischten Erinnerungen auf. Habe ich damals die Gefahr gespürt? Ich glaube nicht. Hätte ich besser in den feinen Linien auf Vivis Gesicht, in den manchmal traurigen Augen lesen sollen?

Heute weiß ich: wir wurden damals schon beobachtet. Die ganze Zeit. Doch das Interesse der unbekannten, der versteckten Augen galt nicht mir. Galt es Vivi? Oder jemand anderem? Waren wir nur der Köder, der zum Ziel führen sollte?

Ehrgeiz und der Wille, mehr aus sich zu machen, sind an sich nichts Schlechtes. Doch es gibt ein paar Dinge, mit denen ein Ziel *nicht* erkauft sein sollte: unter anderem mit Mord!

Vivi fuhr genau das Auto, das man ihr zutraute. Ein BMW Sport Cabrio in der Farbe ihrer Augen. Die Sitze waren weiß – blütenweiß.

Ich interessierte mich nicht besonders für Autos. Mein Golf war vierzehn Jahre alt, und wenn man Grassamen in ihn hineinwürfe, so würde eine Wiese entstehen, pflegte Matthias zu sagen und mir zum wiederholten Mal seine Hilfe beim Säubern anzubieten.

Theo hingegen würde den Zustand meines Autos gar nicht bemerken. Er würde seine Bücher auf den Rücksitz packen, sich den

Bart zwirbeln und sagen: »Es ist immerhin schneller als eine Postkutsche!«

Anders in Vivis Auto. Staunend betrachtete ich das schicke Gefährt, das wie für sie gemacht schien. »Mein Gott, dieses Auto ist gestern vom Band gerollt, stimmt's?«

Vivi lachte gut gelaunt, als ich in die ungewohnt tiefen Sitze fiel und ängstlich sagte: »Huch, fahr nicht so schnell. Ich habe das Gefühl, ich rutsche mit dem Po genau über die Straße!«

»Das Auto ist ein Jahr alt, und für diese Rutschpartie gibt man viel Geld aus!«, sagte sie. »Also hier bei uns auf dem Land, da fährst du entweder ganz tief oder ganz hoch. Mein Mann hat einen Jeep Cherokee. Wenn wir nebeneinander an der Ampel stehen, können wir uns nicht einmal in die Augen blicken!«

»So oft passiert das ja wohl nicht!«, murmelte ich leicht neidisch. Schließlich war ich Single, und auch wenn ich gelegentlich so tat, als sei ich es gerne, sollten mir die anderen bitte sehr nicht mit ihrer permanenten Liebe demonstrieren, dass es auch anders ging.

»Da hast du recht!«, sagte Vivi gutmütig, »eigentlich nur, wenn wir zum Tennis fahren oder die Kinder zum Reiten bringen!«

»Warum fahrt ihr da nicht zusammen in einem Auto?«

»Weil mein Mann immer abrufbar sein muss – und«, Vivi seufzte, aber es war ein zufriedener Seufzer, »auch oft abberufen wird!« Ich hatte den Eindruck, sie war noch immer vernarrt in ihren Kleinstadtcharmeur.

Wir fuhren einen Hügel hinauf, der von Kurve zu Kurve steiler anstieg. Das Kloster war nun nicht mehr zu sehen. Stattdessen erschloss sich eine Neubausiedlung mit großzügigen Häusern, die aussahen, als habe man versucht, eine Reihe von modernen Cottages nachzuempfinden. Alles war sauber und gepflegt, die Gärten erinnerten an Landschaftsfotografien.

»Wir sind ja hier im Schwäbischen«, bemerkte ich, »nicht wahr?«
»Ja, wir sind im Schwäbischen! Früher gehörte das ganze Gebiet hier zur Kurpfalz, zum Erzbistum Speyer, aber seit dem 16. Jahrhundert ist es württembergisch. Seit 1835 sind wir eine Gemeinde und seit 1886 eine Stadt. Da haben die ersten Vorfahren meines Mannes wohl schon hier gelebt. Sie waren aufstrebend, genau wie

die Gemeinde. Weißt du, dass der Sportpalast in Berlin unter Hitler weitgehend aus Maulbronner Stein gebaut wurde? Keine besonders gute Referenz, aber Stein kann sich nicht aussuchen, was man aus ihm macht.«

Vivi lächelte wieder und schob die Sonnenbrille ins dunkle, glatte, gut geschnittene Haar, was sehr schick und sehr trendy aussah. Eigentlich fast besser als die dichten Locken, die sie früher gehabt hatte.

Ich hatte keine Sonnenbrille, weil ich sie immer verlor. Eben waren die Dinger noch da, im nächsten Moment waren sie verschwunden. Unauffindbar. Auf eine Sonnenbrille konnte man zur Not verzichten, keinesfalls aber auf Lesebrillen, deshalb besaß ich ganz viele davon. Manchmal verschwand die eine oder andere und tauchte später wie durch ein Wunder woanders wieder auf. Inzwischen lagen an allen möglichen Stellen der Wohnung Lesebrillen herum, und das ewige Suchen hatte ein Ende.

»Wenn wir gleich zu Hause sind und gemütlich Kaffee trinken, dann erzählst du von deiner Arbeit und überhaupt ein bisschen von dir. Wie du lebst, was du machst – bist du verheiratet? Diese andere Sache, ich meine, das mit deinem … Gehör … Du hast damit keine … Probleme mehr?« Sanft legte sie mir eine Hand aufs Bein, so als wolle sie sich für ihre Frage entschuldigen, falls mein Gehör nicht in Ordnung wäre.

»Sonst hieße ich nicht mehr Mainhardt!«, entgegnete ich, »wenn ich geheiratet hätte!« Vivi lächelte ein wenig verlegen. »Stimmt. Obwohl – es gibt auch Frauen, die ihren Namen beibehalten. Meine Schwägerin Roswitha zum Beispiel. Ihr Mann heißt Bonser und behauptet, sie hätten ihn immer »Bonsai« gerufen, weil er ziemlich klein ist. Und sie, sie ist sehr groß und kräftig!«

Meine feinen Ohren vernahmen einen Unterton in ihrer Stimme. »Magst du sie nicht?« Vivi zuckte die schmalen Schultern. »Nun ja, sie ist ein wenig … beängstigend manchmal. Sehr stolz. Legt viel Wert auf Stand und Herkunft! Usch ist anders. Das ist meine zweite Schwägerin. Lustig und flippig. Immer gut drauf. Sie hat hier einen sehr schicken Schmuckladen und sogar eine kleine Filiale in Pforzheim. Usch lebt alleine, sie ist nicht verheiratet. Kommt aber sicher noch. Verehrer hat sie jedenfalls genügend. Seit einiger Zeit beschwert sie sich sogar, dass sie nachts Anrufe bekommt!«

»Sowas ist eklig!«, bestätigte ich. »Danach kannst du nicht mehr einschlafen! Davor habe ich auch Angst.« »Das kannst du laut sagen! Du als allein stehende Frau in der Großstadt musst sowieso vorsichtig sein. Aber hier … na ja, es passieren auch hier manchmal solche Dinge. Und unsere Familie ist sehr bekannt. Da gibt es auch Neider. Thomas' Praxis geht sehr gut; er hat jetzt zwei junge Ärzte eingestellt und kann sich viel um die Fortbildung und auch um die Forschung kümmern. Und Roswithas Mann wird für den Kreistag kandidieren. Er ist ein erfolgreicher Steuerberater.«

Vivi bog zackig um die Ecke in eine weitere dieser ordentlichen sauberen Neubaustraßen. Im Hintergrund zog sich ein Wald über Hügelketten. Weinberge gab es hier nicht, sie lagen auf der Sonnenseite des Tales gegenüber.

»Du hättest ja auch einen Doppelnamen haben können. Dann wäre er bewahrt worden!« Ich wollte zum vorherigen Thema zurück. Namen waren schließlich mein Spezialgebiet. »Nein!«, entgegnete Vivi kurz. »Er war es nicht wert, oder?« Ich zuckte die Achseln. »Das hast *du* entschieden. Hinter jedem Namen stecken Geschichten, gute und schlechte.«

»Schön gesagt. Aber ich denke, manche haben ein deutliches Übergewicht zu der einen oder der anderen Seite.«

Man war angekommen.

Ein kleiner Golf parkte vor dem Anwesen, das mit einer großzügigen Einfahrt und einer riesigen Eingangstür aus Holz lockte. »Der Drittwagen?«, spottete ich. »Nein, die Putzfrau.« Vivi sah mich mit lächelndem Schuldbewusstsein an. »Sie kommt aus dem Zabergoi, oberhalb von Maulbronn Richtung Stuttgart, da braucht sie ein zuverlässiges Auto. Die Frauen haben hier alle Autos. Bei eurem Straßenbahnnetz kann man drauf verzichten, wie ich gehört habe! Es dehnt sich ja aus wie ein Spinnennetz!« »Komm mich einfach mal besuchen und sieh es dir an!« Ich zwickte Vivi in den Arm. »Es sind mit dem Auto nur 20 Minuten, mit deinem noch mal fünf Minuten weniger!« »Ja«, entgegnete Vivi nachdenklich, »und doch kommt es mir immer vor eine andere Welt!«

Im Haus empfing mich eine strenge regelmäßige Schönheit. Schon der Windfang aus Marmor, das Entree in Glas und das in Cremefarben gehaltene Wohnzimmer, welches hinaus auf eine freilaufende Terrasse mit Blick ins Tal ging, verrieten: Hier wohnten keine Jäger und Sammler, hier wurde weggeworfen, Ordnung gehalten und geputzt.

Die japanische Kirschblüte im angrenzenden Garten bewegte sich im Frühsommerwind und malte Schattenmuster auf den Keramikboden der Terrasse. Nach oben wand sich eine breite Treppe, die auf einer Empore endete. Dort gab es drei Türen, hinter denen sich vermutlich der Kindertrakt, der Schlaftrakt und der Nasszellentrakt verbargen.

Meine Wohnung ließ sich beinahe vollständig von der Eingangstür aus überblicken – das heißt, wenn sich auf der Schaufensterpuppe im Eingangsbereich nicht gerade mal wieder Berge von Kleidern – vom Wintermantel bis zum Sommerjäckchen – türmten.

So etwas gab es hier nicht. An der Garderobe hingen nur eine feine cremefarbene Lederjacke und ein Seidenschal. Ich hängte umständlich meinen Übergangsmantel daneben – ein Schnäppchen aus dem Secondhandladen »Jacke wie Hose« in der Winterstraße, natürlich Südstadt!

Oben auf der Empore öffnete sich eine der Trakt-Türen und ein Junge kam heraus. Nach einem kurzen Blick schlenderte er die Treppe hinunter. Ein schöner Junge, ein Abbild seiner Mutter. Beinahe hatte ich die junge Vivi vor Augen – die strahlenden Augen, umgeben von jenem unglaublichen Netz schwarzer Wimpern, das dunkle Haar vielleicht ein wenig heller, der ganze Kerl sportlich und leicht gebräunt – Gnade den Mädchen in Maulbronn. Er mochte etwa 13 oder 14 sein.

»Mein Gott, Vivi«, sagte ich, »liegt unser Studium so weit zurück?« Und deutete auf den Jungen. Der trat auf mich zu und lächelte Vivis charmantes Lächeln. Sag mal einer was von Vererbung.

»Hallo!«, sagte er selbstbewusst, »Sie müssen Maren sein, die mit meiner Mutter studiert hat. Ich bin Moritz Urban!«

Ich gab dem Kind die Hand. Er drückte kraftvoll zu. *Ich bin Moritz Urban.* Normalerweise pflegten Jungs in dem Alter nicht einmal ihren Vornamen freiwillig auszusprechen. Über was unterhielt man sich mit einem Dreizehnjährigen?

»Und, Moritz, wo gehst du zur Schule? In Bretten?«

»Nein, ich bin hier in Maulbronn im Evangelischen Seminar!« Stolz schwang in seiner Stimme, als er das sagte.

Ich warf Vivi einen verwunderten Blick zu. »Ich dachte immer, du wärst katholisch!« »Du hast manchmal ein gutes Gedächtnis, Maren!«, entgegnete sie mit einem dünnen Lächeln, »aber Thomas ist evangelisch, und Maulbronn ist evangelisch geprägt, deshalb sind auch unsere Kinder evangelisch getauft. Und das Evangelische Seminar ist eine sehr gute Schule. Wie du weißt, waren Staat und Religion früher nicht getrennt und Priesternachwuchs war gefragt. Deshalb hat man diese Schulen hier eingerichtet – wie hießen sie doch damals noch …« »Niedere evangelisch-theologische Seminare!«, ergänzte Moritz. »Wir machen gerade AG Schulgeschichte! Ist spannend! Da waren tolle Sachen, der Brand, dann der verschwundene Repetent und diese geheimnisvollen Flecken. Der Faust. Und es haben sich früher auch Jungs umgebracht! Weil es so streng war in der Schule und sie immer nur studieren mussten. Und selten raus durften. Heute ist es nicht mehr so. Die Lehrer sind echt nett …«

Hier schaltete sich mit sanfter Stimme seine Mutter ein: »Moritz, anstatt mit kindlichen Selbstmördern und Blutflecken solltet ihr euch lieber mit den großen Seminaristen beschäftigen: Kepler, Hölderlin …«

»Und die eine da, die gestorben ist …« Moritz kicherte.

Vivi seufzte. »Na, also, ganz normale Kids von heute. Aber die ersten Buben, die ins Seminar gingen, kamen aus armen Familien; es war eine Stipendienschule. Später wollten auch wohlhabende Leute ihre Söhne auf diesen guten Schulen sehen. Eigentlich sollten sie ja alle Pfarrer werden oder zumindest in den württembergischen Staatsdienst eintreten – andernfalls mussten sie das Schulgeld zurückzahlen. Aber schon im 19. Jahrhundert ließ die Begeisterung zumindest für den Pfarrberuf nach und die Sitten lockerten sich. Manches ist allerdings geblieben: Ohne das Landexamen geht beispielsweise bis heute nichts!«

Moritz nickte zufrieden. Er hatte sein Examen geschafft. Auch Vivi nickte, sichtlich stolz auf ihren Sohn. »War eine harte Sache: Lies bei Hermann Hesse nach, was er darüber schreibt. Warte mal, Moritz, hast du es grade da?«

»Klar!«, sagte Moritz, »machen wir in Deutsch.« Er holte aus seiner Schultasche ein reichlich zerfleddertes Exemplar des gleichen Buches heraus, das ich gerade las. »Also da sagt er«, und dann begann der Junge ziemlich stockend vorzulesen: *»in schwäbischen Landen gibt es für begabte Knaben, ihre Eltern müssten denn reich sein, nur einen einzigen schmalen Pfad: durchs Landexamen ins Seminar, von da ins Tübinger Stift und von dort entweder auf die Kanzel oder aufs Katheder!«* Jetzt hob Moritz den Kopf und sah seine Mutter an. »Also, Mom, eins sag ich dir: Ich werd kein Pfarrer und kein Pauker, sondern Rennfahrer! Oder Fußballer, oder ich werd' Arzt!«

»Da siehst du's! Man stopft sie mit Hesse und Goethe und Schiller voll, und das kommt dann dabei raus!« Und sie strich ihrem Sohn übers Haar.

»Ich bin froh, dass Moritz ins Seminar aufgenommen wurde. Es ist eine musische Schule. Leider darf er nicht zu Hause wohnen, denn das Zusammenleben der Schüler gehört zum Schulgedanken dazu. Er wohnt jetzt nur ausnahmsweise eine Woche zu Hause. Sondergenehmigung! Weil du da bist!«

»Eine Ehre!«, sagte ich.

Ich dachte an meine zurückliegenden Recherchen bei anderen Familien und wunderte mich insgeheim. Es kam nicht oft vor, dass Katholiken ihre Kinder evangelisch erziehen ließen. Meistens prägten die katholischen Mütter die Religion ihrer Nachkommen. Aber Vivi war eben anpassungsfähig. Das war sie eigentlich immer gewesen. Problemlos. Wie ein Handschuh, der sich über eine Hand streift. »Das kommt von meiner Kindheit!«, hatte sie einmal gesagt, »Meine Mutter konnte kein Kind brauchen, das quengelte und Aufmerksamkeit einforderte. Dazu hatte sie keine Zeit! Sie musste arbeiten.«

»Und gefällt es dir da in deiner Schule?« Ich kam mir irgendwie tantenhaft vor, das Kind so auszuhorchen. »Ja, es ist voll in Ordnung. Ich kann dort zwei Instrumente lernen! Gitarre und Klavier.

Wenn ich mich anstrenge, kann ich vielleicht nächstes Jahr in der Kantorei mitsingen und beim Klosterkonzert mitmachen. Letztes Jahr war sogar das Fernsehen da!« »Ja, Moritz, es ist wirklich eine gute Schule, aber man muss sich anstrengen!«, nickte Vivi gutmütig, obwohl sie aussah, als zweifele sie ein wenig an der künftigen Stimmkraft ihres Sohnes. »Der Ephorus hat mir erklärt, dass es nicht die Härte am Seminar war, die Hermann Hesse dazu gebracht hat, sich eher negativ über Maulbronn und das Seminar zu äußern, sondern einfach ein gewisser Leistungsanspruch, dem er nicht gerecht wurde. Wie sagte der Ephorus? ›Hier zu sein, hieß gut zu sein!‹«

»Der *Ephorus*?« Wieso hatte ich auf einmal das Gefühl, in einer fremden, einer weit zurückliegenden Welt gelandet zu sein?

»Griechisch. Der Vorstand sozusagen! Man könnte auch einfach ›der Schulleiter‹ sagen!«

»Ja!«, erwiderte ich, »Ich bitte darum. Mein Griechisch ist nicht besser als mein Spanisch!« »Du sprichst Spanisch?« Vivi war erstaunt. »Nein!«, seufzte ich.

Moritz kicherte.

Vivi fasste zart meinen Arm und geleitete mich weiter in eine Art Speiseraum links neben dem Wohnzimmer. »So, Maren, jetzt bekommst du erst einmal eine schöne Tasse Tee, kannst dich entspannen, und dann, dann reden wir *Business*!« Wieder eines ihrer tausend Lächeln. Ja, sie war tatsächlich die Frau der tausend Lächeln.

Ich nahm in einem Kirschholzsessel Platz. Vivi goss aus einer silbernen Warmhaltekanne duftenden Tee in zierliche Porzellantassen. »Aus der Kräuterstube im Kloster – Gute-Laune-Tee!« Sie bot kleine, mit glasierten Haferflocken verzierte Kekse an. »Auch aus der Kräuterstube. Frau Bickel bäckt selbst!«

»Danke, ich bin keine Süße!«

Ich betrachtete die Kekse. Bei Aldi gab es ganz ähnliche. Ich liebe Aldi. Er hat für mich etwas Beruhigendes. Aldi sorgt dafür, dass auch Selbstständige wie ich mit höchst schwankendem Monatseinkommen und hohem Auftragsrisiko ihre Krabben in Dillrahmsoße genießen können.

Vivi arrangierte drei, vier Kekse auf ihrem Tellerchen, das verdächtig nach Rosenthal aussah, und knabberte zierlich wie ein junger Hamster. An ihren sorgfältig manikürten Fingern blitzte der Ehering. Von ihrem Leben im trauten Familienkreis hatte ich vorerst genug gehört. – *Business*!

Ich suchte wie immer verzweifelt in meiner Tasche nach meinem Terminkalender und meinem Stift. Da war der Kuli ja! Jetzt konnte ich nur hoffen, dass er auch funktionierte. »Also, worum geht es genau?«

Vivi nahm einen Schluck Tee.

»Die Familie Urban spielt hier im Ort eine gewisse Rolle. Mein Mann hat eine Arztpraxis, mein Schwager betreibt ein traditionsreiches Restaurant am oberen Klosterausgang – das du bald sehen wirst, denn da werden wir sicher öfters essen oder Kaffee trinken, er kocht einfach göttlich! – und meine Schwägerin Roswitha ist mit eben jenem aufstrebenden Steuerberater verheiratet. Den wirst du nicht kennen lernen – er befindet sich für die nächsten drei Wochen in den USA. Dann gibt es wie gesagt noch Usch mit dem Schmuckatelier. Sie ist die Jüngste und Thomas' Augenstern. Meine Schwiegereltern sind leider tot, aber es gibt noch die Großtante, Tante Johanna. Die Auftraggeberin, wenn du so willst. Sie lebt in einem Altenheim.«

»Große Familie!«

»Ja!«, sagte Vivi, »Das ist schön. Aber es fehlt der Nachwuchs – nur wir haben bis jetzt einen Sohn und eine Tochter. Aber das kann ja noch kommen. Usch ist noch nicht liiert und Roswitha könnte auch noch Kinder haben!«

Ich nickte abweisend. Das Kinderthema war heikel bei mir. Bei Rüdiger war ich wie die Jungfrau zum Kinde gekommen und hatte es ebenso unerwartet wieder verloren. Patchworkfamilien mochten eine gute Sache sein – aber wenn es schief ging, wer sprach vom Elend derer, die die Kinder dann wieder verloren und ohne Rechte zurückblieben?

»Wir wollen einen Familienstammbaum erstellen, aber mehr als Buch, mit Fotos und vielleicht mit kleinen Histörchen, Anekdoten. Das Büchlein soll dann im Restaurant ausgelegt werden, auch bei uns in der Praxis, bei Usch im Atelier und vielleicht auch bei Roswithas Mann im Büro. Wir könnten es Freunden der Familie oder

Geschäftsfreunden schenken. Die Familie Urban ist ja in gewissem Sinne auch ein Stück Maulbronner Zeitgeschichte. Zum Restaurant gehört eine kleine Hausbrauerei, entstanden aus einer großen Brettener Brauerei, die es heute nicht mehr gibt. Und einer unserer Vorfahren war vielleicht sogar mit dem oft zitierten Hermann Hesse befreundet!«

»Hermann Hesse!«, sagte ich nur, »Meine Güte!« Schon wieder. Immer wieder schlug der Name nun jene ferne Glocke an, öffnete die Tür zu meinen tauben Jahren, als ich gelesen hatte wie eine Verrückte. Damals hatte ich mich am *Glasperlenspiel* versucht. Aus irgendeinem Grunde tat mir der Name heute noch weh. Ich hatte es zur Seite gelegt. Ich konnte keine Musik mehr hören. Ich wollte nichts davon lesen.

Doch dann hatte ich mir *Siddhartha* von einer Freundin geliehen. Es war schon ganz zerfleddert gewesen und hatte mich unglaublich beeindruckt, als ich ungefähr so alt gewesen war wie Vivis Tochter heute. *Siddhartha* war eine eigene, eine neue Welt gewesen. Manche hatte sie nie mehr losgelassen, und sie waren nach Indien gereist, hatten andere Antworten gesucht. Ich aber hatte mich wieder abgewandt von dieser Welt. Und mit ihr auch von Hesse.

Mein Gott, war das lange her. Ja, das war die Zeit gewesen, als ich taub gewesen war. Lesen war für mich damals mehr gewesen als nur eine Freizeitbeschäftigung. Als in die tödliche Stille, die mich zwei lange Jahre umgeben hatte, plötzlich wieder die Geräusche des Lebens drangen, da verlor die Traumwelt des Lesens nach und nach an Bedeutung. Geblieben war mir aus jener Zeit vor allem meine geschärfte Wahrnehmung: Die Gabe, auf feine Töne zu hören, selbst winzige Gesten zu erkennen. Das intuitive Erfassen von Stimmungen.

Geblieben war mir aber auch die schmerzhafte Erfahrung des Ausgeschlossenseins, des Andersseins, die vor allem in jungen Jahren so prägend ist. Ich war dennoch keine Einzelgängerin geworden – ebenso wenig wie Vivi, die in ihrer vaterlosen Jugend ebenfalls die Einsamkeit des Andersseins durchlitten hatte. Vielleicht war dies mit ein Grund dafür, dass sich während des Studiums zwischen Vivi und mir, die so verschieden waren, eine Freundschaft entwickelt hatte, die über die üblichen Studienbekanntschaften hinaus ging. Zumindest hatte ich nur ihr damals von jenen Jugendjahren erzählt, in denen mein Gehör mich verlassen hatte – ich erwähnte das sonst nie. Ich wollte vergessen.

Hatte ich deshalb so ein ambivalentes Verhältnis zu Hesse, dessen *Siddhartha* mich getröstet hatte und dem ich danach umso schneller den Rücken kehrte? Nun wurde ich ständig an Hesse erinnert. Was hatte er mit den Urbans zu tun!

»Eigentlich mache ich ja Ahnenforschung für Frauen!«, murmelte ich widerstrebend. »Das war meine Geschäftsidee!«

Meine Laune war schlechter geworden, eine dieser plötzlichen Depressionen hatte mich überfallen. Sie kamen wie Wellen und legten sich als dunkler Schatten über die Seele.

»Ich bin doch eine Frau!«, sagte Vivi erstaunt. »Aber du forschst nicht dem Namen Griesheimer nach, sondern dem Namen *Urban*.« Vivi lachte eines ihrer tausend Lachen. Diesmal klang es ein bisschen keck. Sie sprang so rasch auf, dass man jeden einzelnen durchtrainierten Tennismuskel sah – oder stammten sie aus einem Fitnesscenter? –, durchquerte mit anmutigen Schritten das Zimmer und kam mit einem Foto zurück. Ein Mädchen mit dunkelblondem Haar, das ihr in dicken Flechten um den Kopf fiel, sah zweifelnd in die Kamera. »Das ist meine Tochter Katja. Mach es für sie!«

Ich seufzte. Warum zierte ich mich überhaupt? Ich konnte das Geld weiß Gott dringend brauchen. Im Sommer wollte ich nach England … Urlaub in London! Das kostete. Vielleicht wollte ich dieser netten und selbstsicheren, dieser erfolgreichen Vivi etwas entgegensetzen: Du kannst mich nicht so ohne Weiteres kaufen, nicht mit Geld und nicht mit deiner reizenden Art! Zugleich kam ich mir albern vor. Vivi war ein lieber Mensch, sie war immer sozial gewesen, freundlich und nett – warum ihr diesen Gefallen abschlagen? Ich beobachtete sie dabei, wie sie liebevoll das Foto betrachtete. »Katja Urban. Sie ist ein Sturkopf.«

Schweigend blätterte ich in meinem Terminkalender herum.

»Ich wäre damals froh gewesen …«, sagte Vivi plötzlich und ließ den Satz in meiner Erinnerung hängen. Ich nickte. Es gab im Leben eines jeden Mädchens diesen Moment, in dem es sich Abenteuerliches über die eigenen Vorfahren ausmalte oder gar davon träumte, es sei gar nicht die Tochter von ... – Vertauscht, verlegt, belogen. Meistens blieb es bei einer kurzen Phase, die anscheinend zur Identitätsfindung beitrug und nach der man schließlich wieder in die Geborgenheit der Familie zurückfand. In Vivis Fall gab es keine. Und das hatte sie unglücklich gemacht.

Also lenkte ich ein: »Na gut. Aber ich habe nur etwa zwei Wochen Zeit. Und es wird nicht billig. Ich sichte das Material und mache dann ein Pauschalangebot.« Vivi strahlte. »Fabelhaft! Und du wirst sehen, es ist alles sowieso schon sehr gut vorbereitet, das meiste musst du nur noch zusammenstellen und schöne Texte dazu schreiben. Wir lassen das dann drucken und du bekommst Belegexemplare, das ist ja auch eine Art ... Vorzeigeobjekt für dich!«

»Danke«, erwiderte ich trocken, »Vielen Dank!« Doch ich wusste, dass Vivi es eigentlich gut meinte. Zudem war ich nun engagiert und hatte einen Job zu erledigen.

»Urban – der Name lässt auf jemanden schließen, der aus der Stadt stammt. Ich schaue mal in der Badischen Landesbibliothek im Wappenbuch, ob wir eins finden.«

»Ja, so weit ich weiß, stammt die Familie ursprünglich aus der Rheingegend. Aber das kannst du bald alles viel besser beurteilen als ich. Wirst du bei uns wohnen?«

»Bei euch?« Ich erschrak. Hier würde ich es nicht wagen, mich zu kämmen, aus Angst, ich verlöre ein Haar dabei. »Nein, nein ich fahre morgens her und abends wieder nach Karlsruhe zurück.«

»Du, es gibt tatsächlich Leute, die machen hier Urlaub! Warum also bleibst du nicht?« Ich grinste. »Ohne meine Südstadtgeräusche kann ich nicht einschlafen. – Wann fangen wir an?«

Vivi schenkte Tee ein. »In einer halben Stunde kommt Thomas, dann gehen wir ins Arbeitszimmer und du kannst dir die Unterlagen ansehen!«

Bevor er kam, zeigte sie mir noch den Garten. Im hinteren Teil, dort wo das Nachbargrundstück begann, wuchsen dichte Büsche und Bäume, beinahe ein Wäldchen. Als wir näher kamen, hörte ich darin ein Knacken, ein leises Rascheln. Bildete ich es mir nur ein oder hatte ich Fußschritte gehört?

Ich sah zu Vivi hinüber. Ihr Gesicht blieb unbewegt. Spürte sie es auch, dieses eigenartige Gefühl, das ich nicht beschreiben konnte?

Etwas Unheimliches. Wie eine Bedrohung.

Thomas Urban kam um halb zwölf nach Hause. Vivi ging ihm entgegen, während ich taktvoll sitzen blieb. »Konnte mich früher rausschleichen!«, hörte ich ihn murmeln. Dann ein kurzes Schweigen. Vermutlich der Begrüßungskuss.

Ich wartete: Fünftes Rad am Wagen. So fühlte ich mich, obwohl ich mich gleichzeitig dafür schämte. Ich wusste doch, dass Vivi nicht so dachte.

Als er dann in das Esszimmer kam, war es mit einem Mal fast voll.

Ich starrte ihn an. Er war groß, hatte breite Schultern, war kräftig, aber sportlich. Auf seinem Löwenschädel wuchs das gleiche dichte goldblonde Haar, das mir bei seiner Tochter aufgefallen war. Seine Augen waren blaugrau, sein Mund voll, das Kinn energisch.

Ich sah ihn an, er sah mich an. Dann lachte er ein breites Lachen und zeigte dabei zwei Reihen gesunder weißer Zähne. »Sie sind also die Ahnenforscherin, die endlich herausfinden wird, dass wir Urbans direkte Nachkommen von Karl dem Großen sind!«

»Fast jeder Deutsche«, erwiderte ich mit trockenem Mund, »ist numerisch gesehen ein Nachkomme von Karl dem Großen!«

»Na also. Zufrieden?«, lachte Urban und gab seiner Frau einen kleinen Klaps, den sie mit einem ihrer tausend Lächeln, diesmal tadelnd, quittierte.

Er gab mir die Hand. Seine stahlgrauen Augen tauchten in meine honigfarbenen. Die Gefahr lag spürbar im Raum.

Ich denke, wir spürten sie beide!

Zweites Kapitel

Man hatte beschlossen, Moritz zu Hause zurückzulassen, betreut von der noch immer unsichtbaren Haushaltshilfe, und zur Feier dieses besonderen ersten Tages mit mir in die Mönchsstube zum Mittagessen zu gehen.

»Es ist nicht weit!«, erklärte Vivi, »gegenüber vom Kloster. Du könntest allerdings nach dem Essen Probleme kriegen, wieder den Berg hinauf zu kommen! Weißt du, wir sind es gewohnt: Hier bewegt man sich eigentlich immer auf Hügeln.«

»Das sagt sie nur, damit Sie nichts Teures essen!«, lachte Thomas Urban. »Vivi ist ein Engel, aber ein schlauer – keiner von denen, die nur Harfe spielen und dabei lächeln, als hätten sie Rauschgift genommen!«

»Thomas!«

Ich sagte nichts. Tatsächlich stieg ich überhaupt nicht gerne Berge hoch. Bei mir zu Hause in der Südstadt gab es keine Berge. Da gab es den Grünstreifen, und es gab den Stadtgarten und den Oberwald. Alles schön platt! »Mit der Stadt können wir natürlich nicht konkurrieren«, sagte Thomas, als könne er meine Gedanken lesen, »aber es gibt ein paar nette Restaurants in Maulbronn. Traditionsreiche wie die *Klosterpost* oder die *Klosterschmiede,* die angeblich 1201 gebaut worden ist. Manche alten Häuser sind auch verschwunden oder sind den Weg gegangen, den vieles aus der guten alten Zeit geht – dort, wo das Amtsgericht ist, da war bis 1890 die *Klosterherberge.* Theoretisch hätte Hermann Hesse dort sein Bier trinken können, aber die Schüler vom Seminar durften ja bei Strafe keine Wirtshäuser aufsuchen.«

»Meine Güte, keine ersten Flirts möglich?«

Thomas runzelte die Stirn. »Kaum. Vielleicht schwärmerische Liebe untereinander. Denken Sie an Hesse und seinen Wilhelm Lang, von dem ihm der Abschied so schwer fiel. Man muss sich vorstellen: Die Jungs waren ja eigentlich noch Kinder, wurden von ihren Familien getrennt, unterstanden einem gewissen Leistungsdruck, auch was ihre Zukunft betraf – sprich: Der Staat war von jetzt an ihr Leben –, sie wohnten auf engem Raum in ihren Stuben mit griechischen Namen und waren darauf angewiesen, dass sie Freundschaften untereinander schlossen. Aber erste Liebe? Möglicherweise ließen sie sich von den Repetenten erzählen, was bei den Mädels abging, die waren ja schon wesentlich älter, aber in der Regel noch nicht verheiratet. Was sich aber änderte, wenn sie eine feste Stelle bekamen. Die meisten dieser Hilfslehrer hatten in Tübingen studiert und sahen das Seminar als Sprungbrett für eine bescheidene Karriere. Trotzdem wird da auch der eine oder andere den Schülern mal erzählt haben, was draußen passierte.«

»Vielleicht haben sie aber allesamt auch nur brav gelernt und studiert!«, warf Vivi ein. »Vielleicht, aber nicht sehr wahrscheinlich. Warum sollten sie anders gewesen sein als die Jungs heute? Sogar der schwärmerisch veranlagte Hölderlin hatte eine Jugendliebe, als er in Maulbronn war. Ich kann es nicht wörtlich zitieren, aber er schrieb immerhin: »An Dich! An Dich!« auf seine Schreibtafel – allerdings löschte er es danach wieder aus.«

»Hölderlin war auch hier?« Schon wieder so eine peinliche Wissenslücke. Oder hatte es Theo schon erwähnt? Warum vergaß ich solche Dinge immer gleich wieder?

»Ja. Er sollte Pfarrer werden, so wie viele in seiner Familie. Württembergisch braver Geistesadel, ein wenig bieder. Aber ihm hat es wohl auch nicht so gut gefallen im Seminar, fürchte ich – zumindest bekam er nicht genug zu Essen!«

Wieder schaltete sich Vivi ein: »Thomas! Das stimmt nicht. Von Hölderlin sagt man, er sei ein hervorragender Schüler gewesen – es wurde in seinen Beurteilungen eigens hervorgehoben. Sogar in Deutsch.«

»Vivi, das war nun mal so. Die wurden nicht gerade gemästet: Morgens nur ein Brötchen … Bisschen wenig für Heranwachsende …« »Man muss nicht ständig fleischlichen Genüssen frönen!« Vivi schmunzelte und drohte mit dem Zeigefinger. Wenn ich ihre Figur hätte, schoss es mir durch den Kopf, dann würde ich auch so denken.

Thomas lachte nur.

Vivi ließ sich nicht beirren: »Ich meine: Die Kinder haben dort gelernt, dass es neben den äußerlichen Werten auch noch etwas anderes gibt – eine Welt des Geistes und der Ideen! Sonst hätten Maulbronn und die anderen Seminare nicht so viele große Denker hervorgebracht.«

Wir folgten einem kleinen Weg, der sich steil in den Ort hinabstürzte, auf das unvermeidliche Kloster zu.

»Da wir gerade von Welten sprechen … das Restaurant jedenfalls ist die ganze Welt meines Bruders!«, sagte Thomas Urban. »Unsere Kinder werden von ihm keine Cousins oder Cousinen bekommen, weil mein Herr Bruder es vorzieht, neue Himbeeressigsorten auszuprobieren, anstatt … nun ja!« Er lachte wieder provozierend. Es schien ihm egal, ob jemand mitlachte. Er ruhte in sich. Solche Menschen hatte ich von Kindheit an beneidet.

Ich betrachtete ihn so unauffällig wie möglich. Thomas Urban verbreitete um sich herum ein Kraftfeld. Jetzt erschien es mir auch mehr als logisch, dass die schöne Vivi damals alles hatte stehen und liegen lassen, um ihn zu heiraten. Wahrscheinlich war es sehr schwer, dem Drängen dieses vitalen Mannes zu widerstehen.

Es war nicht viel Betrieb auf den Straßen von Maulbronn. Ab und zu schaukelte ein Reisebus vorbei, aus den abgetönten Fenstern schauten Gesichter nach draußen – anscheinend ebenso überrascht von der Unscheinbarkeit des berühmten Ortes wie ich, als ich angekommen war.

Als ob Thomas schon wieder erraten hätte, was ich dachte – und so was ist selten bei einem Mann! – sagte er leichthin: »Viele, die hierher kommen, sind erstaunt, dass der Ort nicht größer ist. Aber früher gab es eben nur die Wirtschaftsbetriebe, die das Kloster versorgten. Richtig erwachsen wurde unser Heimatdorf erst mit dem Oberamt, dem Gericht und der Poststation. Und natürlich den ersten Telefonen – ich glaube, das war 1897, aber das müsste auch in Ihren Unterlagen stehen. Unser Urahn Frederick hatte bestimmt einen der ersten Anschlüsse …« Vivi unterbrach ihn lächelnd: »Zufällig, mein lieber Mann, weiß ich das. Neun Leute hatten damals ein Telefon, und ein Urban war dabei!«

»Ja, der Frederick!«, sagte Thomas nachdenklich.

Es begann ganz leicht zu regnen. Jener unangenehme Sommerregen, der kühler ist, als man es ihm zutraut, und gerade noch so warm, dass man keinen Pullover überstreifen möchte. Ich fröstelte. Alles hier schien mir unwirtlich.

Zu Hause in der Südstadt wäre ich jetzt einfach einen Kaffee trinken gegangen. Oder war heute nicht Pizzatag beim Giordano am Staatstheater? Giordano, der irreführenderweise kein Italiener war, sondern ein Türke, der aber gar nicht wie einer aussah mit seinen leuchtend blauen Augen, dem graulockigen Haar und der römischen Nase. Ich hatte ihn aufgrund eines Gerüchtes jahrelang für einen Syrer gehalten. Er backte zweimal in der Woche eine köstliche Gemüsepizza, die man im Stehen zu einem geringen Preis verzehren konnte. An den Resopalstehtischen versammelten sich dann Schauspieler vom gegenüberliegenden Theater, Handwerker von der Baustelle an der Ecke, Kinder, Studenten und ältere Leute aus den umliegenden alten Mietshäusern.

Ich war erst wenige Stunden aus meiner Südstadt weg und hatte bereits Heimweh.

Als wir schwungvoll um die letzte Ecke bogen, seufzte Thomas. »Ach Vivi, du weißt ja, eigentlich ist das nichts für mich: mittags schon essen gehen! Ich werde ungeduldig, wenn ich zur besten Tageszeit eine halbe Stunde auf mein Kerbelrahmsüppchen mit Sahnehaube warten muss. Heute Mittag habe ich eine ambulante OP und ein Gutachten. Eigentlich müsste ich in der Praxis sein!« Er spannte die Schultern unter seiner Lederjacke. Vivi lachte.

»Und *du* hast die Termine gemacht!«, klagte er. Und zu mir: »Sie ist für die etwas komplizierteren Sachen zuständig!«

»Aber Thomas, es gehört sich doch, dass wir Maren an ihrem ersten Arbeitstag mit den angenehmen Seiten ihres Auftrags bekannt machen. Und das Kerbelrahmsüppchen deines Bruders gehört definitiv zu den angenehmen Seiten.« Thomas wandte sich mir zu, wobei er Vivi packte und an den Schultern vor sich hielt. Sie wirkte winzig vor seinem Oberkörper. »Ich bin ein Sklave dieser Frau«, sagte er.

Vivi lachte so, als wisse sie das.

Ich fühlte einen Stich und wusste nicht genau warum.

Links zog sich die Klostermauer an der Straße hin. Noch gab es Parkplätze. Die Bäume und Büsche am Straßenrand bewegten sich leicht in dem frischen Sommerregen. Über die Dachschindeln der Häuschen am Klostereingang hinweg konnte man auf den leeren Klosterhof blicken. Die Pflastersteine glänzten unfreundlich im Regen. »Diese Klostermauer kommt mir endlos vor!«, sagte ich, die eigentlich nicht sehr viel Erfahrung mit Klostermauern hatte.

»Sie ist 850 Meter lang!«, sagte Vivi. »Früher gab es drei Eingänge, heute nur noch den mittleren, durch den man jetzt in den Klosterhof kommt.« Ich nickte, war aber nicht erstaunt.

Vivi war nicht nur eine gute Studentin gewesen, sondern auch eine, mit der man gerne in eine Arbeitsgruppe ging, denn sie besaß die seltene Eigenschaft, ihr Wissen gern mit anderen zu teilen. Natürlich würde sie mir alles über das Kloster Maulbronn erzählen.

Das Restaurant Mönchsstube war offenbar zu fein, um draußen eine ausführliche Speisekarte auszuhängen. Lediglich ein handgeschriebenes Blatt prangte in einem modernen Schaukasten: »Mittagsmenü für Feinschmecker. Suppe aus Provencetomaten mit Basilikumbrotwürfeln, Geschnetzeltes vom Kalb mit Wintersalaten, Quarkstrudel mit Himbeeren. Begleitende Weinempfehlung: Kürnbacher Schwarzriesling.«

»Der Lieblingswein meines Bruders!«, sagte Thomas, »Allerdings kredenzt er ihn nur seinen Gästen. Er selbst trinkt nicht.«

Auch der Preis fehlte nicht auf der Karte: 15 Euro. Nicht viel, aber auch nicht gerade wenig für ein Mittagessen.

»Kein Kerbelrahmsüppchen also!«, bemerkte ich mit einem ironischen Seitenblick auf den Ehemann meiner Freundin. Thomas lachte wieder. Seine unverwüstlich gute Laune schien ihn wie ein Panzer zu umgeben, an dem jede Ironie abprallte.

Aus dem Hintergrund des Restaurants, dort wo es wohl in die Küche ging, trat ein hagerer dunkelhaariger Mann hervor. Er trug eine Schürze, die er nun losband. Seine etwas zu kurz geratene Ponyfrisur ließ ihn merkwürdig bubenhaft erscheinen. *Oder wie ein Mönch mit einer Tonsur!*, dachte ich unwillkürlich.

»Schwager, Kundschaft!«, sagte Vivi herzlich und streckte ihre Hände aus. Eine warme Geste. Sie küsste ihn auf beide Wangen.

»Hallo!« Thomas Urban winkte seinem Bruder lässig zu und sah sich nach einem Platz um.

»Das ist Maren. Maren Mainhardt, sie ist die Ahnenforscherin und …«, Vivi hakte mich erneut unter, »eine alte Freundin!«

Ich lächelte etwas verkrampft. Eigentlich mag ich es nicht, als »alte« Freundin bezeichnet zu werden. Es klingt so, als sei man bereits alt und grau. Nun ja, wenn die Freundschaft schon so viele Jahre währt, dann ist man eben auch nicht mehr die Frischeste.

»Ach, ja, unsere Familienchronik! Ich bin Jean-Franz Urban.« Der hochgewachsene, schlanke Mann nickte mir zu. Seine schwarzen Augen musterten mich eingehend. Ich musterte ihn auch. Er war das absolute Gegenteil seines Bruders. Aber ich hatte diese Erfahrung schon oft gemacht. Die Natur sorgt anscheinend dafür, dass nichts untergeht – das eine Kind trägt die Muttergene, das andere die des Vaters. Oder die der Großeltern. Das Aussehen lässt wiederum nicht auf den Charakter schließen: Nur allzu oft verlaufen diese Stränge über Kreuz, und so ist man in vielen Familien überrascht, wenn der Sprössling zwar aussieht wie der Papa, aber handelt wie die Oma mütterlicherseits.

»Sie haben sich also auf das Schreiben von Familiengeschichten spezialisiert. Da müssen Sie ja eine Meisterin des Weglassens sein!« Jean-Franz lächelte spöttisch.

Thomas schmunzelte. »Sie hat ein Schweizer Schließfach. Dort bewahrt sie das Weggelassene auf. Für ihre Altersvorsorge!«

»Ja!« Ich hüstelte ein wenig verlegen. »Das heißt, natürlich nein. Heute sind viele Leute gerade auf die Dinge stolz, die früher … als anrüchig galten. Eine Oma, die ein uneheliches Kind hatte – vor hundert Jahren eine Schande, heute ein Zeichen der Freigeistigkeit und der frühen Emanzipation!«

»Uneheliche Kinder gibt es bei uns nicht. Da passen wir schon auf!« Thomas grinste anzüglich. Vivi runzelte die Stirn. Offensichtlich legte sie wenig Wert darauf, dieses Thema zu vertiefen. »Ich gehe mal rasch in die Küche. Ich brauche unbedingt das Rezept für diesen Forellenschaum! Jean-Franz, meinst du, deine gestrenge

Küchenfee Gisi hat Erbarmen?« Vivi wartete die Antwort nicht ab, sondern verschwand in der Küche, aus der man emsiges Geklapper von Geschirr und Töpfen hörte.

Jean-Franz Urban nickte schweigend, ohne sich nach ihr umzudrehen. Seine brennenden Augen musterten mich noch immer. Durch meine frühere Taubheit hatte ich gelernt, auf Zwischentöne zu achten, doch das war hier gar nicht nötig. Als Bauchmensch – unberechnend, unberechenbar und gefühlsbetont – war ich es gewohnt, auf meine Intuition zu hören. Und jetzt flüsterten meine inneren Stimmen nicht, sie redeten so laut und so durcheinander, dass ich sie gar nicht überhören konnte. Ich hätte eine Wette darauf abschließen können, dass sich Jean-Franz und Thomas nicht sonderlich mochten, obwohl meine verträgliche Vivi wahrscheinlich alles Mögliche tat, um die beiden Männer einander nahe zu bringen.

Und meine Intuition sagte mir weiter: Dieser Mann hier ist *nicht* begeistert von der Idee einer Familienchronik. Warum auch immer!

Woher hätte ich damals wissen sollen, dass uns genau in diesem Moment jemand beobachtete? Ein Mann, der von draußen ins Lokal hineinspähte, um einen Blick derjenigen zu erhaschen, die er suchte?

Was empfand er, als er sie nicht sah? Enttäuschung? Oder Befriedigung? Er konnte warten. Sie würde gewiss dabei sein. Wenn nicht jetzt, dann später. Sie gehörte ja dazu.

Doch irgendwann würde sie zu ihm gehören.

Kurz nach zwölf.

Auch eingesessene Maulbronner Bürger schienen sich die Mönchsstube gelegentlich zu leisten. Es erinnerte mich ein wenig an drüben, über dem Rhein, wo es so herrlich lebendig ist in den kleinen Restaurants mit den gewürfelten Tischdecken und der Enge, in der man lustig wird und kühne Gedanken spinnt, deren kostbares Gewebe am deutschen Alltag so schnell wieder zerreißt.

Wir Deutsche bewundern ja Frankreich für seine unerreichbare Kultur. In Frankreich ist alles besser und interessanter. Sogar ganz harmlose Dinge. Zum Beispiel kann man nur dort immer wieder beobachten, wie sich in Luxusrestaurants um die Mittagszeit Handwerker bedienen lassen und ihr Mittagsmahl ganz selbstverständlich am Nachbartisch von Bankern verzehren, die ihnen eine Stunde später den dringend benötigten Kredit verwehren.

Obwohl Maulbronn nichts Französisches, sondern eher etwas streng Puritanisches an sich hatte, schien es hier ähnlich zu sein.

Am Nebentisch saß ein Mann mit der Aura eines kleinen Geschäftsmannes oder eher eines Handwerkers – er war schlank, beinahe schlaksig, mit einem schmalen nervösen Gesicht – und bestellte sich mit aller Selbstverständlichkeit ein Bier. Er war nachlässig gekleidet, die Haare waren mit Gel aufgestellt. Ein kleiner Ohrring baumelte an seinem Ohrläppchen. Kurz nickte er zu uns herüber.

Es wurde zurückhaltend zurückgenickt. Sogar kühl, wie ich fand. Mich interessierte das wenig. Das ganze Maulbronn interessierte mich eigentlich nicht. Nein, es war sogar mehr – ich empfand eine feine und doch spürbare Abneigung gegen diesen Ort, die ich nicht begründen konnte.

Ein einzigartiges Kloster. Weltkulturerbe, eingebettet in einer hügeligen Naturlandschaft.

Doch ich sah nur ein Dorf. Vermutete, dass sich das Klostertor abends schloss und mit ihm auch der gesamte Ort – darauf konnte ich beinahe wetten!

»Maren, du bist südstadtsüchtig!«, ermahnte ich mich insgeheim selbst. Immerhin war ich seit Jahren nicht im Urlaub gewesen. Hinterhöfe und bunte Plätze, nächtliches Türenschlagen und ein Schwarm von Leuten, die aus dem Theater kamen und nun auf der Suche nach etwas Trinkbarem die angrenzenden Kneipen bevölkerten; Fahrräder, Studenten, Secondhandläden und die Bildzeitung vom Kiosk an der Ecke; die großen Afrikanerinnen mit ihren bunten Gewändern, die in Plastiktüten das Gemüse vom Lidl nach Hause trugen, sich dabei aber so würdevoll bewegten, als trügen sie es in Körben auf dem Kopf; der Polizist, der heimlich rauchte, und die Pfarrerin, die morgens Kaffee zu den Obdachlosen brachte – das war meine Welt.

Ich wurde aus meinen Träumen gerissen, als die Serviererin, eine kleine Frau mittleren Alters, vorsichtig die Getränke heranbalancierte – schließlich saß der Chef persönlich bei uns am Tisch, Jean-Franz Urban. »Nennen Sie ihn nur Jean, das gibt ihm etwas Kreatives! Und Sie wissen ja – Köche sind Künstler!«, flüsterte Thomas Urban mir ins Ohr. Sein Atem schien wie aus Feuer zu sein, jedenfalls begann mein Ohr zu glühen. Ich rückte ein Stück weg. Nicht, weil er mir unangenehm war – im Gegenteil. Ich spürte, wie sich alle Härchen auf meiner Haut aufstellten. Ich hatte kein Recht dazu, dieses Gefühl zuzulassen.

Vivi war unantastbar, sie war es immer gewesen, und das galt auch für ihre Besitztümer. Ihr, die selbst so freigiebig war – mit Liebe, mit Hilfe, mit Sympathie – wer hätte ihr etwas wegnehmen wollen?

Nicht, dass ich es könnte.

»Die Bärlauchsuppe kann ich nur empfehlen!«, hörte ich die Serviererin am Nachbartisch sagen. Der schmale Handwerker mit dem Ohrring lachte herausfordernd und steckte sich eine Zigarette an. »Nehme ich. *Die* nehme ich mir!«, sagte er dann ziemlich laut. Niemand an unserem Tisch schien den Mann zu beachten, und doch hatte Vivis Mann offenbar zugehört. »Ja, die Bärlauchsuppe!« Thomas schüttelte den blonden Schopf. »Früher hat man das Zeug im Wald glatt übersehen, heute nennt es sich Bärlauchpesto und kostet dich einen halben Stundenlohn!«

»Mich einen ganzen!«, bemerkte ich. Thomas lachte, Vivi schmunzelte. »Aber er ist selbst gesammelt. Wald haben wir genug hier rund um Maulbronn. Wir können dem Kloster dankbar sein, dass es überhaupt eine Straße gibt. Die alte ging von Knittlingen über Freudenstein ins Zabergoi. Dieser Taleinschnitt hier war vollkommen abgelegen. Pure Wildnis.«

Mir doch egal, dachte ich ziemlich undankbar. Weder Maulbronn selbst noch seine Umgebung interessierte mich besonders. Aber natürlich war mir klar, dass Stadtgeschichte zu meiner Chronik dazugehörte. Die Ahnentafel war nur das Skelett; die Stadt, die kleinen Histörchen und die Vereine, die Urkunden, die Taufen, die

Feste, der Besuch des Landrats, der große Schneesturm von irgendwann – das war das Fleisch.

»Das Kraut ist für mich sowieso tabu!«, grinste Thomas, der wohl im Geiste noch an seinem Bärlauch roch. »Sowas kann ich nur samstags essen! Ich will schließlich meine Patienten nicht narkotisieren!«

»Thomas!«, rügte Vivi mit gespieltem Vorwurf in der Stimme, dann stimmte sie zu: »Gut, lass uns doch das Menü nehmen.«

Jean-Franz Urban nickte. »Damit seid ihr gut bedient.« Wieder spürte ich den kritisch-forschenden Blick seiner jettschwarzen Augen. Er hatte etwas Mephistophelisches an sich. Sicher war er ein teuflisches Genie am Herd.

Ein wenig höhnisch lächelte er zu mir herüber. »Ich muss jetzt doch noch mal fragen – eine so junge Frau, Ahnenforscherin? Das ist doch eher etwas für Rentner, für pensionierte Schullehrer!« Ich wünschte mir, er würde etwas leiser reden. Mit Ahnenforschern ist es fast wie mit Ärzten. Sobald die Leute wissen, wovon ich lebe, fangen sie sofort an, nach der Abstammung ihres Namens – Oelschläger oder Kriebich oder wie auch immer – zu fragen. »Fräulein, meine Oma stammte aus der Gegend von Breslau, verstehen Sie?« Das Ganze natürlich gratis.

»Nun, Ahnenforscherin ist ein Beruf wie andere!«, murmelte ich. »Ich habe mich immer schon für Sozialgeschichte interessiert. Und die ist mit der Geschichte einzelner Familien untrennbar verbunden! Denken Sie an Krupp oder … die Weizsäckers …«

»Wir sind aber keine dieser besonderen Familien!«, betonte Jean-Franz Urban – überflüssigerweise, wie ich fand –, »Wir sind ganz normal!«

»Nein, das seid ihr nicht!«, widersprach Vivi lachend, »Ihr seid etwas ganz Besonderes. Maulbronner Urgestein! Und mit diesem Gestein – vergiss nicht, ein Urban war Ingenieur im Steinbruch und hat ihn später sogar gekauft, soweit ich mich entsinne – wurde ein Teil vom Wohlstand dieser Stadt aufgebaut. Hey, darauf kann man stolz sein! – Mittelstand! Der wahre Adel eines Landes!«

»O ja, Frau Königin!«, lachte Thomas.

Seine graublauen Augen blitzten.

Jean-Franz lächelte. »Die Steinbrüche sollten Sie tatsächlich erwähnen. Wenn Sie von hier Richtung Stuttgart fahren, am Ortsende, da ist links der Burrer, ein Steinbruch, der bis ins Mittelalter zurückgeht. Man brauchte damals also nicht weit zu gehen, um zu bauen. Unser Steinvorkommen macht es heute den Kunstinteressierten leicht. Romanik: gelber Sandstein, alles Spätere roter. So einfach ist das! Mehrere hundert Steinhauer gab es hier, als unsere Familie nach Maulbronn zog, und ich denke, das war auch der Grund, warum unser Urahn sich hier ansiedelte. Für einen strebsamen jungen Mann war das eine gute Perspektive. Der Bauboom in den siebziger Jahren des 19. Jahrhunderts – und alle Häuser wurden möglichst fein ausgestattet.« Jean Franz verzog das Gesicht. »Aber die Arbeit war nicht gesund. Man kann in den alten Akten nachlesen, wie viele dabei lungenkrank wurden. Alt sind die nicht geworden!«

»Naja, eure Vorfahren werden ja nicht gerade Steine geschleppt haben, so wie ich die Urbans kenne!«, lachte Vivi und lobte gleichzeitig Jean-Franz' Nachtisch mit einer anerkennenden Geste. »Und früh gestorben sind sie auch nicht. Keine besonderen Vorkommnisse!«

»Jede Familie hat etwas Besonderes«, erwiderte ich ernsthaft. »Und jede Familie ist auf ihre Art einzigartig. Es ist fast wie ein Fingerabdruck. Oder ein Baum. Bei jedem sind die Äste anders gewachsen. Es gibt nichts Spannenderes.« Ich fühlte die Augen der anderen auf mir ruhen und wurde unsicherer. »Zumindest für mich!«, fügte ich an. Sah mich um und blickte in eine schweigende Runde. Irgend jemand in dem halbvollen Lokal hustete.

Hätte ich mich damals genauer umsehen, genauer hinhören sollen? Auf unterschwellige Stimmungen achten? Aber nein – es war ja noch nicht die ganze Familie anwesend. Es fehlte Roswitha. Und es fehlte Usch, die jüngste Schwester …

Also, der Besuch war anstrengend, die ganze Gesellschaft wirkte irgendwie angespannt. Immerhin – zumindest war das Essen wirklich hervorragend!«

Es war Abend. Der Kraichgausprinter war längst wieder am

Karlsruher Hauptbahnhof gelandet, und ich saß endlich in meinem vertrauten und geliebten Wolfbräu am Werderplatz und zog Bilanz. Wie immer hörte mir Matthias begeistert und unablässig nickend zu.

Manchmal wurde mir seine Verehrung wirklich zu viel. Es war auf Dauer ganz schön anstrengend, die große Liebe eines Menschen zu sein! Es schien, als wolle Matthias in einem fort bestätigen, was ich sagte. Eigentlich mochte ich das gar nicht. Ich wollte keine andauernde Bestätigung, ich wollte Rückfragen, Bemerkungen, einen lustigen Einwurf. Thomas fiel mir ein. Wie anders er war!

Seufzend deutete ich auf die Reste meiner Spaghetti. »Weißt du, das hier war durchaus gut, aber das Wort hervorragend würde ich nicht dafür gebrauchen. Aber das Essen bei Vivis Schwager! – Obwohl er selbst ja ein wenig gespenstisch wirkt. Oder sagen wir lieber: fanatisch. Er lebt für seine Kochkunst, er trinkt keinen Alkohol, er ist nicht verheiratet und er ist so … knochig!«

»Hört sich ungesund an!« Matthias lachte und blies in sein Bier. Er mochte keinen Schaum. Deshalb hatte er auch keinen Bart. »Mein Gesicht soll offen sein«, pflegte er zu sagen. So manches an ihm war eigenartig. Er hatte zum Beispiel auch keine EC-Karte. Hierfür gab es ebenfalls einen passenden Spruch: »Nur Bares ist Wahres!«

Auch Theo hatte mich am frühen Abend schon auf dem Mobiltelefon angerufen, nachdem er Zorro sein Abendessen, bestehend aus ein paar Mückenbeinen, serviert hatte. Er hatte wohl seine Abneigung gegen das Handy und seine Zuneigung für mich gegeneinander aufgewogen – zu meinen Gunsten, wie ich amüsiert bemerkte. Sein Anruf hatte mich erreicht, kurz bevor mein Zug im Hauptbahnhof eingetroffen war. »Hm, der Koch hört sich nach gelebter Askese an. Die reine Klosterluft hat ihn wahrscheinlich angesteckt. Die Zisterzienser waren strengste Asketen! Obwohl, wenn ich es mir recht überlege, die Kartäusermönche waren fast noch schlimmer. Die durften ja fast gar nichts. Aber auch bei deinen Zisterziensern herrschten strenge Sitten: ein paar Minuten Wärmestube, mal kurz ins Parlatorium. Reden durften die sonst nicht, nur in Zeichensprache. Es gibt heute noch Listen mit diesen Zeichen; so eine hatte ich mal gekauft. Die war aber schnell wieder weg – der Onkel des Kunden, der sie kaufte, war Trappist, und die haben solche Zeichen noch in unserer Zeit verwendet!«

»Nicht so viel Wissen am Handy, Theo!«, hatte ich gestöhnt. Kartäusermönche! Trappisten! Theo war eindeutig der Intellektuellere von meinen beiden Verehrern. Matthias hingegen war vornehmlich praktisch veranlagt und überließ Tiefgang lieber den Fischen.

Ich grinste ihn an und setzte meinen Bericht fort. »Hinterher gab es noch Kaffee bei Thomas und Vivi Urban. Sohn Moritz kam auch dazu. Nette Kinder, zumindest sieht auch die Tochter Katja auf dem Foto nett aus. Vivian hat viel erreicht. Aber ich denke, sie musste auch auf manches verzichten. Maulbronn ist eine Kleinstadt, und als Mitglied einer ortsbekannten Familie steht Vivi ständig unter Beobachtung. Und sie hat viel Arbeit mit Familie und Praxis. – Sie hat mir die Unterlagen gezeigt, die ich zu einem Buch verarbeiten soll. Ein Ordner voll Urkunden und zwei Schuhkartons voller Fotos. Übermorgen fange ich mit dem Sichten an.«

»Ich dachte, du musst die ganzen Papiere noch anfordern und zusammensuchen! Und außerdem dachte ich, du bist Ahnenforscherin und nicht Schriftstellerin.«

»In diesem Fall wurde wohl fast alles nötige Material schon zusammengesucht. Aber die Urbans können es nicht ordnen und richtig zusammenstellen, Wichtiges von Unwichtigem trennen. Schreiben war noch nie Vivis Stärke. Und ihr Mann? Er ist Arzt. Hast du schon einmal einen Arzt anders schreiben sehen als eine Krähe, die drei Kratzer macht?« Matthias zuckte die schmalen Schultern. »Mein Arzt schreibt gar nichts. Er greift hinter sich, gibt mir eine Schachtel Aspirin, die über dem Verfallsdatum sind, und ich zahle ihm 10 Euro dafür! Ich trage mein gutes Geld nicht in diese Apotheken. Wenn ich Aspirin will, muss ich nicht die ganze Make-up Palette mitbezahlen!«

Matthias war sowieso nie krank. Das passte nicht in sein Bild von einer modernen Welt, in der die Leute fit und gut drauf waren und funktionierten wie Rädchen. Er war Vertreter, und wenn er einen Termin hatte, würde er auch mit dem Kopf unter den Armen dort eintreffen.

Matthias hatte irgendwann einmal beschlossen, Probleme aus seinem Leben zu verbannen. »Warum es schwer nehmen, wenn ich es auch leicht haben kann?«, war sein Credo. Er verbreitete diese notorisch gute Laune und verkaufte gut damit, weil sie unter seinen Kunden so selten war. Seine potentiell zu Versichernden schienen zu denken: »Wenn einer so gut drauf ist, dann lohnt es sich, die Sachen näher anzusehen, die er verkauft!«

Ich winkte der hübschen Kellnerin. Sie stammte aus Georgien und studierte Germanistik. Sie hatte mir das »Du« angeboten und mir dabei ihren unaussprechlichen Namen genannt. Es war mir peinlich, dass ich mir ihren Namen nicht merken konnte, deshalb wäre ich fast lieber beim »Sie« geblieben.

Ich wollte jetzt einfach nur noch bezahlen. Der Ausflug ins Kraichgau und die viele frische Waldluft, die aus den Höhen des Salzachtales herabwehte, hatten mich müde gemacht. Ich war ohnehin kein Mensch, der Veränderungen allzu sehr liebte. Manchmal machte mir das beinahe Angst. Ich hatte in einer Zeitung von dieser Krankheit gelesen, »Neophobie«. Die Betroffenen fühlen sich nur in ihrer vertrauten Umgebung wohl und haben vor allem Neuen Angst. Vielleicht hatte ich diese Krankheit noch nicht in der Endphase, aber der Anfang war gemacht! Seit Rüdigers Betrug an mir und an unserer Liebe hatte ich ohnehin das Gefühl, der Boden schwanke unter meinen Füßen. Woran konnte ich noch wirklich glauben?

Ich sah zu Matthias hinüber, der sich gerade zurücklehnte und zufrieden über sein blaugestreiftes Businesshemd strich. Er war groß und dünn und so gerade gewachsen wie ein Stock. Sein Gesicht war eiförmig-glatt, die Augen braun und so frei von Tiefgrund wie die eines freundlichen Cockerspaniels.

»Gibt es da noch mehr Geschwister, oder nur diese beiden: der geheimnisvolle Koch, der nichts trinkt, und der dynamische Arzt, der nichts schreibt?«

»Es gibt noch zwei Schwestern. Roswitha und Usch. Die Familie wird sich also vermutlich weiter verzweigen. Ein Stammbaum ist immer nur eine Momentaufnahme. Noch während du ihn schreibst, ist er schon überholt.«

Matthias winkte der Kellnerin noch einmal. Dabei machte er

immer sein Businessgesicht. Ernst und streng. So als rechne er jede Sekunde damit, hereingelegt zu werden.

»Ich interessiere mich nicht für diese Familiengeschichtchen. Ich lebe hier und heute, und das reicht mir. Vergangenheit ist Zeitverschwendung, denn sie ist vorbei. Gott sei dank ist damals unser Geschichtslehrer im Gymnasium früh gestorben, und es hat sich ein ganzes Schuljahr lang kein Ersatz für ihn gefunden.« »Ach, Matthias!«

Kaum war ich zu Hause angekommen, rief Theo noch einmal an, neugierig auf Details. »Und, wie begann dein klösterliches Leben? Möchtest du beichten oder schnell noch evangelisch werden?«

Nicht ganz so klösterlich, dachte ich, aber meine unerlaubt unzüchtigen Gedanken würde ich vor Theo, der mich ebenso wie Matthias vorgab zu lieben, ganz bestimmt nicht enthüllen.

Theo war eigentlich mit seiner kleinen antiquarischen Buchhandlung verheiratet. Die einzige, mit der er sich eine morganatische Beziehung zur linken Hand vorstellen konnte, war ich. Wieso wusste ich nicht. Angeblich ähnelte ich äußerlich einer Schriftstellerin, in die er als Junge verliebt gewesen war und deren gesamten unveröffentlichten Nachlass er vor zwanzig Jahren gekauft hatte. »Eines Tages kommt die Scholl-Bisker in Mode und dann habe ich alleine die Bücher und *alle* Rechte – einschließlich der Filmrechte!«

»Wie lange gedenkst du dich in klösterlicher Umgebung aufzuhalten?«, fragte er mich nun. »Ach, ich denke, eine Woche Arbeit, und die Sache ist erledigt. Es fehlen anscheinend nur wenige Dokumente. Irgendjemand hat wohl schon mal Familiengeschichte betrieben, aber – so mein erster Eindruck – irgendwann um die 50er Jahre des zwanzigsten Jahrhunderts damit aufgehört, akribisch zu sammeln. Das gibt es übrigens sehr oft. Wenn sich die Familiengeschichte der eigenen Generation nähert, verlieren viele das Interesse. Oder es befällt sie eine sonderbare Scheu. So als schrieben sie sich selbst ihren Nachruf. Morgen fahre ich wieder nach Maulbronn, aber ich denke, diesmal nehme ich doch das Auto. Ich kann Vivi nicht jedes Mal in ihrem Cabrio herumscheuchen. Sie ist eine ganz Liebe und würde nie etwas sagen, aber ich denke, sie hat eine Menge um die Ohren mit den Kindern, der Praxis und ihrem Superhaus.«

»Superhaus!« Theo, der in einer voll gestopften Zweizimmerwohnung in der Werderstraße inmitten von Büchern und Manuskripten, Bildern, Fotos, Zeichnungen, alten Schallplatten aus Schellack und Vinyl sowie den diversen Nachlässen von Frau Scholl-Bisker lebte, legte all sein Unverständnis für Menschen, die anders lebten als er, in dieses Wort. Das war fast der einzige Punkt, in dem er mit Matthias übereinstimmte – in der Intoleranz gegenüber anderen Lebensweisen. Und genau das war es auch, was mich an den beiden so störte.

»Vivi fühlt sich eben wohl, wenn es um sie herum ordentlich ist! So war Vivi immer!« Ich ärgerte mich, dass Theo annahm, nur wer zwei Stunden suchen musste, um seinen Kellerschlüssel schließlich unter dem Futternapf des Schlammspringers zu finden, sei glücklich, kreativ und innerlich frei. So wie es mich nervte, dass Matthias meinte, man müsse Excel-Listen führen, bei welchem Discounter es in dieser Woche die besten Sonderangebote gab, und dann mit geöffnetem Kofferraum davor parken, um drei Steigen *Handmild* Creme und zwanzig *Bienenhonig trüb* einzulagern.

»Menschen, die extrem ordentlich und diszipliniert sind, verbergen oftmals ein inneres Chaos!«, stellte Theo zufrieden fest. Demnach müsste es bei ihm im Inneren aussehen wie in einem Labor für Mikrochips. »Ja, aber alle anderen doch auch! Jeder hat sein inneres Chaos! Wer keins hat, ist bereits tot!«

»Also mit anderen Worten – du fährst morgen wieder hin. Du nimmst den Auftrag an.« »Ja. Ich beginne morgen mit den ersten Recherchen. Ich suche zuerst die Vorfahren zusammen, zu denen ich vielleicht noch Unterlagen anfordern muss. Das kann dauern. Und dann sichte ich die Fotos, ordne sie zu und versuche ein spannendes kleines Büchlein daraus zu machen. Natürlich dürfen auch lustige Geschichten nicht fehlen. Und Tiere. Familienurlaube: Das erste Mal übers Timmelsjoch mit Onkels Käfer …«

»Lustige Geschichten!«, schnaubte Theo verächtlich, »Die Geschichte einer Familie manifestiert sich nicht in *lustigen* Geschichten, sondern in *traurigen*. Besonders aber in den schaurigen und verbotenen. Die bleiben im kollektiven Familiengedächtnis haften.«

Ich schüttelte den Kopf mitsamt dem Hörer. »Das stimmt nicht. Meine Mutter erzählt noch heute davon, wie meine Tante Grete sich Ostern 1971 auf einen Mohrenkopf gesetzt hat.«

Theo sandte sein knarzendes Lachen durchs Telefon. »Das *ist* eine schaurige Geschichte!«

Nachdenklich nahm ich später im Bett das kleine Buch in die Hand, das mir Vivi geschenkt hatte: Geschichte des Klosters Maulbronn. Mit zahlreichen Hochglanzfotos. Auf der Titelseite eine Luftaufnahme der berühmten Anlage, umgeben von Wald und Wiesen. Gleich zu Anfang gab man sich selbstbewusst: Natürlich gebe es noch andere Klöster, aber keines sei vergleichbar mit Maulbronn – die am vollständigsten erhaltene mittelalterliche Klosteranlage jenseits der Alpen.

Ich blätterte in dem Büchlein, betrachtete die Bilder und dachte dabei unwillkürlich an den letzten Urlaub. Wie lange war das jetzt her? Rüdiger und ich hatten uns in der Touristeninformation Unterlagen geholt und jeden Abend gemeinsam den nächsten Tag geplant. Meistens waren wir allerdings viel zu spät aus dem Bett gekommen … Der bereits bestens bekannte Stich zog durch meine Herzgegend.

Was hatte Freund Hesse zur Klosteranlage gesagt? Ich holte meinen von Theo verordneten Hesse-Band hervor. Wenn ich nicht aufpasste, würde mich der Maulbronnauftrag mehr Zeit kosten als vorgesehen.

»Weltläufig, fest und wohl erhalten stehen die schönen alten Bauten und im Hintergrunde die Stirnseite der Hauptkirche mit einer spätromanischen Vorhalle, Paradies genannt, von einer graziösen entzückenden Schönheit ohnegleichen. Auf dem mächtigen Dach der Kirche reitet ein nadelspitzes humoristisches Türmchen, von dem man nicht begreift wie es eine Glocke tragen soll.«

Das war schön. Wunderschön. Ein Türmchen, das ritt! Da musste man erst mal drauf kommen. Da hatte wohl mal einer seinen Nobelpreis verdient. Ich seufzte: Wie groß war die Kluft zwischen Hesse und meiner Schreiberei.

Überrascht las ich in Vivis Führer, dass das Kloster schon sehr lange gar kein Kloster mehr war – bereits 1530 waren die Mönche ausgezogen. Genauer gesagt: rausgeworfen worden. Nach der Reformation waren einige Gebiete in Deutschland evangelisch geworden, und dazu zählte auch Württemberg. Und da lösten sie gleich mal schnell die Klöster auf. So geschehen auch in Maulbronn. Ich konnte wetten, die wenigsten Leute, die mit dem Bus dort hin fuhren, wussten, dass die Mönche schon fast 500 Jahre weg waren. Wahrscheinlich wunderten sie sich, dass ihnen im Kreuzgang keiner entgegenschlurfte. – Kreuzgang? Gab es denn da überhaupt einen Kreuzgang? Lange musste ich suchen, bis ich ihn gefunden hatte, er stand nicht im Inhaltsverzeichnis. Ich hätte lieber gleich bei Klausurbauten nachsehen sollen, denn – so las ich – der Kreuzgang war alleine den Mönchen vorbehalten. »Die weltabgeschiedene feste, bindende Mitte« der Klausur hatte ursprünglich verglaste, bemalte Fenster. Diese Glasmalereien hatten sich die Schwaben nach Hohenheim geholt, um einen Englischen Garten auszugestalten. Gebaut war der Kreuzgang aus kräftigem rotem Sandstein.

Als Kind hatte ich gerne Namen und Herzchen in roten Sandstein geritzt. Je verbotener der Ort, desto mehr Spaß hatte es gemacht. Jetzt dachte ich mit Scham daran: Wie konnte man etwas Kulturhistorisches so verschandeln! Und nicht nur kulturhistorisch … etwas Ehrfurchtgebietendes, Ewiges. Wenn ich an Maulbronn dachte, spürte ich, dass etwas Mystisches davon ausging. Wie ein geheimnisvoller Windhauch. Und er roch nach Moder und nach … ich schauderte … nach Tod!

Ja – etwas Unheimliches war an diesem Ort. Noch einmal wagte ich mich zu Hesse.

»Wie ein dunkler Grenzturm liegt zwischen den Spielplätzen meiner Kindheit und den Gärten und Wildnissen meiner Jünglingszeit das alte Kloster …«

Meine Gedanken wanderten zurück zu dem Moment, als ich – begleitet von Jean-Franz Urban – aus seinem Restaurant auf die Straße getreten war. Ein Sonnenstrahl war zwischen den Wolken hervorgebrochen und hatte die Dächer der Gebäude, die im Klosterhof standen, sekundenlang in ein grelles Licht getaucht. Im gleichen Augenblick war ein schwarzer Vogel kreischend in die Luft gestiegen. Wie in Blitzlicht getaucht sah ich seine Silhouette im Lichtstrahl beben.

»Beinahe unheimlich!«, hatte ich gesagt. Da hatte ich plötzlich Thomas Urbans Hand auf meiner Schulter gespürt.

»Nein, nein – Maulbronn ist ein guter Ort!«

»Außer für diejenigen, die hier sterben mussten, bevor ihre Zeit um war!«, hatte Jean Franz gesagt. Sein düsteres Gesicht schien zu zucken. Seine magere Hand strich über das dunkle Haar.

»Für die ist nirgendwo ein guter Ort!«, hatte Thomas gelächelt und seine Hand von meiner Schulter genommen. Ich hatte es gespürt wie einen Verlust. Die Stelle, auf der seine Hand gelegen hatte, schien mit einem Mal kalt und leer.

Vivi hatte ihr glattes glänzendes Haar zurechtgeschüttelt, nach oben geblickt und sich ein Tuch um die Schultern gelegt. Hinter ihr hatte sich der Mann heraus auf die Straße gedrängt, der im Restaurant am Tisch neben uns zu Mittag gegessen hatte. Bärlauchsuppe. Er hatte ebenfalls nach oben geschaut. Doch es schien, als habe er die letzten Sätze der Familienunterhaltung gehört. Denn unvermittelt hatte er gesagt: »Ja – auch für Frauen kann es hier manchmal ungesund sein. Schelling und Merkle lassen grüßen! Mindestens! – Schönen Tag noch!«

»Wer ist denn das? Ein Bekannter?«, hatte ich gefragt. Der seltsame Mann passte irgendwie gar nicht zu den Urbans. Es gibt Leute, die erwartest du im Tennisclub zu treffen, und es gibt Leute, die erwartest du beim Kegeln. So ist das nun mal.

Vivi hatte die Achseln gezuckt und sich zu Jean-Franz umgedreht. »Schwager, er isst öfter bei dir. Es ist dieser Malermeister, nicht wahr?« »Ja!«, hatte Jean-Franz kurz geantwortet. Dann hatte er uns verabschiedet. »Macht euch noch einen schönen Tag! Morgen oder übermorgen sprechen wir uns wieder …«

Ich legte das Buch nachdenklich zur Seite. Schelling und Merkle. Ich notierte mir die Namen.

Und schlief in einen unruhigen Traum hinein.

Drittes Kapitel

Der Morgen danach begann mit leichtem Kopfweh. Ich hätte das letzte Glas Chianti nicht trinken sollen. Zwei sind mein Limit.

Doch die Arbeit rief, und wie immer am Beginn einer Familienrecherche war ich ein wenig aufgeregt. Es war, als begänne man, einen spannenden Roman zu lesen. Ausgang ungewiss.

Die Kaffeetasse in der Hand, stand ich nachdenklich auf meinem winzigen Balkon. Ein liebevoller Blick auf meine Südstadt: Der Himmel war blau, doch es war ein trügerisches Blau, denn die ersten – vom Wettermann mit schuldbewusster Miene angekündigten – Regenwolken hatten sich von Osten her auf den Weg zu meinem Haus gemacht. Ich würde sie überlisten, indem ich ihnen dreist entgegenfuhr. Unten vor meinem Haus eilten bereits Frauen aller Nationalitäten mit Einkaufstaschen vorbei, aus denen Lauchstangen lugten, Kinder mit bunten Schulranzen trödelten die Straße entlang, ein Hund pinkelte, und gegenüber setzte sich ein alter Mann auf einen wackligen Stuhl und entfaltete genüsslich eine Bildzeitung von gestern.

Mein Auto stand noch da, wo ich am Vortag eingeparkt hatte und – welch Wunder! – es klebte kein Strafzettel an ihm. Ich wusste wirklich nicht, warum die Stadt Karlsruhe mir meine Liebe so schlecht vergalt: Im vergangenen Jahr hatte ich 19 Strafzettel bezahlt. Ich tätschelte meinen betagten Golf. »So, jetzt gehen wir es an, wir beide! Auf ins schöne Kraichgau.«

»Ich bin bereit, aber so ganz ohne Benzin?«, schien er zu antworten. Er hatte recht: Besorgt musterte ich den Tankanzeiger, der beharrlich unten klebte. Mal wieder vergessen zu tanken!

Unangenehm – aber als ich damals den TÜV um ein volles Jahr verpasst hatte, war es schlimmer gewesen. Vor allem, als dieser Polizist langsam, ganz langsam rund um mein Auto gegangen war. Ich war mir vorgekommen wie eine Frau auf dem Heiratsmarkt, die ihre letzten Chancen schon verpasst hat.

Missmutig steuerte ich meinen Wagen an die Aral-Tankstelle hinter dem Messplatz. Geld ausgeben für etwas, das selbstverständlich scheint, kann ich nicht leiden. Du denkst, so ein Auto fährt sowieso, und dann bist du für eine Ladung stinkender Brühe 30 Euro los.

Doch wenn ich dann die Männer sah, die sich um die zwei armseligen Telefonzellen unter der Zugbrücke scharten – sie wohnten wohl in dem Asylantenheim gleich neben der Tankstelle – war ich wieder froh, überhaupt über dreißig Euro verfügen zu können. Einige der Männer schauten mir beinahe ausdruckslos nach. Vielleicht träumten sie von einem Auto mit deutschem Kennzeichen, von einem Leben mit deutschem Kennzeichen.

Bald hatte mein Golf die Stadtgrenze verlassen. Ich scheuchte den ihn den Hügel vor Jöhlingen hinauf und sah frustriert, dass die benachbarte Straßenbahn genauso schnell, aber merklich eleganter ihre Bahnen durchs frische Frühlingsgrün zog. Hinter mir erschien ein großer blau-weißer Schatten, der unweigerlich näher kam: Er entpuppte sich als Lastwagen mit der Aufschrift »Kraichgau Korn«. Auf der gefürchteten B 293 wurde ich zu meinem Entsetzen von dem Riesenlaster bedroht, der viel zu dicht auffuhr, während er nur darauf lauerte, mich zu überholen.

Oder Schlimmeres?

Ich, die in der vergangenen Nacht schlecht geschlafen hatte und grüblerisch aufgewacht war, dachte natürlich mal wieder sofort an jenen unheimlichen amerikanischen Film, in dem ein harmloser Autofahrer von einem schwarzen Truck gejagt wird. Ich hatte den Film schon mehrmals gesehen, aber noch immer nicht so richtig verstanden. Der unsichtbare Fahrer – war das der Teufel? Dann konnte ich doch ganz beruhigt sein, ich fuhr schließlich zu einem Kloster, und dort herrschte bekanntlich das genaue Gegenteil vom Teufel.

Wie sich herausstellte, war mein Lastwagenfahrer aber definitiv nicht der Teufel, sondern ein halbnackter gutgelaunter Italiener, der mir beim Überholen eindeutige Zeichen machte und mir ein Grinsen schenkte, dass zu den schönsten Hoffnungen Anlass gab – vorausgesetzt, man hatte etwas für italienische Lastwagenfahrer übrig.

Bald bot die Stadt Bretten mir vorübergehend Schutz vor rasenden Lastern, und als mich die Landstraße wieder aus Bretten hinausführte, an Knittlingen und etlichen Steinbrüchen vorbei, vorüber an jenem reizenden Gehöft mit dem Namen Eilfingerhof, als dann endlich Maulbronn erschien, da fühlte ich mich besser. In einem Reiseführer über das Kraichgau hatte ich gelesen, dass Fausts Mutter vermutlich vom Eilfingerhof stammte. Das beflügelte meine Phantasie. Mit Faust, da konnte ich was anfangen, Faust, den kannte sogar ich – vor allem, wenn Gustav Gründgens in seiner Nähe war.

Auch mit dem Auto war Maulbronn auf den ersten Blick keine Sensation. Das Kloster lockte, aber ich dachte professionell und beschloss, gleich nach der Straße zu suchen, in der Vivi und die ihren lebten. Maulbronn war durchaus überschaubar. Bald hielt ich vor ihrer Garage, die gierig ihr leeres Maul aufsperrte.

Keine Spur von Vivis schickem Cabrio. Auch Thomas' Wagen fehlte. Keine Versuchung, keine Sünde.

Kein attraktiver Mann allein zu Haus!

Die Tür öffnete stattdessen Vivis nettes Töchterlein Katja, die ihrer Mutter zwar ähnlich sah, aber kräftigere Züge hatte.

Hier mochten die robusteren Urbans durchschlagen.

»Ach, Sie sind die Familien-Detektivin!«, sagte sie lässig. »Mama ist noch in der Praxis, sie kommt aber gleich. Ich soll Sie fragen, ob Sie Tee möchten?« »Gerne, danke, das ist aber nett!«

Das Mädchen ging voraus in die Küche.

Dort war alles erwartungsgemäß perfekt eingerichtet und blitzsauber. Ganz anders als in meiner Küche, die zwischen Küchengeräten von internationalen Flohmärkten vertrocknete Kräutersträußchen beherbergte und in der – dafür schämte ich mich wirklich ein bisschen – Telefonnummern an die Wand gekritzelt standen. Kochen ist mein Hobby, und beim Kochen trinke ich gerne den ersten Schluck Wein und lese dabei, oder ich telefoniere. Und wichtige Informationen müssen halt irgendwohin gekritzelt werden. Auf mein Gedächtnis, das hundsmiserabel ist, kann ich mich jedenfalls nicht verlassen.

»Das ist Tee von der Kräuterhexe aus dem Kloster!«, sagte Vivis Tochter. »Für weibliche Personen, macht glücklich! Für einen hohen Prozentsatz von Leuten ist das Kloster ein magischer Ort.«

Weibliche Personen, hoher Prozentsatz – Was würde einmal aus dem Mädchen werden? Eine Statistikerin?

»Dann trinkst du bestimmt viel davon!«, sagte ich ein bisschen zu locker, da ich immer ein wenig unsicher im Umgang mit Kindern und Jugendlichen war. Entweder war ich zu freundlich, oder ich machte flapsige Bemerkungen, die unerwartete Verletzungen auslösten – jedenfalls schien ich niemals das Richtige zu sagen. Erst als mir eine Freundin, selbst Mutter von fünf Kindern, gestand, ihr gehe es bis zum heutigen Tag mit ihren eigenen Sprösslingen und vor allem mit deren jugendlichen Besuchern ebenso, konnte ich diese Unsicherheit akzeptieren.

Das Mädchen sah mich an mit diesem internationalen »junges Mädchen trifft mittelalterliche Tante«-Blick. »Den Tee kauft Tante Usch immer. Die glaubt an solche Sachen. Die geht auch zur Wahrsagerin und legt Karten. Wahrscheinlich will sie wissen, ob sie einen Mann findet. Hier, nehmen Sie Zucker? Also ich mag ja lieber Cola, aber bei Onkel Franz gibt es auch immer Tee oder was aus Kräutern. Der ist total verrückt nach dem Kloster und nach allem, was die Mönche früher so machten. Er sagt, die hätten bescheiden und demütig gelebt. Onkel Franz findet das ganz toll! Ich glaub da nicht dran, die hatten bestimmt auch mal ihren Spaß.«

»Vielleicht *war* das demütige Leben Spaß für sie!«

Das Mädchen zuckte die Achseln. »Vielleicht. Mein Bruder ist ja drüben im Evangelischen Internat in der Schule. Der ist auch stolz drauf! Die nehmen nicht jeden. Zumindest behaupten sie das.«

»Ist er der Erste in eurer Familie, der dorthin geht?«

»Keine Ahnung – das werden *Sie* ja jetzt rausfinden, wenn Sie die alten Zettel aufräumen. Ich glaub aber schon. Zumindest macht Mama einen totalen Aufstand draus, wie toll das ist, dass er zum Seminar gehört. Ich persönlich gehe lieber nach Bretten. Bretten ist besser!«

Alte Zettel aufräumen!, dachte ich. Auch keine schlechte Beschreibung meines Jobs.

»Ach, und in Bretten gibt es ein gutes Gymnasium?«

»Ja, das Melanchthon. Irgendeine Urururoma von uns ist auch in Bretten in die Schule gegangen, aber damals haben ja die Mädchen noch kein Abi gemacht, wissen Sie!« »Manche schon, aber du hast Recht – das waren wirklich nur ganz wenige!« Das Kind schien aufgeweckt zu sein. Nun. Es war ja auch Vivis Tochter.

Katja goss den Tee gewissenhaft durch ein Sieb, verteilte ihn auf zwei Tassen, wobei sie mir, dem Gast, höflicherweise die größere Menge zukommen ließ. Gemeinsam rochen wir zuerst an der würzigen goldenen Flüssigkeit und tranken dann das Gebräu in kleinen Schlucken. »Schmeckt gut! Man kann fast spüren, wie es wirkt und man ruhiger wird!«, sagte ich und lachte.

»Mama sollte ihn trinken. Die ist oft ziemlich nervös. Ich denke, sie macht einfach zu viel. Das Haus, die Praxis, und dann schreibt sie die besten Rezepte von Onkel Jean auf – sie will eines Tages vielleicht ein Kochbuch herausgeben.«

»Sie ist halt tüchtig, Katja, das war sie immer schon! Da kannst du stolz drauf sein.« »Ja, das stimmt!«, sagte das Mädchen, »Sie sind alle tüchtig, auch Tante Roswitha und Tante Usch. Aber Roswitha, die ist auch streng. Sie nimmt alles so ernst und versteht überhaupt keinen Spaß. Und immer will sie, dass wir uns gut benehmen, weil wir ja schließlich Urbans sind … Hey, was soll das? Wir sind ja nicht die Queen, oder?« Das konnte ich nun doch verneinen.

Das Gespräch geriet ins Stocken. Daher bat ich Katja: »Zeigst du mir mal das Arbeitszimmer mit den … alten Zetteln?« »Klar. Sie können den Tee gerne mitnehmen. Später bringe ich Ihnen noch Kekse. Auch von der Kräuterfrau!« Perfektes Kind!

Das kleine Arbeitszimmer war überaus gemütlich eingerichtet. Die Möbel sahen aus, als seien sie richtig alt und von Hand renoviert. Offensichtlich waren sie auch selbst angestrichen, und zwar in einem traulichen Beige. Ebenfalls von Hand, wahrscheinlich mit einer Schablone, waren zierliche kleine Zweige mit Früchten darauf gemalt worden, jeweils in gebührendem Abstand. Kein bisschen kitschig, sondern absolut individuell und passend zum Ambiente.

»Das hat Mama gemacht. Schön, nicht wahr? Sie mag es, besondere Dinge um sich zu haben!« Ja, dachte ich, das tut sie. Hat sie immer schon. Und versuchte, nicht an Vivis Mann zu denken. Denn auch der war etwas Besonderes, das nicht alle haben konnten.

Katja hatte sich zurückgezogen.

Ich war in dem netten kleinen Zimmerchen alleine. Allein mit der Stadt Maulbronn, die friedlich unter mir lag. Von irgendwoher schlug es elf Uhr. Vor mir auf dem Tisch standen drei Pappkisten, rechts Dokumente, links Fotos und Zeichnungen sowie Pläne und alte Postkarten. In der Mitte die Stammbücher zweier Urban-Zweige, des aktuellen und des von Thomas' Großtante Irmi. Außerdem zwei Stammbäume, einer davon mit Naziemblemen. Arier-Nachweise!

Irgendjemand hatte hier schon einmal ganze Arbeit geleistet. Aber wer? Ich nahm mir vor, danach zu fragen. Wenn Vivi dafür auch noch Zeit hatte, dann gehörte sie ins Museum für übertüchtige Frauen und nicht nach Maulbronn. Aber ich glaubte eigentlich nicht, dass sie es gewesen war. Diese Ahnenforschung war ja auch nicht ihre Idee gewesen. Vivi hatte sich nie besonders für Familiengeschichte interessiert.

Es klopfte an der Tür.

Höflich, aber höchst überflüssigerweise, denn bevor ich noch »Herein!« oder etwas Ähnliches sagen konnte, wurde die Tür energisch aufgerissen. Im Türrahmen erschien eine große, kräftige Frau mit kurzen schwarzen Haaren, die zu dunkel waren für ihren hellen Teint. Vermutlich hatte sie sie gefärbt. Der Raubvogelblick ihrer kleinen schwarzen Augen erinnerte mich ein wenig an Jean-Franz. Sie trug einen roten Kaschmirpulli und ein Seidentuch. Die edle Garderobe stand ihr längst nicht so gut wie Vivi.

»Oh, Sie sind schon da!«, sagte sie ebenso energisch, wie sie hereingeplatzt war. »Gestern hatte ich keine Zeit, Sie zu begrüßen. Familiengeschichte ist gut und schön, aber man muss auch dafür arbeiten, dass sie entsprechend weitergeht, nicht wahr?«

Wer war das?

»Ich bin Roswitha Urban-Bonser. Vivians Schwägerin!« Ein kräftiger Händedruck. Eigentlich habe ich nichts gegen selbstbewusste

Frauen, aber es gibt einen Unterschied zwischen selbstbewusst und selbstgerecht. Irgendwie hatte ich das Gefühl, bei Roswitha Urban-Bonser handelte es sich um die letzte Kategorie. »Sie werden nicht lange brauchen, denke ich. Selten ist etwas so ordentlich vorbereitet worden. Und unsere Familiengeschichte ist eigentlich eine einzige Erfolgsgeschichte!«

»Ja!«, antwortete ich verblüfft. Ich hatte erwartet, dass sie zu diesen Worten humorvoll lachen würde, aber sie meinte es tatsächlich todernst.

»Die Anfänge waren zwar bescheiden, aber nicht primitiv. Es waren alles ordentliche Handwerker, tüchtige deutsche Handwerker, oder zumindest Leute, die ihr Geld ehrlich verdient haben!«

»Ja?«, sagte ich wieder, verunsichert angesichts dieses geballten bürgerlichen Selbstbewusstseins. »Ich habe die Unterlagen noch nicht gesehen.« »Badische Handwerker!«, betonte Roswitha wieder. »Wir haben kein Problem damit, obwohl wir natürlich Württemberger sind. Toleranz ist auch immer ein Kennzeichen guter Familien.« Toleranz! Nun ja.

»Mein Mann kandidiert für den Kreistag. Man hat ihn unzählige Male gefragt, aber bisher war der Aufbau des Büros wichtiger gewesen – die materielle Basis muss stimmen, aber jetzt drängt es ihn in die Politik. Und dort gehört er auch hin. Ich meine, Jeans Restaurant ist gut und schön, und Uschs Boutique auch, aber eigentlich sind die großen Familien auch immer in der Politik tätig.«

»Ja!«, sagte ich und konnte die Ironie in meiner Stimme nun kaum mehr unterdrücken, »So wie die Bushs und die Kennedys!«

»Genau. Und so wird es bei uns auch sein!«

Ich fragte besser nicht, für welche Partei ihr Mann aktiv wurde. Egal, wo er war, *einen* Chef würde er sowieso immer haben – seine Frau!

»Ich bin auch nicht untätig. Ich schreibe christliche Gedichte. Über unseren Herrn. Auch für Kinder geeignet«, belehrte mich Roswitha. »Wenn Sie wollen … also, wir dachten uns, auf der letzten Seite des Buches erscheinen die Dinge, die uns Urbans heute ausmachen. Ein Foto meiner hübschen Nichte und meines Neffen, ein Rezept meines Bruders, etwa der toskanische Brotsalat, und ein

Gedicht von mir! Die Familiengeschichte wollen wir nach vorne stellen – all die schönen Dinge, die davon erzählen, was die Urbans alles erreicht haben und wer wir heute sind. Die anderen Sachen brauchen nicht vorzukommen. Dieser Meinung ist übrigens auch mein Bruder Thomas – das Familienoberhaupt.«

»Ja, aber diese sogenannten … ›Sachen‹ machen eine Familienchronik doch erst farbig!« »Farbig? Wissen Sie, wir sind ja nicht bei den Buddenbrooks, nicht wahr? Und nur, weil eine Tante im Altersheim sich eine Familienchronik wünscht, muss man nicht überall herumstöbern!«

»Nein, nein – wir Familienchronisten, wir zeigen den Auftraggeber immer im –«, ich suchte nach einem Ausdruck, ohne meine Selbstachtung zu verlieren, »… passenden Licht!«

»Passend!«, lobte sie mich, »das ist ein gutes Wort! Wir sehen uns beim Mittagessen!« Und schloss die Tür kräftig hinter sich. Ich beschloss – sollte ich gegen alle Wahrscheinlichkeit doch noch mal heiraten –, mir zuerst meine potentiellen Schwägerinnen sehr genau anzuschauen! Andererseits – wenn ich an Thomas Urban dachte, dann erschien mir selbst eine Schwägerin wie Roswitha als vernachlässigbares Hindernis.

Ich verbot mir solche Gedanken und nahm einen letzten Schluck aus meiner Kräutertasse. Der Tee wurde kalt und das bekam ihm nicht. Von Hühnerbrühe bis Heiltee, alle gesunden Sachen schmecken besser, wenn sie heiß sind. Manche Leute schwören ja sogar auf warmes Bier.

Die Pappkisten alleine waren schon sehenswert: Ursprünglich wohl aus schlichtem braunem Karton, hatte man sie liebevoll bemalt und mit papiernen Engeln und Rosen beklebt. Nostalgisch und hübsch. Daneben lag ein Schreibblock und ein Füller, ebenfalls mit Rosenmuster. Unglaublich. Vivi hatte mehr Sinn für Stil als die Windsors. Manch einer würde es nicht glauben, dass ihr Dad vielleicht ein Kartoffelbauer aus Ohio gewesen war oder ein Hafenarbeiter aus New York …

Aber wie pflegten wir Familienschreiber zu sagen: Der Name des Stalls, aus dem man kam, war völlig egal; Hauptsache, wenn man draußen war, roch man ihn nicht mehr.

Zögernd griff ich in die mittlere Schachtel, in der die Papiere zumindest noch einigermaßen ungeordnet waren, und fischte nach einem ersten Dokument. Ein Schulzeugnis. Aus dem Jahre 1947. Hand- und Nadelarbeit: ungenügend. Nadelarbeit! Das hatte ich noch nirgends gehört. Aber ohne Zweifel wäre auch ich ungenügend in Nadelarbeit gewesen. Sympathie für die unbekannte Ungeschickte erfasste mich.

Roswitha würde das bestimmt gerne aus der Chronik ausgespart sehen.

Wer war denn die Übeltäterin gewesen? Trudel Täufer, spätere Urban und damit Thomas' Mutter. Wie sie wohl gewesen war? Als Ahnenforscherin durfte man nicht die Talente vernachlässigen, die durch die eingeheirateten Frauen in eine Familie kamen. Ich würde noch Genaueres darüber erfahren. Es war wohl besser, erst einmal mit dem Stammbaum derer von Urban anzufangen. Ganz vorne. Oder zumindest so weit vorne wie möglich.

Ich hatte gerade das knisternde, mehr als DIN A4 große Papier ausgebreitet, als Vivis leichter Schritt auf dem Flur vor dem Arbeitszimmerchen zu hören war. Als sie eintrat, wehte mir der Hauch eines kühlen teuren Parfüms entgegen. Sie trug einen jener Pullis, auf denen nicht Kaschmir stehen muss, damit man sieht, dass sie aus edelstem Material sind. Er war kaffeebraun und harmonierte wunderbar mit Vivis Augen und mit der Perlenkette, die sie um den zarten Hals trug. In diesem Aufzug hätte sie ohne weiteres zum Tee bei Frau Bundeskanzler gehen können. Um ihren Stil konnte man sie beneiden.

»Katja hat dich hereingelassen, ach, und sie hat dir Tee gekocht. Welche Mischung hat sie denn gewählt?« Vivi äugte in die leere Tasse. »Frauenglück!« Sie lachte und setzte sich auf einen der beigefarbenen Nostalgiestühle. »*Bist* du eigentlich glücklich, Maren?« Ich war ziemlich überrascht von dieser direkten Frage, die eigentlich nicht typisch war für die zartfühlende Vivi – die Vivi der Zwischentöne, die ich damals gekannt hatte. Was sollte ich ihr sagen, wo ich es nicht einmal selbst wusste?

Glücklich?

Als ich noch mit Rüdiger zusammengewesen war, ja da war ich glücklich gewesen. Zumindest kam es mir heute so vor: Eine Zeit voll Sonnenschein. Die kleine Isobal, Rüdiger und ich in unserem Faltboot, das Häuschen, die Katze und die Rosmarinsträucher vor dem Haus.

Ich zuckte die Achseln.

»Definitionssache, Vivi. Kein rauschendes Glück im Moment, aber eine gewisse Ruhe und Zufriedenheit, die auf Dauer besser ist als ein Rausch, der dir alle Kräfte raubt. Und du?«

Vivi betrachtete ihre blassen Fingernägel. »Ja, das geht mir auch so … Obwohl …«, ihre Kaffeeaugen blitzten auf, »ich sage dir … irgendwie bin ich immer noch verliebt in Thomas! Nach all den Jahren – kannst du dir das vorstellen?«

Ich nickte. Und wie, dachte ich.

Gedankenverloren griff sie nach dem Urban-Stammbaum und glättete das Blatt. Nun war ich dran. »Bereust du es nicht manchmal, nie zu Ende studiert zu haben?« »Nein. So wie du es wahrscheinlich nicht bereust, keine Familiemutter zu sein. Wir schlagen einen Weg ein und hatten wohl unsere Gründe, warum wir den und keinen anderen genommen haben. Kämen wir noch mal an die Wegkreuzung, würden wir uns wieder so entscheiden. Unsere Entscheidungen und unser Charakter sind nicht voneinander zu trennen.«

Ich nickte.

»Weißt du, ich denke oft an die Schüler im Seminar. Alle diejenigen, die den ruhigen Weg gewählt haben und brave Lehrer, Pfarrer oder Beamte geworden sind, wurden vergessen; doch jene, die ausgeschert sind, die es gewagt haben, eigene Wege zu gehen, haben Geschichte geschrieben – und sogar den Literaturnobelpreis gewonnen!«

»Nicht alle!«, sagte ich, »wer weiß, wie viele mit ihren Träumen gescheitert sind.«

»Aber ohne Traum bist du von Anfang an gescheitert!«

Ein Satz, über den man mal in Ruhe nachdenken musste. Hoffentlich vergaß ich ihn nicht wieder, wie so vieles Wichtige in meinem Leben. Nur das, was ich vergessen wollte – oder besser vergessen sollte –, das tauchte andauernd wieder auf.

»Ich denke, die Urbans waren auch von diesem Geist. Sie hatten einen Traum, und sie haben ihn verwirklicht. Zumindest im Rahmen ihrer Möglichkeiten!«

Ich hörte sehr genau hin, als Vivi von der Familie ihres Mannes sprach, und versuchte, einen falschen Unterton herauszuspüren. Viele sagen, sie seien glücklich in ihrer Ehe – und je lauter und je öfter sie es sagen, desto näher steht schon der Scheidungsanwalt vor der Tür. Doch in Vivis Worten schwang kein falscher Ton mit. Sie meinte, was sie sagte. Das spürte ich. Und hatte sie es nicht auch verdient?

Ich wies auf die Unterlagen. »Vivi, wer hat das alles schon mal vorsortiert? Irgendjemand von euch hat schon einmal Interesse gehabt an der Familie und viel Arbeit investiert.« »Ja, das war Thomas' Onkel Franz, Tante Johannas Zwillingsbruder. Die beiden sind die älteren Geschwister von Thomas' Vater. Wahrscheinlich hat Tante Johanna die Idee mit der Familienchronik von ihrem Bruder übernommen. Du weißt ja, wie Zwillinge sind.«

»Eigentlich nicht. Mir reicht zu wissen, wie normale Geschwister sind.« Ich verzog das Gesicht bei dem Gedanken an die Kämpfe, die ich als Kind mit meiner nur wenig älteren Schwester ausgefochten hatte – und die im Grunde bis heute währten, wenn auch in gemäßigter Form. Vivi sah mich mit ihren unergründlichen schwarzen Augen an. »Sei froh!«, sagte sie leise, »Ich hätte gerne jemanden um mich gehabt. Das kann sehr tröstlich sein, glaube ich.«

»Der Koch, dein Schwager, heißt also wie sein Onkel?« »Ja. Franz und Johanna hatten beide keine Kinder. Haben auch nie geheiratet. Deshalb wurde Jean-Franz nach ihm benannt, um den Namen und die Erinnerung an ihn nicht aussterben zu lassen. Du wirst das in den Unterlagen finden. Solche Tradition gibt es wohl in vielen Familien!« Sie lachte trocken auf: »Keine Ahnung, wer diese Vivian war!«

Es überraschte mich, dass sie inzwischen über ihre eigene Herkunft reden – und sogar scherzen – konnte, die immer ein wunder Punkt gewesen war. »Also für mich«, ich nahm ihren heiteren Ton auf, »hört sich das nach New York Upper East Side an. Diese ganz vornehmen Apartments, weißt du? Die aus den Filmen!«

»Und wer war sie? Sie Putzfrau, und er dort der Liftboy?«

Ich sagte nichts.

Vivian straffte sich. »Komm, keine albernen Gedanken und zurück zu Onkel Franz. Thomas' Vater Julius hat nur diese beiden Zwillingsgeschwister gehabt, Franz und Johanna. Julius Urban hat den Steinbruch verwaltet und die Baufirma geleitet – beide sind inzwischen verpachtet –, und Franz hat die Brauerei geführt. Beiden zusammen hat die Mönchsstube gehört. Tante Johanna stand täglich im Lokal. Aber ihr Bruder hat schließlich seinen Neffen Franz, der nach ihm benannt wurde, angelernt und ihm auch das Restaurant vermacht.«

»Aha, na, also das ist ungewöhnlich, ein Koch, der sich für seine Vorfahren interessiert!« »Ja. So weit ich gehört habe, fing es bei ihm eigentlich damit an, dass er sich für die Klostergeschichte interessierte – und für den Speisezettel der Mönche, der übrigens überwiegend aus Fisch bestand, denn die Mönche durften nichts essen, was auf vier Beinen ging. Irgendwie hat er dann an seinen historischen Recherchen Gefallen gefunden und mit der eigenen Familie weitergemacht.«

Für einen Familien-Chronisten wie mich schien sich eine Fundgrube aufzutun. Es gibt nichts Schrecklicheres als einen Auftrag, zu dem sich kaum Material beschaffen lässt. Einmal hatte ich sechs Monate auf die Auskunft vom Auswanderungsamt in Hamburg warten müssen, bis alle Schifffahrtslisten nach einem Boris Mainzer durchgesehen waren.

»Ich könnte mit ihm sprechen. Lebt er in Maulbronn? Er ist schon sehr alt, nicht wahr?«

Vivis Gesicht verdüsterte sich. »Das ist leider keine sehr erfreuliche Sache, Maren. Er lebt überhaupt nicht mehr. Er … er hat sich das Leben genommen.«

»Was? Er hat sich umgebracht?«

Vivi nickte. »Ja, Maren, er war ein verwirrter alter Mann – Altersdepression, sagt Thomas, bei dem Onkel Franz in Behandlung war. Das ist an sich nichts Ungewöhnliches. Er hätte sich nur nicht unbedingt erschießen müssen. Und dann auch noch vor dem Amtsgericht! Wenn man bissig sein wollte, könnte man sagen, er hatte es von dort immerhin nicht weit bis zum Friedhof. Ach, es ist traurig – aber so etwas kommt häufiger vor, als man denkt!«

»Hm …« Mir fiel dazu nichts ein. In der Südstadt liefen ebenfalls jede Menge alte Leute herum. Vielleicht wurden auch sie manchmal von Depressionen geplagt. Aber sie brachten sich deswegen nicht gleich um. Sie warteten, bis es vorbei war.

»Und … Maren?« »Ja?« Ich räumte ein paar Blätter zur Seite und freute mich insgeheim schon auf die alten Fotografien.

»Thomas und die anderen, weißt du, die sind der Ansicht, solche Sachen – also diese … *nicht so schönen Dinge,* die brauchen ja nicht unbedingt in unserer Chronik vorzukommen.«

Ich betrachtete sie erstaunt. Vivi war eigentlich im Studium immer von so etwas wie Forschergeist beseelt gewesen. Aber natürlich kam diese Idee nicht von ihr. Wem zuliebe legte sie so wenig Wert auf die wahre Geschichte der Urbans? Wen wollte sie schützen? Ihren Mann – oder ihre Schwägerin? Hatte Vivi etwa Angst vor dieser Roswitha? Was ich bisher von dieser Person gesehen hatte, das hatte mir gar nicht gefallen.

Eine Stunde später saß ich wieder beim Mittagessen mit den Urbans. Die Kinder waren auch diesmal nicht mit am Tisch. Dafür hatte sich Roswitha eingefunden.

Es wurde wenig gesprochen. Wir aßen Gemüsesuppe, die selbstgemacht schmeckte, Spätzle mit Geschnetzeltem und zum Nachtisch einen ebenfalls handgerührten Fruchtjoghurt. Dann wurde der Kaffee aufgetragen.

Thomas, in einem kurzärmeligen graugestreiften Hemd, unter dem sich seine kräftigen Schultern abzeichneten, hatte mit bestem Appetit gegessen. Ich hingegen hatte nur wenig Hunger verspürt. Besonders wohl fühlte ich mich nicht im Kreise dieser Familie. Warum? Ich wusste es nicht. Irgendwie herrschte eine seltsam angespannte Stimmung. Wenn es nicht so unwahrscheinlich geklungen hätte, dann hätte ich mir fast einbilden können, es lag etwas Beunruhigendes im Raum – eine drohende Gefahr.

Thomas beobachtete mein Herumgestochere mit Missbilligung.

»Ich hoffe, Sie essen nur ausnahmsweise so wenig. Oder schmeckt Ihnen das Essen meiner Frau nicht? Dann müssen wir wohl morgen notgedrungen wieder zu meinem Bruder gehen.«

»Nein, nein, es war sehr gut!«, sagte ich schnell, »Ich habe … derzeit wenig Appetit!«

»Liebeskummer?«, fragte er sachlich, »Sowas ist traurig, aber die beste Diät der Welt. Allerdings auch die am wenigsten haltbare. Ich habe verlassene Frauen, aber auch Männer in meiner Praxis betreut. Sie nehmen 12 Kilo in sechs Wochen ab, gehen umher wie die Geister, und kaum sind sie wieder verliebt, erkennt man sie nicht wieder. Backenknochen verschwinden und Kleider passen nicht mehr. Hören Sie auf den Rat eines Mannes, der sich auskennt: Kaufen Sie sich nie teure Kleider, wenn Sie Liebeskummer haben!«

»Erstens habe ich keinen Liebeskummer, denn dazu müsste ich erstmal verliebt sein!«, versetzte ich, »Und zweitens ist das ja wohl ein eher theoretisches Wissen, das Sie da verbreiten!«

»Hoffe ich!«, sagte Vivi und reichte Kekse herum.

»Es gab auch ein Leben vor Vivian!«, erwiderte er und sah mir mit diesen stahlgrauen Augen ins Gesicht.

»Aber keins danach!«, antwortete ich.

Keiner sagte etwas. Hatte ich etwa Widerspruch erwartet?

Roswitha fixierte ihren Bruder mit ihren kugelrunden Vogeläuglein. »Ich habe Frau Mainhardt gesagt, dass wir die … eher unerfreulichen Dinge aus der Familien-Chronik herauslassen sollten.«

»Klar!« Thomas grinste. »Keine Ausländer, keine Kriminellen, keine Nazis, keine Juden!« »Thomas, die gibt es doch sowieso nicht in unserer Familie! Aber man sollte schon herausstellen, dass es sich um eine *gute* Maulbronner Familie handelt. Solide Kaufleute, hochgearbeitet durch Fleiß und Geschick!«

Vivi lächelte gutmütig zu den Worten ihrer Schwägerin. Roswitha nahm sich noch eine Portion Spätzle. Ich schätzte sie auf Kleidergröße 44. Da sie groß war, wirkte sie nicht mollig, sondern eher kräftig.

»Zunächst einmal muss ich natürlich am Anfang beginnen«, schaltete ich mich ein. »Ich habe noch keinen genaueren Einblick, aber ich denke, die Familie stammt nicht ursprünglich aus Maulbronn.« »Nein, wer stammt schon aus Maulbronn?«, entgegnete Thomas, »Der Ort hat früher ja praktisch nicht existiert. Es hatten sich im Laufe der Zeit rund um das Kloster lediglich ein paar Handwerker angesiedelt, die der Instandhaltung der Gebäude und der Verköstigung der Seminaristen dienten. Bäcker, Schneider und Schuhmacher, kleine Handwerker, solche Leute eben …«

»Sie sehen«, lächelte Roswitha, »die Geschichte unserer Familie ist eng mit Maulbronn verknüpft! Und daran dachte sicher auch Tante Johanna, als sie diesen … Wunsch äußerte. Sie liebt Maulbronn und die Gegend hier, und sie will zeigen, was wir alles für die Stadt getan haben. Und ich denke – obwohl ihr Wunsch wie die wunderliche Idee einer alten Dame erscheint – sie tut etwas Kluges. Auch im Hinblick auf die Zukunft unserer Familie. Denn sehen Sie: Nicht wenige bekannte Politiker kamen ursprünglich aus der Lokalpolitik!«

Ich sah gar nichts. Ich sah nur, dass es Leute gab, die sehr interessiert waren an einem Stammbaum, der absolut clean war! Es gibt aber keine makellosen Stammbäume. Irgendwo, tief versteckt unter den Unterlagen, findet sich immer ein Skandälchen.

Thomas sah mich an. Trotz des Schalks in seinem Blick, der etwas von seinem machohaften Humor verriet, lag ein ernster Zug um seinen Mund. »Ich denke, wir verstehen uns!«, sagte er. Und ich dachte: »Ja, leider!«

Später saß ich bei einer Tasse Kaffee, die ich mir gewünscht hatte, wieder in dem reizenden kleinen Arbeitszimmerchen. So nett glücklich machender Kräutertee auch sein mochte, es ging nichts über eine ordentliche Tasse Kaffee. Sorgfältig breitete ich den Stammbaum aus. Also, wann begann es mit den Urbans? Meine Augen wanderten nach oben und ich las in dem handgeschriebenen, zum Glück dennoch einigermaßen gut lesbaren Dokument.

Der erste Name: »Eckhard Urban«, geboren zu Frankfurt am 16. Mai 1665. Ich pfiff durch die Zähne. Das war früh. Die meisten Laienforscher auf Ahnensuche kommen nicht weiter zurück als bis zum Ende des 18. Jahrhunderts, dem Beginn der standesamtlichen Aufzeichnungen. Kirchenbücher sind gut und schön, aber zu viele wurden vernichtet, oder die Eintragungen wurden schlampig und fehlerhaft geführt, der Fantasie des Pfarrers überlassen oder manchmal ganz vergessen. Ich suchte in dem zweiten Schächtelchen nach entsprechenden Nachweisen.

Je vergilbter, desto älter, sollte man meinen – ist aber nicht so! Die vergilbten Papiere sind Originale, die sich noch im Familienbesitz befinden, wohingegen die wirklich uralten Papiere dem Ahnenforscher als Kopien zugesandt werden. Sie tragen einen »Erledigt«- und einen »Bezahlt«-Stempel und sind schlichtweg neu. So auch hier.

Das Stadtarchiv in Frankfurt am Main hatte vor sieben Jahren diese Abschrift an Herrn Franz Urban gesandt. Das Stadtarchiv! Das war ungewöhnlich. Normalerweise war die Kirchengemeinde für solche Urkunden zuständig. In den protestantischen Gebieten und Gemeinden wurden Kirchenbücher schon seit der Reformation geführt, bei den Katholiken begannen die Eintragungen etwas später. War dieser allererste auffindbare Urban im Archiv entdeckt worden, war vielleicht irgendetwas Besonderes mit ihm gewesen – etwas, dessen Archivierung sich lohnte?

Ich musste schmunzeln.

Keine Sippe ist ohne Besonderheit. Ich hatte einmal eine Chronik geschrieben für eine Familie aus Ettlingen, einem romantischen Kleinstädtchen vor den Toren von Karlsruhe. Diese Leute – sie hießen Bleier – waren überzeugt davon gewesen, ihre gesamte Verwandtschaft stamme aus Ettlingen, denn alle hatten den Namen Bleier getragen, und alle hatten in dem Familienbetrieb, einem Gerüstbau, gearbeitet – seit unzähligen Generationen. Als meine Nachforschungen eine Norwegerin zu Tage gefördert hatten, die der Urururopa, ein Holzhändler, einst von einer Schiffsreise in die Fjorde mitgebracht hatte, waren sie erstaunt gewesen. Nur der Sohn der Familie, ein großer blonder junger Mann mit Augen wie das Eismeer, hatte sofort seinen nächsten Urlaub umgebucht. Jetzt ging es zum Nordkap statt nach Mallorca. »Der Norden hat mich immer schon begeistert!«, sagte er und man mochte es ihm glauben.

Ich war so vertieft in meine Erinnerungen, dass ich kaum bemerkte, wie sich die Tür erneut leise öffnete. Und doch brauchte ich mich nicht umzudrehen, um zu wissen, dass es Thomas Urban war.

»Haben Sie alles, was Sie brauchen?«, fragte er ruhig. Ich wandte mich um und wieder trafen sich unsere Augen.

»Ja. Ihr Onkel hat erstaunlich perfekte Vorarbeit geleistet!« »Das stimmt«, erwiderte er nachdenklich, »er war vollkommen begeistert von dieser Ahnensache. Onkel Franz war sowieso ein Mensch, der sich für vieles begeistern konnte. Er hat alles mögliche gemacht: Fischteiche für die Armen angelegt, ein Puppenhaus gebastelt, das irgendwo versteigert wurde. Und er hat sich sehr für die Geschichte des Klosters interessiert und auch verschiedene Stellen gezeichnet – die Zeichnungen müssen noch irgendwo sein. Und dann hat er auch noch mit dieser Familiengeschichte angefangen …«

»Die Zeichnungen sind hier, in dem dritten Kästchen – ich glaube, das ist der Kreuzgang, den er da nachempfunden hat, und hier hinten, das muss eine Stelle an der Westmauer sein. Das ist das Eingangstor, hier der Brunnen in der Brunnenkapelle des Kreuzgangs … Oh, das gibt es doch auch von Hermann Hesse … hier in diesem Buch …« Ich zückte Theos Hesse-Band. Thomas warf einen kurzen Blick darauf und wandte sich wieder der Zeichnung seines Onkels zu. »Hier hinten, da ist der Friedhof und das ist heute der Parkplatz. – Wissen Sie, Onkel Franz war unverheiratet, hatte keine Familie, sonst hätte er wohl keine Zeit für solche Hobbies gehabt. Ich habe mich eigentlich gewundert, dass er nie geheiratet hat, denn er sah nicht schlecht aus, und es gab einige Interessentinnen aus guten Maulbronner und Brettener Familien!«

»Hat er seine Chronik denn nicht fertig gestellt? Ich meine, ich habe noch nicht alle Unterlagen durchgesehen, aber auf den ersten Blick wirkt alles sehr vollständig. Eigenartig, dass er mittendrin aufgegeben hat. Findet man selten.« Das stimmte eigentlich nicht, aber ich wollte Thomas ein wenig provozieren.

»Ja, offensichtlich hat er einfach irgendwann die Lust verloren.« Thomas betrachtete seine Fingernägel, die – wie bei Ärzten üblich – sehr gepflegt waren. »Er hat die Dokumente zur Seite geräumt und nicht mehr allzu viel davon gesprochen.«

Ich weiß nicht, was mich dazu brachte, die Frage zu stellen: »Und welcher Sache galt danach sein Interesse?« »Danach? Onkel Franz' Interesse? Ich glaube, dem Kloster und vor allem dem Seminar.« »Dem Seminar?« »Ja, der Klosterschule. Dem früheren Priesterseminar. Davon hatten wir ja schon gesprochen. Nachdem die Mönche im 16. Jahrhundert ausgezogen waren, wurde hier der evangelische Priesternachwuchs ausgebildet. Streng genommen ist das immer noch so, nur dass nicht mehr erwartet wird, das die Kinder, die dort hingehen, später mal Priester werden! Aber Tatsache ist, dass es ein hartes Auswahlprinzip gab und noch heute gibt. Und dass viele Führungskräfte unseres Landes aus dem Seminar hervorgegangen sind. Manch einer ist da neidisch darauf. Auch unser Moritz hat darunter zu leiden. Einige von seinen kleinen Kumpels, die auf der Realschule sind, würden ihm am liebsten Frösche ins Bett setzen, wenn sie an unseren Bewegungsmeldern vorbei kämen.«

»Was werden die Kinder denn heute? Alle Führungskräfte?«

Thomas hob die Schultern. »Was auch immer die werden. Alles mögliche. Wir wissen es nicht, denn sie machen ihr Abitur in Blaubeuren. In Maulbronn kann man nur bis zur 10. Klasse bleiben. Das war immer schon so – oder zumindest fast immer. Die Jungs waren hier nur im Alter von 14 bis 16 Jahren, wenn mal einer ein bisschen später dran war, konnte er auch 15 oder 16 sein, aber das war die Ausnahme. Sagen Sie bloß, hochgebildet wie Sie sind – schließlich haben Sie Ihren Kurz-Hesse ja immer bei sich –, Sie haben ›Unterm Rad‹ nicht gelesen?«

»Nein!«, sagte ich. Wozu ihm gestehen, dass ich seit meiner Jugend überhaupt nichts mehr von Hesse gelesen hatte und jetzt auch nur auf Theos Geheiß mit einem Buch voller Zitate herumlief?

»Haben Sie's denn gelesen?«

Er lachte. »Na, das ist Pflicht in Maulbronn. Hesse ist unser Aushängeschild, wenn er auch nur ganz kurz hier lebte und sein Verhältnis zur Klosterschule recht ambivalent war. Ich muss ehrlich sagen, dass es sogar mich fasziniert hat, wie er die Atmosphäre im Seminar beschreibt: die Ankunft der Jungens, ihren Alltag und auch den Druck, unter dem sie standen. Daran wäre er beinahe zerbrochen. Und er wäre nicht der Erste gewesen. Glauben Sie jetzt bloß nicht, ich sei furchtbar gebildet. Eigentlich mache ich mir nicht viel aus Büchern – ich bin mehr für das gelebte Leben und weniger für das aufgeschriebene –, aber schon als Grundschüler hat mich diese Neujahrsrede von Georg Herwegh sehr beeindruckt, worin er über den Tod zweier Mitschüler spricht. Ich weiß eigentlich nur noch zwei, drei Zeilen, aber die haben mir gefallen: ›*Wo sind jene holden Jugendträume, die Euch Paradiese vorgemalt?*‹ Und am Ende ›*Hat der Traum zum Schatten sich gestaltet*‹. Herwegh hat recht: Wie schnell werden Träume zu Schatten!«

Ich betrachtete sein kantiges Gesicht und vernahm den Ernst in seiner Stimme. Einen Moment lang hatte er mir einen Blick in sein Inneres erlaubt. Aber ich wollte dieses Innere nicht sehen. Ich wollte ihm nicht näher kommen.

Mit kratziger Stimme fragte ich: »Und Hesse?«

»Na, der wollte nicht das lernen, was sie ihm beibrachten. Er wollte ganz einfach etwas anderes. Sicher war das nicht leicht. Aber irgendwann bricht sich die wahre Natur Bahn. Bei jedem. Das, was tief in der Seele schlummert, ist wie ein Hund, der von der Kette gelassen werden will. Holen Sie ihn schon raus!«

»Wie bitte?«

»Na, Ihren Hesse in Kurzform. Hesse in Maulbronn und anderswo. Praktisch, jemand anderes hat das gesamte Œuvre für dich gelesen, und trotzdem hast du alles passend zur Hand, was du zum Zitieren brauchst. Also …!«

Warum gehorchte ich ihm? Leise las ich vor:

»Im Seminar fingen meine Nöte an. Die Not der Pubertätszeit traf zusammen mit der Berufswahl, denn es war mir schon damals durchaus klar, dass ich nichts anderes als ein Dichter werden wollte, ich wusste aber dass dies kein anerkannter Beruf war und kein Brot einbrachte.«

»Ganz recht!«, sagte ich, weil mir nichts anderes einfiel. »Ganz recht!« ist immer passend. Ich hatte außerdem mal von einem Kommunikationswissenschaftler gehört, in den allermeisten Konversationen reiche es völlig aus, irgendwann einmal zu sagen »Aber nicht im Süden!« Das sei ein Allespasser. Hier allerdings nicht.

Thomas musterte mich ironisch. »Sie wissen nicht viel von Hesse, stimmt's?«

Was wusste er schon von meiner Jugend? Von meiner Taubheit, von *Siddhartha* in meinen einsam stillen Jahren … Aber er hatte recht: Das war lange vorbei.

»Nein!«, lachte ich deshalb, »Und auch nicht von Algebra und ebenso wenig von DNA's. Und ich habe keine Ahnung vom Passé Composé. Oder was eine Fuge ist. Kurzum, ich würde heute kein Abitur mehr bestehen!« Er grinste. »Wenigstens sind Sie ehrlich! Mein Bruder Jean-Franz kennt sich gut aus mit dem Kloster und dem Seminar. Am nächsten Montag hat er seinen Gourmettempel geschlossen. Was halten Sie davon, eine Klosterbesichtigung à la Urban zu veranstalten?«

»Natürlich, da wird sich Vivi sicher freuen! Ich glaube, sie liebt das Kloster auch sehr.«

Thomas entgegnete nichts. Mir schien, als träfe sich unser schwerer, verlegener Atem irgendwo im Raum und verknäuele sich in einem Wirbel, der uns beide erfassen und hinunterziehen könnte …

Er sah auf seine Uhr. Eine flache teure Uhr an einem kräftigen gebräunten Arm. Rüdiger hatte auch kräftige gebräunte Arme gehabt. Vom Reiten.

»Reiten Sie eigentlich?«

Er wandte sich an der Tür um. »Woher wissen Sie denn das?«

Mit Eckhard Urban hatte es also angefangen. Anno 1665. Ich stöberte weiter in dem zweiten Karton herum. Laut Stammbaum hatte er eine gewisse Gudrun Hast geehelicht und mit ihr sechs Kinder gehabt, wovon vier bereits früh gestorben waren – ein damals normales Schicksal, das man ertrug, weil es alle anderen auch ertragen mussten. Manchmal hatte ich mich schon gefragt, was in den Familien passiert wäre, hätten wider Erwarten alle Kinder überlebt. Wäre da nicht das Essen knapp geworden, kalkulierte man ein paar Sterbefälle mit ein? Als Beruf stand »Händler« dabei. Eckhard Urban war also ein Händler gewesen. Urban – der Name deutete auf jemanden hin, der immer in der Stadt gelebt hatte. Eckhard war ein deutscher Name, nichts sprach etwa für einen jüdischen oder einen französischen Ursprung der Familie.

Er war evangelisch gewesen, was in Hessen Staatsreligon gewesen war. Und er war nicht mehr ganz jung gewesen, als er geheiratet hatte: 37 Jahre alt, seine Frau schon 32. Warum so spät? Ich machte mir eine Notiz. Da konnte man auch mal nachfragen.

Ina, eine Studienkommilitonin und gewissermaßen eine Kollegin von mir, war Vorsitzende eines großen genealogischen Vereins und verheiratet mit einem mittellosen Adligen. Ihr öffneten sich innerhalb von kurzer Zeit Türen, für die ich eine wochenlange Wartezeit einkalkulieren musste. Ja, gleich morgen würde ich Ina anrufen. Vielleicht sammelten sich ja bis dahin noch mehr Fragen an.

Die beiden spätverheirateten Urbans hatten zwei Kinder groß gezogen, eine Tochter Anna, geboren 1704, und einen Sohn Michel, geboren 1710. Natürlich hatte das genealogische Interesse des verstorbenen Franz Urban, Koch zu Maulbronn, nur diesem Michel gegolten. Von Anna war lediglich vermerkt, sie habe einen Hans Kaufmann geheiratet und sei nach Mainz gezogen. Weiter war nichts überliefert, und es war kaum wahrscheinlich, dass sich die heutigen Urbans für die damaligen Kaufmanns interessierten.

Michel Urban hatte natürlich auch geheiratet, und zwar im Jahre 1740, eine Norah Bück aus Ludwigshafen, geboren 1718. Als Beruf war »Arbeiter« angegeben. Händler und Arbeiter! Nun ja, Adlige waren die frühen Urbans nicht gerade gewesen. Umso erstaunlicher der Aufschwung, den die Familie später genommen haben musste. Ich war gespannt darauf, bei welcher Generation es »klick« gemacht hatte.

Norah war katholisch gewesen, was dafür sprach, dass ihre Sippe ursprünglich aus der Pfalz oder dem Saarland nach Ludwigshafen eingewandert war. Nun hatte es einen Sprung gegeben: Die Urbans waren weggezogen. Der Arbeiter Michel und seine Frau Norah hatten nach einer Totgeburt und einem Mädchen, das mit zwei Jahren starb, 1748 ebenfalls einen Sohn beigesteuert – die erste fremdländisch aussehende Urkunde fiel mir in die Hand, säuberlich abgetippt und mit einem Stempel versehen: Jack-Hans Urban war in Amsterdam geboren, und dort war er auch zur Schule gegangen. Ein Schiffspatent lag den Dokumenten bei. Für den Ahnenforscher ein Geschenk – ein so altes und schönes Schiffspatent! Doch auch

Jack-Hans hatte geheiratet, und auf der Urkunde war nichts mehr von einem stolzen Seemann zu sehen: Grethe de Vries aus Köln war 1780 nur die Frau eines simplen Hafenarbeiters geworden. Ihre beigefügte Geburtsurkunde war kaum leserlich, sie musste damals 20 Jahre alt gewesen sein. Grethe de Vries aus Köln. Eine holländische Familie? Ich machte mir eine Notiz. Vries überprüfen. Konnte sein, dass ich etwas Brauchbares herausfand, musste aber nicht. Außerdem, soweit ich Thomas und Roswitha verstanden hatte – Vivi gab womöglich nur das wieder, was man ihr suggerierte –, war man an farbenfrohen niederländischen Händlern ebenso wenig interessiert wie an anderen exotischen Einflüssen auf den Erfolgskurs der Sippe.

Mittlerweile hatte die Familie Urban wieder die Reiselust befallen, und sie waren ins Süddeutsche zurückgekehrt. Jack-Hans und Grethe Urban waren 1785 Eltern von Zwillingssöhnen geworden, wovon einer – eine medizinische Bescheinigung in gut lesbarer Sütterlinschrift lag bei und war vom Pfarrer der St. Josefkirche in Mannheim beglaubigt – drei Tage nach der Geburt an einem Gehirnleiden verstorben war. Es überlebte Franko Urban, der später – das stand auf einem handschriftlichen Zettel – noch zwei Schwestern bekommen sollte. »Urkunden fehlen« hatte jemand notiert, möglicherweise dieser Franz, dem ich die ordentliche Vorarbeit zu verdanken hatte. Ich blätterte weiter in den Unterlagen: Jack-Hans hatte die Jahrhundertwende um einige Jahre überlebt, und seine Frau – ich stutzte: Von Grethe Urban, geborene de Vries, fehlte die Sterbeurkunde. Es gab auch keine Notiz zu diesem traurigen Ereignis. Wieso hatte Onkel Franz hier nicht weiter nachgeforscht? Ich konnte über Ina versuchen, die Urkunde zu beschaffen.

Der überlebende Zwilling Franko war katholisch getauft worden, und danach tauchte er nur noch einmal auf, als er 1820 einen Laden in Mannheim eröffnete. Für Schiffereibedarf. Es lag eine von der Stadt ausgestellte Erlaubnis vor, auch an Sonntagen an Schiffsleute, deren Frauen und Lehrbuben Waren zu verkaufen. Wieder machte ich mir eine Notiz. Ich würde vielleicht nach Mannheim fahren und schauen, was aus dem Haus geworden war – sollte es noch existieren und nicht zerbombt oder abgerissen sein.

Der zweite Weltkrieg war natürlich eine Katastrophe für alle Beteiligten. Als Ahnenforscher stieß man immer wieder auf die Zerstörung, die er hinterlassen hatte. So viel war unwiederbringlich verloren!

Nichtsdestotrotz hatte auch Franko natürlich geheiratet. Und zwar im Jahre des Herrn 1827. Sie waren alle spät dran gewesen mit dem Heiraten, was verschiedene Schlüsse zuließ: berufliche Strebsamkeit, Bedachtsamkeit, Geldmangel und damit Warten aufs Erbe – oder aber Lebenslust und der Drang, sich die Hörner abzustoßen … Bei den Urbans schien alles für die letztere Theorie zu sprechen. Franko wählte eine Ausländerin: Seine Liebe hatte offenbar einer Maria Nagy gegolten, für die keine Geburtsurkunde vorlag – es stand lediglich eine Notiz auf der Heiratsurkunde: »Wird von der Braut nachgegeben!« Als Geburtsort war Wien eingetragen. Eine eilige Heirat! Dafür gab es weltweit meistens nur einen Grund. Ich schmunzelte. Tatsächlich: Es war eine große Geburtsurkunde beigefügt, von einer Tochter namens Margitta – doch halt, die war erst fünf Jahre nach der Eheschließung geboren. Margitta, das hatte Franz, der Hobbyahnenforscher, handschriftlich in einem Beischreiben angeheftet, hatte schließlich auch geheiratet, und zwar nach Berlin, wo sie eine eigene Dynastie gegründet hatte: mit Urbanblut, aber ohne den Urbannamen und deshalb für Franz offenbar nicht interessant.

Es musste davor noch ein Kind gegeben haben, kurz nach der Eheschließung Franko Urbans mit seiner fremdländischen Maria. Und tatsächlich, der Stammbaum wies als nächsten männlichen Urban einen Johann Urban nach, der 1850 geheiratet hatte – und der 1828 geboren war. Fünf Monate nach der Hochzeit seiner Eltern. Naja, das war nichts wirklich Schlimmes, oder?

Johann Urban war der Erste, der mehrere Dokumente beisteuerte. Willkommen im Beamtenstaat: einen Lehrvertrag zum Koch, eine Schanklizenz, einen Pachtvertrag für den »Roten Hahn« in Mannheim, Lange Rötterstraße.

Das war interessant. Vielleicht gab es dort auch heute noch eine Gastwirtschaft – mit etwas Glück trug sie sogar noch den gleichen Namen. In jedem Fall würde ein authentisches Foto des Hauses eine

Bereicherung sein. Für solche Fälle habe ich ein kleines, in rotes Leder gebundenes Notizbuch. Gebe Gott, dass ich es nie verliere.

Ich tätigte einen kurzen Anruf bei einer Freundin in Mannheim. Heinke war Grafikerin. Sie arbeitete für einen stadtgeschichtlichen Verlag, meistens von zu Hause aus. So auch heute. Sie war weder erstaunt noch verstimmt, dass ich mich nicht erst nach ihrer Katze und nach ihrem Hund erkundigte. Das machte sie sympathisch. »Ich ruf dich auf dem Handy zurück!«

Es dauerte nur fünf Minuten – dann das leise Vibrieren. »Der Rote Hahn – ja, da habe ich alte Bilder gesehen, und eins habe ich sogar da. In einem Bildband, *Mannheim – Arbeit(er)stadt.* Das Wirtshaus ist abgebrannt. Könnte Brandstiftung gewesen sein. War aber eine üble Spelunke, soweit ich mich erinnere. Die Konzession wurde nicht wieder bewilligt!« Ich bedankte mich und versprach eine Pizza, wenn ich nächstes Mal in Mannheim wäre.

Das war so in meinem Job. Dauernd sprang ich von der Vergangenheit in die Gegenwart. Also zurück zu Johann Urban.

Er war evangelisch gewesen und hatte 1850 die in Aix (Frankreich) geborene Antoinette Caplan geehelicht. Die war katholisch gewesen, als Beruf stand eingetragen: »Dienstmädchen und Köchin«. 1855 waren sie nach Maulbronn gezogen. Und sie hatten 1862, 1864 und 1870 je einen Sohn bekommen. Die ersten beiden Söhne hießen Markus und Stefan, der dritte Frederick. Von Markus erfuhr man nicht viel. »Beschäftigt in den Steinbrüchen« stand in seiner Heiratsurkunde von 1871. Im gleichen Jahr fiel er im 1870/71er Krieg.

Stefan hatte überhaupt nicht geheiratet. Er war Beschäftigter bei der Thurn und Taxis-Poststation gewesen. Ich musste wieder schmunzeln. Ein Mann, der nicht geheiratet hatte, gab in den Stammbäumen immer Rätsel auf. Fragte man die Nachkommen, so war natürlich vor 130 Jahren *nie* jemand schwul gewesen. So tolerant man auch heute war – in der nostalgisch verklärten Familiengeschichte wollte keiner einen frühen, unerkannt gebliebenen Homosexuellen haben.

Der dritte Sohn, Frederick Urban, hatte ebenfalls in den Steinbrüchen gearbeitet. Doch nach einem Zeitungsartikel, der seiner

Beförderung zum Vorarbeiter beigeheftet war, hatte er außerdem zusammen mit einem Freund eine Fischgrillstation am See oberhalb des Klosters gegründet und am Wochenende betrieben. Irgendwann hatte er die wohl wieder aufgegeben: Die Beendigung des Pachtvertrags war beigefügt. Auch waren zwei zerknitterte Rechnungen erhalten: Er hatte beim Bau des Amtsgerichts geholfen und Reparaturarbeiten an der nördlichen Klostermauer durchgeführt. Schien ein rühriger Mann gewesen zu sein.

Geheiratet hatte er eine Amelie Ritter aus Bretten.

Später hatte er die Arbeit im Steinbruch aufgegeben, eine Wirtschaft aufgemacht und offenbar eine frühe Form von Spedition gegründet – mit zunächst einem, dann zwei und schließlich zahlreichen Lastwägen und Lieferwägen. Noch später hatte er einen Steinbruch übernommen und eine Baufirma angegliedert. Die Hochzeit dieses unternehmungslustigen und offenbar cleveren Frederick mit seiner Amelie hatte 1892 stattgefunden, und 1894 war Sohn Hermann geboren worden, später noch zwei Töchter, Elisabeth und Gertrud. Hermann hatte bereits deutlich mehr aufzuweisen gehabt als die zahlreichen Urbans vor ihm; er trat auch als erster in vielen Vereinen hervor. Gymnasium in Bretten, eine Banklehre in Stuttgart, er hatte ein Konzert in Mühlacker beim Knabenbegabtenorchester gegeben, er hatte die Jägerprüfung gemacht und auch den Angelschein, war im Männergesangverein und im Turnerbund gewesen. Einmal war er sogar Faschingsprinz geworden. Bei seiner Eheschließung im Jahre 1925 mit einer Marianne Köhler, geboren 1906, hatte er als Beruf stolz »Unternehmer« angegeben.

Ich kramte in den Kisten herum. Amelie Ritter war hübsch gewesen. Eine gute Partie. Mir fielen noch ein paar Frauenfotos aus der dritten Kiste in die Hände. Nein, das war nicht Amelie Ritter, das war Marianne Köhler – es folgten gleich mehrere von ihr und ihrem Mann, schließlich auch von ihren Kindern, dem Zwillingspärchen Johanna und Franz. Und von ihrem jüngeren Bruder Julius, der Jahreszahl nach der Vater von Thomas und damit der Schwiegervater von Vivi.

Ich seufzte und schloss die Kiste. Es war keine echte alteingesessene Kraichgaufamilie, die ich hier beschreiben sollte. Ich hatte nun schon genug über die Urbans herausgefunden, um eines zu wissen: Sie waren unruhig gewesen – und sie waren ursprünglich nicht besonders gut situiert gewesen. Sie hatten es in Maulbronn zu Wohlstand und Ansehen gebracht, aber die Wurzeln waren verblüffend einfach. Tagelöhner, Hafenarbeiter.

Noch einmal ließ ich die Reihe von Fotos und Bildern durch die Hände gleiten. Von den ganz frühen Urbans gab es keine Bildzeugnisse, doch ich wettete, es waren gut aussehende und wilde Burschen gewesen.

Wieder ging die Tür: Vivis Sohn Moritz stand vor mir. Ich sah den Jungen an und dachte: »Ja, wilde und schöne Männer, draufgängerische, freche Frauentypen – mit einem Wort: genau wie du mal einer wirst!«

Viertes Kapitel

Matthias, der seine Zeit stets erfolgreich managte, wollte mir mal wieder zeigen, wie man effektiv lebt. Vor sich hatte er ein Blatt liegen, auf dem »Projekt Urban« stand.

»Maren, du musst hier deine Stunden ausrechnen und die Summe, die du für das Buch bekommst. Da unten wird die Summe durch die Stunden geteilt und der Stundenlohn errechnet. Das Ganze sollte in einem vernünftigen Verhältnis stehen. Wenn man für eine Sache wenig Geld bekommt, ist es besser, sie schnellstmöglich zu erledigen, dann ärgert man sich nicht lange. Am besten legst du jetzt mal richtig los, damit du bald wieder öfter in Karlsruhe bist. Wollte dich heute Mittag nämlich zum Essen ins Café Böckeler einladen und nur dein Anrufbeantworter war zu Hause!«

Das klang vorwurfsvoll. Matthias, untypisch für einen Mann, war eine richtige Kaffeetante. Kaffee, Kuchen, Tee und Tratsch. Seine Vorliebe für Tee war eines der wenigen Dinge, die er mit seinem Konkurrenten teilte: Auch Theophil liebte es, Tee zu kochen. Außerdem liebte er es, in klaren Plänen und Zeitabläufen zu denken, was meinem chaotischen Wesen diametral entgegenlief.

Matthias saß auf meinem Küchenstuhl und versuchte, seine langen Spinnenbeine irgendwo unterzubringen. Schließlich knäuelte er sie um das Tischbein. Er hatte mich ganz überraschend besucht und mich inmitten von Aufzeichnungen aufgefunden. Die meisten Notizen, die ich mir gemacht hatte, trugen Fragezeichen: Das waren die Punkte, die ich noch klären wollte.

Eigentlich liebe ich derartige Spontanbesuche nicht, aber er hatte eine Flasche meines Lieblingsweins dabei sowie selbstgebackene Käseplätzchen. Matthias war ausgesprochen praktisch veranlagt.

Er selbst kaute Kaugummi. Das war einer der zahllosen Gründe, warum ich ihn niemals lieben könnte. Dieses ewige Wiederkäuen von Kaugummi. Obwohl mich das Innere seines Mundes nicht wirklich interessierte, fragte ich mich dennoch oft, ob dieses weiße Ding, das er da hin- und herschob, wirklich noch Geschmack hatte.

»So einfach ist das nicht!«, sagte ich jetzt. »Und warum bist du überhaupt vorbeigekommen? Was willst du?«

Er breitete die Hände aus. »Ich habe einen glänzenden Abschluss gemacht. Familie, vier Kinder – Ausbildungsversicherung! Die Zukunft der Kinder ist den Leuten heute wichtiger denn je: gute Schule, Tennis, angesagtes Handy, Nachhilfestunden. Und da dachte ich, wir feiern ein bisschen.«

»Matthias, ich muss arbeiten. Wie du richtig sagst – ich will tatsächlich nicht viel länger als eine Woche für diese Chronik brauchen. Erstens – wer hat schon Lust, dauernd nach Maulbronn zu fahren; und außerdem, wie du bereits ausgerechnet hast, lohnt es sich tatsächlich finanziell nicht, wenn ich länger daran arbeite. In zwei Wochen beginnt außerdem ein neuer Auftrag – eine Hundezüchterdynastie in der Pfalz. Betrieben von Oma und Enkelin. Ihre Dackel heißen alle ›Vom Sonnenstein-Serengeti‹! Dazwischen habe ich vielleicht noch eine kleine Sache in der Bäckerei um die Ecke.«

»Dein Geschäft blüht tatsächlich. Hast du eigentlich einen allumfassenden Versicherungsschutz?«

»Versicherungsschutz? Wogegen?« »Berufsunfähigkeit. Während du da in dem Kloster herumstöberst, könnte dir ein untoter Mönch eins über den Schädel geben!«

»Oh, Matthias – Maulbronn ist friedlich. Fast zu friedlich. Dort gibt es keine Untoten!« Ich lachte ein wenig gezwungen. Warum musste ich ausgerechnet jetzt wieder an diese seltsam bedrohliche Stimmung denken, die mich im Klosterhof befallen hatte?

»Wie du meinst. Mein Gefühl hier …«, er wies auf seine knochige Brust, »sagt mir etwas anderes. Und mein Gefühl leitet mich zu den besten Abschlüssen, wie du weißt! Aber Maren, wenn es bei dir so gut läuft – du solltest an die Börse gehen. Sonnenstein … wie? Furchtbar! Früher hießen Dackel Waldi, und man bekam sie geschenkt!« Matthias schob den Kaugummi nach vorne. *Das* war furchtbar.

Trotzdem, ein Schlückchen von meinem Lieblingswein konnte nichts schaden. Um neun würde ich Matthias rauswerfen, dann konnte ich immer noch ein wenig arbeiten.

Ich suchte – wie immer – verzweifelt meinen Flaschenöffner.

Als ich ihn schließlich fand, war ich wieder einmal höchst erstaunt. Wie kam er unter das Sofakissen? Und zwar zusammen mit meiner neuen blauen Lesebrille? Wie gerieten solche Dinge des alltäglichen Küchengebrauchs immer wieder an solch rätselhafte Orte in meiner Wohnung?

»Also, Maren – erzähle, was weißt du inzwischen von der Familie Urban?« Erwartungsvoll breitete Matthias seine Käsestängelchen aus. Ich wusste, er wollte mir nur helfen.

In einem seiner Verkaufslehrbücher, die ich schlicht »Anleitung zum Betrug« nannte, stand, man solle zunächst alles, was man einem Kunden erzählen wollte, seinem Spiegelbild berichten und dabei gleich die Rolle des Kunden mit übernehmen.

»Ein Trick!«, sagte er jetzt. »Versuche alles, was du bis jetzt weißt, in einem einzigen Satz zusammenzufassen, so gewinnst du für dich Klarheit.« Ich dachte nach.

Ein Satz? Welcher Satz fiel mir ein, wenn ich an die Urbans dachte?

Ich bin scharf auf Thomas Urban oder *Ich beneide Vivi* oder *Diese Roswitha ist eine blöde Kuh* oder *Jean-Franz Urban ist gespenstisch!*

Er hatte recht – die Methode war nicht schlecht.

»Die Urbans?«, sagte ich nachdenklich und nahm einen Schluck, setzte mich mit verschränkten Beinen auf mein braunes gemütliches Cordsofa, in dessen Ritzen ich regelmäßig Geld, Visitenkarten und zweimal schon mein Handy gefunden hatte.

Sie sind aus sehr einfachen Verhältnissen. Das war es, was ich eigentlich sagen wollte. Doch es war etwas anderes, das mir im Kopf herumging. »Ich möchte wissen«, sagte ich langsam, *»wie sie den Aufstieg geschafft haben!«*

Matthias nickte und schob den Kaugummi nach vorne. »Also kein alter Adel, hm?« »Adel sind wir alle. Jeder eins-Komma-dritte Deutsche geht ursprünglich auf Karl den Großen zurück, das ist nachgewiesen.« Der Spruch kam immer gut an.

»Ich auch?«

Ich betrachtete ihn, wie er da auf dem Stuhl lümmelte: Lang, dünn und mit diesen Vorderzähnen, die etwas Hasenartiges hatten. »Nein, du nicht!«, erwiderte ich sachlich, »Du nicht!«

»Man sagt mir nach, ich hätte etwas Französisches an mir!«, erklärte Matthias und nippte an seinem Wein. Ich fragte nicht, wer das behauptete. Es konnte jedenfalls kein Frankreichkenner sein.

»Die Urbans waren ursprünglich sehr einfache Leute. Typischerweise begann ihr Aufstieg zur wohlhabenden Familie in der Gründerzeit. Ich habe schon viele solche Familien erlebt. Wer energisch war, gut zupacken konnte und Ideen hatte, der hat es da zu etwas gebracht.«

»Heute ist es schwieriger«, sagte Matthias düster, »seit ich lebe, denke ich über eine einzigartige Geschäftsidee nach!«

»Ich bin mit meiner zufrieden!«

»Du! Du bist ja auch mit einem Auto zufrieden, das getrost im Museum stehen könnte, und kaufst deine Kleider aus zweiter Hand. Ich meine – nicht, dass ich was dagegen hätte, aber davon kann keine Verkäuferin ihr Gehalt beziehen – und ihre Versicherung bezahlen.« Das stimmte. Man traf mich mehrmals die Woche in dem Laden »Jacke wie Hose« in der Winterstraße an, wo ich nach Designerkleidern für zwei Euro fahndete. Manchmal verirrte sich ein ehemals teures Stück zwischen altmodische Damenunterwäsche und Blusen, die Adenauer noch gekannt hatten. Wie man allerdings Unterwäsche Secondhand kaufen konnte, war selbst mir rätselhaft. Nun, manche Frauen nahmen auch Secondhand-Männer. Und die kamen einem sogar noch näher als Unterwäsche. Auch ich hätte gegen einen bestimmten Secondhand-Mann nichts einzuwenden!

Matthias betrachtete mich. »Na ja. Ich liebe dich trotzdem. Du bist schließlich die Frau meines Lebens. – Hatten die Urbans denn viel mit dem Kloster zu tun?«

»Das weiß ich noch nicht. Ich glaube, das Kloster sehe ich mir morgen an. Eigentlich kann man sich eine Maulbronner Familiengeschichte kaum ohne das Kloster vorstellen!«

Am anderen Tag ging die Fahrt glatter als beim ersten Mal. Keine bedrohlichen LKWs, lediglich ein kleiner Lieferwagen scheuchte mich. Meine Stimmung war gut – nur dass ich erst in Durlach merkte, dass ich meinen Fotoapparat vergessen hatte. Dabei hatte ich für mich, für die Nachwelt und für das Buch ein paar Aufnahmen machen wollen.

Maulbronn empfing mich wie immer. Ein großer Reisebus mit grauhaarigen Menschen an den Fenstern schwenkte gerade schon heraus aus dem Ort – Kirche abgehakt. Diesmal hingen schwere Regenwolken über dem Kloster. Ich war aber nicht sehr betrübt über die regnerische Stimmung, denn es war insgesamt deutlich milder als in den letzten Tagen.

Ein Blick auf die Uhr: Es war erst halb zehn. Wann war ich eigentlich zur Frühaufsteherin geworden? War das eine Alterserscheinung?

Meinen schwarzen Regenmantel über dem Arm betrat ich den Klosterhof. Um elf erst hatte ich mich bei Vivi angekündigt. Ich blätterte in meinem Hesse. Natürlich, da war sie, die Stelle: *»Wer das Kloster besuchen will, tritt durch ein malerisches, die hohe Mauer öffnendes Tor auf einen weiten und sehr stillen Platz.«*

Stimmt, Hermann, dachte ich. Er ist weit, und um diese Uhrzeit war er sogar noch still. Die Klosterbuchhandlung hatte schon geöffnet, ebenso der Souvenirladen. Aber außer drei kleinen zarten Japanerinnen, die sich im Kreis drehten und nach oben starrten, sah ich keine Touristen. Wie schön: *»Der weite Vorplatz liegt still und leer und spielt im Schlaf mit dem Schatten seiner Bäume …«*

Links vor dem Rathaus stand ein Lieferwagen, im Hintergrund einige Autos; Handwerker luden Sachen aus, ein Taxifahrer verstaute eine gehbehinderte Dame, die aus einem der kleinen Häuser hinter dem Rathaus gekommen war. Neugierig streifte ich um die Häuschen. Ein Schmuckgeschäft, gleich neben dem Restaurant. Die winzigen Fenster zeigten überraschend moderne Stücke – beinahe ein Gegenakzent zu der Umgebung. Ein Mann war gerade dabei, eine kleine Schmuckvitrine nach draußen zu schaffen. Ich sah ihm eine Weile zu, wie er versuchte, sie liebevoll in ein Nest aus Efeu zu betten, welches sich an dem kleinen Hutzelhäuschen entlangrankte.

Als er meinen Blick sah, hob er bedauernd die Schultern. »Größere Vitrinen sind nicht erlaubt – Denkmalschutz.«

»Ist das ein sehr altes Haus?« Welch eine dumme Frage, Maren, dachte ich. Doch der Mann war wahrscheinlich noch Schlimmeres gewohnt. Er winkte mich hinein. Gemeinsam stiegen wir eine kurze enge Treppe hinauf in den ersten Stock. »Hier …« Er zeigte auf Mauerreste, unregelmäßig und roh. »12. Jahrhundert. Der Raum da drüben gehört auch zum Laden, aber der ist neu – 16. Jahrhundert!«

Eine interessante Definition des Wortes »neu«.

»Da sind noch die Handwerkszeichen.« Er lachte. »Man hatte früher keine Stechuhr und keine elektronische Zeiterfassung – die Steinmetze oder die Maurer haben ihr Zeichen in die getane Arbeit geritzt und wurden danach bezahlt!« »Wer lebte früher hier?« »Der Wagner. Der Wagner und der Schmied nebenan lebten in friedlicher Kooperation. Unter dem Haus gibt es einen Keller. Den haben sich die einzelnen Parteien geteilt!« Liebevoll arrangierte er eine moderne Silberkette.

»Ich dachte, es gibt nicht viele Keller in Maulbronn, wegen des Wassers, das hindurch fließt!«

Seit Kinderzeiten liebe ich Keller. Nie werde ich das ehrfürchtige und leicht gruselige Gefühl vergessen, wenn ich mit meinem Vater, meist an seiner Hand festgeklammert, in den Keller gehen durfte und ihm zusah, wie er Holz für den Ofen spaltete. Der Duft von Holz, eingelagerten Äpfeln und Kartoffeln und dem Staub von Jahrzehnten ist immer noch in meiner Nase. Als ich taub war und damit ein Sinnesorgan verloren hatte, waren Gerüche für mich wie ausgedrückte Gefühle gewesen.

»Doch, es gibt einige. Nicht unter dem Kloster selbst allerdings, aber der Eilfingerkeller ist sehr tief und früher der unter dem Fruchtkasten. Aber der tollste Keller ist natürlich drüben, beim Seminar – sozusagen die Keimzelle des Klosters, pure Romanik, gewaltige Säulen. Aber der ist einsturzgefährdet und deshalb abgestützt – für niemanden zu besichtigen. Auch interessant für uns – früher, als wir noch Kinder waren – war der Keller unter dem Fürstlichen Jagdschloss im Seminar.« Der Mann kicherte ein wenig, was sein Gesicht in tausend Falten zerlegte. »Eigentlich war er auch verschlossen, aber die Jungs im Seminar wussten damals genau so gut wie heute, wo der Schlüssel versteckt war! Das war ein echter

Abenteuerspielplatz: Ecken, Winkel, Nischen, Gänge, Gerümpel. Ich möchte nicht wissen, wie viele Katzen früher dort Junge gekriegt haben …« Er lachte fröhlich. Nichts erfreut die Menschen so wie ein Ausflug in die eigene Kindheit. »Einmal hat ein Junge behauptet, er hätte einen Blutfleck entdeckt, aber das war natürlich Unsinn. Im Seminar hat es immer mal wieder so was gegeben.« Wieder freute er sich. Liebevoll heftete er einen stolzen Preis von 70 Euro an die Kette. Ich nahm sofort Abstand von ihr.

»Da gab es mal das Gespenst, das im 17. Jahrhundert Lehrer mit Steinen bewarf und Sachen stahl. Natürlich ein törichter Alumnus. So wird es auch mit dem Blutfleck gewesen sein. Später hat niemand mehr von ihm gesprochen.«

Mein Blick ruhte auf dem alten Gemäuer. »Hier zu arbeiten, muss herrlich sein!« Ich fühlte mich ins Mittelalter versetzt. Beinahe hörte ich die Rufe der Arbeiter, die rund um das Kloster beschäftigt waren, roch die einfachen Brote, die sie backten. Aber ob sie so gelebt hatten? Ich hatte keine Ahnung.

Auf einmal wollte ich mehr wissen über das Kloster, über das Leben der Menschen in jener längst vergangenen Zeit. Ich verabschiedete mich und ging wieder hinaus. Der Platz war immer noch ziemlich leer. Ich lief an den Bäumen vorbei und wollte schon umdrehen, als ich etwas hörte. Zarte Töne, als wehte eine entfernte Musik durch das alte Gebäude zu mir herüber.

Leise ging ich durch die Vorhalle, öffnete die Kirchentür und stand plötzlich in einem dunklen, lang gestreckten Raum, an dessen Ende ein Kirchenfenster grünes Blühen hereinließ. Auf den Bänken saß eine Gruppe von sehr jungen Leuten, in Anoraks und in Jeans, mit rotgefärbten Haaren und mit Igelschnitten. Sie saßen da mit ihrem Lehrer, und sie sangen.

Feierlich klang die Musik durch den Raum. Ich versuchte zu verstehen, was sie sangen. Doch einmal mehr rächte sich mein laxer Umgang mit den alten Sprachen. Sie sangen in Latein, ernst und konzentriert. Als sie schließlich geendet hatten, sagte eine Touristin, eine ältere Dame, in die plötzliche Stille hinein zu dem Lehrer: »Das war sehr schön, danke!« »Es war zu Gottes Ehre. Danken Sie ihm, nicht uns!«, erwiderte der Mann ruhig.

Nachdenklich ging ich hinaus.

Die Klosterkirche selbst lag still da. In dem mächtigen Baum im Klosterhof, der von einem dünnen Stück erschöpften Rasens umgeben war, zwitscherten übermütige Frühlingsvögel.

»*… hier wäre der Ort für ein tüchtiges Stück Leben und Freude, hier müsste etwas Lebendiges, Beglückendes wachsen können …*«

War hier etwas Beglückendes gewachsen? Langsam ging ich Richtung Ausgang.

»Kann ich Ihnen was erklären? Brauchen Sie vielleicht Hilfe?«

Ich wandte mich erstaunt um. Hinter mir stand der Mann, den ich vor zwei Tagen bereits in der Mönchsstube gesehen hatte und für einen Handwerker gehalten hatte. Er lächelte, aber es war kein sympathisches Lächeln.

In meinem Job gewinnt man ein wenig Menschenkenntnis. Dazu kommt noch die besondere Erfahrung meiner Jugend. Ein Mensch, der nicht hören kann, was sein Gegenüber sagt, beobachtet genauer – und gewinnt einen deutlicheren Einblick in die Seele eines Gesichts.

Er war nicht unattraktiv, aber auf eine rattenhafte Weise, mit spitzen, schlauen Zügen und hastigen Bewegungen. Trotz seines Lächelns sah ich etwas Lauerndes, etwas Verschlagenes in seinem Blick.

»Danke, ich lasse den Ort zuerst einmal auf mich wirken!«

Er musterte mich von oben bis unten. »Spüren Sie es auch?«, raunte er leise.

Wenn Männer mich so etwas fragen, halte ich vorsichtshalber sofort nach dem nächsten Polizisten Ausschau.

»Was meinen Sie?«, fragte ich nervös und überlegte mir, wie sich diese Japanerinnen dort wohl verhalten würden, wenn sich eine kreischende Deutsche hinter ihnen verstecken wollte.

»Das Böse!«, sagte er. »Das Böse hinter der sittsamen Fassade. Manchmal, in der Geschichte dieses Ortes, hat Gott weggesehen. Beispielsweise bei ihr, damals … Sie hat zu ihrem Mann gesagt: ›Glaubst du, dass ich hier sterben könnte?‹«

Ich wollte gar nicht wissen, was er damit meinte. »Gott sieht manchmal weg. Nicht alle seine Geschöpfe sind nach seinem Bilde!«, erwiderte ich atemlos. Eine schlagfertige Antwort, doch bei meinem unbekannten Begleiter kam sie gar nicht gut an.

»Ach, eine Schlaumeierin. Nehmen Sie sich nur in Acht!«, zischte er, »Ich kann nämlich auch anders. Ich liebe ... attraktive Frauen, feine Frauen! Und wenn ich sie will, dann kriege ich sie. So oder so!« Voll Entsetzen spürte ich plötzlich seine kalte raue Hand in meinem Nacken. »Lassen Sie mich in Ruhe!«, fauchte ich.

Er lachte hämisch. Seine Augenschlitze blitzten böse, als er seine Hand zurückzog. »Frauen!« Mit dem Gesicht zu mir gewandt, ging er langsam, Schritt für Schritt, von mir weg. Seine Augen hielten mich fest. »Sie sollte es hier eigentlich gar nicht geben. Die Mönche ... sie lebten ohne Frauen. Dieser Ort ist nicht für Frauen gemacht. Sie bringen den Tod – verstehen Sie, was ich meine?«

Ich stand wie versteinert und sah, wie er sich abwandte und mit großen wütenden Schritten weglief, bis er schließlich durch das Klostertor verschwand. Mein Herz schlug bis zum Hals.

Er hatte mir nicht wehgetan, doch seine Berührung war unglaublich unangenehm gewesen. Als hätte ein kalter Fisch seine Flosse nach mir ausgestreckt und mich unter Wasser unerwartet gestreift.

Ich rettete mich zur nächsten schützenden Hauswand und fasste Hilfe suchend nach einer kleinen schmiedeeisernen Stange. Die Klosterbuchhandlung. Ich fuhr mir durchs Haar, versuchte mein bleiches Spiegelbild in den Fenstern des Ladens zu sehen, doch es starrte mir ein anderes Gesicht entgegen. Eine Frau, eine Angestellte? Eine Käuferin? Sie musste die Szene beobachtet haben. Was mochte sie gedacht haben? Ein Ehepaar, das sich stritt? Eine Frau, die sich mit schrägen Vögeln einließ und dann nichts mehr von ihnen wissen wollte?

Peinlich berührt ging ich weiter.

Ich zitterte noch immer. Meine Knie schienen aus Gummi, fast knickten sie ein. Selbst als ich mich langsam beruhigte, fühlte ich mich noch immer elend. Wie konnte mir so etwas passieren? In einem Klosterhof? Was wollte der Kerl von mir?

Endlich näherte ich mich der tröstlichen Pforte zum sicheren Informationszentrum, mit Lichtern, Tresen und zwei weiblichen

Angestellten dahinter. Sie sahen mich erstaunt an, als ich die Tür fest hinter mir schloss und mich durch einen vorsichtigen Blick nach draußen vergewisserte, dass mir keiner folgte.

»Maren Mainhardt«, ermahnte ich mich, »beruhige dich! Ist ja nichts passiert. Er hat dir nicht wirklich etwas getan. Und immerhin hat er dich als schöne und feine Frau bezeichnet. Das ist doch auch was!«

Woher hätte ich damals wissen sollen, dass er mitnichten *mich* meinte!

Mühsam versuchte ich, mich zu beruhigen, sah mir die Prospekte und Broschüren an, die auf der Theke neben dem Tresen auslagen.

Von »Klosterschüler und Dämonen – der Weg des Hermann Hesse!« über ein »Kochbuch der Zisterzienser, nachempfunden von Hermiene Reich«, von Bildbänden über das Kloster, Romanen, die im Mittelalter spielten, bis hin zu »Luftaufnahmen eines Juwels« war alles da, was in solchen Infocentern weltweit auf kleinen Stapeln ausliegt.

Und es *war* beruhigend. Ich ging an den beiden Damen vorbei, die mich immer noch misstrauisch musterten, und betrat einen dunklen, beinahe schummerigen Raum, in dessen Mitte gut beleuchtet ein Modell des Klosters aus Holz aufgebaut war.

Selbst für mich als Verehrerin der Großstadt, die Kaufhausluft nach spätestens drei Tagen wie eine Abhängige vermisst und auf jeden Laden, an dem »Sonderposten, Fabrikverkauf!« steht, zusteuert wie mondsüchtig, war es beeindruckend: dieses Ensemble von mittelalterlichen Bauten, die sich um einen riesenhaften Hof gruppierten und bei aller Verschiedenheit doch zueinander zu gehören schienen – zusammengefasst von der langen Mauer, die sie wie eine schützende Wagenburg umgab.

»Möchten Sie an einer Führung teilnehmen?« Dienstbeflissen nahte die Jüngere der beiden Angestellten. »Um zehn Uhr beginnt ein einstündiger Mottorundgang: ›Das Kloster als Meisterwerk der Architektur, Übergänge und Brüche!‹«, las sie von einem Blatt ab, das vor ihr lag. »Kostet 5,50! Eine Postkarte gratis.« An ihrer Brust klebte ein Namensschild, »Bürkel«.

Ich muss gestehen: Es gibt nichts, was mich weniger interessiert als Architektur. Ich bewundere romanische Kirchen oder gotische Kapellen, aber sobald mit jemand erklären will, warum ein Fenster rund ist und nicht spitzbogig, fange ich an zu gähnen. Alte Gemäuer sind zum Anschauen da und nicht zum Besprechen!

Daher sagte ich höflich: »Danke, ich habe heute keine Zeit. Ich komme ... morgen wieder. Morgen oder übermorgen!« Frau Bürkel war es gleich, aber die etwas ältere Dame von den beiden empfand sichtlich das Bedürfnis nach einem Gespräch am frühen Vormittag. Überhaupt standen die beiden offenbar in einem Verhältnis zueinander wie zwei Katzen, die nur einen Schoß zum Gestreicheltwerden zur Verfügung haben.

»Ach, Sie bleiben länger hier? Das ist schön! Ich hoffe, Sie haben ein gutes Hotel!« Das Schild auf der Brust der Älteren wies sie als »Frau Reim« aus. »Ich betreue ein ... Forschungsprojekt in Maulbronn!«, erwiderte ich, stolz darauf, so ein passendes Wort für meine Familienchronik gefunden zu haben, »Und bleibe ein paar Tage. Allerdings fahre ich zum Schlafen immer nach Hause, nach Karlsruhe!«

»Karlsruhe?«, seufzte Frau Bürkel, »Da kann man besser einkaufen als in Pforzheim! Da gibt es bald dieses neue Einkaufszentrum.« »Ach!« Frau Reim betrachtete mich beinahe mitleidig.

Zwei männliche Japaner, von ihrer Statur her den Mädels im Hof nicht unähnlich, betraten das Center. Frau Bürkel begann ihnen in holprigem Englisch einen Klosterplan zu erläutern.

»Wissen Sie ...«, fuhr die Ältere der beiden Info-Damen fort, »ein Forschungsprojekt? Sie Arme – hat Ihnen Ihr Professor aufgebrummt, wie? Aber es ist ja alles erforscht in diesem Kloster. Die Mönche, die Seminaristen, die Künstler ... Außer dem Kreuzgang!«, beklagte Frau Reim, »Ich find das nicht in Ordnung, dass die herrlichen Grabplatten auf dem Boden einfach nur so eingezäunt sind und nicht ordentlich hinter Glas ... als ich ein Kind war, konnte man sie noch anrühren, konnte drauf spielen. Und die Glasfenster hätten sie uns nicht wegnehmen dürfen und nach Stuttgart bringen. Heute sind sie natürlich verschwunden. Und was das seltsame Bild von einem Mann …« »Mensch!«, verbesserte Frau Bürkel, »Mensch!« »… also: ein Mensch, mit ganz vielen Zeichen um ihn herum, Räder, Stern und Halbkreise und zwei Kreuze, was das bedeutet, weiß man bis heute nicht genau. Eines der Geheimnisse, die das Kloster niemals preisgeben wird!«

»Wo ist denn das?«

»Am Kalenderportal. Eingang zum Laienschlafsaal, kann man aber als Besucher nicht rein! Früher, als ich noch ein Kind war …«

»Ja, ja, Frau Reim, da war sowieso alles besser und da konnte man auch noch seinen Namen in die Steinmauern ritzen, vor allem wenn man Hölderlin hieß …« Beide lachten jetzt einträchtig.

Plötzlich fielen mir die beiden Namen ein, die dieser merkwürdige Mann, der mich im Klosterhof belästigt hatte – ich schauderte bei der Erinnerung an seine kalte Hand in meinem Nacken – vorgestern vor der Mönchsstube scheinbar zusammenhanglos erwähnt hatte.

»Kennen Sie Schelling und Merkle?«

Das Gesicht der Frau hinter dem Tresen verdüsterte sich. »Zwei Frauen!«, erwiderte sie. »Zwei Frauen, die in Maulbronn und Umgebung gestorben sind. Aber das ist keine Schande, oder? Auch in Maulbronn müssen Leute sterben, und es waren ja keine gewaltsamen Todesfälle, keine Morde oder so was. Die Schelling war zuerst die Frau von dem Schlegel. Bei der verkehrten Goethe und Schiller, und der Herder und der Wieland, aber dann hat sie eben den Schelling geheiratet, den Sohn des damaligen Leiters der Klosterschule. Wissen Sie, wie man sie genannt hat – *Madame Luzifer.* Die ist dann ganz plötzlich gestorben. So war das damals. Da konnte man nicht viel machen, wenn jemand so schnell gestorben oder auf einmal verschwunden war. Heute findet man all die Ermordeten oder die Verschwundenen, und bei denen, die plötzlich sterben, hat man Methoden herauszufinden, warum sie gestorben sind.«

»Von dem Knauss hat man doch wahrscheinlich auch die Jacke gefunden! Die waren auch nicht blöd«, warf Frau Bürkel ein.

»Das war doch jetzt erst, dass sie die gefunden haben. Und sicher ist es auch nicht. – Na, und die Merkle war in meinen Augen einfach eine Verrückte. Sie hat sich umgebracht, ganz jung, weil sie nicht mit dem Leben zurechtkam! Heute sagt man depressiv.«

»Es gab auch andere schreckliche Sachen hier. Im Mittelalter war mal eine Frau tot gefunden worden, hinten beim Hexenturm, und dann vielleicht der Mord damals … und dann vor einem Jahr der Hund, der nachts immer jaulte und keiner wusste wo er war«, erzählte die Jüngere in trotzigem Ton. »Nachts wollte ich hier nicht alleine herumlaufen!«

»Was reden Sie denn? Der Mord wurde niemals nachgewiesen. Einfach ein verwirrter Mann, der weglief, weil er nicht mithalten konnte und vielleicht keine Stellung gefunden hätte. Und all das andere Zeug. Geister, Gespenster – an jedem historischen Ort gibt es solche Sachen! Denken Sie an die Engländer! Die erfinden Geister und Gespenster, um Touristen in ihre Schlösser zu locken!«, schnappte Frau Reim so beleidigt, als habe sie höchstpersönlich das Kloster Maulbronn nebst Wirtschaftsgebäuden erbaut. »Der Hund war außerdem ein akustischer Irrtum. Der Wind hatte sich in einer Plastikplane verfangen, als sie damals unseren Fruchtkasten renoviert haben. Gerade schöne Plätze wie Klöster oder Türme ziehen Leute an, die verborgene Leidenschaften haben. Der eine verschwindet für immer, wie vor 100 Jahren dieser Lehrer, der andere stirbt mit 90 und man behauptet, der Teufel selbst habe ihn geholt. So etwas gibt es überall. Vor allem im Schwarzwald, die haben jede Menge Geister. Ich war mal für ein Wellnesswochenende in Baden-Baden. Da gab es mehrere Mordfälle, hat mir die Frau in der Nachbarkabine erzählt. Also, junge Frau, forschen Sie ruhig. Aber wenn Sie etwas schreiben wollen – wir können nicht jedes Buch hier ausstellen, das über unser Kloster erscheint.«

»Gott bewahre!«, dachte ich. Geister, Mord und Wellness – die Dame schwatzte entschieden zu viel.

Frau Bürkel hatte sich mittlerweile wieder den Japanern zugewandt. Diese bedankten sich, indem sie sich mehrfach verbeugten. Ich hingegen ging hinaus ins Freie. Es war immer noch mild, ein paar erste fette Regentropfen trafen mich ins Gesicht. Sie fühlten sich an wie Tränen.

Vivi weilte zu Hause und empfing mich persönlich an der Tür. Sie sah so aus, als sei sie vor kurzem erst vom Tennisspielen gekommen und hätte sich gerade geduscht. Jedenfalls roch sie frisch wie ein Baby. Ihre noch feuchten schwarzen Haare kringelten sich rund um ihren Kopf. Es sah sehr hübsch aus, sie hätte sie wirklich nicht immer glatt fönen müssen – aber ich ahnte, warum sie es tat. Krauses Haar, krauser Sinn, hatte man früher gesagt, als ich noch ein kleines Mädchen war. Lockiges Haar wurde mit wilden Gedanken gleichgesetzt, und Vivi hatte keine wilden Gedanken. Vor allem aber wollte Vivi keinesfalls aussehen wie ihr Vater.

»Schön, dass du kommst. Ich habe Tee gemacht. Komm, wir plaudern ein bisschen, bevor du mit deiner Arbeit anfängst.«

Ich überlegte kurz, ob ich ihr von dem Mann im Klosterhof erzählen sollte. Aber inmitten von Vivis teurer, geschmackvoller Umgebung schien mir das kurze Erlebnis plötzlich so unwirklich – und zudem eher lächerlich als gefährlich –, dass ich beschloss, es einfach zu vergessen. Wenn ich niemandem davon erzählte, würde auch ich selbst nicht mehr daran denken. Das fiel mir umso leichter, als Vivi noch immer reizend auf mich einplauderte.

»Moritz ist heute später in die Schule – der Klassenlehrer ist auf Fortbildung. Sie haben gute Lehrer, die sich Mühe geben. Das Seminar unterscheidet sich schon sehr von einer normalen Schule … – aber ach«, sie unterbrach sich, »ich rede von Schulproblemen. Das wird dich kaum interessieren. Erzähle mir, gehst du abends oft aus in Karlsruhe? Usch fährt manchmal hin, sie kennt da irgendeine Disko, aber vorher geht sie natürlich ins Kino oder essen oder sie trifft Leute – na ja, ein typisches Singleleben!«

Komisch, dachte ich, dass Leute, die Familie haben, stets voraussetzen, Singles hätten nichts anderes zu tun, als aus dem Gefühl der Einsamkeit heraus die Nächte mit wechselnden Partnern in schummerigen Bars zu verbringen. Singles sind für verheiratete Frauen automatisch Experten in Sachen Sünde.

»Ins Wolfbräu am Werderplatz!«, sagte ich zu Vivi, »und später wechsele ich manchmal ins irische Pub direkt daneben. »Ah so …« Sie schien enttäuscht. Mit zierlicher Hand griff sie nach einem Haferkeks und knabberte daran. *So* erhielt man sich seine Figur, meine Liebe, und nicht, indem man abends Mohrenköpfe in sich hineinstopfte!

Vivi strich mir über den Arm. Es war, wie wenn einem ein Kätzchen um die Beine strich. »Und, hast du schon erste Eindrücke von unserer Familie gewonnen?« Von welcher, dachte ich, von deiner mit Thomas und den Kindern, oder von der Sippe, in die du hineingeheiratet hast?

»Ja, ihr seid eine interessante Familie. Die Urbans haben auch in früheren Jahren, als das noch nicht so üblich war, ziemlich oft den Wohnort gewechselt. Es wäre vielleicht hilfreich, zu wissen warum. Ich könnte Ina anrufen – du weißt ja, dass sie sich auch ein bisschen mit Ahnenforschung beschäftigt … Sie ist Vorsitzende vom Deutschen Genealogischen und Heraldischen Verein und hat beste Verbindungen. Ich habe vor, mich bei ihr nach ein oder zwei der frühen Urbans zu erkundigen. Vielleicht findet sie noch ein Dokument oder eine andere interessante Information. Und dann gibt mir auch der eine oder andere Name noch Rätsel auf – Grethe de Vries zum Beispiel, sie könnte eine Holländerin sein …«

Vivi nahm sich einen zweiten Keks. Ihre Bewegungen waren jetzt eckig geworden. Meine Güte, sie hatte einmal Forschergeist besessen! Wer hatte sie so eingeschüchtert? Roswitha? Thomas? Oder die unbekannte Usch? Usch – wie konnte man nur so heißen …

Vivi schüttelte jetzt den Kopf. Ihre Locken waren inzwischen trocken geworden und nahmen ihr damit das Kindliche. Sie war wieder ganz Lady. »Ach, Maren, das ist sehr nett und hilfreich, aber du brauchst dich da nicht so zu bemühen. Thomas meint, was sein Onkel herausgefunden hat, würde eigentlich reichen – und je tiefer man gräbt, desto verunsicherter wird man. Du sollst ja schließlich nicht mehr die Forschungsarbeit machen, sondern bist für das hübsche Schreiben zuständig!«

Hübsches Schreiben. Dafür hätte ich nicht studieren müssen. Irgendwie war ich enttäuscht. »So, das meint Thomas. Aber vergiss bitte nicht, dass ich ebenso wie du eine studierte Historikerin bin, mit einer soliden Zusatzausbildung zur Berufsgenealogin. Ich meine, wenn ein Thema spannend wird, fällt es schwer, aufzuhören!«

Irgendwo im Haus hörte ich eine Tür ins Schloss fallen.

Vivi lächelte freundlich. Sie verstand mich, das wusste ich. »Schon, aber dies ist eine Kleinstadt, und die Familie Urban ist eine bedeutende Familie hier, auf dem Sprung in die Politik. Tante Johanna wollte doch nur, dass wir den Kindern und ihren Nachkommen und all unseren Kunden zeigen können: Hier ist eine gewachsene Einheit. Und das sind wir. Warum irgendein früher Urban dies oder das gemacht hat, spielt doch da wirklich keine Rolle.«

Was sollte ich dazu sagen? Sie war die Auftraggeberin. Oder zumindest eine davon. Die Urbans bezahlten nicht schlecht. Und eigentlich konnte es mir vollkommen gleichgültig sein, was in ihrer Familienchronik stand oder eben nicht stand. Doch so schnell wollte ich mein Berufsethos nicht opfern.

»Aber auch eine Einheit kann interessante Aspekte haben. Zum Beispiel würde es doch deine Kinder sicher interessieren, dass eine eurer Vorfahren aus Südfrankreich kam. Vielleicht leben dort noch ganz entfernte Nichten und Neffen.«

»In Frankreich?« Thomas war unbemerkt hereingekommen. Es wunderte mich, dass ein so kraftvoller, so großer Mann schleichen konnte wie ein Panther. Aber vielleicht war er das ja – ein Raubtier.

An seiner Seite seine Schwester, die tatsächlich beinahe so groß war wie er. In ihrer Hand hielt sie einen Ordner. Ich sah schlecht abgeheftete Zeitungsartikel herauslugen. Wohl die versprochenen Unterlagen aus ihrem Zweig der Sippe.

»Ausländische Vorfahren?«, sagte sie, »Ach, Frau Mainhardt, das ist ja wohl Ihr täglich Brot und die gibt es überall, in jeder Familie, und wir haben jetzt Europa, also man denkt da heute anders darüber … Direkt herausstreichen müssen wir sie natürlich nicht unbedingt! Aber es gab genügend andere nette und interessante Leute in unserer Familie, die Gutes getan haben und etwas geleistet – zum Beispiel hat Frederick Urban seinerzeit einen der ersten Kindergärten auf dem Land unterstützt. Er existiert noch, ist heute eine evangelische Kinderbetreuungsstätte, und die alten Leute nennen ihn noch immer »Frederick-Garten!«

»An einer Vorfahrin, die aus Frankreich kam, ist eigentlich nichts auszusetzen. Vielleicht haben Sie von ihr Ihren Charme geerbt!«, sagte ich giftig. »Ich zumindest habe ihn von unserer Mutter!«, warf Thomas gelassen ein und zwinkerte mir zu. »Trudel Urban war das netteste und hübscheste Mädel im Ort! Unsere Vorfahren haben immer schön geheiratet. Darauf legen wir Urbans Wert.«

Nun – *du* bestimmt, dachte ich mit einem schnellen Blick auf Vivi.

Ich spürte die Wut in mir aufsteigen.

Was sollte das alles hier eigentlich? Man wollte ein Buch über die Familie, aber es sollte nicht die reale Familie sein, die ich in den Unterlagen vorgefunden hatte!

Ich sah auf die Fotos, auf die Zeugnisse, auf die Dokumente. Und beschloss, unsere ehemalige Kommilitonin Ina erst recht anzurufen!

Später gab es Tee, und ich begegnete endlich der lebenslustigen Usch. Sie war nicht zu übersehen: Sie strahlte, glitzerte und funkelte, sprühte und küsste jeden, der nicht schnell genug auswich. Ich konnte nicht sagen, dass sie mir besonders sympathisch war. Usch war eine jener Frauen, bei denen einem kein anderer Beruf einfallen wollte außer Künstlerin, und dass es so war, dafür sorgte sie selbst auf eindrucksvolle Weise. Sie war groß, schlank und hatte rotes Haar, welches sie kunstvoll nachlässig aufgesteckt hatte, tolle Zähne, dunkle wache Augen und einen ehrgeizigen Zug um den Mund – der allerdings, wenn sie nicht aufpasste, eines Tages ins Bittere umschlagen konnte.

Sie trug ausgefallene, aber doch zusammenpassende Klamotten und war bis ins kleinste Detail passend durchgestylt. Ihr Kleid war schimmernd, pfirsichfarben, dazu trug sie eine dunkel-pfirsichfarbene lose gehäkelte Jacke – es passte einfach alles und natürlich erst recht ihr Schmuck: stilisierte, eingefasste Pfirsiche.

»Und hallöchen, ich bin's, die Usch Urban = U. U.« Sie deutete auf den Pfirsich um ihren Hals. »Und das ist das vierte Stück aus meiner neuen Fruchtkollektion. Es wäre nicht schlecht, wenn eins aus der Serie in unserem Buch vorkäme. Lässt sich das machen? Das können Sie doch bestimmt!«

Zwar lächelte sie dazu so verbindlich, als sei ich eine Kundin und sie wollte mir eine goldene Kirsche aufschwatzen, doch der wachsame und ichbezogene Ausdruck in ihren Augen blieb. Roswitha war ein Schlachtschiff, diese Usch war eine raffinierte Machtpolitikerin. Ich fragte mich, wie sich die liebenswürdige, offenherzige Vivi im Kreis dieser Frauen behaupten wollte.

Beim Mittagessen plauderten die Kinder munter drauflos. »Der Sebastian hat vor der Tür stehen müssen, weil er einem Mädchen eine Plastikspinne an den Busen geschossen hat!«

»Moritz!«, mahnte seine Mutter sanft, »Nicht beim Essen!«

»Der sucht sich ja früh die richtigen Stellen aus!«, flachste Thomas, »Das gab es nicht, als es an der Klosterschule noch keine Mädchen gab! Nichts gegen Frauen – aber kaum kommen sie auf das Schachbrett, fallen die Bauern reihenweise.«

Es war der freie Tag in der Mönchsstube, und überraschend hatte sich auch Jean-Franz eingefunden.

»Lieber Schwager, ich hoffe, mein Essen findet Gnade vor deinen Augen: warmer Kartoffelsalat und Frikadellen!«, sagte Vivi und löffelte ihm auf. »Ich kann nicht jeden Tag kochen wie im Sternerestaurant. Sonst verhungern mir die Kinder beim Landschulaufenthalt!« Ihr schmaler goldener Ehering funkelte in der Sonne. Sie trug ein beiges Kaschmirjäckchen direkt auf der Haut, dazu einen knielangen Faltenrock, und sah zart und verletzlich aus.

»Köstlich!«, grinste Thomas, »Vor lauter Rucola und Radicchio und Mangos vergessen diese Starköche, dass es auch noch Tomaten und Radieschen gibt.« Er schenkte sich Wein ein. »Ich bin sehr für Hausmannskost! Ein roher Genussmensch.«

Ich sah zur Seite. Hatte er mich dabei angesehen? Unwillkürlich stellte ich ihn mir im Bett vor. Roh! War ich eine Masochistin?

»Auch Wein?« »Nein, danke, ich muss mittags arbeiten.«

Vivi hatte die Balkontür geöffnet. Frische Wald- und Wiesenluft zog durch den Raum.

»Seit wann dürfen denn auch Mädchen ins Seminar?« »Seit etwa 20 Jahren!« »Und sonst ist alles noch wie früher?« »Nun, das Seminar wird nach wie vor altsprachlich geführt, Latein und Griechisch sind Pflicht!«

»Gefällt dir denn das?«, fragte ich den Jungen. Er nickte. »Es ist eine Ehre, dort zu sein, finde ich!«, sagte er ernsthaft. Ich war ein wenig verblüfft über seine feierllichen Worte.

»Obwohl nicht alle dafür waren!«, betonte Vivi, »Tante Johanna und Onkel Franz waren sogar ziemlich vehement dagegen, und Thomas' Eltern auch, wenn ich mich recht erinnere. Eigentlich hat mich das ein wenig gewundert.«

»Es gibt für den Jungen hier keine bessere Schule!«, entschied Thomas. »Diese ganzen Geschichten aus der Vergangenheit interessieren mich nicht!« »Genau!«, rief Usch, »Wir wollen nach vorne und nicht zurück. Und dafür kaufen wir uns die passenden Autos!« Und kicherte.

Ich schwieg peinlich berührt. Vivi sah ausdruckslos vor sich hin.

»Wie kommen Sie mit Ihrer Arbeit voran, Maren?«, fragte mich Jean-Franz und warf mir einen seiner intensiven Blicke zu. Ich hatte das Gefühl, er war ein Mensch, in dem eine mühsam kanalisierte Leidenschaft brodelte. Was für eine Leidenschaft konnte das sein? Ganz unvermittelt schoss mir durch den Kopf, er wäre vielleicht gerne Mönch im Kloster gewesen. Er sprach dem Essen nur sehr dürftig zu, kein Wunder, dass er so mager war. Asketisch, konnte man auch sagen! Wie konnte so jemand Koch sein und anderen Leuten die höchsten Genüsse bereiten?

»Nun, ich werde heute Mittag die vorliegenden Dokumente den einzelnen Personen zuordnen, aus dem Internet habe ich mir ein paar Bilder heruntergeladen, die zu den früheren Vorfahren passen … Ich werde auch ein paar Fakten zum Zeitgeist dazwischenstreuen – wie sahen die Autos um Neunzehnhundert aus, wie sieht der Laden heute aus, den einer Ihrer verehrten Urväter in Mannheim betrieben hat …«

»Rührige Sippe!«, lachte Thomas. »Händler, und warum auch nicht?«

»Na, dann sind Sie ja bald fertig. Es muss ja auch kein Enthüllungsroman wie bei Thomas Mann werden!«, sagte Jean-Franz knorrig. Ich starrte ihn an. *Er* war doch derjenige, der sich so sehr für Geschichte interessierte! Für das Kloster! Dann musste doch zumindest er Verständnis für die Vollständigkeit meiner Arbeit haben! Genau wie Vivi.

Usch gluckste kindischer als es ihrem tatsächlichen Alter entsprach. »Wird es wahrscheinlich sowieso nicht. Thomas Mann könnten wir uns wohl auch nicht leisten! Will ich auch gar nicht. Mit den Dichtern habe ich es nicht so.«

»Aber sie begleiten einen hier doch auf Schritt und Tritt!«, hielt ich ihr entgegen, »Unten beim Parkplatz, da hat man Bäume gepflanzt, mit den Namen von Mörike und …« »Ja, ja.« Usch schüttelte den Kopf. Ihre Ohrringe klapperten.

Thomas betrachtete seine Schwester mit einer abgeklärten, aber liebevollen Miene. »Jeder wie er meint. *Mein* Lieblingsseminarist ist Kepler. Der hat uns wenigstens etwas Handfestes hinterlassen!«

»Kepler war auch hier?« Alle Versäumnisse meiner Schulzeit tauchten wieder auf.

»Ja, aber von ihm haben wir praktisch keine Zeugnisse. Ende des 16. Jahrhunderts. War ein Junge aus einfachen Kreisen, hat aber das Landexamen bestanden!«

»Das Landexamen!«, sagte Vivi weich. »Es ist schön, dass Moritz in so einer Tradition steht!« Usch schüttelte wieder den Kopf. Sie ließ ihren Schmuck in der Sonne funkeln. Mehr und mehr hatte ich den Eindruck, sie war sehr eitel. Aber da war noch mehr. Wenn sie Vivi ansah, dann war Neid in ihren Augen. Und wenn sie Thomas ansah, dann lag da pure Verehrung in ihrem Blick. Lieblingsbruder und Lieblingsschwester, eindeutig.

Die Gedanken der schwerfälligen Roswitha weilten noch immer bei Thomas' berühmtem Namensvetter. Sie sagte spitz: »Frau Mainhardt, das wissen Sie sicher – Thomas Mann war keineswegs beliebt bei den Lübecker Bürgern. Er hat da einiges niedergeschrieben, was sie lieber verschwiegen hätten. Also sind wir froh, dass wir keinen Hesse und keinen Thomas Mann haben, sondern nur eine Karlsruher Frau, die … sich, um Geld zu verdienen, auf so etwas spezialisiert hat!«

»Danke, sehr reizend!«

»Bitte!«, sagte Roswitha. Sie schien ungerührt. Eine seltsame Frau. Usch kicherte, Thomas runzelte die Stirn und Jean-Franz sah nachdenklich aus.

Vivi versuchte, gute Laune herzustellen, indem sie den Kaffee brachte und dazu sagte: »Als junge Frau gab es nichts, was mich so sehr mit dem Leben versöhnte, wie eine Tasse Kaffee, eine Zigarette und eine Modezeitschrift. Die beiden letzten habe ich mir abgewöhnt, vom ersten kann ich nicht lassen!«

»Jeder hat etwas, das er nicht lassen kann!«, sagte Roswitha und sah Thomas an. Der lachte nur.

Später saß ich in dem kleinen Arbeitszimmerchen und betrachtete alte Fotos, auf denen Gruppen von Sängern, Jägern und Stadtverschönerungsvereinen abgelichtet waren. Auf manchen waren die Abgebildeten mit Medaillen behängt oder hielten Ehrenurkunden in die Kamera. Die jeweiligen Urbans waren meist bereits eingekringelt. Ich seufzte. Normalerweise hat meine Arbeit etwas Detektivisches, aber hier hatte jemand die gesamte Spannung vorweggenommen.

Zwischendurch, wenn mir langweilig wurde, schweifte mein Blick hinüber zu den sich bauschenden Vorhängen. Ein Busch mit verspäteten weißen Blüten entfaltete sich direkt vor dem Fenster.

Wieso, wieso nur hatte ich das Gefühl, dass beim Mittagessen etwas sehr Wichtiges gesagt worden war …? Warum nur, warum vergaß ich alles? Immerhin fiel mir ein, dass ich Ina anrufen wollte. Nachdem ich eine Weile in meiner Tasche gewühlt hatte, fand ich endlich mein Handy, erwischte aber leider nur die Mailbox. Möglichst kurz hinterließ ich ihr meine Bitte, nach Informationen zu den frühen Urbans aus Maulbronn zu suchen. Erst als ich aufgelegt hatte, fiel mir ein, dass ich vergessen hatte, Grethe de Vries zu erwähnen. Nun, ich würde ja noch die Gelegenheit dazu haben, wenn Ina mich zurückrufen würde.

Ich wandte mich dem Leben von Marianne Köhler zu, Thomas' Großmutter. Sie war 1897 geboren, als Tochter des Eisenwarenfabrikanten Hans Köhler und seiner Frau Stefanie, geborene Grahm aus Mühlacker. Die Familie war 1910 nach Maulbronn gezogen, und man hatte sich gut eingerichtet. Beim Blättern fiel mir alles Mögliche aus Mariannes Leben in die Hände: ein Bogen mit gestickten Musterstichen, unten stand von Kinderhand »Von Marianne für die Mama«. Süß.

Ein Zeugnis von der Mädchenschule, die Konfirmationsurkunde mit Spruch, dann wieder eine Handarbeit, diesmal eine kleine, mit Perlen bestickte Tasche. Fotos. Marianne beim Reiten, züchtig im Damensattel auf einem Pony sitzend. Eine Urkunde, gewonnen beim Strickwettbewerb zugunsten der Armen der Gemeinde. Später dann zwei oder drei Rezepte von ihrer Hand geschrieben, eines davon für »Zander-Maultäschle in Fischsud«. Das Kochtalent schien sich durch die Familie zu ziehen. Und dann ihre Todesanzeige!

Das ist das Interessante, gleichzeitig aber auch Schreckliche an diesem Beruf. Ein Menschenleben zieht innerhalb von wenigen Minuten an dir vorüber – ein paar alte Dokumente bleiben die einzigen Spuren von der Geburt bis zum Tod.

Ich tütete Marianne Köhler in eine Plastiktasche ein, schrieb ihre Lebensdaten auf und wandte mich ihrer Schwiegermutter zu. Von ihr als Mädchen gab es keine Fotos. Damals hatte man zweifellos noch nicht alles fotografiert, was sich bewegte. Ein junges Mädchen fotografieren zu lassen, war ihrem Vater, der schwäbisch-sparsam gewesen sein mochte, vielleicht zu verschwenderisch erschienen.

Hier war Amelie Ritter. Sie stammte aus Bretten und hatte dort auch ihr Diplom als Kindergärtnerin gemacht. Es bescheinigte die Ausbildung zur »Beaufsichtigung für kleinere Kinder bis 12 Jahren« und war ausgestellt von einem »Institut für Töchter-Bildung« in Bretten.

Später gab es weitere Aufnahmen von ihr, mit ihrem Mann und ihren Kindern. Sie war in ihren Ehejahren kräftig geworden und sah matronenhaft aus.

Gut aussehend und ein bisschen verwegen dagegen ihr Mann Frederick – es gehörte nicht viel dazu, dass er mich an Thomas erinnerte. Kräftig, mit einem scharf geschnittenen intelligenten Gesicht, auf dem ein ironisch-männlich-entschlossener Ausdruck lag. Auf den Bildern stand er immer hinter seiner Frau, sein Blick ging in die Weite.

Von ihm gab es viele Dokumente. Er hatte den ersten Lastwagen gekauft – der Kaufvertrag mit Urkunde sowie ein Foto von ihm und dem Auto lag bei –, dann den zweiten und den dritten. Die Urkunde für einen stillgelegten Steinbruch in Schmie, den er gekauft und wieder in Betrieb genommen hatte, war ebenfalls abgeheftet.

Händedruck von Offiziellen. Ein tüchtiger Mann mit Schaffenskraft, dieser Frederick Urban. Die vielen Dokumente, die ihm zuzuordnen waren, kamen in eine Extra Tüte, diese wurde beschriftet und so ging es weiter.

Je jünger die Familienmitglieder, je mehr würde ich unter der Vielzahl der Möglichkeiten auswählen müssen. Immer mehr Fotos, Bescheinigungen, Urkunden, Zeugnisabschriften. Ich musste lächeln. Thomas war einmal von der Schule verwiesen worden, wegen Gewalttätigkeit gegen einen Lehrer. *Der* Sache sollte ich auf jeden Fall nachgehen. Solche Dinge machten sich immer gut, vor allem wenn es der Delinquent später zu etwas gebracht hatte.

Drei Stunden arbeitete ich konzentriert. Machte mir Notizen, ordnete und verfasste in Gedanken eine Einleitung …

»Hier sehen wir eine sympathische und erfolgreiche Familie – eine Familie, die den Rhein liebte, sich entlang des Rheins ansiedelte, Handel und Wandel auf ihre Fahnen geschrieben hatte. Heute lebt sie am Rande des Schwarzwaldes und belebt die kleine Klosterstadt Maulbronn, die mit der Familie Urban eng verwoben ist – seit 100 Jahren …«

Zeit, eine Pause zu machen!« Vivi und Thomas standen plötzlich vor mir. »Komm mit uns, wir gehen ins Kloster! Jean-Franz will dir eine kleine Einführung geben. Mittwochs haben die Brüder alle beide frei, so ideal wirst du es nicht mehr treffen, bis deine Besuche hier zu Ende sind.«

»Ins Kloster?« »Also, wir schauen uns einfach das an, was man so als Weltkulturerbe versteht!«

Roswitha, die mit den anderen im Wohnzimmer wartete, musterte mich muffig. Offenbar war sie in Zeitnot, da sie ständig auf die Uhr schaute, und ich war alles andere als unglücklich, sondern froh, als sie sich verabschiedete. Ihr bisher nicht gesichteter Ehemann wurde aus Berlin zurückerwartet.

Vivi entschuldigte sich kurz und zog sich zurück, um sich umzuziehen. »Mach dich klostertauglich!«, rief ihr Thomas nach. Und zu mir: »Sie hat ein Talent, sich immer passend zur Situation anzuziehen. Wie ein Chamäleon!«

Usch war auch gerade dabei, ihre Sachen – Brille, Kamm und Geldbörse – in eine große Tasche zu packen, als ihr Handy läutete. Sie warf einen kurzen Blick darauf. »Nummer unterdrückt!«, sagte sie ärgerlich und schaltete es aus. »Das sind wieder diese merkwürdigen Anrufe! Jemand atmet, stöhnt oder knarrt und legt dann auf. Einfach nur mies und fies.«

Thomas schwieg. Obwohl er keine Miene verzog, las ich die Anspannung in seinem Gesicht. Spontan schoss mir durch den Kopf: *Hat er auch schon solche Anrufe bekommen?*

Die Mönchsstube war geschlossen und lag wie ausgestorben. Vor dem Nachbarhaus, einer Elektrohandlung, stand ein kleiner LKW. Autos ratterten vorbei, versprengte Touristen versuchten mit verwirrtem Gesichtsausdruck die viel befahrene Straße zu überqueren.

Jean-Franz sah heute beinahe noch gespenstischer aus als gewöhnlich, denn er trug eine verhältnismäßig eng sitzende Jeans, die seine Spinnenbeine noch betonte.

»Ich gehe seit zweiundvierzig Jahren an diesen Ort«, sagte er zu mir, »und es ist jedes Mal so, als sei es das erste Mal. Ist es das, was man einen magischen Ort nennt?«

Wenn dem so war, so stellte auch das Kaufhaus Karstadt für mich einen magischen Ort dar, denn dort hatte ich ebenfalls bei jedem Besuch das Gefühl, ich beträte es zum ersten Mal. Ich konnte mich noch immer freuen über die bunten Ketten zu »einmaligen Sonderpreisen«, auch wenn sie schon seit Jahren, ja beinahe Jahrzehnten »einmalig« waren. Doch natürlich sagte ich nichts. Religion ist generell ein Thema, bei dem ich verstumme. Natürlich ist sie Privatsache eines Jeden – und vielleicht passt der Liebe Gott meiner Kindheit samt seiner mahnenden Worte, von dem ich mich seit

Jahrzehnten verabschiedet habe, auch nicht mehr in unsere Zeit –, aber wenn jemand wirklich gläubig ist, dann betrachte ich ihn beinahe ehrfürchtig. Er hat vielleicht etwas gefunden, was ich niemals finden werde.

Jean-Franz geleitete uns über die Straße. In diesem Moment hörte ich hinter mir ein Geräusch wie von einer Hornisse, ein bedrohliches Dröhnen, das immer lauter wurde … Ehe ich mich noch umwenden konnte, fühlte ich mich von starken Händen umfasst und zurückgerissen. Mit hämmerndem Herzen fand ich mich an Thomas' Schulter wieder, der schützend den Arm um mich gelegt hatte. Ein schwarz gekleideter Motorradfahrer hatte uns im Vorbeifahren beinahe gestreift. Mit seinem dunklen Helm sah er aus wie ein schwarzer Ritter.

Ich hörte, wie Vivi einen Aufschrei unterdrückte und Thomas dem Motorradfahrer einen wüsten Fluch hinterher zischte.

Wie konnte man so rücksichtslos fahren? Hatte er nicht gesehen, wie nahe er uns kam? Er hätte uns töten können! Durch den Helm und eine Nummer, die kein normaler Mensch sich merken konnte, da sie aus einer langen Reihe von Zahlen und Buchstaben bestand, war er praktisch nicht identifizierbar. Wieder fühlte ich jenes Kribbeln auf der Haut, das ich schon als Kind gehabt hatte, wenn die Angst mich gepackt hatte. Ich musste an den Mann im Klosterhof denken: *»Dieser Ort ist nicht für Frauen gemacht«* … Schutzsuchend lehnte ich mich an Thomas, der mich noch immer an sich gedrückt hielt, als das Motorrad längst verschwunden war. Am liebsten hätte ich mich an ihn geklammert, mein Gesicht in seiner Brust geborgen … Da spürte ich Vivis Blick. Nicht zornig, eher abwesend ruhte er auf mir, mit der feinen Andeutung eines verwunderten Lächelns.

Aber ich, die Vivi kannte, spürte, dass mehr dahinter lag: Tapfer verbarg sie ihre Verletzlichkeit. Sie war direkt vor mir gewesen, als der Motorradfahrer herangerast war. Er hatte auch sie beinahe gestreift.

Verlegen wand ich mich aus Thomas' Arm, sah zu ihm hinauf: Er schien von der Situation völlig ungerührt.

»Uff, das war knapp!« Mein Lachen klang gekünstelt.

Jean-Franz seufzte. »Mitten im Leben sind wir vom Tod umfangen!«, sagte er. »Kennen Sie die Entstehungsgeschichte des Klosters? Zumindest der Legende nach?«

»Vivi hat es angedeutet, aber ich könnte sie nicht mehr nacherzählen!«, musste ich bekennen. Peinlich.

»Ein paar Mönchlein, angesteckt von den Gedanken von Bernhard von Clairvaux, suchten nach einem Platz in der Einsamkeit. Angeführt wurden sie von Walter von Lomersheim, und der Klostergründer ist eigentlich – der Sage nach – ein Esel!«

»Ach ja, der Esel. Von dem hast du schon gesprochen, Vivi.«

»Ja, ein Esel, der fortrannte, um zu trinken. An der Stelle, an der sie ihn wiederfanden, haben sie das Kloster gebaut.«

»Ach: *Maul-bronn*!« Eigentlich hätte ich es gleich merken sollen. Wir betraten den Klosterhof durch die Pforte.

»Mulenbronnen, ja! Von den ursprünglichen Bauten ist nur die Klosterkirche geblieben – wahrscheinlich haben die ersten Mönche erst einmal ihre Gebetsstätte errichtet, der Rest war zunächst nicht so wichtig. Vermutlich haben sie die allerersten Gebäude zunächst aus Holz gebaut. Man muss sich das vorstellen, die Männer sitzen in der kompletten Wildnis …«

Ich sah mich um. Für jemand, der aus der Südstadt kam wie ich, war das hier immer noch komplette Wildnis. Eine Gruppe grauhaariger Frauen mit christlich-beflissenem Gesichtsausdruck schob sich an mir vorüber.

»Da steht zunächst einmal an erster Stelle: Bäume fällen, etwas zum Essen anbauen, sich um die Fischzucht kümmern … also die Mönche hatten zu tun, aber das gehörte auch zu ihrem Lebensbild!«

»Ora et Labora?«, fragte ich.

Vivi lächelte. »Das ist auch das Motto meines Mannes! Vor allem labora.« Thomas runzelte die Stirn. »Wenn ich das nicht täte, könnte das Lebensmotto meiner Familie nicht ›Luxus, Luxus‹ lauten.«

»Du hast auch gerne ein warmes Bett!«, sagte Vivi und lächelte ihr berüchtigtes betörendes Lächeln. Doch die rabenschwarzen Augenbrauen, die wie Vogelschwingen über ihren dunklen Augen saßen, zogen sich ganz kurz verärgert zusammen. »Ja, aber ich bräuchte nicht viel mehr.« Thomas dehnte sich und deutete auf den

Klosterhof. »Schaut doch. Eine kleine bescheidene Welt, morgens zwitschern die Vögel und abends scheint der Mond in meine Stube. Frieden pur!«

»Das siehst du wohl etwas zu idealistisch, Thomas«, bemerkte Vivi, »die Mönche hatten es verdammt kalt – nur diese Wärmestube, wo sie sich mal ein klein wenig aufheizen konnten. Ich denke, es war ein sehr hartes Leben.« »Aber es entsprach ihrem Lebensideal ... Verzicht auf jegliche Bequemlichkeit, auf Luxus sowieso, nur Beten, Gott nahe sein und die Suche nach dem Sinn in einer kleinen Gemeinschaft, ohne dass man viel spricht. Und alles ohne unnötigen Luxus. Das stand sogar in den Statuten – sie sollten fernab der Zivilisation wohnen, nicht auf Höhen so wie die Benediktiner. Die hatten in ihren Klöstern doch wenigstens einen schönen Blick übers Land – die Zisterzienser nur dunkle Wälder und Wasser. Das Wasser, das sie für sich nutzten. Mit diesem genialen Kanalisationssystem. Und den Mühlen. Da hinten, links an der Klostermauer zum Berg hin – der Mühlturm!«

Ich war gedanklich noch bei der Einsamkeit. »Wäre nichts für mich gewesen, dieses Leben!« »Hat sich ja auch nicht bewährt. Bald schon – so lernt der Moritz derzeit in der Schule in dem hochspannenden Fach Religionsgeschichte – kamen neue Orden auf, die sich sozial betätigten. So zum Beispiel die Benediktiner.«

»Wenn man den Platz anschaut«, sagte Jean-Franz und wies mit umfassender Geste auf die Anlage mit den Fachwerkhäusern, »macht einen etwas stutzig!«

»Ja?«, sagte ich.

Mein Handy begann zu läuten. Ich fahndete hektisch danach in den Tiefen und Untiefen meiner Tasche, doch bis ich es fand, war es vorbei mit dem Klingelton. Ich sah auf die Anrufernummer. Nur Matthias.

Der offenbar sehr puritanisch gesinnte Jean-Franz sah mich tadelnd an. »Stutzig macht, dass die Gebäude von der Kirche aus gesehen nach Norden gebaut sind. Üblicherweise hat man an die Südseite angebaut. Aber für die Touristen ist es gut. Sie laufen direkt auf die Vorderseite der Kirche mit dem Paradies zu. Ansonsten entspricht die ganze Anlage allerdings der Klosterbaunorm, einer uralten DIN-Verordnung, wenn man so will, die schon 820 im Klosterplan von St. Gallen festgehalten war.«

Wir passierten das Andenkenlädchen rechts. »Kräuter, Marmelade und Holzspielzeug«, erklärte Vivi, »man findet manchmal ein nettes Geschenk dort.«

Der Buchladen bot das gleiche Bild wie am Morgen. Ich musste an die Begegnung im Klosterhof denken. Es schien mir eine Ewigkeit her, seit ich die kalte Berührung des Mannes in meinem Nacken gespürt hatte … Und dann der Motorradfahrer, der mich fast gestreift hatte …

»Glaubst du, dass ich hier sterben könnte?«, murmelte ich.

»Wie bitte?« Jean-Franz fuhr herum und musterte mich scharf und misstrauisch.

»Das ist nicht von mir!«, sagte ich entschuldigend, »Ich habe es nur gehört. Jemand hat es gesagt. Heute Morgen …« Ein warmer Windhauch zerzauste meine Haare, ich strich sie mir aus dem Gesicht. Mein Tuch hatte sich gelöst. Thomas bückte sich danach und legte es mir wieder um. Ich sah sein Lächeln, ich spürte es überall …

»Ja, ein bekanntes Zitat. Es waren Caroline von Schellings Worte – bevor sie hier starb. Es gibt sogar ein Denkmal für sie. Wenn wir noch Zeit haben, gehen wir nachher hin. Interessieren Sie sich für solche Dinge? Dann müssen Sie zur Buchhandlung Krüger gehen: Die ist schon über hundert Jahre hier ansässig. Eines der wirklichen Traditionsunternehmen von Maulbronn!«

»Früher war darin eine Kirche«, sagte Jean-Franz ernst. »Hier ist alles geweiht!« Er wandte sich um. »Dort ist das Torhaus, eines der ältesten erhaltenen romanischen Gebäude des Klosters.« Ich bestaunte das bucklige kleine Häuschen, in dem heute ein Museum für Maulbronn untergebracht war.

»Alles hatte natürlich früher eine andere Bedeutung. Da wo die Apotheke ist, war früher die Klosterherberge, das steinerne Gebäude daneben war das Kaminhaus, es wurde später zum Mesnerhaus – und das Rathaus war der Marstall. Da hinten rechts …«, ich folgte Jean-Franz' ausgestrecktem Finger, »das war die Klosterküferei, dahinter ist der Fruchtkasten!« Ein mächtiges Haus.

Vivi schaltete sich ein. »Der wurde erst 1580 in seiner jetzigen Gestalt fertig gestellt. Die Keller aus dem Mittelalter sind aber weitgehend erhalten, obwohl sie immer wieder als Material- und Schrottlager für all die Umbauten verwendet wurden. Schade drum – man könnte sicher mehr daraus machen.« »Ein mächtiges Gebäude!« »Ja. Man könnte in dieser hoch gebauten Halle direkt ein ganzes mittelalterliches Dorf verstecken.«

»Da drüben …« – ich folgte dem dürren Zeigefinger von Jean-Franz – »war die Klostermühle, die habe ich vorhin schon erwähnt. Sie ist heute eine Jugendherberge. Die erste Jugendherberge im Land übrigens.«

»Wie schön!« Die meisten Leute bekommen bei dem Wort Jugendherberge glänzende Augen, so auch ich. Man denkt an die Zeit, als Hotels noch was für Erwachsene waren, an Gemeinschaftsküche mit allerlei Nationalitäten und man hat glattweg vergessen, dass man sich Waschbecken und Klo mit Leuten teilen musste, die einem vollkommen anderen Hygienegedanken huldigten als man selbst.

Auch mit Rüdiger und Isobal war ich einmal in einer Jugendherberge gewesen – im Familienzimmer. *Familienzimmer.* Vorbei. Das tat weh. Noch immer. Ich zwang mich zurück ins Maulbronn von Heute. »Schön!«, wiederholte ich.

Jean-Franz fuhr fort: »Und gegenüber liegt das Pfistereigebäude, das wurde auch erst später fertig gestellt, als die Mönche vertrieben waren.« Später, aha. Wann war das wohl?

»1581«, ließ Thomas trocken fallen, »wenn mein Bruder *später* sagt, meint er: nach 1200.« Jean-Franz warf Thomas einen unfreundlichen Blick zu. Ihm war das Kloster wichtig, das spürte man. Aber ich hatte das Gefühl, es war der Mönchsgedanke, der ihn faszinierte, und weniger das Kloster als Bauwerk.

»Da drüben haben wir das so genannte Paradies, der interessante Vorbau vor dem Kircheneingang …« »Paradies!« Thomas steckte die Hände in die Taschen seiner Wildlederjacke. »Ein Wort, das in keiner Hinsicht auf Maulbronn und das Leben derer, die hier zwischen den Mauern steckten, zutrifft!«

»Für jeden bedeutet das Paradies etwas anderes!«, vermittelte Vivi. Jean-Franz zuckte die Achseln. »Hier herrschte eben Arbeit und

Frömmigkeit. Keine Gier nach Materiellem, nach Luxus, der fast immer teuer bezahlt werden muss. So war dieser Ort immer! Auch noch nach den Mönchen, noch zur Blütezeit des Seminars. Innerlichkeit führt zu geistigen Hochleistungen!«

»Ja, und weil es hier so toll war, ist Hermann Hesse auch ausgebüchst, kaum war er hier!«, warf ich ein, »Warten Sie mal, ich hab die Stelle doch hier … *ich sehe meine Seele eingesperrt im Glashaus des Unterrichts ihre Schmetterlingsflügel regen und sich verzweifelnd an den Wänden müde flatternd …*«

Jean Franz schwieg eine Weile, dann sagte er mit rauer Stimme: »Manch einer mag im Seminar nicht glücklich gewesen sein. Schüler oder Lehrer!«

Ich begann mich ein wenig zu langweilen. Es war ganz nett anzuschauen, dies Gebilde aus Stein, auch wenn ich vom Paradies andere Vorstellungen hatte – und gewiss würde ich mich mit niemandem über seine Bedeutung streiten.

»Der Paradiesbaumeister kam aus Laon. Er hatte ein wenig französische Leichtigkeit hierher gebracht.« Es klang aus Jean-Franz Mund beinahe tadelnd. Laon! »Dort war Sartre Lehrer!«, sagte ich.

Alle starrten mich an. Sartre und das Kloster hier. Das passte nun wirklich nicht zusammen. Bescheidenste Existenz, nur das Nötigste, und dazu noch Existentialist, gelebt bei Gauloise und Rotwein in Paris. Ich mahnte meine Gedanken zur Ordnung. »Aber dass die 20 Mönche oder wie viele es dann wirklich waren, die hier lebten, all das instand halten konnten und bewirtschaften konnten …«, ich machte eine kleine Pause, »Ich kann nicht mal meine eigene Wohnung instand halten!«

Thomas lachte. »Bravo, sehr sympathisch!« Und klopfte mir wieder leicht auf die Schulter. Doch diesmal wanderte seine Hand wie zufällig ein Stück meinen Rücken hinunter. Eine harmlose Geste, wenn man gut befreundet war – aber wir *waren* nicht gut befreundet!

»Die Arbeit haben Sklaven gemacht, die sich die Mönche hielten!«, sagte Thomas, »Die Kirche hat immer schon gewusst, wie man andere für sich arbeiten lässt – immer ohne Geld, aber mit der Aussicht auf ein schönes Plätzchen im Jenseits.«

»Sklaven!« Jean-Franz schüttelte den Kopf. »Unsinn! Man nannte sie Konversen. Zu manchen Zeiten gab es mehr davon als Mönche. Es waren speziell gekleidete Laienmönche, die ihnen tatsächlich bei der Arbeit halfen, denn die täglichen Alltagspflichten waren natürlich nicht mit dem geregelten religiösen Leben der Brüder zu vereinbaren. Natürlich mussten auch die Konversen Regeln gehorchen, recht strengen Regeln sogar, obwohl sie niemals Mönche werden durften. Aber man muss es so sehen: Das Leben im Kloster garantierte ihnen eine vergleichsweise sorgenfreie Zeit, in der sie zumindest nicht hungern mussten. Natürlich hatten sie ihren eigenen Speiseraum und sie schliefen auch getrennt von den Mönchen. Sie durften nicht durch den Kreuzgang gehen, und in der Kirche trennte der Lettner den Altar für Laien und für Mönche. Aber da gehen wir später noch hinein ...«

»Die meinten es also richtig ernst, die Mönche – ich meine, wer zu ihnen gehörte und wer nicht.«

»Maulbronn ist sowieso kein heiterer Ort!«, sagte Vivi spontan. »So schön das Kloster ist – es ist eine Stätte der Schwermut. Zumindest für mich! Ich werde immer traurig, wenn ich an der Steinplatte im Kreuzgang stehe – Irmela Virgo, die einen Novizen geliebt hat und die starb ... natürlich war es nur ein Buch, aber dennoch – dass man an der Liebe stirbt? Etwas Düsteres ist an diesem Ort.«

Wir alle sahen sie an.

Sie zuckte die Achseln und strich sich das perfekt gestylte Haar zurecht. »Warum?«, fragte sie sich selbst und gab sich auch gleich selbst die Antwort: »Ich weiß es nicht. Es ist einfach nur so ein Gefühl. Manchmal denke ich, es ... *bedroht* mich etwas.«

Hat sie nicht gesagt, von was sie sich bedroht fühlt?«

Theophil saß auf dem gleichen Stuhl wie am Vortag Matthias, aber damit endete die Ähnlichkeit auch schon. Er war kleiner als Matthias, kräftiger, hatte einen Vollbart und ein eher rundes Gesicht, aus dem zwei wache und gescheite blaue Augen herausblitzten. Sein starkes, struppiges Haar wurde bereits grau. Für einen bürgerlichen Beruf trug er es vielleicht ein wenig zu lang im Nacken.

»Nein, aber Vivi ist niemand, der scherzt. Wenn sie das so sagt und so empfindet, dann wird es stimmen.«

Matthias hätte jetzt glatt vermutet, Vivi sei nahe an den Wechseljahren – damit waren für ihn meistens alle weiblichen Probleme erklärt, zumindest diejenigen der Frauen über fünfunddreißig. Doch Theo hatte vermutlich wenig Ahnung von den Frauen und so auch nichts von deren Wechsel- oder sonstigen Jahren.

»Und habt ihr dann noch das Kloster besichtigt?«

»Wir waren in der Kirche und sie haben mir alles mögliche erklärt, kunsthistorische Schönheiten, Fresken, Wandgemälde, aber behalten habe ich eigentlich nur die Geschichte von dem Licht über dem Kruzifix.«

Theophil, der alte Kulturkenner, wusste wovon ich sprach. »Einmal im Jahr, bei Sonnenwende, fängt die Dornenkrone zu leuchten an, nämlich wenn die Sonne als eine rote Scheibe auf das Kreuz fällt – das dann aussieht, als sei es aus Holz.«

»Ja, das ist geheimnisvoll.«

»Habt ihr euch auch das Seminar angesehen?«

»Ja, wir sind zu dem kleinen Platz hinter dem Kloster gegangen, wo die Schüler leben und wohnen. Das hat mir gefallen. Das ist eine andere Art Schule als diese supermodernen, kalten Gesamtschulen. Aus allen Fenstern kam Musik, die Schüler lesen, sie beschäftigen sich mit der Geschichte des Ortes, an dem sie leben. Und sie haben Platz und Natur. Hinter dem Internat, da gibt es eine Stelle – ganz wild, ein Baum, ein paar Mauerreste mit halbrunden vergitterten Torbögen, und wenn man da hindurch schaut, dann vergisst man die Zivilisation. Da sieht man nur grüne Hügelchen und halbverwilderte Büsche, einen verfallenen Turm, natürlich auch den Faustturm, wohin ein Abt mit einem komischen Namen, ich glaube ›Entenfuß‹, angeblich Luther geholt hat, um Gold zu machen. Da war übrigens ursprünglich auch das Pfründhaus, das Anfang 1892 abbrannte. Unser allseits zitierter Hesse hat sogar beim Löschen geholfen. Er schreibt: ›*So eilten wir in den Waschsaal, holten was wir an Gelten und Kübeln fanden, füllten sie und trugen sie ins Ephorat, das sehr gefährdet war …*‹ Das schien ihm gut gefallen zu haben, auch wenn das gesamte Pfründhaus mit allen Speichern und Ställen damals schließlich doch abgebrannt ist. Ich denke, die heutigen Schüler haben genug Angebote für Sport, um sich nicht beim Löschen fit halten zu müssen.«

»Aber es gibt auch viel soziale Kontrolle in solchen Schulen«, wandte Theo ein, »Früher natürlich noch mehr. Da trugen die Seminaristen noch besondere schwarze Kleidung und waren überall erkennbar. Wenn sie mal ein Bier trinken wollten oder sich mit einem netten Mädchen treffen …«

»Theo, man hat mich belehrt, dass dies gar nicht erlaubt war. Sogar die Repetenten, und das waren erwachsene Männer, konnten nur in honoriger Gesellschaft ausgehen und in einem bürgerlichen Gasthaus gepflegt zusammensitzen.«

Theophil nickte. Irgendwo in dem Nest seines Bartes erschien ein Lächeln. »Ich bin ja zum Glück kein Repetent mehr und du bist honorige Gesellschaft genug. Aber Hölderlin war immerhin verliebt in die Tochter des Klosterverwalters. Den Nachnamen habe ich vergessen, aber sein ›Stern‹, die Stella, ist uns erhalten. Allerdings wird wohl nicht viel vorgefallen sein! Damals blühte die Heimlichkeit. In Winkeln, Kellern, hinter einem Mäuerchen oder nachmittags bei Dämmerung am See …«

»Kann man sich alles heute nicht mehr vorstellen. Gehen wir noch ins Kino? In die Schauburg?«

Theos Augen leuchteten auf. Er war ein leidenschaftlicher Kinogänger. »Und was schauen wir uns an?« Ich entfaltete das große Programmblatt und suchte Tag und Stunde. Es dauert ziemlich lange, peinlich lange, bis ich merkte, dass ich den Plan vom vorigen Monat in Händen hielt.

»Egal«, sagte ich spontaner als mir zumute war, »gehen wir einfach so. Ich hätte Lust auf einen schönen saftigen Mord!«

Hätte ich das doch nur nicht gesagt!

Zwei Tage und zehn Vorfahren später erhielt ich Nachricht von Ina. Natürlich war ich inzwischen fleißig meiner Arbeit nachgegangen und hatte bereits nach dem von mir entwickelten Schema »Aussehen, Eigenschaften, Berufliches, Zeugnisse, Hobbies, Heiteres, Menschliches und Allzumenschliches« mehrere frühe Urbans bebildert und mit kleinen Fotos und Anekdoten versehen. Etliche Daten hatte ich telefonisch über das Evangelische Pfarramt ermittelt, wo die Familieneintragungen im Familienbuch geführt wurden. Aber das meiste kam aus Zeitungsausschnitten, Briefen und Fotos.

So wie die Geschichte von Julius Urban, der mit fünf vom Pferd gefallen war und fast ein Jahr im Bett liegen musste. Oder die von Isolde, Hermanns Schwester, die einen Mann geheiratet hatte, der zu Fuß nach Berlin gewandert war. Die vom Steinbruchbesitzer Sorge und Laepple, der den Arbeitern – darunter als Vorarbeiter Frederick Urban – ein Fass Bier ausgegeben hatte. Ich musste lächeln – Vivi hatte von einem Ingenieur gesprochen, der im Steinbruch beschäftigt gewesen war. Naja – Ingenieur ist ein dehnbarer Begriff.

Ein sehr nettes Kapitelchen hatte ich zusammengestellt über Antoinette Urban, geborene Caplan, die anscheinend verzweifelt versucht hatte, einen Hauch von heimatlichem Süden nach Maulbronn zu transportieren. Jedenfalls war von ihr ein Büchlein überliefert, in dem sie ihre vergeblichen Versuche aufgeschrieben hatte, Kräuter zu züchten. »Rosmarin eingelaufen!«, hatte sie am 12. Juni 1861 notiert. Sie war überhaupt jemand, der gerne aufzeichnete, etwa Rezepte, die sie gekocht oder ausprobiert hatte – darunter so moderne Kreationen wie eingelegte Rauke zu gegrilltem Fleisch. Oder Fenchel paniert und in heißem Fett ausgebacken. Sie hatte viel gestickt, zierliche Spitze an weißem Leinen, das jetzt gelbstichig war. Und sie hatte die Fortschritte ihres Sohnes Frederick peinlich genau notiert.

Letzterer musste eine echte Aufgabe gewesen sein. »Frederique«, so schrieb sie am 26.2.1862, »hat seinem Teddybären das Ohr abgerissen. Stubenarrest!« Und auch dessen Bruder schien südländisches Temperament besessen zu haben. »Sein Cahier absichtlich im Kloster zwischen den Steinen versteckt. Kinder verstecken hier andauernd etwas! Das Kloster ist für sie nur ein Aventure! Sie haben alle Geheimgänge und Winkel, die wir nicht kennen. Ein Kind könnte hier verschwinden. Cache.«

Natürlich ... das Kloster musste für die Jungs ein wahrer Abenteuerspielplatz gewesen sein. Die Seen, die uralten Wege, auf denen schon Mönche und Konversen mühsam ihre gefangene Beute zurück ins Kloster geschleppt hatten, die Kanäle, die halbverfallenen Mäuerchen. Ich beschloss, mir die Schule irgendwann mal in aller Ruhe anzusehen, auf mich wirken zu lassen – schließlich, und das war für mich als Ahnenchronistin ein wichtiger Punkt, ging der letzte Urban auf dieses Institut und hier schloss sich ein Kreis, von dem mir nicht so ganz klar war, wo er anfing.

Nach langem Stöbern fand ich eine Zeichnung von einem Hund mit langen zottigen Haaren. Das Blatt war gelb und an einer Ecke eingerissen. Unten stand mit langen spitzen Lettern: »Maria Nagy«. Die Maria mit dem ungarischen Namen war also ein wenig künstlerisch veranlagt gewesen – ebenfalls ein hochwichtiger Punkt. Die meisten Familien liebten es, einen Künstler in der Ahnenreihe zu besitzen. Oder wenigstens jemanden, der einen Künstler *kannte*.

Während ich noch ein Medaillon in der Hand hielt, welches wohl Grethe de Vries aus Köln zeigte – zumindest stand das auf dem kleinen Papieranhängerchen, welches sorgfältig daran geklammert war –, dachte ich an Hermann Hesse. Es konnte gewiss nichts schaden, herauszubekommen, ob die Urbans, die zu seiner Seminarzeit bereits in Maulbronn lebten, ihn gekannt, ihm begegnet waren. Ich müsste auf jeden Fall die Briefe, die in der dritten Schachtel lagen, sorgfältiger durchlesen als ich es bisher getan hatte! Welcher Urban hatte zu Hermann Hesses Zeiten Maulbronn unsicher gemacht? Wieder Frederick, der Ohrenabreißer! Ich suchte unter den Briefen – da waren die üblichen: aus dem Felde von Franz Urban und von dessen Vater, Hermann Urban. Briefe von Schwestern und Tanten aus der Kur oder aus dem Urlaub in Berchtesgaden oder Ruhpolding.

»Hier ist es schön, die Pension ist freundlich und das Wetter ebenso. Die Tracht der Frauen hier ist entzückend, ich habe mir einen Schal gekauft …« Solche Briefe legte ich zur Seite auf einen Extrastapel, ebenso wie die gepressten Enzianpflanzen und die Eintrittskarten zum Opernball in Karlsruhe, wo vor 17 Jahren Thomas' Vater mit seiner Gattin gewesen war.

Von Frederick Urban waren zwei Briefe an seine Tante dabei. Im ersten berichtete er sehr stolz vom Kauf einer Maschine zum Steintransport, im zweiten, einige Zeit später, von einem neuen Kühlsystem für die Brauerei. »Hoffen, bald beste Geschäfte zu machen!« Irgendwann hatte er sich einen Daimler gekauft. Stolz sah man ihn vor dem blinkenden Ungetüm posieren.

Seinem Bruder schrieb er später einen Brief, in dem er die Geburt seines Sohnes ankündigte. Seine Handschrift war energisch, beinahe kantig. Er hatte auch danach gelegentlich Briefe geschrieben, aber kurz vor seinem Tod war er vollkommen verstummt, zumindest war von dieser Zeit nichts mehr erhalten.

Sehr schreibfreudig waren die Urbans allerdings sowieso nicht gewesen. Insgesamt hatte ich wenig persönliches Material von ihnen. Uschs Geschäftseröffnung in Pforzheim würde sich recht hübsch machen, ebenso wie ihr Meisterbrief und der Konfirmationsspruch von Thomas (»Wandele ich auch im tiefen Tal, dein Stecken und Stab sind bei mir«).

Herrje, das Ganze würde eine todlangweilige Ahnenchronik werden!

Ich sollte Recht behalten – im wahrsten Sinne des Wortes!

Aber das konnte ich jetzt noch nicht wissen.

Um zwei Uhr mittags piepste dann mein Handy. Am anderen Ende war Ina.

»Hallo, Maren, ich hab herausgefunden, dass der allererste Urban, Eckhard Urban, im Knast saß!«

Das war typisch Ina. Sie verschwendete keine Zeit. Man konnte auch sagen, sie war unglaublich geizig mit ihren Telefongebühren.

Mich allerdings um einen entlastenden Rückruf zu bitten, entsprach nicht ihrem Stand als von und zu Bösenberg. Ina hatte nämlich einen Adeligen geheiratet. Er hatte einen beeindruckend langen Titel, der bis auf den Kreuzritter Gottfried von Bouillon zurückging, und stand an 765. Stelle der britischen Thronfolgerliste. Er verkehrte in allen möglichen hochgestellten Kreisen, war aber ansonsten so arm wie eine Kirchenmaus.

Auf dem Arbeitsamt, wo er sich kürzlich wegen einer Stelle gemeldet hatte, hatten sie ihn nichtsdestotrotz direkt zum Abteilungsleiter geschickt. »Herr Baron!«, hatte der Abteilungsleiter gesagt und war strammgestanden, »Ich denke konservativ. Unsere alten Familien sollten nicht arbeiten müssen! Ich weigere mich, Ihnen eine Stelle anzubieten!« So waren Ina und ihr Knut-Ulf von Bösenberg auf die Gunst irgendeiner halbverrückten Erbtante angewiesen und zehrten von den Krumen der Tische der ersten Kreise. Dabei hatte Knut-Ulf eigentlich Betonbauer gelernt! Aber wer stellte einen Baron als Betonbauer ein?

Ich hingegen stellte mich auf Inas Sparzwang ein und antwortete ebenso knapp: »Warum?«

»Nichts Dramatisches. Diebstahl. Hat er natürlich nicht zugegeben. Er hat eine Brosche gefunden, nicht von einer Frau, sondern von einem Mann, der sich irgendwie beim Aussteigen aus einer Kutsche die Kleidung zerrissen hat. Eckhard Urban war irgendwie zur Stelle, hat ihm geholfen, sich zu befreien und die Brosche landete – wie auch immer – irgendwie in seiner Tasche. Bei ihm in der Wohnung sind dann noch ein paar Schmuckstücke gefunden worden, die nicht zu seinem eigentlich niederen Stand als Lohndiener passten. Urteil: 1 Jahr Haft. Sie haben ihn aber dann, warum auch immer, irgendwie nach drei Monaten freigelassen, offenbar – so entnehme ich dem Beischreiben aus den Entlassungspapieren – hat er ein Mädchen aus besseren Kreisen heiraten müssen. Gudrun Hast, der Vater war Offizier. Da hat er irgendwie Glück gehabt. Das Ganze hab ich aus dem Stadtarchiv in Mannheim. Wir hatten übrigens auch Glück: Es gibt dort ein Forschungsprojekt – Unrechtsgedanke im Zeitalter der Toleranz und Aufklärung. Sie sammeln dort in dieser neu gegründeten Abteilung alte Prozessakten für den rechtshistorischen

Lehrstuhl, und zufällig war die von Urban noch dabei. Außerdem haben sie angefangen, auch die ganz frühen Sachen auf EDV zu speichern. Viel wurde natürlich durch Kriege, Brände oder durch Wegwerfaktionen zerstört. So alte Akten waren immer irgendwie Opfer von dem Versuch der Mitarbeiter, ihr Archiv beherrschbar zu machen.«

»Ich fürchte nur, die Urbans werden von diesem abenteuerlustigen Vorfahr wenig begeistert sein. Vor allem diese Roswitha Urban ist sehr auf Ehre und lupenreine Weste bedacht. Ich höre dauernd: ›Mein Mann ist Steuerberater und mein Schwager Referent des Landtagsabgeordneten ...‹ Und die andere Schwester, Usch Urban, hat ein Schmuckgeschäft. Ausgerechnet! Wenn die wüsste, wie der erste Schmuck in die Familie kam ...«

»Vielleicht weiß sie es ja. Übrigens ... noch etwas!«

»Ja?«

»Glücksfall für jeden Ahnenforscher: Sie haben seit mehr als 150 Jahren eine Art Buch geführt in diesem Archiv – Eingänge, Ausgänge, Anfragen und solche Dinge –, und der Beschäftigte hat gesagt, es sei schon einmal jemand da gewesen vor einiger Zeit und hätte nach der besagten Urban-Akte gefragt.«

»Wann war das?« »Vor einem Jahr.«

Ich konnte es kaum glauben. Zwischen den Unterlagen, die Onkel Franz zusammengetragen hatte, war diese Akte nirgends aufgetaucht. Hatten die Urbans vielleicht schon einmal einen Familienchronisten mit ihrer Familiengeschichte geplagt? So dominant, wie Roswitha und auch Thomas Urban auftraten, hätte es mich nicht gewundert, wenn sie einen unliebsamen Kollegen einfach so rausgeworfen hätten. Allerdings hätte Vivi mir das bestimmt erzählt. Es gab also nur eine Lösung.

»Das wird der Onkel gewesen sein, der Zwillingsbruder der Tante, die das Ganze hier in Auftrag gegeben hat. Er hat wirklich wertvolle Vorarbeit geleistet, mir aber diese hochspannende Information leider unterschlagen!«

»Gut, das ist irgendwie ganz normal. Wer bekennt sich schon zu einem kleinen Gangster in der Familie? Da machen sich die ganz Großen irgendwie schon besser. – Was sollte ich jetzt noch erledigen? Rechnung folgt.« »Du bist ein echter Schatz, Ina. Ich revanchiere mich. Und jetzt noch was. Es ist schwieriger und auch nicht so wichtig, mehr aus eigenem Interesse. Schau doch mal, ob du etwas über eine Grethe de Vries findest. Aus Köln. Wundert mich, dass ich keine Sterbeurkunde von ihr finden kann.«

»Ich werde es irgendwie versuchen. Gib mir mal die Geburtsdaten …«

»Warte, ich suche sie … und vielen Dank, Ina. *Irgendwie!*«

»Was meinst du damit – *irgendwie?* Das ist ein leeres Füllwort!«

»Stimmt!«, lachte ich, »Moment, hier sind die Daten …«

Während ich die Angaben noch diktierte, öffnete sich die Tür und Thomas Urban erschien auf der Schwelle. Die Sonne ließ sich genüsslich auf seinem dichten dunkelblonden Haar nieder und förderte alle Schattierungen von Messing bis Gold zutage. Aber seine grauen Augen waren kalt wie Stahl.

Als ich auflegte, sah er mich ernst und ohne seine übliche augenzwinkernde Frechheit an. »Frau Mainhardt, ich dachte nicht, wir hätten Sie als Detektivin engagiert. Sie sollen einfach nur eine schöne, saubere und nette Familiengeschichte aufschreiben, in wohlgeformten Worten. Meine Frau hat mir gesagt, sie könnten das. Aber bis jetzt habe ich den gegenteiligen Eindruck. Was treiben Sie eigentlich? Enthüllungs-Ahnenforschung?«

»Was soll das?«, fuhr ich auf und wies auf den Stapel vor mir. »Das sind *Ihre* Leute, das ist Ihr eigenes Blut und gehört zu Ihnen. Menschen, die ihre Vorfahren verleugnen, gibt es ausreichend in der Geschichte, und ich wüsste von nicht einem einzigen Fall, in dem das gut ausgegangen wäre. Was glauben Sie wohl, warum es diese unsäglichen Familienaufstellungen gibt?«

»Meine Vorfahren gehen Sie – genau betrachtet – nichts an. Ich habe keine Lust, mich vor Ihnen zu rechtfertigen. Sie sollten lediglich das vorhandene Material nett verpacken, sonst nichts. Aber wer weiß, welcher Komplex sich in Ihnen verbirgt. Aus welchem Stall sind *Sie* eigentlich?«

Immerhin kenne ich meinen, dachte ich böse, im Gegensatz zu deiner Frau. Ich konterte kühl: »Herr Urban, *ich* bezahle *Sie* nicht, um *meine* Familiengeschichte aufzuschreiben. *Ich* bin nicht auf *Sie* zugekommen, um ein spießiges verlogenes Angeberbuch zu verfassen! Denn das ist es, was Sie anstreben. Fragen Sie Vivi. Wir haben immerhin Geschichte studiert – uns interessiert, wie es *wirklich* war und nicht, wie man es gerne hätte.«

»Was fällt Ihnen ein!« Er machte einen pantherartigen Schritt auf mich zu und packte mich an den Schultern.

Ich erwartete dass er mich schütteln würde. In dem hilflosen Versuch, mich freizukämpfen, wand ich mich in seinen Händen, die mich so fest hielten, als sei ich in einer Stahlklammer gefangen. Verbissen maßen sich unsere Blicke im stummen Ringkampf Ich öffnete die Lippen zu einer wüsten Beschimpfung und keuchte erschrocken auf, als er mit hartem Griff in mein Haar fasste und mich an sich riss. Bevor ich die wirbelnden Gedanken in meinem Kopf ordnen konnte, spürte ich seinen überraschend weichen Mund auf meinem.

Noch nie war ich so geküsst worden. Seine großen Hände strichen über meinen Rücken, wanderten abwärts … Da hörte ich Schritte auf der Treppe.

Schwer atmend stieß ich Thomas von mir, beide Händen gegen seine Brust gestemmt. Er ließ mich los, sah mich an, Überraschung und beinahe Zorn lag in seinem Blick. »Mir wäre es egal!«, sagte er, »aber ihr nicht!«

In dem Moment wurde die Tür aufgerissen und Roswitha Urban stand im Zimmer. Passenderweise. Dass es *ihr* nicht egal sein würde, was in der Chronik stand, das war mir von Anfang an klar gewesen. Eine Spießerin. Aber eine von der gefährlichen Sorte.

Sie sah uns aufmerksam an. In ihren Vogelaugen glomm ein dunkles Feuer.

»Habt ihr gestritten?«, fragte sie und schob sich in das Zimmer. Sie füllte den zierlichen Raum fast bis zur Gänze aus.

»Nein!«, sagten wir gleichzeitig.

Sie nickte, so als wisse sie alles. Solche Leute hasse ich sowieso und immer schon. »Wie kommen Sie denn voran?«

»Sehr gut!«, antwortete ich, »Sehr gut! Ich denke, noch etwa drei Tage, dann bin ich soweit. Ich meine«, die Bemerkung konnte ich mir dann doch nicht verkneifen, »es kommt natürlich immer darauf an, wie ausführlich man eine solche Ahnenchronik haben will. Für eine wirklich detaillierte Darstellung des Lebens und der Schicksale Ihrer werten Ahnen würde man mehr Zeit brauchen!«

»Natürlich!«, erwiderte sie trocken. »Aber unser vor zwei Jahren verstorbener Onkel hat ja wohl schon perfekte Vorarbeit geleistet!«

Erst nach ein paar Sekunden wurde mir klar, was sie da gerade eben gesagt hatte – vor *zwei* Jahren. Vor einem Jahr hatte jemand in Frankfurt im Archiv nach dem ersten Urban geforscht.

Der Onkel war es also demnach nicht gewesen. Wer also hatte sich sonst noch für die Geschichte der Familie Urban interessiert? Und WARUM?

Später beim Kaffee, es gab Waffeln mit Himbeeren und Sahne, waren alle schweigsam. Roswitha hatte ein blasiertes und ironisches Gesicht aufgesetzt, Usch erschien ziemlich spät und abgehetzt, nach einem teuren Parfüm riechend. Sie wirkte fahrig und nervös. Moritz war der einzige, der fröhlich drauflos erzählte.

»Heute haben wir wieder was über die Geschichte unserer Schule gelernt. Könnt ihr euch vorstellen, dass man früher Rutenhiebe bekam, wenn man dabei erwischt wurde, wie man mit seinen Freunden eine Cola trinken ging?«

Roswitha, der Welt eines Kindes offenbar so fern wie möglich, schüttelte den Kopf. »Moritz, so ein Unsinn. Eine Cola wohl kaum! Also, ich weiß nicht, wieso diese Lehrer nicht die Dinge so darstellen wie sie waren. Oder hast du da mal wieder etwas durcheinander gebracht?«

Ich sah, wie sich Vivi ärgerte, aber sie sagte nichts. Mein Eindruck, dass sie irgendwie eingeschüchtert war, verstärkte sich. Thomas lachte: »Ist doch egal!«

»Jedenfalls war das Seminar in Maulbronn damals eine *der* Brutstätten von Gelehrsamkeit. Fromm aber nicht frömmlerisch!«, warf Usch ein, so als habe sie es auswendig gelernt. »Und das ist heute noch so. Ich verkaufe nämlich kaum Kreuze!«

»Fromm reicht auch schon!«, sagte Thomas, der sehr still und nachdenklich geworden war.

Ich vermied seinen Blick. Ich hatte Angst, ich müsste auf diesen Mund und diese Hände schauen und dann würde ich rot werden. Man sähe es mir an.

Ich hatte in so etwas zwar keine Erfahrung – aber da ich bereits beim allerersten Mal, als ich als 12jährige einen Kaugummi geklaut hatte, erwischt worden war, vermutete ich, dass ich auch beim Klauen der Ehemänner anderer Frauen nicht sonderlich geschickt zu Werke ging.

»Diese Buben damals hatten doch auch Gefühle – Gefühlsverwirrungen!«, bemerkte ich. »Es waren doch letztlich nichts anderes als ganz normale Teenager. Wie konnte man verhindern, dass sie ihre ersten Erfahrungen machen wollten! Waren die Lehrer verheiratet? Konnten die ihnen wenigstens ein wenig vom richtigen Leben erzählen?«

»Die Lehrer waren verheiratet. Das waren ja schließlich keine Mönche! Die Unterlehrer, die Repetenten, die waren sicher noch ledig, aber für einen jungen Mann war Maulbronn bestimmt kein lustvoller Ort!«, entgegnete Thomas in sachlichem Ton.

»Das war eine andere Zeit«, sagte Roswitha barsch, »und keine schlechtere. Man hat gearbeitet, gelernt, an Gott geglaubt, wollte der Familie eine Freude machen, den Vater von einem unnötigen Esser befreien. Die Männer wussten zwar, wo ihr Platz war, aber vergaßen dennoch nie den Gedanken an einen Aufstieg durch ehrliche Arbeit! Man war nicht unaufhörlich nur mit den eigenen Gefühlen beschäftigt!«

Ich ließ die Gabel mit dem Erdbeerkuchen sinken.

Unnötiger Esser. *Ich* war ein Mitesser. Langsam wurde mir erst klar, was ich getan hatte. Den Mann einer Freundin geküsst! Das hatte ich noch nie getan und hatte auch nie daran gedacht, dass ich es jemals täte. Von so etwas las man in Romanen, mit wohligem Grausen.

Wäre ich doch niemals nach Maulbronn gekommen! Ich hatte den starken Verdacht: Maulbronn war keine gute Stadt für die heimliche Liebe!

Bevor ich nach Hause fuhr an diesem Abend ging ich noch einmal durch den Klosterhof, vorbei an dem riesenhaften Baum, schlenderte durch das immerkühle Paradies, berührte sanft die gemeißelten Steine, legte meine Hand auf abgeblätterte Fresken.

Dann tastete ich mich auf Kopfsteinpflaster an der Klostermauer entlang, aus deren Ritzen frisches Grün herausdrängte, bis zu dem Platz, an dem die Schulgebäude lagen. Links das Fürstliche Jagdschloss, das – so das Schild – 1588 erbaut wurde und Herzog Ludwig von Württemberg gehört hatte. Ich sah ein offenes Fenster: Eine Seltenheit im Kloster Maulbronn, wo es mir so schien, als ob alle Fenster Geheimnisse hinter sich bargen. Die Fenster waren nicht groß und wiesen in einen dunklen muffigen Keller unterhalb des Schlosses. Erkennen konnte man nichts. Ich trat zurück.

Es war verhältnismäßig ruhig, wenn man bedachte, wie viele Kinder hier lebten. Jugendliche, korrigierte ich mich. Aus einem der geöffneten Fenster drang Klaviermusik, irgendwo übte jemand Flöte, woanders lachten zwei Mädchen miteinander. Hinter den ringförmig um den Platz gruppierten Gebäuden hörte ich ein Plop-Plop. Ich folgte dem Geräusch. Zwei Jungs spielten Tennis auf einem ziemlich abgenutzten Hartplatz. Ein anderer Junge hatte sich am Gitter festgehakt und schaute den beiden von außen zu. Ich holte meinen inzwischen ganz zerfledderten Hesse hervor. Ein Déjà-vu-Erlebnis drängte sich mir auf:

»Dann tritt eine Schar junger Leute aus dem Kloster, verliert sich über die weite Fläche, bringt ein wenig Bewegung, Rufen, Gespräch und Gelächter mit, spielt etwa auch ein Ballspiel und verschwindet (…) rasch und spurlos hinter den Mauern.«

Der Blick des zusehenden Jungen wanderte von einem Spieler zum anderen, es war nicht erkennbar, wem seine wahre Sympathie gelten mochte. Aber man ahnte, dass er eigentlich gerne mitspielen würde. Auch Hesse wusste anscheinend, wie es war, anders zu sein:

»Wenn ich den Klosterplatz betrat, traf ich die Kameraden bei Turnen und Ballspiel oder lachend und ruhend auf den Bänken im Schatten des Ahorn. Ich suchte oft und ich fand nirgends den Blick, der mich verstand …«

Ausgeschlossensein, die anderen wie durch eine Glasscheibe zu sehen, ist etwas Schlimmes. Schlimmer als Hunger. Ich kannte das. Und ich dachte: Vivi kennt es auch.

Ich ging langsam weiter, verließ das sichere Geviert der Häuser des Internats und geriet auf eine kleine Grünfläche mit halb verfallenen Mäuerchen und ungepflegten Wegen. Ich befand mich nunmehr rechts hinter dem Kloster. Vor mir lagen Reste der alten Befestigungsanlagen. Durch Fenster, schmal wie Schießscharten, konnte man auf den Rasen hinter dem Kloster blicken, der in eine Senke abfiel und sich dann wieder bis zur Straße hinaufschwang. Selbstvergessen lief ein Mädchen durch das Gelände. Als sie meine Schritte hörte, fuhr sie herum.

Ein hübsches, aufgeweckt wirkendes Kind mit aufmerksamen Augen und auffallend kupferfarbenem Haar.

»Jesus, Sie haben mich erschreckt!«, sagte sie und tatsächlich war sie sehr blass geworden. »Das tut mir Leid!«, sagte ich und meinte es ehrlich. Es war nicht meine Absicht, junge Mädchen in der Abenddämmerung zu erschrecken. Sie hatte ein kleines Buch mit marmoriertem Umschlag in der Hand. Ich wollte nicht zu neugierig erscheinen, fragte aber trotzdem: »Was liest du denn da?«

»Hermann Hesse, *Unterm Rad.* Für die Literatur-AG. Entschuldigung, dass ich so schreckhaft war, aber wir haben heute von dem Verschollenen gehört und dass er vielleicht gestorben ist, und seither bin ich ein wenig ängstlich!«

»Dieser Hesse!«, dachte ich und warf einen bösen Blick auf das kleine Buch, »kann nach so vielen Jahren noch Kindern Angst einjagen!« Das Mädchen bemerkte wahrscheinlich meinen Blick, denn es presste den Band schützend an sich. »Doch nicht in dem Buch. In echt!«, kicherte sie. Ich beschloss, mir gleich morgen in der Stadtbibliothek in Karlsruhe *Unterm Rad* auszuleihen. Kaufen würde ich es mir nicht. Ich kaufte mir nur gebrauchte Bücher bei Theophil! Obwohl mein Geschäft insgesamt nicht so schlecht lief, wie es meine Schwester, die ewig nörgelnde Lehrerin, erwartet hatte, lief es doch nicht so gut, wie *ich* es erwartet hatte!

Das Mädchen begann unbefangen zu plaudern. »Ich finde es schön hier, weil es hier so still ist. Man kann manchmal fast das

Rauschen vom Kanal hören, von dem Wasser. Das kommt oben aus dem See und fließt unter uns durch. Ich würde das so gerne mal sehen. Bei uns unter dem Lateinraum, im Keller, da ist eine schwere Steinplatte mit einem – wie nennt man das – Holzpropfen drin. Wenn man den zieht, kann man in den Kanal hinunter. Aber das ist natürlich verboten.« Sie zuckte die Achseln. »Da unten sitzen nur Ratten!«, tröstete ich sie. Das Mädchen überlegte meinen Einwand, nickte dann. »Also, ich geh dann mal!«, meinte sie zögernd und trollte sich. Fast so, als ließe sie mich nicht gerne alleine.

Ich sah mich um. Die Vögel schienen zu verstummen und die Sonne verhüllte ihr Haupt. Ein kühler Hauch strich durch die alten Mauern. Irgendwo kullerte ein Stein von einem der Mauerwerke, ein Schatten huschte über den alten Turm. Wieder spürte ich, was ich von Anfang an in Maulbronn gespürt hatte: Gefahr!

Das Mädchen war erst zehn Schritte von mir entfernt. Es war eigentlich peinlich, und doch suchte ich ihren Schutz. »Warte, ich komme mit dir!«, rief ich. Gemeinsam näherten wir uns den Schulgebäuden, in deren Fenstern die ersten Lichter aufflammten. Bildete ich es mir nur ein, oder ließ ich etwas hinter mir?

Das Seminar in Maulbronn ist schon etwas Besonderes! Diese Schulen waren die protestantischen Geistesschmieden. Vergleichbar vielleicht den Jesuitenschulen. Die Jungs mussten sich einer strengen Vorauswahl unterziehen. Das weißt du ja schon: Das berüchtigte Landexamen. Ich habe *Unterm Rad* gelesen und mit Hans Giebenrath furchtbares Mitleid gehabt. Dieser Drill, das Pauken. Nur die Besten haben überlebt. Allerdings war das in gewissem Sinne auch eine frühe Form der Demokratisierung. Auch Buben aus einfacher Familie hatten ihre Chance. Früher war der Schulalltag streng, dem Klosterleben ähnlich, aber ich glaube, im 19. Jahrhundert glichen sie sich dem normalen Lehrplan an. Dennoch – ein Stück Unfreiheit blieb. Hölderlin jedenfalls empfand die Schule als *Klosterkreuz* und ein anderer – ein Freund von Hölderlin, den Namen weiß ich nicht mehr – hat gesagt, die Lehrer seien ... warte mal, wie war das ... *abgelebte, mit dem Gang der Welt unbekannte*

Männer. Mehr noch, sie seien innerlich abgestorben. Aber das war wohl nicht bei allen so. Es mag da auch junge Herren gegeben haben – die Hilfsprofessoren sowieso, die ja im Alter zwischen den Generationen standen. Das ist übrigens heute noch so.«

»Ach, Theo, was du alles weißt!«, sagte ich. Und doch war ich abwesend. Ich spürte Thomas' Lippen noch auf meinen und ich spürte lange vermisstes Begehren in meinem Körper. Seit Rüdiger hatte ich kein Interesse mehr daran gehabt, mit einem Mann ins Bett zu gehen. Ich war wie eine wiedergeborene Jungfrau gewesen: Mit Sex hatte ich abgeschlossen gehabt.

»Das ist nichts Besonderes«, gab sich Theo bescheiden, »wenn du einen Buchladen hier in der Südstadt besitzt, hast du gelegentlich Zeit zum Lesen. Viel Zeit! Vor allem am Monatsende, da kauft hier kein Mensch Bücher!«

Wir standen bei Giordano, dem blauäugigen türkischen Bäcker, und aßen Gemüsepizza. Vom Schauspieler des gegenüberliegenden Theaters bis zum Sozialhilfeempfänger, der seufzend seine Alditüten unter den Stehtischen parkte, traf sich hier ein multikulturelles und multisoziales Publikum.

Ich pickte eine Zucchini auf.

»Es muss im Seminar einen Mord gegeben haben. Ein rothaariges Mädchen hat mir davon erzählt. Würde mich schon interessieren, aber die Urbans mag ich nicht fragen. Sie sind nicht sehr gesprächig, wenn es um irgendetwas Negatives geht, ihre Sippschaft und ihre Stadt betreffend. Und Vivi? Manchmal wirkt sie sehr verträumt. Ich glaube nicht, dass ich von ihr eine klare Auskunft bekomme. Außerdem … vielleicht traut sie sich auch nicht. Sie hat«, hier schluckte ich, »einen ziemlich dominanten Mann!«

Theophil betrachtete mich nachdenklich.

»Ich kann mich an keinen Mordfall in Maulbronn erinnern. Aber die BNN reicht natürlich nicht bis dorthin. Was lesen die dort? Pforzheimer Zeitung oder Mühlacker Tagblatt. Ich kenne jemanden in Mühlacker und bin für meine Schöne bereit, mich zu erkundigen. Obwohl«, er sah mich wieder forschend an, »ich nicht so recht weiß, was *das* mit deiner harmlosen Familienchronik zu tun haben soll!« »Nichts!« Ich ließ wie üblich meinen Pizzarand liegen.

Dabei saßen meine Zähne noch alle fein säuberlich an ihrem Platz. »Lokalkolorit eben!«

Ich wollte zahlen, wollte Theophil für seine Geduld belohnen und einladen und musste einmal mehr feststellen, dass ich meinen Geldbeutel vergessen hatte. Oh Gott, wie sollte das erst werden, wenn ich *richtig* alt war?

Am anderen Morgen weckte mich das Telefon. Es war Matthias, der behauptete, er bräuchte nur zwei Minuten, um mit Brötchen vor meiner Tür zu stehen. Bevor ich nein sagen konnte, hatte er aufgelegt. Wie oft hatte ich gegrübelt, welche meiner ledigen Freundinnen für ihn in Frage kommen konnte. Es gab einfach keine, die ledig genug war!

Ich selbst kaufte mir keine Brötchen mehr. Vor einiger Zeit hatte mir der sparsame und stets praktische Matthias einen Brotbackautomat geschenkt. Und hatte eine Kalkulation vorgelegt, derzufolge sich der 29 Euro teure Automat binnen weniger Wochen amortisiert hätte. Anfangs war ich sehr skeptisch gewesen – zumal so ein Ding vier Stunden braucht, um ein Brot zu backen. Vier Stunden, die man das Haus nicht verlässt, weil man ja Angst hat, es könnte wegen eines technischen Defekts durchschmoren und die ganze Südstadt in Brand setzen. Inzwischen hatte ich mich jedoch wider Erwarten an die Backmaschine gewöhnt. Sie backte Brot wie ein Weltmeister und war mir längst zum leise summenden, köstlich duftenden Freund geworden. Was Matthias nicht daran hinderte, mich weiterhin mit Brötchen heimzusuchen.

Kaum hatte ich mich aus meinem Nacht-T-Shirt geschält, klingelte das Telefon schon wieder. Diesmal war es Ina. Sie war schon total munter, denn sie stand um drei Uhr auf und trug Zeitungen in einem anderen Stadtviertel aus. »Wir brauchen das Geld und Arbeit tut nicht weh!«, pflegte sie lakonisch zu bemerken.

Zwischen der Frau, die würdevoll in einer Seidenbluse auf dem Podium der genealogischen Gesellschaft thronte, und der, die morgens aus dem Haus hastete, um Zeitungen auszutragen, klafften tatsächlich 400 Jahre deutscher Familiengeschichte.

»Also, ich habe nachgehakt, was diese de Vries angeht. Und bin fündig geworden! Das Mädchen ist offenbar nicht sehr alt geworden. Das war früher zwar nicht ungewöhnlich – aber bei ihr gab es dafür einen ganz besonderen Grund, der den Urbans wohl gar nicht gefiel und den man nicht gern im Familienregister vermerkt sehen wollte.« »Und der wäre?« »Syphilis. Damals eine lebensgefährliche Geschlechtskrankheit. Ich habe auch eine Krankenakte von dieser Grethe gefunden. Eine solche Krankheit hat man natürlich gern unterschlagen – in adligen Familien kam es vor, dass der Totenschein gefälscht wurde. Vielleicht konnten sich das deine Urbans damals nicht leisten – und so haben sie ihn eben verschwinden lassen.« »Du meinst, sie wollten eine unzüchtige Ehefrau vertuschen?« Ina lachte. »Wahrscheinlicher ist, dass ihr Mann sie nach einem Besuch im Freudenhaus angesteckt hat. Sowas kam unzählige Male vor – eine unschuldige Frau starb an der Lasterhaftigkeit ihres untreuen Mannes. Natürlich keine Zierde für eine Familie, die etwas auf sich hält!«

Ich bedankte mich und legte auf.

Die Urban-Männer! Das passte wieder mal zu ihnen. Ihre ungezügelte Leidenschaft – ich hatte sie am eigenen Leib erfahren. Rücksicht auf die Ehefrau? Keine Spur. Und was ihnen nicht gefiel, wurde einfach vom Tisch gewischt. Ich seufzte. Jede Familie hatte ihre kleinen Geheimnisse, aber die Urbans waren besonders gut darin, die ihrigen verschwinden zu lassen.

Ich musste wider Willen lächeln. Würde ich in Thomas' Armen auch eines Tages ein solches kleines Geheimnis sein, das man ausradierte? So als sei es nie gewesen …

Am nächsten Morgen, meinem letzten in Maulbronn – die restlichen Arbeiten würde ich zu Hause am PC erledigen –, war auf der Landstraße ein Unfall passiert. Die Straßenbahn stand eine Stunde lang im Stau. Eigentlich hatte ich mich in Bretten mit Vivi verabredet, wir wollten einen Kaffee trinken, doch als ich kam, war sie nicht mehr vor dem Melanchthonhaus. Statt ihrer stand Thomas da.

Er reichte mir stumm die Hand.

Auf meinen fragenden Blick hin sagte er: »Vivi musste gehen. Sie fährt unsere Tochter zum Zahnarzt! Sie hat mich gebeten ...«

»Haben Sie keine Patienten zu behandeln?«, fragte ich leise. Er schüttelte den Kopf. »Heute ist geschlossen – Abrechnung. Und die beiden Auszubildenden haben Prüfung. Fahren wir ein wenig?«

Wieso erscheint eine Landschaft, die man mit einem aufregenden Mann erkundet, so ganz anders als eine, die man mit einer Freundin durchstreift? Die sanften, wie Wellen auf- und absteigenden Hügel zwischen Bretten und Maulbronn schienen mir auf einmal schöner als die Toskana.

»Essen wir etwas?«

Eine der berühmten Besenwirtschaften. Effringerhof. Eine einfache Stube, ein Wohnzimmer, nur wenige Gerichte auf der handgeschriebenen Karte. Preise wie in den sechziger Jahren. Ich bestellte mir Schinkenbrot. Ich hatte nicht das Gefühl, jetzt etwas Warmes vertragen zu können.

Thomas bestellte Wein. Trockenen Kürnbacher Schwarzriesling. »Mein Lieblingswein!«, sagte er. »Er schmeckt erdig. Ich mag das Erdige!« – »Ich auch!« Wir stießen an. Unsere Knie berührten sich unter dem Tisch. Als er nach dem Salz griff, streifte sein Arm wie zufällig meine Brust. Unsere Augen fanden sich und hielten einander fest.

»Es ist nicht, als ob ich so etwas jeden Tag ... ich meine«, sagte er, während er mich unverwandt taxierte, »das ist eigentlich nicht mein Stil. Aber – ich will mit dir schlafen. Ich wollte es von Anfang an. Ich habe noch keine Frau getroffen, mit der ich so gern schlafen wollte wie mit Dir.«

Ich sah ihn nur an, gefangen im Bann seiner Stimme, seiner Blicke. Thomas lachte leise, als er die Zustimmung in meinen Augen las. »Wir werden uns treffen, wenn das hier vorbei ist!«, sagte er. »Ich will das eine nicht mit dem anderen vermischen. Sobald du alles hier erledigt hast – werde ich dich zu Hause besuchen.« Seine Augen hielten mich noch immer fest. Ein anzügliches Lächeln erschien in seinem Mundwinkel, als er hinzufügte: »Ich kann es kaum erwarten.«

Ich spürte, wie das Weinglas in meiner Hand zitterte.

Noch nie hatte ein Mann so über mich bestimmt, noch nie hatte ich es so genossen. Hatte ich nicht verständnislos auf Vivi geschaut, weil sie alles aufgegeben hatte, damals im Studium? Sie hatte es für ihn getan – was würde *ich* für ihn tun?

In einem kleinen Wald, an einer steilen Straße, die von Maulbronn aus links den Berg hinauf führte, zog er mich endlich in seine Arme.

Seine warmen Lippen wanderten über meine Haut und ließen überall kleine Feuer aufflammen, wo sie mich berührten. Ich bemerkte, wie mein innerer Widerstand schwand. Ich war bereit, ihm alles zu geben, wonach ihm verlangte, hier und jetzt, sofort … Aber er löste sich schwer atmend von mir und schob mich auf meinen Sitzplatz zurück. Und sagte entschlossen: »Das darf jetzt nicht passieren. Noch nicht. Schreib erst das Buch fertig. Lass uns die Dinge der Reihe nach tun.«

Wie kann man lieben, der Reihe nach?

Der Nachmittag fand mich an einem Ort, an dem ich mich normalerweise gut beruhigen konnte, obwohl es diesmal kaum glückte.

Eine Bibliothek oder ein Archiv sind für mich wie Tempel. Dort fließt der reine Geist, und die Leute um dich herum trinken auch aus dieser Quelle. Das Schweigen, das Rascheln von Papier, das leise Klicken der Kugelschreiber und die tröstlich langen Reihen von Büchern erfüllen mich oft mit einer inneren Ruhe, die andere Leute bei einem Kirchenbesuch empfinden mögen.

Das Maulbronner Archiv war im Rathaus untergebracht. Ein freundliches kleines Rathaus mit lächelndem Empfang. Keine Rückfrage, warum ich in den dritten Stock wollte, kein Misstrauen. Das Archiv sah besser aus als viele, in denen ich gewöhnlich arbeitete. Gut, es lag unter dem Dach und würde sich im Sommer wohl gewaltig aufheizen, und der Blick, den der Archivar auf den

Klosterhof genoss, war nur durch lukenartig kleine Fenster möglich, doch er hatte einen herrlich großen, mit Unmengen von aufgeschlagenen Aktenordnern und Papieren, mit Zeitungen und mit Schachteln übersäten Schreibtisch. Der Computer, der einzige Hinweis auf moderne Zeiten, fügte sich in die freundlich-helle Umgebung ein, als habe er immer dort gestanden. Links öffnete sich ein weiterer Raum, ebenfalls mit einer von Balken gestützten Decke. In sauberen Metallregalen standen dort Ordner mit Aufschriften, die der Archivar – meiner Archiverfahrung nach – vor seinem Ausscheiden dem Nachfolger in langen Sitzungen würde erläutern müssen. Auch wenn es standardisierte internationale Regeln gibt – jeder Archivar entwickelt mit der Zeit sein ganz ureigenes, auf seine Stadt zugeschnittenes Katalogisierungssystem, das er und nur er allein beherrscht.

Doch bis zum Ausscheiden des Archivars musste ein potentieller Nachfolger wohl noch sehr lange warten, denn der Amtsinhaber war ziemlich jung, modern und flott gekleidet und widersprach mit seinem sportlichen Haarschnitt und seiner Naturbräune erfreulich dem Bild des verstaubten Hüters uninteressanter alter Akten. Sein Name stand an der Tür: Wolfgang Gottlob.

Obwohl er nicht wusste, wer ich war, gab er mir sozusagen Kredit, reichte mir die Hand, nahm meinen Namen lächelnd zur Kenntnis und schob mir einen Stuhl hin. Ich erläuterte ihm ganz kurz mein Vorhaben. »Die Urbans!«, sagte er, »eine gute Familie. Maulbronn hat ihnen viel zu verdanken. Ich spiele mit Usch Urban im Tennisclub. Eine lebhafte Erscheinung. Und auch Vivian Urban ist eine eindrucksvolle Persönlichkeit. Gewiss!« »Ja, und deshalb …« Er nickte.

»Was also genau suchen Sie?«

»Einfach ein wenig Lokalkolorit. Zur Illustration meiner Geschichten …« »Dürfte kein Problem sein. Maulbronn ist, wenn Sie so wollen, eine Behördenstadt. Der Kampf der Industrie gegen die Verwaltung ist zugunsten der Letzteren ausgegangen, wenn Sie mich fragen. In dieser Stadt gab es schon immer eine Menge Geschriebenes. Arbeit für Archivar und Buchdrucker. Das Seminar trug natürlich auch dazu bei. Zeitungen, Erlasse, Amtsblätter, aber auch ein reiches Vereinsleben, typisch für das Kraichgau. Nein, Maulbronn ist keine stumme Stadt.«

»Das ist schön!« Ich holte die Liste der von mir abgehandelten Vorfahren heraus. Ich wollte ihn nicht überfordern und beschränkte mich auf fünf, beginnend mit Frederick, dem ersten, der in Maulbronn geheiratet hatte. »Am besten ich ziehe immer ein paar Informationen heraus, aus den Jahren der Verehelichung. Das haben die Nachkommen am liebsten, denn eine Eheschließung ist etwas Erfreuliches und führte außerdem im Allgemeinen zur Weiterexistenz der Familie – bis hin zum Auftraggeber!«

Der jugendliche Archivar lächelte, gab aber keinen weiteren Kommentar zu meinen philosophischen Betrachtungen ab. Ich hatte den Eindruck, er weilte in Gedanken bereits auf dem Tennisplatz oder bei anderen körperlichen Aktivitäten.

Doch dem war nicht so. Er hatte zunächst noch einen anderen Gedanken im Kopf: »Ich bin gleich bei Ihnen, Frau Mainhardt. Ich habe nur noch eine Anfrage vom Landesdenkmalamt zur Klosterhofoberfläche. – Zwischen 1994 und 1996 haben sie sich auch den Kanal vorgenommen. Sie glauben nicht, was da alles zutage kam, als man die Kanäle restaurierte: Schmuck, eine römische Münze, die noch von dem allseits verehrten Ephorus Ludwig Nestle – ein leidenschaftlicher Münzsammler und übrigens der Übersetzer des Neuen Testaments aus dem Griechischen – stammen könnte … jener verdächtige Ärmel, der jetzt in der historischen Asservatenkammer ist … dann ein Buch mit pornographischen Zeichnungen – das durfte ich behalten –, und jede Menge Flaschen, ein vollständiges Schminktäschchen, eine Bibel und mindestens zehn Fußbälle … Unglaublich! Der Kanal fließt nach unten und kommt beim Friedhof wieder raus, eigentlich müssten die Sachen ja rausschwemmen, aber manches bleibt in den alten Gittern hängen, die man damals zum Stauen des Wassers einbaute, falls man Löschwasser benötigte. Ich bin gleich fertig, Moment, nur noch ein Foto von den Bauarbeiten …«

Ich nickte und nahm Platz. Geduld ist bei meinem Job eine der Berufsvoraussetzungen. Irgendwann sah er in einem Register nach, verschwand zwischen seinen Regalen, wuchtete schließlich die entsprechenden Bände des *Maulbronner Bürgerfreundes* auf den Holztisch, der sich knarrend beugte. Ich begann zu arbeiten.

Ach herrlich – diese Freude, in alten Seiten zu wühlen, mit historischem Interesse dasselbe zu lesen, was die Augen von Leuten, die heute längst tot waren, vor unzähligen Jahren als Neuigkeit studiert hatten. Ich begann zu blättern. 1892 hatte Frederick Urban seine Amelie Ritter geheiratet. »Es war genau das Jahr von Hermann Hesse!«, bemerkte ich, »Da könnte ich vielleicht schon etwas einarbeiten!«

Er warf einen Blick auf meine Unterlagen. »Als Ihr Frederick Urban geheiratet hat, war Hesse schon weg. Ich nehme an, Sie wissen, dass er nicht besonders glücklich war hier bei uns. Und doch hat er uns etwas Einmaliges hinterlassen! Eben nicht nur Hans Giebenrath, den gescheiterten Klosterschüler!«

Ich hatte ihn falsch eingeschätzt. Jetzt geriet sein Gesicht in Verzückung. Respektvoll begann er zu zitieren:

»›*Jahr für Jahr betreten drei bis vier Dutzend Landessöhne diesen stillen, sicheren Weg, magere, überarbeitete Neukonfirmierte durchlaufen auf Staatskosten die verschiedenen Gebiete des humanistischen Wissens …*‹ Ich finde, das zeigt, was er dachte: Sicher aber langweilig.«

Ohne dass ich es wollte, hallten diese Sätze in mir nach. Ich hatte mich mit meinem kleinen Unternehmen auch gegen die magere stille Sicherheit entschieden.

»Was glauben Sie, was ihm nicht gefallen hat in Maulbronn? Unmenschliche Erziehungsmethoden?«

»Nein, eigentlich nicht, man bemühte sich um die jungen Leute und brachte, soweit damals üblich, auch Verständnis für sie auf. In einem Brief an seine Mutter schrieb er gleich zu Beginn seiner Klosterzeit: ›*Mir und den Herren Lehrern geht's gut!*‹ Außer dem Turnunterricht, bei Lehrer Haasis, der auch Musik gab, machte ihm anscheinend alles Spaß. Er freute sich auch über Gemeinschaftsgeist, der im Unterschied zu dem harten Vorbereitungsseminar in Göppingen hier im Seminar herrschte, und er liebte es, im Kreuzgang umherzulaufen und über Kunst und Wissenschaft zu philosophieren. Dann, Anfang März, war er plötzlich verschwunden. Das war wirklich ein merkwürdiges Jahr, in dem gleich zwei aus dem

Seminar verschwunden sind – obwohl das bei dem Repetent natürlich etwas anderes war. Auf jeden Fall war er fort und jeder machte sich Sorgen …«

Meine Gedanken waren bei Hermann Hesse. »Wo war er denn gewesen?« Der Archivar schmunzelte. »Ach, diese jungen Männer – Hermann hat die Freiheit gesucht, der andere vielleicht ein Abenteuer … Na ja, wer sich in Gefahr begibt, kommt darin um. Hesse will nach eigenen Worten in Baden, in Hessen und in Württemberg herumgekommen sein.« »Und was ist mit ihm passiert?« Mittelalterliche Karzer und Strafvorstellungen geisterten in meinem Kopf umher.

»Man war milde mit ihm. Im Seminar waren sie sonst sehr streng, wenn es um Verstöße gegen die Ordnung ging, bei Schülern, bei den Repetenten und bei den Lehrern, obwohl man bei letzteren ja eine gewisse sittliche Reife erwarten musste. Karzer für acht Stunden – das war milde, aber man schrieb seine Flucht einem weltschmerzlichen Zustand zu. Zunächst schien er sich zu erholen, doch dann versank er wieder in trübsinnige Zustände, klagte ständig, es sei ihm kalt, und dann kam der endgültige Abschied von Maulbronn. *›Glaubt mir, es ist schwer, am Sarg eines Freundes zu stehen, zehnmal schwerer einen Freund lebend zu verlieren!‹*«

Diese Worte trafen mich bis ins Herz. Wie oft hatte ich mir gewünscht, Rüdiger sei tot, beim Reiten verunglückt. Ich bildete mir ein, es wäre besser für meinen Seelenfrieden gewesen – doch dann dachte ich an die kleine Isobal und entschuldigte mich bei ihr im Geiste für diese Gedanken.

Hatte Frederick Urban Hermann Hesse wohl noch gekannt? Höchst unwahrscheinlich. Ich hatte auch nirgends in den Unterlagen der Urbans auch nur den kleinsten Hinweis auf dergleichen gefunden. Sie hatten gewiss in unterschiedlichen Kreisen verkehrt. Frederick Urban etwa war als Vorarbeiter im Steinbruch beschäftigt gewesen. Mit dem Seminar dürfte er nichts zu tun gehabt haben. Hermann Hesse war damals natürlich nur ein Schuljunge und noch nicht bekannt gewesen, warum hätte Frederick sich mit einem Seminaristen abgeben sollen? Er mochte andere Probleme gehabt haben.

Wolfgang Gottlob sagte bekümmert in meine Gedanken hinein: »Alle konzentrieren sich immer so sehr auf Hesse, aber es gab noch andere, die in Maulbronn ihren ersten Ausflug in die Freiheit der akademischen Welt getan haben, als da sind: Schiller, Mörike, Hölderlin, Georg Herwegh, Scheffel – denken Sie nur an die ›Maulbronner Fuge‹!« Ich dachte daran, aber das nützte nichts: Ich kannte sie nicht.

Wolfgang Gottlob, so begeistert von seinem eigenen Wissen wie die meisten Archivare, fuhr fort: »Die Schule war eigentlich immer begehrt. Sogar als die Cholera Maulbronn bedrohte, im Jahr 1831, gab es noch mehr als genug Interessenten. Es war still, aber sicher, und garantierte ein Auskommen. Man konnte alt werden als schwäbischer Lehrer oder Pfarrer – vorausgesetzt man funktionierte und wich nicht vom Wege ab. Wenn man bedenkt, dass die Mönche im Durchschnitt nur 35 Jahre alt wurden, so war einem Lehrer im spießigen 19. Jahrhundert schon ein längeres Leben beschieden.«

»Sehr interessant!«, bemerkte ich hastig, bevor er noch weiter in Bereiche vordrang, die mir definitiv unbekannt waren. Ich lächelte mein verbindliches Vielen-Dank-aber-jetzt-möchte-ich-doch-wieder …-Lächeln und schielte nach den Zeitungen.

»Aber das Interesse an den alten Zeiten, es steigt. Mehr und mehr Maulbronner, manchmal sogar einfache Leute, kommen jetzt und schlagen Sachen nach, die sie aus irgendeinem Grund interessieren. Nur keine Vorurteile!«, mahnte er. »Meine Dokumente sind für alle da!«

Aus dem Jahr 1892, als Frederick Urban Amelie Ritter geheiratet hatte – und zwar kurz vor Weihnachten –, fand ich ein paar hübsche Sachen. Die Volksschule war damals noch im Kloster gewesen, zwischen Fruchtkasten und Kirche, im Weingartenhaus – die Kopie eines romantisch aussehenden Fotos würde meine Chronik schmücken. Aber auch die späteren Jahre: Ein geschmückter Weihnachtsbaum aus der Mitte der vierziger Jahre, den Notzeiten auch in Maulbronn. Und der Besuch vom Bundespräsidenten – da konnte theoretisch einer der aufstrebenden Urbans in der jubelnden Menge gestanden haben. Das »alte Krankenhaus«, wo später die Ländliche Hauswirtschaftsschule und seit 1938 die Berufsschule untergebracht war: Dort war Tante Johanna gewesen, ein Bild würde ihr Abschlusszeugnis hübsch untermalen.

Ich ließ mir von dem entgegenkommenden Archivar ein paar Jahrgänge geben, die mich interessierten, und kämpfte mich tapfer durch die recht biedere Geschichtsschreibung und Berichterstattung in dem kleinen Städtchen Maulbronn. Von den interessantesten Sachen würde ich Kopien machen.

Über Geschäftseröffnungen berichtete man viel unverblümter als heute, dann gab es Konfirmationen – dort entdeckte ich tatsächlich einen Urban auf einen Bild, es musste ein Cousin von Frederick Urban sein –, dann gab es Besuch vom Landrat, die neuen Schüler im Seminar – ernste strenge Gesichter heranwachsender Jungs, manche noch halbe Kinder, andere schon kleine Männer – es gab Ausflüge von der Feuerwehr und einen Bazar des Damenkränzchens »Fidelia« für Kinder in Afrika. Man hatte ein paar feste Rubriken, etwa »Heute vor einem Jahr«, »Aus der Welt in Berlin und anderswo …«, und sogar den Kommentar des armen Hundes »Wuff«, der sich darüber beschwerte, dass die Pferdekutschen »viel größere Haufen auf meinen Straßen hinterlassen als ich« und dass er dauernd da reintrete. Nun ja. Ich überflog alle Rubriken kurz. »Trockenheit vor einem Jahr«, heute noch Schäden an den Rebstöcken … »Tragischer Todesfall? Karl Knauss nicht in Stuttgart angekommen. Suche aufgegeben« … »In Berlin neue Damenmode, das Haar schmeichelnd und glatt um das Gesicht« … »Klänge aus der Welt der Neger in New York«. Ich musste lächeln. Schade, dass ich nicht mehr Zeit hatte – diese alten Zeitungsmelden hatten etwas Unwiderstehliches.

Der Archivar Wolfgang Gottlob war freundlicher als so manche seiner Artgenossen, mit denen ich schon zu tun gehabt hatte. Sehr viel freundlicher sogar. Ich durfte mir ein paar Artikel kopieren und er schenkte mir ein altes Werbeprospekt von Maulbronn aus den dreißiger Jahren. »Aus der Hitlerzeit!«, sagte er überflüssigerweise. »Die wussten nicht recht, was sie mit uns machen sollten. Klöster gehörten ja nicht gerade zu ihren Lieblingsbauten, also haben sie behauptet, Maulbronn und die dortigen Gebäude, Mauern und

Türme seien ›Glanzleistungen germanischer Baukunst und Beispiele arischer Disziplin‹.«

In den dreißiger Jahren war Thomas' Vater ein Kind gewesen. Und auch dessen Bruder Franz und dessen Zwillingsschwester Johanna. Thomas' Vater! Thomas! Allein das reichte schon, um mir einen Schauer über den Rücken zu jagen. Ich hatte versucht, den Mittag zu verdrängen. Wie sollte ich sonst Vivi nachher begegnen? »Ich dachte, ich darf dich noch rasch auf einen Aperitif zum Schwager einladen«, hatte sie gesagt, »bald ist deine Zeit hier bei uns vorbei und wir haben uns noch gar nicht richtig unterhalten!«

Ich sah auf die Uhr. Es war schon halb fünf. »Danke, es war sehr interessant und hilfreich!« Ich reichte dem Archivar die Hand. Er lächelte. »Gerne, gerne. Familiengeschichten sind wie das Leben selbst. Ich habe auch einmal ein wenig in meiner eigenen Familie geforscht, aber irgendwann war mir die Ähnlichkeit mit einem Vorfahren, der Kartoffeln geklaut hat und mehrmals dabei erwischt wurde, wie er ohne Billet im Zug nach Stuttgart saß, zu verdächtig, und ich habe aufgehört. Ich denke schon, dass es einen moralischen Grundzug in einer Familie gibt. Und manchmal denke ich, dem können wir nicht entgehen. Obwohl das natürlich gefährliches Gedankengut ist!« Er lächelte.

Ich dachte an den ersten Urban. »Schauen Sie nicht so nachdenklich!« Er öffnete mir die Tür. »Bei den Urbans ist ja alles in Ordnung! Ich wüsste nichts, was an ihnen bedenklich sein könnte. Wenn – dann wüsste es jeder in Maulbronn und dann …«

»Ja?«

Er zuckte die Achseln: »Dann wäre es das Ende einer angesehenen Familie …«, er zögerte, »Sie wissen, dass Roswitha Urbans Mann in den Landtag will. Und Usch, sie ist …«, seine Augen wurden begehrlich. Usch schien diese Wirkung auf Männer zu haben. »Sie ist selbst ein buntes Schmuckstück, nicht wahr? Ihre beste Werbung – Mademoiselle höchstpersönlich!«

Draußen vor der Tür zogen mal wieder die für Maulbronn typischen schweren und plötzlichen Regenwolken auf. Ein Guss warmer dicker Tropfen traf mich unerwartet ins Gesicht. Ich suchte nach dem

Tuch, das ich für solche Fälle immer bei mir in der Tasche habe. Es war nicht da. Natürlich nicht. Warum musste ich alles verlegen? Ich hatte also auch mein Tuch verloren. So wie ich alles vergaß und verlor. Ärgerlich. Ich grub in meiner Erinnerung. Schließlich war es ein teures Tuch gewesen. Wann hatte ich es das letzte Mal gesehen? Eigentlich erst vor kurzem, seine lila Punkte auf hellblauem Grund waren mir noch ganz deutlich vor Augen …

Ein siedendheißer Schreck überfiel mich. In Thomas' Auto? Hatte ich den Schal bei ihm verloren?

Nicht schlimm eigentlich, aber doch … verräterisch, für ein scharfes Ehefrauenauge? Der Schal kam mir jetzt vor wie ein Signal. Ein leuchtendes Signal und Zeichen meines Verrats!

Thomas ist mit Moritz beim Kieferorthopäden!«, teilte mir Vivi mit. Wir saßen in einer kleinen dunklen Ecke in der Mönchsstube. Es war noch leer in dem Lokal, doch auf mindestens vier Tischen stand ein »Reserviert«-Schild. Jean-Franz hatte uns beide mit einem höflichen und altmodischen Handkuss begrüßt. Gutmütig lächelnd hatte Vivi ihren Schwager auf beide Wangen geküsst. Er lächelte zurück, wobei auf seinem asketischen Gesicht kurz die Sonne schien.

»Ich bin froh, dass sich Thomas so um die Kinder kümmert. Wenn ich das bei anderen Frauen sehe. Deren Männer sind beruflich zwar ungeheuer erfolgreich, aber immer auf Dienstreise, du bist praktisch Witwe ohne Schleier. Ohne Thomas«, sie sah nachdenklich an der dunklen Täfelung hinauf, »hätte ich mich hier nicht einleben können!« Sie lachte ihr berühmtes glockenhelles Lachen. »Es war doch eine fremde Atmosphäre. Eine Kleinstadt, eine bedeutende Familie, aber trotzdem … ich hätte vielleicht sogar Angst – alleine im Haus.«

»Angst?« Ihr Haus, das lag doch in einer ruhigen Oberschichtgegend! Wenn sie Angst in der Südstadt gehabt hätte, wo manchmal nach Mitternacht schon ein paar finstere Gestalten am Werderplatz herumlungerten, deren Düsterkeit nur durch das silbrige Schimmern der Halsbänder ihrer zottigen Köter aufgehellt wurde, dann ja … Oder nachts im Klosterhof – ich schauderte in Erinnerung an den Mann, der mich dort angesprochen hatte – ja, das konnte ich nachfühlen. Aber in Vivis Jet-Set-Idylle!

»Naja, manchmal hatte ich schon das Gefühl, das ich beobachtet werde! Und es läutet das Telefon. Nachts. Und natürlich ist keiner dran. Nur dieses Atmen und manchmal nicht einmal das. Nur Schweigen!« Ich musterte sie nachdenklich. Und dachte wieder an mein Erlebnis im Klosterhof.

»Aber wir können das Telefon nicht ausstellen, wegen Thomas' Nachtdienst.« »Hat Roswitha Urban auch schon solche Anrufe gehabt?« Es kann ja sein, dachte ich, dass jemand neidisch auf die Urbans, ihr Geld und ihre Stellung im Ort ist.

»Nicht, dass ich wüsste, aber sie würde es sicher auch nicht zugeben. Roswitha ist sehr stark. Sehr stark, sehr entschlossen und sehr stolz! Aber Usch, sie hat einmal davon gesprochen …«

»Noch was, die Damen?« Jean-Franz war an den Tisch getreten.

»Nein, ich glaube, heute nicht. Wenn das Büchlein fertig ist, werden wir hier sowieso mit ein paar geladenen Gästen noch ausgiebig feiern. Komm, ich fahre dich nach Bretten, das ist bequemer!«

Zu meinem Erschrecken stieg ich kurz darauf in das gleiche Auto ein wie heute morgen. Roch ich noch mein eigenes Parfüm? Roch ich noch die Leidenschaft?

»Ich dachte, das sei das Auto deines Mannes?«

»Das ist sozusagen unser Auto für alle. Ein Familienauto! Das Urban-Auto. Es gehörte Thomas' Onkel, und jetzt steht es zwar bei uns in der Straße, etwas weiter vorne in der Garage, aber einen Schlüssel haben alle Familienmitglieder, die auch einen Führerschein haben: Roswitha, ihr Mann, Jean-Franz, sogar unsere Schwester Usch – und wir.« Sie lachte. »Das finde ich eine nette Idee!«

Fand ich auch.

Später saß ich in der mir schon vertrauten Straßenbahn, ließ die Hügel des zum Rheintal hin auslaufenden Kraichgaus hinter mir und beschloss, das ganze Wochenende eifrig an dem Urbanprojekt zu arbeiten. Ich wollte ganz einfach fertig werden. Warum hatte ich es so eilig?

Damit mich Thomas bald besuchen würde?

Samstagmorgen.
Ich hatte soeben mit Matthias telefoniert.
Er hatte sich etwas Neues ausgedacht: Er wollte unbedingt mit mir Tomaten kaufen gehen, weil er nun auch seinen Ketchup selbst zu kochen beabsichtigte. »Zwei Augen sehen mehr als eins!«, sagte er hastig und hatte aufgelegt, bevor ich nein sagen konnte.

Ich wusste, dass er diese Ausflüge auf den Markt nur vorschlug, um samstags morgens mit mir zusammen zu sein und eventuell dadurch einen Zugang zu meinem restlichen Wochenende zu erhalten.

Ich seufzte, trat an mein Fenster und sah in den verschachtelten, eigentlich unromantisch-hässlichen Hinterhof hinunter, der sich vor meinen Augen auftat. Verglich mit der Maulbronner Idylle. Es war unglaublich, wie unterschiedlich Menschen lebten und doch irgendwie ihr Glück fanden. Ich malte mir Thomas aus, wie er diese Wohnung betrat und den Raum sofort mit jener Präsenz erfüllte, die ihm eigen war.

Rüdiger hatte die Wohnung nie gesehen, sie war jungfräulich. Keine Erinnerung, keine alten Bilder.

Unwillig machte ich mich über die Urbans her. Nebenher kochte ich mir Kaffee und Tee und trank ein Glas Cola und aß ein Rührei. Pro Vorfahre ein Getränk oder ein Essen: Bei sehr alten Familien würde ich dick werden.

Wie sollte ich den allerersten, den straffällig gewordenen Urban in die Erfolgsgeschichte der Urbans einführen? Dürfte ich doch schreiben, was ich wusste. Wie viel mehr Spaß würde es machen! Das Telefon läutete. Hoffentlich war es nicht wieder Matthias mit einer neuen Idee!

»Hallo!«, sagte ich in den Hörer.

Zuerst war da dieses ominöse Schweigen, welches alle allein lebenden Frauen fürchten – und weswegen sie sich meist nur unter »Bauer, P.« oder »Bauer« ins Telefonbuch eintragen lassen, woraufhin jeder Mann unverzüglich weiß, dass es sich um eine allein lebende Frauen im belästigungsfähigen Alter handelt.

Ich dachte schon: »Zum Teufel mit den Kerlen!«, als ich eine krächzende Stimme wie durch einen Tunnel hindurch vernahm:

»Kommen Sie eigentlich gut voran mit der Geschichte der Urbans? Haben Sie den Verbrecher schon?«

Ein merkwürdig heiseres Kichern.

Dann wurde aufgelegt.

Verwirrt saß ich da und versuchte, mich zu beruhigen und einen klaren Gedanken zu fassen. Noch jemand wusste also, dass es in der feinen Familie Urban, dieser fleißigen und tüchtigen Aufsteigerfamilie, anfangs recht rüde zugegangen war. Dass der kleine bescheidene Wohlstand vielleicht auf kleinen bescheidenen Diebstählen beruhte. Der Anrufer musste der gleiche sein, der auch im Archiv nach den Unterlagen der Urbans gefahndet hatte. Aber warum? Wen konnten die Untaten eines kleinen Gangsters, der seit 400 Jahren tot war, noch beeindrucken? Und wer konnte ein Interesse daran haben, dass *ich* etwas herausfand?

Ich schüttelte den Kopf. Ein Scherz? Ich dachte an den bedrohlichen Mann im Klosterhof, verwarf aber den Gedanken wieder. Ein fieser Typ, der mich belästigt hatte. Aber ein einfacher Handwerker und gewiss keiner, der aufopferungsvoll in alten Archiven stöberte. Außerdem – was konnte der schon mit den Urbans zu tun haben? Und dennoch …

Als dann mein herzerfrischend normaler Matthias mit klingelte, war ich beinahe froh. Ich beschloss, mich nicht unnötig verrückt zu machen und den Anruf ebenso zu verdrängen wie das unheimliche Erlebnis im Klosterhof. Und da ich ein so schlechtes Gedächtnis habe, gelang es mir tatsächlich.

So etwas kann ein tödlicher Fehler sein!

Ich hatte noch nie die Gabe, nachts durcharbeiten zu können – außer, wenn ich mit einer Sache wirklich fertig werden wollte. So wie jetzt. Die Chronik der Urbans interessierte mich nicht mehr. Ich wollte sie loswerden.

Ich stöpselte das Telefon aus und versuchte mich wirklich zu konzentrieren.

Gegen elf am Samstag Abend wandelte ich wie abwesend durch die Südstadt ins Wolfbräu, aß eine Pizza, traf Marikka, Clemens und die anderen aus der Samstagsclique und hörte ab zwölf für eine Stunde im benachbarten irischen Pub einem dürren kahlköpfigen Musiker zu.

Im irischen Pub war auch Theophil. Er hockte etwas ungelenk auf einem Barhocker, flirtete mit einem jungen Mädchen mit weichem Gesicht und hatte ein kaum angerührtes Guinness vor sich stehen. »Hallo, Maren«, sagte er stolz zu mir, »das ist die Tanja. Die macht vielleicht bald ein Praktikum bei mir!« »Gut!«, sagte ich ohne eine Spur von Eifersucht. Das schien ihn traurig zu machen, und er vergrub Nase und Bart im Guinness-Schaum.

Um eins ging ich wieder nach Hause. Tanja hatte sich woanders hingesetzt und Theophil begleitete mich. »Ich beneide die alten Griechen mit ihren Knaben. Damals war ein gebildeter älterer Herr *der* Renner im Amphitheater, heute hat man bei den jungen Dingern keine Chance. Sie legen keinen Wert auf Bildung und Lebenserfahrung, nur auf solide Kenntnisse im Internet, ein schickes Handy und einen DVD-Brenner. Es stimmt was nicht mit ihrer Soundcard, hat sie gesagt, und ob ich davon was verstehe. Als ich nein gesagt habe, ist sie weitergezogen!« Ich kicherte. »Kommst du noch mit rauf, meine Soundcard checken?« Theophil nickte. »Wir passen nicht mehr in diese Zeit! Wo ist die gute alte Briefmarke geblieben?«

»Ich bin weiter als du, Theo. Ich kann bei Mohrhuhn 1. Version inzwischen fast so viele Tiere erlegen wie der siebenjährige Sohn meiner Nachbarin.«

Wir machten es uns in meinem Wohnzimmer bei einem Tee gemütlich. Theo blätterte die Seiten der Chronik durch, die ich bereits zusammengeschrieben hatte.

»Die frühe Geschichte der Urbans liegt im Dunkel. Der Name lässt auf Menschen schließen, die städtisch gelebt haben. Der erste Urban, der uns bekannt ist, hieß Eckhard Urban und …«

»Kein Wort davon, dass er ein Dieb war?« Theophil seufzte. »Nun, du wirst sehen, die Geschichte einer Familie lässt sich niemals unterdrücken. Das ist wie Wasser, das du in der hohlen Hand bewahren willst – du kannst das Rinnsal nicht verhindern. Ich habe beispielsweise den Verdacht, dass es in *meiner* Familie ein uneheliches Kind von einem Priester gab. Bis heute interessiere ich mich für katholische Kirchengeschichte! Es ist, als sei das in mir drin.«

»In vielen Familien gibt es Geheimnisse, die niemals nach außen dringen. Tabus wurden gebrochen, ihr Bruch bis heute eifriger bewahrt als das Tabu selbst! Und in Maulbronn wird es nicht anders gewesen sein! Ich könnte mir beispielsweise durchaus auch vorstellen, dass es im Seminar nicht *immer* nur so sehr ums Lernen ging wie Hesse erzählt. Du wirst staunen – ich habe jetzt *Unterm Rad* gelesen. Oder zumindest überflogen. Stell dir vor, ich hatte es sogar zu Hause, so eine kleine unscheinbare Hesse-Gesamtausgabe mit grauen Büchlein, die sich irgendwo in meinem Arbeitszimmer versteckt hielten. Die Jungens schlossen sich angeblich zusammen, um ihre Leistungen zu optimieren: ein guter Lateiner mit einem schlechten Rechner und umgekehrt. Freunde wollen miteinander spazieren gegangen sein, um Hebräisch zu lernen, oder sie hockten zusammen und lasen ihren Schiller. Und sonst wollen sie nichts getan und gedacht haben?«

»Wahrscheinlich schon«, entgegnete Theophil, »aber junge Männer können erstaunlich zäh sein, wenn sie etwas wirklich wollen. Und wenn du einem sagst, dass es das reine Wissen ist, für die schwäbische Pfarrerslaufbahn, was er wirklich will, dann wird er es vielleicht tatsächlich wollen – und dafür alles geben!«

Ich stimmte ihm zu.

»Übrigens können nicht nur junge Männer erstaunlich zäh sein!«, meinte Theophil vielsagend. Ich nickte nachdenklich. Würde Thomas auch zäh sein? Hatte ich mich ihm zu schnell geöffnet?

Er war der Mann meiner Freundin. Es war nicht in Ordnung, ihm zu erlauben, mich zu küssen – und einen Ehebruch in Aussicht zu stellen!

Das Ganze dauerte noch bis Dienstag.

Ich saß beinahe den ganzen Tag an der Chronik, ich schnitt aus, kopierte, scannte und suchte im Internet und in Büchern aus der Badischen Landesbibliothek nach Informationen. Zum Schluss hatte ich acht Bücher um mich herum ausgebreitet.

1855 waren die Urbans nach Maulbronn gezogen. Zwei Jahre später war die Eisenbahn von Bietigheim nach Mühlacker über Maulbronn-West gebaut worden. Und die Gefängniszellen waren noch im Kaminhaus, was sich 1862 änderte … Doch raus mit diesem Hinweis, er würde den heutigen Urbans nicht gefallen.

Besser vielleicht, dass eine Bertha aus dem Posthotel den Wilhelm Maybach heiratete und damit eine Rolle im Autogeschäft spielte. Um das Jahr 1900, als Thomas' Großvater Hermann acht Jahre alt geworden war, war er einer von 1244 Menschen gewesen, die in Maulbronn lebten. Thomas' Vater Julius konnte seinen ersten Schrei schon im Bezirkskrankenhaus tun, welches im gleichen Jahr gebaut wurde. Als er elf Jahre alt war, hätte er, wenn es ihn interessiert hätte, miterleben können, wie das Seminar geschlossen wurde. Mit 22 Jahren hatte er als Statist bei dem Lutherfilm mitgespielt, der im Klosterhof gedreht wurde: Irgendjemand hatte ihn mit einer braunen Kutte und einem ernsten Gesicht fotografiert. Er sah betroffen aus, traurig. Seltsam.

Die Visitenkarte des Steuerberaterbüros von Roswitha und Heinz Urban-Bonser, ein Artikel über Thomas' Praxiseröffnung.

Die Lebensverhältnisse der Arbeiter in den Steingruben von Schmie. Die, aus denen Frederick es geschafft hatte, die Familie herauszuführen. Erfolgssymbole mussten her, um die Urbans zufrieden zu stellen.

Oder um Thomas zufrieden zu stellen? Um ihm zu gefallen? Hermann Urban vor der Brauerei mit einem strahlenden Lächeln. Der Verkauf des Steinbruchs, der Erwerb der Maschinenfabrik in den sechziger Jahren. Man konnte sich einen Urlaub in Amerika leisten, 1962. Franz vor seinem Lokal, umgeben von einem Kinderchor. Die Geburt der Kinder, Uschs Konfirmation – sie schaute so keck und herausfordernd, so sexy in die Kamera wie sie auch heute noch auftrat. Ein Kuchen zur Hochzeit von Trudl Täufer und Thomas' Vater.

Thomas!!! Ich schenkte mir ein Glas Wein ein. Wie sagte Hesse? *Das Liebeselend erzog mich zum Zecher* … Mein Gott, wie recht er hatte.

Dann war meine Chronik endlich fertig.

Der Drucker hatte sie nett eingebunden, mit einem Schleifchen und dem Familienwappen der Urbans, einem Turm. Das Papier war das Lieblingspapier meiner Kunden – gelblich, alt aussehend und schwer. Die Fotos und Dokumente waren fachmännisch eingefügt, die Bildunterschriften satt, der Text als solcher in zierlich altertümlicher Weise gesetzt. Ich blätterte mein Werk durch: Von Eckhard Urbans Geburtsurkunde und einem Bild der Stadt Frankfurt aus dem 17. Jahrhundert bis zu Uschs ultramodernem schickem Schmuckdesignladen – hier war der geradezu klassische Aufstieg einer deutschen Bürgersfamilie. Die harte Arbeit am Hafen, aus einem zeitgenössischen Buch entnommen, mochte den Alltag der ersten Urbans veranschaulichen, von ihnen selbst wussten wir nichts. Ihre Stimmen waren nicht zu vernehmen, sie gingen unter im Chor der vielen Namenlosen, die damals geschuftet hatten, bis sie umfielen – der Nachwelt nicht viel mehr als ein paar Kinder hinterlassend, die sich Stück für Stück die Leiter hochhangeln würden, bis zu dem Punkt, an dem sie lesen und schreiben konnten und uns etwas hinterließen.

Dennoch – das Buch war eigentlich nicht besonders gut geworden. Es fehlten wirkliche Highlights, es fehlten besondere Ereignisse wie bedeutende Persönlichkeiten, Ehrungen im großen Stil, Stiftungen oder außergewöhnliche Karrieren. Und es fehlten jene pikanten Geschichten, die Fehltritte und all die anderen kleinen Familiensünden, die eine solche Chronik so unterhaltsam machten.

Die Urbans waren schlicht eine zähe Aufsteigerfamilie. Am meisten Glanz brachte Usch mit ihrer Schmuckboutique in die Sippe, und so hatte ich ein Schmuckstück von ihr ganz ans Ende gestellt – eine stilisierte Gerstenähre.

»Das war Onkel Franz' Lieblingsstück. Er fand, es hätte eine Bedeutung für uns. Ohne sie wären wir nicht, was wir sind – ja, das hat er oft gesagt.« Ich dachte an Jean-Franz' Restaurant.

Dort lag wohl der Bezug zum Gerstensaft.

Die offizielle Präsentation fand am Samstagabend statt – natürlich in der Mönchsstube, dem Urban'schen Familienrestaurant. Es waren mindestens 25 Leute eingeladen. An der Eingangstür hing ein Schild, das normalerweise bei hungrigen Restaurantbesuchern für grimmen Frust sorgt: »Geschlossene Gesellschaft«.

Drinnen war feierlich aufgedeckt. Ein junger blonder Pianist mit traurigen Augen spielte dezente Hintergrundmusik, es gab Sekt und elegante Häppchen, herumgereicht von der netten blonden Serviererin.

Auch die Auftraggeberin, Tante Johanna, war erschienen. Sie saß im Rollstuhl. Usch, von der ich soviel Altruismus gar nicht erwartet hatte, stand neben ihr und schob sie nach Bedarf hin und her, brachte ihr Essen und schirmte sie vor zu viel Trubel ab.

Ich sah die alte Dame zum ersten Mal, erblickte aber sofort die verschiedenen Züge der Urbans in ihrem Gesicht. Als Vivi mich vorstellte, wurde sie hellwach. Sie wackelte ein wenig mit dem Kopf, aber sie musterte mich dennoch erstaunlich scharfsinnig. »Und, haben Sie auch ganze Arbeit geleistet, mein Fräulein?«, fragte sie mit dünner, heiserer Stimme. »Haben Sie die Sache *gewissenhaft* erledigt?«

Ich nickte ein wenig beklommen.

Diese Stimme! Ich hatte seit meiner Jugend – als ich meine vorübergehende Taubheit überwunden hatte – gelernt, auf Stimmen zu achten, und wenn ich nicht gewusst hätte, dass ich Tante Johanna zum ersten Mal begegnete, dann hätte ich schwören können: Ich kannte diese Stimme. Sie hatte erst kürzlich zu mir gesprochen.

Die alte Dame lächelte verschmitzt. »Sehr *ritter*lich!«, sagte sie. Ich sah von ihr zu Usch, die sich besorgt näherte. »Du darfst dich nicht so anstrengen, Tante Hanna!« Und dann wurde sie von Usch hastig weggerollt, an ihren Platz ganz oben an der Tafel. Jean-Franz eilte herbei und schenkte ihr Wein ein, den sie mit einer gewissen Begeisterung trank.

Usch setzte sich neben sie, schlug die Chronik auf und zeigte ihr wohl ein Bild von einem Schmuckstück. Freute sich Tante Johanna, dass ihr Wunsch erfüllt worden war? Ich sah, wie sie die Seiten, die Usch für sie umblätterte, aufmerksam betrachtete, und musste daran denken, wie eigenartig sie das Wort »gewissenhaft« betont hatte. Und dann der Begriff »ritterlich«! Sie war wohl ein wenig altmodisch. Und ihre Stimme – vielleicht kam sie mir nur bekannt vor, weil alle alten Frauen ähnlich sprechen.

Ich hatte keine Zeit mehr, weiter darüber nachzudenken, denn eine Glocke läutete und man bat zu Tisch. Wie nicht anders zu erwarten gab es fabelhaftes Essen – ein Gang jagte den nächsten. Ob es der Hirsesalat mit Shrimps war, das Käseschaumsüppchen mit Trauben oder letztlich die Forelle mit Granatapfelkernen … es war ganz einfach ein Fest!

Der Bürgermeister, ein mittelgroßer Mann mit der Aura eines Versicherungsvertreters, hielt eine Rede auf »Unsere verehrte Familie Urban – ein Synonym für Bürgerstolz und Engagement für die Gemeinde! – Eine Familie, von der wir noch viel, sehr viel hören werden!«

Ein Stapel der Hefte wurde neben die Eingangstür des Restaurants gelegt, dorthin wo auch die Visitenkarten lagen und wo ein Klosterführer, ein ziemlich zerlesener allerdings, für Touristen erste Hilfe beim Maulbronnbesuch bot.

Irgendwie traf mich das. Eigentlich mag ich es nicht so, wenn meine Familienchroniken überall herumliegen. Am liebsten hätte ich zehn Stück in der Familie verteilt und damit Schluss. In gewissem Sinne ist so eine Chronik doch etwas Intimes.

Als wir die Gläser hoben, kreuzten sich Thomas' und meine Blicke. Er hielt meine Augen fest – ich versuchte mich loszureißen, aber wohin ich mich auch wandte, überall spürte sein Blick mich auf.

Vivi sah zauberhaft aus in einem taubenblauen Faltenrock und einer hellblauen Kaschmirstrickjacke. Wie schaffte sie es nur, immer und überall passend auszusehen? Thomas' tadellose Ehefrau … Endlich hatte ich mich wieder verliebt, nach langer Zeit das erste Mal, und dann musste es wieder der Falsche sein!

Der Mann einer Freundin war immer der Falsche, und Vivi, so perfekt sie auch war, war keine, der man so etwas gönnte – ich hörte gerade, wie sie meine Arbeit lobte. »War schon im Studium sehr kreativ … Sie hat das wirklich ganz toll gemacht …« Sie ging ebenfalls mit Champagner herum, schön wie ein Bild und liebenswürdig zu jedermann.

Auch als ich signierte und Fragen beantwortete, Visitenkarten entgegennahm, meinen Namen auf Papiere schrieb, die mir hingehalten wurden (»Also unsere Familie ist auch sehr interessant, da hätten sie viel zu schreiben!«) – immer waren da seine Augen, die mir gnadenlos folgten, aufmerksam und auf eine beunruhigende Weise Besitz ergreifend.

Schließlich hielt ich es nicht mehr aus. Ich entschuldigte mich, ging den kleinen Gang zur Toilette hinaus und von dort auf den Hof und schlich mich durch den Nebenausgang auf die Straße.

Gegenüber stand die Klostermauer – Symbol der Keuschheit und eines gottgefälligen Lebens, schwarz und schweigend ragte sie gegen den Himmel, in dem sich helle Wolken jagten. Irgendwo schrie ein Kauz. Ein Auto näherte sich, es fuhr vorbei, sein Lichtschein zuckte kurz an der Mauer entlang – und da sah ich ihn: den Mann. Er saß auf der Mauer und starrte zum Restaurant. Unverwandt.

Ich glaube nicht, dass er mich bemerkte. Ein Fahrrad rollte gemächlich vorüber, auch hier wieder ein Licht, das die Mauer kurz beleuchtete. Blitzartig erkannte ich, wer dort saß: Es war der Mann, der mich bedroht hatte.

Und trotz der Dunkelheit erkannte ich in seinen Augen den abgrundtiefen Hass.

Sechstes Kapitel

Können sich Geräusche verändern? Gerüche?

Kann man eine alte schlecht gelaunte Frau aus dem Parterre, die man bisher schrecklich fand – allein schon wegen der Art, wie sie am Briefkasten stand und glotzte, wenn der Postbote kam –, plötzlich mögen und ihre Neugier herrlich amüsant finden? Der magere Grünstreifen, der die Karlsruher Südstadt in zwei Teile zerschneidet und den man bisher eher als trostlos empfunden hat, kann er sich von einem Moment zum anderen in ein grünes Paradies verwandeln?

Er kann – wenn man in diesem Zustand ist, der einfach alles verändert.

Thomas war drei Tage nach der Fertigstellung der Urbanchronik das erste Mal zu mir gekommen. Genau wie er es angekündigt hatte.

»Ich bin morgen um vier bei dir!«

Ich hatte oben auf der Treppe auf ihn gewartet. Er hatte mir einen aufregend keuschen Kuss auf die Stirn gegeben, stumm waren wir in die Wohnung gegangen. Kaum hatten wir die Tür hinter uns geschlossen, hatte er eine große Hand auf meinen Po gelegt und mich an sich gezogen. Endlich.

Ich hatte mich so sehr danach gesehnt – ich war so erhitzt und begierig darauf gewesen, seine Hände auf mir zu spüren, dass ich zwei Tage lang nichts gegessen hatte. Während dieser fast unerträglichen Wartezeit müssen meine Augen geglänzt haben wie im Fieberwahn.

»Was ist mit dir los?«, maulte Matthias und strich seine dünnen Haare zurück. »Ich weiß es: Du bist verliebt. Aber ich habe viel Geduld.« Dann, triumphierend: »Es ist nämlich der Falsche!«

»Woher willst du das wissen?« »Ganz einfach: Zeitschiene. Du musst ihn in Maulbronn kennen gelernt haben. Da du ihn sicher mehr als einmal getroffen hast, muss er mit deinem Familienbuch zu tun haben. So, und wer kann das sein? Nur einer von den Urbans.

Und da gab es nur zwei Sorten Männer: den schwulen Koch – und die Ehemänner a) deiner Freundin oder b) ihrer Schwägerin. Alle drei Optionen sind nicht gut. Ich tippe mal auf diesen Thomas Urban. Die meisten Frauen haben eine unerklärliche Schwäche für Ärzte. Ich hätte ja auch Arzt werden können, aber ich habe mich anders entschieden!« Nervös, weil er natürlich gelogen hatte, nestelte er an seinem Uhrenarmband herum. Ich erhob Protest.

»Thomas Urban? Wo denkst du hin? Thomas Urban ist alles andere als angenehm. Er ist ein Macho!«

»Also *ist* er es!«, stellte Matthias fest. »Außer der unerklärlichen Schwäche für Ärzte haben Frauen eine noch viel unerklärlichere für Machos. Die Kombination von beidem ist tödlich. Und sie wird auch für dich tödlich sein!« Er lächelte dabei, wenn auch verzichtend-traurig.

Woher hätte er wissen sollen, wie wahr seine Worte waren – oder werden sollten? Ob er es damals schon geahnt hatte?

Ich hatte mir keine Gedanken darüber gemacht, wie sehr ein Mensch bereit ist zu kämpfen für das, was ihm *alles* bedeutet.

Ich kaufte in dem italienischen Laden am Werderplatz ein. Eigentlich ist es ein Supermarkt, aber er wirkt trotzdem eher wie ein ganz normaler italienischer Dorfladen.

Ich hortete Zucchini, die ich liebte, und Tomaten, die noch wie Tomaten schmeckten. Und prompt traf ich Theophil in seiner frei gewählten Mittagspause. »Ich habe ein Bild vom Werderplatz vor 100 Jahren reinbekommen. Schwarz-weiß!«, sagte er, »Wenn du Interesse hast, heute Mittag … da hätte ich geöffnet! Zorro wird auch da sein.« »Heute Mittag«, erwiderte ich atemlos und sah ihm ungeduldig zu, wie er seine Penne verstaute, »habe ich keine Zeit!«

»Du hast überhaupt wenig Zeit … in letzter Zeit!«, stellte Theophil fest, »Hat das einen … urbanen Grund?«

Die Kassiererin schob uns weiter. Sie lächelte dabei verzeihend. »Prego!«, sagte sie. »Ich will noch nicht darüber sprechen!«, sagte ich, »Später, morgen, nein, übermorgen!«

Theophil lächelte ebenfalls verzeihend. Er nahm seine Brille ab und hauchte dagegen. »Pass auf. Denk an die ersten Urbans! Sie sind Verbrecher. Sie sind gefährlich!«

»Willkommen in der Vererbungstheorie!«, sagte ich, »Ich dachte, da seien wir drüber hinaus in diesem Land! Nur weil ein Urban in die Portokasse gegriffen hat, müssen die anderen keine Verbrecher sein. Sie haben sich im Krankenhaus engagiert und waren im Gesangverein!« Und damit verdrängte ich das eigentümliche Gefühl, das ich bei dem gesellschaftlichen Engagement der Urbans hatte. Die kleinen Ungereimtheiten, die mir aufgefallen waren ... Ihr Ehrgeiz, unaufhaltsam die soziale Leiter hinaufzuklettern, öffentliche Anerkennung um jeden Preis ...

»Nein«, sagte Theo mitten in meine Gedanken hinein, »das ist es nicht. Ich habe das Buch gelesen, ich habe dir zugehört. Ernsthaft, Maren, ich habe das Gefühl, dass diese Leute gefährlich sind. Ich kann dir nicht einmal einen Grund dafür nennen! Irgendetwas stimmt nicht mit ihnen.«

»Nur weil der erste Urban nach Schmuckstücken gegriffen hat, die ihm nicht gehörten ... Du weißt, es gab damals kaum einen anderen Ausweg aus der kollektiven Armut. Einmal elender Tagelöhner in einer aufstrebenden Industriestadt – für immer im Proletariat gefangen!« »Eine bedenkliche Moral!«, sagte Theophil und wiegte bedächtig den Kopf. »Mein Ururarahn war Schuster. Ein kleiner Handwerker also. Aber der soziale Aufstieg unserer Familie ging langsam, und er ging über den Weg der Bildung. Ich habe den Eindruck, dass deine Urbans eher charmante Schlaumeier waren als harte Arbeiter.«

Charmante Schlaumeier.

Ich dachte an Thomas' unbekümmerte, immer ein wenig dreiste Art. Aber auch ich hatte ein merkwürdiges Gefühl – aus welchem Grund? Es fiel mir keiner ein.

Mehrere Stunden später konnte ich ihn nennen.

Thomas und ich hatten nämlich keine Zeit verschwendet.

Wir hätten reden können, aber wir verschoben es auf später.

Die Wartezeit aufeinander war von einer unerträglichen Süße erfüllt gewesen, aber jetzt waren die Phantasien ausgereizt, jetzt wollten sie ausgelebt werden, jede einzelne von ihnen, wieder und wieder.

Er war viel eher leidenschaftlich als zärtlich, von einer Wildheit, die mich überfiel, packte und mit sich fortriss. Rücksichtslos nahm er sich, worauf er Lust hatte – und weckte in mir eine ungekannte Lust. Noch nie hatte ich mich so wohl gefühlt in einem Bett.

Mein Bett war zu unserer Insel geworden, zu einer Welt für sich. Eine Welt der Sinne, in der alles möglich war.

Mit Thomas genoss ich Berührungen, erlebte Dinge, die ich zuvor nie gewagt hätte – mit ihm schienen sie ganz selbstverständlich. Wir verbrachten unsere gemeinsamen Stunden wie im Rausch. Ich erlag ihm ganz. Mich dagegen zu wehren, wäre mir nicht in den Sinn gekommen.

Was mir in den Momenten *danach* in den Sinn kam, das war der Gedanke an Vivi. Manchmal war ich kurz davor, ihn zu fragen: »Tust du das alles auch mit ihr?« Natürlich tat er es mit ihr. Sie war seine Frau, sie gehörte zu ihm, sie gehörte ihm.

Irgendwann war er eingeschlafen, zwischen den Falten des feuchten zerwühlten Betttuchs. Auf seinem Bauch glitzerten Schweißtropfen. Ich stützte mich hoch und sah in den Spiegel. Ich war schön!

Wie soll das weitergehen?«
Ich musste einfach fragen.

Müde und matt lag ich in seinem Arm, wir waren beide verschwitzt und klebten beinahe aneinander. Durch den halb geschlossenen Fensterladen wagte sich ab und zu ein später Sonnenstrahl. Die Geräusche der Südstadt waren vertraut und klangen doch anders.

»Du bist meine Geliebte!«, sagte er ernst. Er sah mich an, dann lachte er. »Jesus, ich ahne es schon: Du wirst mich Geld kosten, Nerven und Ausflüchte. Anstrengende Manöver mit Tennisfreunden, die für mich lügen müssen. Und du wirst jede Mühe wert sein!« Er streichelte meinen Arm. »Du warst schon jetzt jede Mühe wert!«

Ich schwieg. Er schien ja ganz schön routiniert im Lügen und im Betrügen. Arme Vivi. War ich überhaupt die erste, mit der er …?

Und ich gab mich den gleichen Hoffnungen hin wie Tausende von Geliebten vor mir: Er wird mich schon lieben, wenn wir nur erst länger zusammen sind und wenn ich es geschickt genug anstelle. Ich werde anders sein als all die anderen.

Und hielt damit das todsichere Rezept für das Ende einer Affäre in Händen.

Wenn man eine Freundin mit ihrem Mann betrügt, dann lebt man mit ständigem Bluthochdruck. Schlechtes Gewissen, Angst. Wird es rauskommen? Wird man bald vom lieben Gott, der dann gar nicht mehr lieb sein wird, bestraft – oder erst später?

Hölle? Vorhölle? Schreckliche Krankheit?

Hätte ich sie wenigstens nicht mehr getroffen, vielleicht hätte ich den Gedanken an sie dann einfach verdrängen können. Doch vollkommen unerwartet besuchte mich Vivi kurz darauf. Sie hätte Lust auf einen Großstadtbummel. Raus aus dem Schatten des Klosters in die Anonymität der Stadt, in der niemand Frau Dr. Urban kannte.

»Usch fährt so oft hierher und sie hat mir ein paar Boutiquen empfohlen. In der Karlstraße, natürlich dort, wo es am teuersten ist. Typisch Usch.«

Sie hatte am Theater geparkt, auch das eine Empfehlung von Usch, und lief die paar Straßen bis zu mir. Ich stand auf dem Balkon und sah sie kommen. Eine Welle von schlechtem Gewissen überflutete mich. Ihre zarte elegante Schönheit nahm sich in der Südstadt eigenartig fremd aus. Doch sie hatte die einzigartige Gabe, ihre ganze Umgebung besser aussehen zu lassen. Sogar meine Wohnung. »Oh, Maren, es ist so gemütlich hier! Hat sehr viel Stil!«, sagte sie und ihr Blick flog über das Bett, in dem ich erst am Vortag mit ihrem Mann geschlafen hatte. Ich lehnte mich an die Wand.

»Darf ich mal kurz zu Hause anrufen? Moritz ist zwar alt genug und auch vernünftig, und Katja sowieso, aber wenn die beiden auf die Idee kommen, sich Popcorn zu machen, werde ich unruhig!«

Während sie im Schlafzimmer telefonierte, versuchte ich, meine Trauer unter einem tapferen Lächeln und rotem Lippenstift zu verbergen. Vivis und Thomas' Familie. Wohin gehörte ich?

Und doch fühlte ich mich auf eine seltsame Weise lebendig. Das war das Leben. Nicht gut, nicht sanft. Hässlich. Leute nahmen sich, was sie wollten. Ich dachte an den ersten Urban.

»Nächstes Mal muss Thomas mitkommen!«, sagte Vivi, als sie wieder aus dem Schlafzimmer kam. »Manchmal denke ich, es ist ihm ein bisschen zu spießig ... immer mit Familie, immer die Kinder, die Patienten, die Fortbildungen. Er hat so wenig Freizeit. Früher war er ganz anders – ein echter Draufgänger!« Sie lächelte.

Ich betrachtete sie stumm.

Wir gingen dann zusammen in die Stadt, liefen durch die Süd stadt, vorbei am Wolf, an dem Trödelladen, an der Schauburg, wo endlich mal wieder ein Film im Original lief: »City Love«. Den würde ich mir anschauen. Wenn ich die Zeit dazu hatte. Die Nerven. Die innere Ruhe.

Vivi hatte mich untergehakt. Sie erzählte von der Praxis und von den Kindern. »Moritz wird vielleicht Klassensprecher. Natürlich wären Thomas und sein Patenonkel Jean-Franz unbändig stolz auf ihn! Der Junge könnte das Erfolgserlebnis brauchen. Es ist nicht immer einfach, nicht zu Hesses und Hölderlins Zeiten und heute auch nicht – das Klima hat sich sowieso gewandelt. Ich habe gelesen, früher – sagen wir im 19. Jahrhundert – war es der Klassenprimus, der ein schweres Leben hatte. Heute ist es eher der schwächere Schüler.« Sie schmunzelte. »Aber wenigstens brauchen sie keine wadenlangen schwarzen Hosen und kein Wams zu tragen!«

Ich nickte. Und wusste gar nicht, warum ich die folgende Frage stellte: »Gibt es eigentlich noch Repetenten? Das waren doch diese jungen Männer, die fachfremd Unterricht erteilten, aber noch keine richtigen Lehrer waren?« »Wie das früher war, weiß ich nicht, aber es gibt sie heute noch. Sie unterrichten am Seminar, sind aber auch für den Internatsbereich zuständig.«

»Ach so. – Los, lass uns Geld für Kleider verschwenden!«

»Gut! Aber ich bin nicht nur zum Vergnügen hier! Komm mit!«

Die Eingangshalle des Theaters war noch menschenleer. Für den Opernball war ein eigenes Büro eingerichtet worden. Vivi trat mit der graziösen Selbstverständlichkeit ein, die ihr zu Eigen war, und kaufte vier Karten für sich und Thomas sowie Roswitha samt Ehemann für den Opernball. »Ich würde auch eine für Usch nehmen, aber sie hat irgendwie einen anderen Geschmack – ausgeflippter.« Vivi seufzte. »Ich wünschte, sie würde ein wenig zur Ruhe kommen. Vielleicht heiraten. Verehrer hat sie genug – aber es sind immer die Falschen. Und manch einer …«

»Ja?«

»Bei manch einem frage ich mich …« Sie unterbrach sich und knetete ihren Geldbeutel aus weichem Leder. »Na ja, ich mache mir halt Sorgen! Nichts weiter! Irgendetwas stimmt da nicht …«

Ich sah sie fragend an, aber da sie nicht weitersprach, vergaß ich das Thema wieder. Die schicke Usch interessierte mich sowieso nicht übermäßig. Schweigend saß ich neben Vivi, während sie die Tischordnung des Opernballs studierte. Die Sekretärin und designierte Kartenverkäuferin musterte ihre Kundin wohlgefällig. »Weißt du was, du kommst einfach mit!«, sagte Vivi auf einmal. »An unserem Tisch ist noch Platz! – Machen Sie fünf Karten!« Bevor ich widersprechen konnte, hatte sie eine weitere Karte für den teuersten Ball Karlsruhes gekauft.

»Sie sitzen gut, direkt im Großen Haus, Tisch 16!«, erklärte uns die Dame im Kartenbüro. Und glücklich kreuzte sie wieder einen exklusiven Tisch durch.

»Das geht doch nicht, Vivi, das ist viel zu teuer! Und außerdem – ich habe nichts zum Anziehen! Nicht für einen Opernball.« »Debütantinnen gehen seit jeher schlicht!«, lachte sie und fasste mich an beiden Armen. »Du hast eine gute Figur, du wirst etwas Wunderschönes finden. In drei Wochen … Ich freue mich! Schließlich gehörst du doch irgendwie zu uns!«

Aber anders als du meinst, dachte ich und sah förmlich, wie Shakespeare von den Wänden des Theaters herunterblickte, während sich unter seiner hohen Stirn bereits das Drama formte, das sich hier anbahnte.

Später aßen wir im Viva, dem vegetarischen Restaurant in der Innenstadt. Vivi lud mich ein, woraufhin ich mir Rosenkohlsalat, Nudelsalat, Eiersalat und Auberginen auflud – lauter schwere Sachen also, denn hier zahlte man knallhart nach Gewicht. Normalerweise begnügte ich mich mit Kresse, Sprossen und ein bisschen

Bohnensalat. Familienchronistin ist nicht gerade eine Tätigkeit, bei der man reich wird, und im Alltag musste ich eher sparsam leben.

Ich betrachtete Vivis Gesicht im Lichtschein. Sie hatte Sorgen, das spürte ich.

So schön sie war, sie sah doch blass und angespannt aus. Ich wahrscheinlich auch, denn ich fühlte, wie sich mein schlechtes Gewissen in mir zusammenballte und sich mit meiner Eifersucht zu einem drückenden Klumpen vereinigte. Eifersucht, dass *sie* seine Frau war. Sie würde beim Opernball an seiner Seite sein. Und ich? Das sprichwörtliche fünfte Rad am Wagen.

»In letzter Zeit habe ich manchmal das Gefühl, es geschehen Dinge in meiner Umgebung, die ich nicht verstehe!« Vivi zerbröselte ein Stück Ciabatta zwischen ihren Fingern.

Ich sah sie an und konnte nur hoffen, dass sie nicht das Erschrecken in meinen Augen sah. »Wie meinst du das?« »Ach, beispielsweise Roswitha ... ich meine, sie ist ja sowieso irgendwie manchmal ein bisschen abweisend, oder ich weiß nicht, wie ich es nennen soll. Hart und kalt eben. In letzter Zeit hat sie sich manchmal mit Thomas besprochen, und wenn ich dazu kam, haben sie geschwiegen. Auch Jean-Franz ist sehr verschlossen. Sogar mein kleiner Moritz wirkt bedrückt.« Sie lachte unsicher. »Sei froh um deine Freiheit – es ist nicht immer so einfach, verheiratet zu sein!«

»Das hatte ich eigentlich auch nicht gedacht!«, erwiderte ich trocken. Sie berührte meine Hand ganz leicht – es war als ob eine zarte Feder darüber strich.

»Weißt Du, Thomas hat viel Arbeit – Fortbildungen, Treffen mit anderen Medizinern oder Pharmafirmen ... Er ist ziemlich viel weg. Wahrscheinlich sind wir alle nur furchtbar angespannt zurzeit!«

Wir standen auf. Ich wollte das Tablett mit meinem leeren Teller einfach stehen lassen, aber Vivi – das war typisch für sie – dachte an die Frauen, die hier arbeiteten und trug unser beider Sachen brav zum Servierwagen. »Sie werden so schlecht bezahlt in diesen Restaurants!«, sagte sie. »Komm, wir bummeln ein wenig!«

Die Kaiserstraße bot das übliche Bild – Schulkinder warteten genervt an den Haltestellen, junge Mädchen mit bauchfreien T-Shirts, in deren Nabel es glitzerte, Berufstätige in Kostümen und Anzügen, die zusammenstanden und einen Kaffee an einem runden Bistrotisch tranken. Ältere Frauen mit großen Handtaschen betrachteten unschlüssig die Schaufenster, in denen T-Shirts für den »Top-Preis« von 19 Euro angepriesen wurden.

Vivi wollte mich unterhaken, aber unter einem Vorwand entzog ich mich ihr. Ihre körperliche Nähe zu spüren, ihre freundliche und vielleicht ein wenig naive Gutartigkeit wäre zu viel für mich gewesen.

Thomas, ihr Ehemann, würde heute am frühen Abend zu mir kommen. Sein Körper würde sich mit jener herrischen Entschlossenheit an mich drücken, ich würde meine Nase gegen seinen Hals pressen, seinen Geruch einatmen – und dann würden wir miteinander schlafen. Es war Betrug, nach der Bibel war es sogar eine Sünde, und ich – so ungläubig ich war – hatte Angst vor einer biblischen Strafe.

Vivi riss sich vom Anblick eines Betty Barclay-Pullovers in zartem Rosa los. »Lass uns noch einen Kaffee trinken. Wenn ich um vier Uhr fahre, bin ich um fünf zu Hause. Ich wollte noch zu Thomas in die Praxis, ein paar Abrechnungen machen. Er selbst ist nicht da, heute ist die Praxis geschlossen, also habe ich ein wenig Ruhe zum Arbeiten. Ich glaube, er hat heute Abend ein Fachtreffen in Eppingen!«

Ich seufzte. Wie lange konnte ich *das* durchhalten?

Um kurz nach vier sah ich sie dann endlich wegfahren, ihr Haar gebändigt von einem Tuch, ihr Sportwagen glitzernd in der Spätmaisonne. Bald würde sie gut gelaunt die B 293 entlang brausen. Hoffentlich kommt ihr Thomas nicht entgegen, dachte ich. Eppingen lag nämlich definitiv in der anderen Richtung!

Um sieben Uhr lag ich erschöpft neben Thomas.
Im Schlafzimmer war es schwül und roch nach Geborgenheit und Liebe.

Er sah zur Decke hoch, entspannt, zufrieden und doch nachdenklich. Sein Mund war fest geschlossen, wodurch sein kräftiges Kinn kantig wirkte. Mit einem Finger strich ich zart an der Linie seines

Gesichts entlang. Er fasste träge nach mir, zog mich näher zu sich heran. Und begann erneut, mich zu küssen.

Um acht Uhr setzte er sich auf, seufzte, blickte auf die Uhr. Da platzte ich heraus: »Vivi hat vorhin die Kinder angerufen. Von hier aus. Es war alles in Ordnung!« *Warum sagst du so was, Maren? Warum? Was geht es dich an?*

Er reagierte nicht.

Eine Weile betrachtete ich sehnsüchtig seinen breiten Rücken, als er auf der Bettkante saß. Ich würde gerne die Sommersprossen darauf zählen, aber so viel Zeit blieb mir nicht.

Er verschwand im Bad. Ich döste noch einen Moment, hörte die Geräusche, die er machte. Alltagsgeräusche. Schließlich stand ich auf und folgte ihm ins Bad.

Ich küsste seine dampfende Haut. Ich küsste sein nasses Gesicht. Spürte das heiße Wasser über meinen Körper laufen und sah ihm dabei zu, wie er sich trocken rieb. Als ich, nur in ein Handtuch gehüllt, wieder aus dem Bad kam, hatte er sich bereits angezogen.

Um kurz vor neun ging er.

Die Lücke, die er hinterließ, wurde von Mal zu Mal größer. Ich stellte den Fernseher ein, doch ich nahm nichts wahr. Ich versuchte ein Stück Käse zu essen. Es schmeckte wie Pappe. Und ich hatte schon wieder Lust auf Sex. Schrecklich!

Um zwölf schlief ich ein. Und träumte, dass er mit einem Koffer vor meiner Tür stand und klingelte. Es klingelte und klingelte …

Es klingelte tatsächlich. Und zwar energisch und nun schon zum zweiten Mal kurz hintereinander. So klingelte niemand, den ich kannte. Niemand würde es wagen, sagen wir es mal so.

Und tatsächlich stand eine mir unbekannte Person vor der Tür, die so streng und energisch dreinschaute, wie es zu ihrem Klingelverhalten passte. Schräg hinter dieser Frau stand ein junger Mann mit peinlich berührtem Gesichtsausdruck, der sich bemühte, so auszusehen, als klingele er jeden Tag bei fremden Frauen frühmorgens an der Tür. Ein Bulle! War mein erster Eindruck. Doch sie?

Sie war bis aufs kleinste Haar exakt der Typ, den ich schon seit Kinderzeiten nicht leiden konnte. Schmal, blond und so sauber geschrubbt wie eine Nivea-Reklame. Die könnte jeden Abend die Tagesthemen vorlesen, während ich schon längst in meinen Joggingsocken auf dem Bett lag und mir überlegte, ob es sich lohnte, den kleinen Rest Rotwein in der Flasche aufzuheben. Allerdings, bei allem Schick – sie wirkte trotzdem wie eine Beamtin, die versuchte, auszusehen wie eine Managerin. Es misslang ihr übrigens gründlich.

Ich ließ sie herein, und als sie einen Ausweis vorzeigte, der sie als Kriminalhauptkommissarin Elfie Kohlschröter auswies, war ich nicht erstaunt. Höchstens über den Vornamen. Hatten ihre Eltern tatsächlich geglaubt, sie würde eines Tages aussehen wie ein sanftes Elfchen?

»Darf ich reinkommen?«, fragte sie routiniert. Dann sahen wir uns beide verblüfft an. »Sie sind doch schon drin!«, erwiderte ich. Jetzt hätte noch alles gut werden können. Sie hätte lachen und damit eine Kameraderie zwischen uns herstellen können. Doch sie reagierte kühl: »Danke, das sehe ich!« Ich schwieg.

»Sie sind Frau Maren Mainhardt?«

»Ja!« Wen hatte sie erwartet, wenn sie an meiner Tür klingelte? Julia Roberts?

»Frau Mainhardt, ich bin Mitglied einer heute gegründeten Sonderkommission und deren stellvertretende Leiterin. Wir ermitteln in einem Mordfall und ich muss Sie in einer ernsten Angelegenheit befragen. Ist Ihnen ein Mann namens Werner Baitz bekannt?«

Wie gut, wenn man ehrlich mit nein antworten kann.

»Nein!«, sagte ich. Natürlich glaubte sie mir nicht. Das sah ich in ihren eisigen blauen Augen. Sie glauben einem nie. Warum fragen sie überhaupt? Ich seufzte. »Hören Sie, ich kenne ihn wirklich nicht. Wer ist das?« Ich sah den Ausdruck in ihren Augen. »Oder – wer *war* das?«

»Ja, ganz recht. Werner Baitz ist tot!«

Wahrscheinlich erwartete sie, dass ich spätestens jetzt zusammenbrechen würde. »Tot!«, sagte ich betroffen. »Ich meine, ich kenne den Mann nicht, aber je nachdem tut es mir natürlich Leid für ihn … Kommen Sie doch weiter. Ich – war gerade am Kaffeetrinken!« Schnell schob ich mit dem Fuß die Schlafzimmertür zu, doch zu spät, sie hatte das für eine alleinstehende Frau unziemlich zerwühlte Bett bemerkt. So wie die aussah, brauchte sie keinen Notizblock, die konnte sich das merken.

Sie setzte sich nicht, sah sich lediglich missbilligend um. Seit die Sache mit Thomas lief, kam ich nicht mehr zum Aufräumen. Ich hob etwas auf, ließ es wieder fallen, legte es irgendwohin. Meine Gedanken waren bei ihm.

Elfie fixierte mich. Dann sah sie zur geöffneten Wohnungstür. Dort tauchte ein Uniformierter auf. »Okay?«, fragte er, so als sei ich brandgefährlich. »Ja, danke!«, erwiderte Elfie. Und zu ihrem namenlos gebliebenen Assistenten: »Schauen Sie sich kurz in der Wohnung um.« Und zu mir. »Sie haben doch nichts dagegen?« »Eigentlich schon!«, erklärte ich tapfer, »Aber bitte … schauen Sie nicht in die Schränke. Das ist Intimsphäre, und ich verspreche Ihnen: Kein Mörder drin!«

Elfie verzog keine Miene. »Frau Mainhardt, Sie sind … berufstätig?« »Ja, ich bin Autorin!«

»Au-to-rin!«, notierte sie, und – zack – war ich noch verdächtiger. Wäre ich wenigstens Einzelhandelskauffrau oder Krankenschwester, aber Autorin? Suspekt. Es schien mir angebracht, meine Autorenschaft näher zu erläutern.

»Ja, ich verfasse unter anderem Familiengeschichten. Chroniken von Familien, historisch. Ich bin Historikerin – eigentlich!« Leute, die mir zuhören und mich dabei unverwandt anstarren, sind furchtbar. Ich hatte das Gefühl, ich plapperte mich geradewegs ins Gefängnis.

»Hm. Sie haben also keine Festanstellung. Darf ich bitte mal Ihren Personalausweis sehen?« Ich musste ziemlich lange in meiner Küche herumsuchen, bis ich ihn hatte. Dabei riss ich eine Schublade auf, in der sich mit der Zeit das übliche Gerümpel angesammelt hatte: Gummis, Feuerzeuge, Bonbons, Alka Seltzer-Tabletten, Pflaster, Streichholzschachteln mit Hotelaufdrucken, Kekskrümel, Batterien und Tempotaschentücher, die unbenutzt waren, aber nicht so aussahen.

Sie spähte in diese Schublade, wie jemand, der staunend ein fremdes Land zum ersten Mal vor sich liegen sieht. Endlich hatte ich neben meinem Fitnessstudioausweis auch meinen Personalausweis gefunden. Ein paar Kekskrümel klebten an ihm. Ich wischte sie weg, während sie mir angeekelt zusah.

»Das ist ein Dokument, vielleicht sollten sie es etwas sorgfältiger aufbewahren!«

»Aber es ist *mein* Dokument!«, antwortete ich. Wenn sie Kampf wollte, sollte sie ihn haben. Sie sagte nichts dazu, sie studierte meinen Ausweis eher desinteressiert, wendete ihn schließlich um.

»Sie sind nicht verheiratet?«

Gerne hätte ich frech gefragt: »Und Sie?«, doch ich wollte es nicht auf die Spitze treiben. Also sagte ich nichts dazu. Sie nickte, als hätte sie nichts anderes erwartet. Wer würde schon mit einer unordentlichen Schlampe wie mir verheiratet sein wollen, einer, die nicht einmal ihren Personalausweis auf Anhieb fand? Was würde so eine erst mit ihrer Heiratsurkunde anstellen?

»Gut, Frau Mainhardt. Sie kennen also keinen Werner Baitz!«

»Und wenn Sie mich noch so oft fragen!« Ich begann, schlechte Laune zu bekommen.

»Gut!« Sie rümpfte ihre zarte, norddeutsch anmutende Blondinennase. »Dann werde ich Ihnen jetzt ein Foto des Mannes zeigen, von dem wir annehmen, dass es sich um Werner Baitz handelt!«

Draußen auf dem Flur kreischten meine italienischen Nachbarn. Sie zuckte zusammen, beinahe griff sie nach ihrer Dienstwaffe. Wahrscheinlich eilte draußen auch ihr uniformierter Adlatus die Treppe hinauf. »Das hat nichts zu bedeuten!«, sagte ich beruhigend. »Sie unterhalten sich nur.« »Ich verstehe.«

Aus ihrer dunkelblauen Tasche, die aussah, als sei sie von einem Designer eigens für Kriminalhauptkommissarinnen entworfen worden, holte sie eine Art Minifotoalbum mit eingeschweißten Bildern heraus. »Es ist kein schöner Anblick!«, erklärte sie kühl.

Der Mann lag auf dem Rücken, ein wenig verkrampft. Blut quoll unter ihm hervor. Der Gesichtsausdruck war erstaunt, der Mund stand leicht offen, die Augen waren halb geschlossen, die Hände geöffnet. Er trug eine dieser glänzenden Lederjacken, die an ihrem

Träger nie wirklich fein aussehen. Sein Haar war braun und sah aus, als wäre es mit Gel frisiert. Ich sah den kleinen Ohrring am Ohrläppchen schimmern. Er war tot, mausetot – und ich kannte ihn.

In Sekunden schossen mir alle möglichen Bilder durch den Kopf: Ein schmaler nervöser Mann am Nachbartisch in der Mönchsstube; eine einsame Gestalt, die im Dunkeln auf der Mauer saß und mit hasserfülltem Blick über die Straße starrte; ein aufdringlicher Kerl mit drohendem Blick, seine kalte Hand in meinem Nacken … – Sollte ich *das* erzählen? Instinktiv kam mir der Gedanke, ganz einfach zu behaupten: »Ich habe diesen Mann niemals gesehen!«

Ich wusste selbst nicht warum. Schließlich hatte ich mir nichts vorzuwerfen: Der Mann hatte *mir* gedroht! Machte mich das etwa zur Mordverdächtigen? Vielleicht hatte er es ja am Ende auch noch auf andere Frauen abgesehen!

Aber es ging mir, wie es wahrscheinlich jedem normalen Menschen geht. Sobald die Polizei vor dir steht, bekommst du ein schlechtes Gewissen, das einen sofortigen Fluchtreflex auslöst. Als stünde man schon mit einem Fuß in der Gefängniszelle.

Doch ich bin nun mal ein ehrliches Mädchen. Ehrlich und dumm. Deshalb sagte ich: »Ja, ich habe den Mann schon mal gesehen. Aber ich kannte seinen Namen nicht. Ich wusste nicht, dass er Werner Baitz hieß.« »Ah ja?« Sie hatte eine ganz eigene Art, ihre Zweifel auszudrücken. »Nein, wirklich nicht. Ich habe eigentlich niemals mit ihm gesprochen!« Sie lächelte schmallippig. »Das Wort *eigentlich* ist unser Lieblingswort, Frau Mainhardt!«

»Ich kann mich nicht erinnern, mit ihm ein richtiges Gespräch geführt zu haben!« Mein Gott, so eine leckere Verdächtige hatte die bestimmt schon lange nicht mehr gehabt. Ich lieferte mich selbst ans Messer, als sei ich Professorin für Masochismus.

»Woher kennen Sie den Mann?«

»Ich habe ihn in Maulbronn gesehen. Ich habe mich kürzlich eine Zeit lang beruflich dort aufgehalten und dabei ist er mir gelegentlich, also ein- oder zweimal, über den Weg gelaufen. Maulbronn ist nicht besonders groß, wissen Sie!«

»Nein«, sagte sie kühl, »aber auch nicht so klein, dass man sich an jeden erinnert, der einem dort begegnet, möchte ich meinen!«

»Das ist richtig. Er … hat einmal im gleichen Restaurant gegessen wie ich, und einmal bin ich ihm zufällig auf dem Klosterhof begegnet.« »Und da haben Sie sich sein Gesicht eingeprägt? Erstaunlich!«

Wenn sie versuchte, beiläufig zu wirken, war sie fast noch schlimmer. »Ja, ich hatte nicht … sehr viele Begegnungen in Maulbronn, die … ich meine, außer mit meinen Auftraggebern hatte ich nicht viel Kontakt!«

Kontakt! Wieder das falsche Wort.

Sehnsucht nach Thomas stieg in mir auf. Wenn er nur an meiner Seite wäre!

»Sie haben also nicht mit ihm gesprochen, keine Absprachen mit ihm getroffen, ihn nicht hier in ihrer Wohnung –«, ihr Blick wanderte den Flur entlang und blieb sicher nicht zufällig an der Schlafzimmertür hängen, »… empfangen.« Wie auf Stichwort erschien der Assistent. »Nichts. Sie ist allein!«, sagte er zu seiner Chefin, als sei ich taub.

»Na hören Sie mal!«, sagte ich, »Wie kommen sie überhaupt auf *mich*? Ich hatte mit dem Mann überhaupt nichts zu tun, und außerdem war er absolut nicht mein Fall.«

»Aha, das konnten Sie also doch beurteilen?«

Das ist genau der Moment, in dem in amerikanischen Krimis die Leute nach ihrem Anwalt rufen. Doch sie hatte mich sowieso am Haken. »Und wer ist dann Ihr Fall, als Mann?« »Das geht Sie nichts an!«, sagte ich spontan.

»Gut. Sie haben den Toten also kaum gekannt, nicht mit ihm gesprochen. Dann frage ich mich, wieso er einen Zettel mit Ihrer Adresse sowie Telefonnummer bei sich trug!«

»Wie bitte?« Ich krächzte erstaunt auf. »Woher sollte dieser Mann meine Adresse haben? Und wozu?« Sie zuckte die Achseln unter ihrem blauen Designer-Jackett.

»Das ist absurd. Ich habe ihm niemals meine Adresse gegeben!«

»Ist das Ihre Handschrift?«

Sie hielt mir einen Zettel unter die Nase. Ein harmloser weißer Zettel, ordentlich abgeschnitten, und darauf prangte tatsächlich mit meiner eigenen Schrift meine Adresse.

»Ich habe keine Ahnung, wie dieser Zettel an diesen Mann geraten ist!« Sie glaubte mir nicht. Das war nur zu offensichtlich. Aber ich wusste es wirklich nicht.

»Werner Baitz ist gestern Abend, vermutlich zwischen neun und zehn Uhr, erschossen worden. Unweit von Ihnen hier. Auf der Brücke im Stadtgarten.«

»Auf der Brücke?«

»Ja!«, sagte sie und das erste Mal spielte so etwas wie ein Lächeln über ihr Gesicht. »Das war ziemlich gewagt, denn immerhin ist das mitten in der Stadt. Aber um diese Zeit ist da wirklich nichts mehr los. Und das Wetter war ja nicht besonders. Frau Mainhardt, haben Sie diesen Mann getötet? Ist er Ihnen zu nahe getreten? Wenn er sie belästigt hat, dann hätte ich Verständnis für Sie und könnte … nun … der zuständige Staatsanwalt ist auch eine Frau … Sie verstehen?« Ich verstand überhaupt nichts. Oder fast nichts.

Außer, dass ich Verdächtige in einem Mordfall war!

Frau Elfie unterzog dann mich und alles, was mich betraf, noch mal einer ganz genauen Betrachtung. Ich zeigte ihr die Urbanchronik und beteuerte abermals, ich hätte nichts mit dem Mord zu tun. Aber was würde eine Mörderin anderes sagen?

»Ich habe doch gar kein Motiv!«, versicherte ich ihr eifrig wie ein kleines Mädchen. Manche Leute haben diese Gabe, dich auf ein Kind zurückzureduzieren. Nur durch Blicke und ein oder zwei Ahas an der richtigen Stelle.

»Vielleicht hat er Sie belästigt, dieser Mann? Haben Sie denn keinen festen Freund?«

Tausend Derrickfilme schossen mir auf einmal durch den Kopf. Sie würde die Nachbarn befragen. Es war unwahrscheinlich, dass keiner Thomas bemerkt hatte. Sie würde meine Freunde befragen: Matthias und Theophil, und auch die würden unter der Folter von Elfies blauen Stahlaugen Thomas' Existenz bestätigen müssen.

»Ja, ich habe seit kurzem eine sehr lose Beziehung! Aber nichts … Ernstes.« Eine traurige Lüge. Es war mir ernst. Zu ernst.

»Gut, wenn Sie bitte heute Mittag pünktlich um zwei Uhr auf dem Präsidium, Zimmer 21, zweiter Stock, erscheinen würden. Wir müssen ihre Angaben protokollieren, und vielleicht fällt Ihnen bis dahin noch etwas ein. Ich denke, die verbleibende Zeit genügt Ihnen, um sich in Ruhe fertig zu machen?« Ihr Blick wanderte über die Strickjacke, die ich, als ihr Klingeln mich aus dem Schlaf gerissen hatte, in der Eile falsch geknöpft hatte, und blieb an meinem ungeschminkten Gesicht hängen, das umrahmt war von wirrem Lockengestrüpp. Woher hätte Elfie schon wissen sollen, dass ich »fertig gemacht« auch nicht viel anders aussah als jetzt!

Als sie gegangen war – war der Uniformierte eigentlich auch gegangen, oder lauerte er hinter einem der Hofeingänge und Mauervorsprünge, um mich am Fliehen zu hindern? – sank ich auf mein Sofa. Ein Weinkorken bohrte sich sanft in meinen Po.

Erst jetzt wurde mir klar, was geschehen war. Dieser fiese Typ, der sich in Maulbronn mehr als einmal in unserer Nähe herumgedrückt hatte, war tot. Ermordet!

Die längst verdrängte Szene auf dem Klosterhof kam mir wieder in allen Einzelheiten ins Bewusstsein. Da war diese Frau gewesen, die Frau aus dem Buchladen: Sie hatte unsere eigenartige Begegnung beobachtet. Was würde sie der Polizei sagen, wenn man sie durch Zufall aufstöberte? Wie musste die Szene auf sie gewirkt haben?

Und wie war dieser Mann nur an den Zettel mit meiner Adresse gekommen?

Da erst fiel es mir wieder ein: An jenem Abend, an dem die Chronik präsentiert worden war, hatte ich wie immer etwas vergessen – dummerweise waren es diesmal meine Visitenkarten gewesen. Da sich viele der geladenen Gäste, vermutlich wohlhabende Leute wie die Urbans, für meine Arbeit interessiert hatten und ich es mir nicht leisten konnte, die Chance auf neue Jobs zu vergeuden, hatte ich meine Anschrift mitsamt Telefonnummer nur allzu großzügig auf verschiedene Zettel geschrieben und wahllos verteilt. Leicht konnte auch jener Werner Baitz unbemerkt das Restaurant betreten und einen solchen Zettel ergattert haben. Aber wozu? Und wie würde das alles auf Elfie wirken? Jeder Mensch meines Alters hatte mittlerweile ausreichend viele Krimis im Fernsehen hinter sich, um zu wissen: Sie würde mir das alles nicht glauben.

Immerhin: sie erlaubte mir Freigang bis zwei Uhr. Wie weit war die französische Grenze entfernt? Nicht weit. Über die immer verstopfte Rheinbrücke, bei dem pfälzischen Dörfchen Berg über die Lauter, und weg war ich! Aber was wäre dann?

»Ich muss Sie bitten, die Stadt bis dahin nicht zu verlassen!«, hatte die Gedankenleserin Elfie noch gesagt, bevor sie gegangen war. Sie würde mich finden, das war sicher.

Ich stand vom Sofa auf und ging in die Küche, hantierte ziellos umher. Versuchte meine Gedanken zu sortieren: in Ängste, in Panik und in Besorgnis. Was hatte der Ermordete von mir gewollt?

Wieso war er umgebracht worden – und dann auch noch ausgerechnet in Karlsruhe?

Wenn sich die Polizei in Maulbronn umhörte – würde sie auch bei den Urbans nachfragen? Würde Vivi jetzt von Thomas' und meinem Verhältnis erfahren?

Und Thomas – was hatte er mit diesem Mord zu tun? Nichts natürlich. Dieser Baitz und er, sie hatten nichts gemeinsam. Thomas kannte ihn nicht mal. Zumindest hatte er nicht reagiert, als ich damals vor dem Restaurant nach dem Mann gefragt hatte.

Andererseits – da waren urplötzlich ziemlich viele Maulbronner auf Abwegen in Karlsruhe unterwegs. Nur ein Zufall?

Es war nicht so schlimm wie ich dachte!«

Spätnachmittags saß Matthias mir in meiner Küche gegenüber und beäugte mich misstrauisch. Er liebte mich, aber wenn ich eine Mörderin war, dann wäre das doch noch einmal zu hinterfragen. Alleine die lange Zeit im Gefängnis war betriebswirtschaftlich gesehen ein Verlusthandel.

»Ich habe noch einmal gesagt, dass ich diesen Baitz ein- oder zweimal in Maulbronn gesehen habe …«

»Die Sache im Klosterhof hast du nicht erwähnt?«, fragte Matthias. Ich hatte nur ihm von der Begegnung mit dem merkwürdigen Fremden berichtet – vielleicht, weil seine praktische Art jedes Gefühl der Bedrohung sofort lächerlich erscheinen ließ.

Jetzt war mir nicht mehr zum Lachen zumute.

»Doch, das musste ich ja erzählen, es hatte uns ja jemand gesehen – aber … Ich habe es ein wenig heruntergespielt. Er sei an mich herangetreten und hätte gesagt: Schön hier, nicht wahr? Und dann hätte er nach meiner Schulter gegriffen, weil meine Tasche im Begriff war herunterzurutschen … Die Wahrheit klang einfach zu verdächtig! Und ich will mit der Sache nichts zu tun haben!« In Wirklichkeit konnte ich es mir selbst nicht genau erklären, wieso es mir so sehr widerstrebt hatte, der Polizei davon zu erzählen. Glaubte ich wirklich, der Vorfall machte mich in ihren Augen zur Mörderin? Ich wusste es nicht und wollte es auch nicht wissen. Ich hatte ganz einfach Angst gehabt.

Matthias musterte mich noch misstrauischer. Eine die so gut lügen konnte als Mutter seiner Söhne?

Matthias hatte sich auf Söhne eingestellt. Die waren leichter auf dem Arbeitsmarkt unterzubringen und man musste die jeweiligen Hochzeiten nicht ausrichten. Auch waren sie preiswerter in der Haltung. »Na, wenn das mal gut geht!«, sagte er.

Vivi rief mich am anderen Morgen ziemlich früh an.

Doch ich war sowieso schon wach gewesen. Jemand, der unter polizeilicher Aufsicht steht, hat keinen ruhigen Schlaf. Die Bilder des toten Baitz quälten mich. Wie er so dagelegen hatte – so schmutzig! Ja, schmutzig war seltsamerweise das erste Wort, das mir in seinem Zusammenhang einfiel.

»Hallo, Maren, entschuldige die Störung, aber ich lese gerade in der Zeitung – es ist jemand aus Maulbronn ermordet worden! Es stand schon gestern drin, aber nur als kleine Notiz, wahrscheinlich hatten sie nur eine Polizeinachricht, aber heute … Bei euch in Karlsruhe ist es passiert! Gar nicht weit von dir entfernt!«

Sie atmete schwer. »Du, pass nur auf dich auf. Du solltest nicht immer abends so spät noch zu Fuß nach Hause gehen. – Der Mann hieß Baitz, Malermeister Baitz! Eine kleine Firma.«

Ich hörte ihr zu, gequält von Furcht und Trauer. Am liebsten hätte ich ihr jetzt einfach alles erzählt: Dass die Polizei bei mir gewesen war. Von Elfie, die mich verdächtigte. Und die ganze Geschichte mit Baitz, die Sache im Klosterhof … Es würde so gut tun, mich ihr anzuvertrauen – wie damals, als ich allein ihr erzählt hatte, dass ich in meiner Jugend taub gewesen war. Ich wusste, Vivis Mitgefühl war wärmend wie die Sonne. Sie konnte mir vielleicht helfen! Elfie überzeugen!

Und doch durfte ich ihr nichts sagen. Ich musste allein damit fertig werden – Thomas zuliebe. Es war das Beste, sie erfuhr so wenig wie möglich aus meinem Leben, denn sonst würde sie früher oder später auch von *uns* erfahren.

Und wie hätte ich sie um Hilfe bitten können, während ich sie gleichzeitig auf gemeinste Weise hinterging? Ich wollte ihr nicht wehtun – aber noch weniger konnte ich den Gedanken ertragen, Thomas zu verlieren. Und fühlte mich zugleich unendlich allein. Wenn doch statt Vivi Thomas mich angerufen hätte!

Um überhaupt etwas zu sagen, fragte ich: »Hast du ein Foto gesehen? Gab es ein Foto in der Zeitung?«

»Ja, und ich hatte ihn sogar flüchtig gekannt vom Sehen. Aber er … nun«, sie lachte ihr mädchenhaft zartes Lachen, »er verkehrte nicht direkt in unseren Kreisen. Roswitha hat nur gesagt: Pack verträgt sich, Pack erschlägt sich. Aber er hat eine Schwester. Um die muss man trauern! Es ist immer schwer, ein nahes Familienmitglied so zu verlieren.«

»Er war doch in einer Malerfirma! Oder sie gehörte ihm sogar. Das ist nicht direkt Pack, oder?«

Vivi gab ein leises Glucksen des Protests von sich. »Du kennst doch Roswitha Urban-Bonser und ihren Dünkel. Jemand, der bei ihr die Wände malt, ist nicht viel mehr als ein Dienstbote!« »Dann war ich wohl auch nur ein Dienstbote für sie. Welche Arroganz!« »So ist sie nun mal. Stolz auf ihren Namen und auf das gute alte Geld in der Familie! Sie würde alles tun, um den Namen zu verteidigen. Thomas ist nicht so, oder zumindest zeigt er es nicht so deutlich.« »Ja, er hat nicht viel Ähnlichkeit mit seinen Schwestern.«

Gott sei Dank, dachte ich – unpassenderweise – frivol. Mit Roswitha Urban hätte ich nicht im Bett liegen mögen. Oder auf dem Teppich. Oder auf der Spüle in der Küche … Ich wurde rot. Gut, dass Vivi es nicht sehen konnte.

»Ach, Usch ist in Ordnung. Sie liebt ihr Luxussingleleben, und wenn sie sich im Herbst und im Frühjahr ihre Prada-Tasche kaufen kann, dann ist alles okay. *Sie* würde höchstens für Geld morden! Und für ihr UU-Geschäft, natürlich!«

Ich sagte nichts dazu. Vivi machte eine verlegene kleine Pause. »Verzeih, das mit dem Morden, das war unpassend angesichts des Schicksals dieses armen Mannes. Weißt du, die Leute reden darüber. Ich kannte den Mann ja nicht, und über Tote soll man nichts Schlechtes sagen, aber … er hatte anscheinend keinen sehr guten Ruf hier in Maulbronn. Ich denke, vielleicht war er auf … nun … Frauensuche in Karlsruhe. Oder er könnte auch …«, sie schwieg etwas verklemmt, »nun, gerade in solchen Parks, da hört man doch einiges …« »Du meinst, er war schwul?«

»Wie gesagt, ich kannte ihn nicht. Aber lass uns von erfreulicheren Dingen sprechen. Wann kommst du uns besuchen? Hast du am Sonntag etwas vor? Thomas hat keine Zeit, er ist in München und besichtigt ein neues Röntgengerät mit verminderter Strahlung, ein ganz kleines für mittelgroße Privatpraxen. Wir könnten uns einen gemütlichen Sonntag machen!«

Könnten wir, dachte ich, wenn ich nicht genau an diesem Sonntagnachmittag mit deinem Mann hier in meinem Bett liegen würde, um mit ihm Dinge zu tun, die ich bisher mit keinem Mann getan habe. Er wird meine Hände festhalten, er wird mich mit seinem schweren Körper bedecken und er wird mir mit der Zunge die Kehle herunterfahren, bis …

Ich schluckte. »Tut mir Leid, am Sonntag bin ich schon verabredet!«

»Wie schade!«, sagte Vivi liebevoll-bedauernd. »Ach ihr Singles! Terminkalender wie Top-Manager!«

»Ja!«, antwortete ich und lachte gekünstelt.

Und dachte, dass ich bei meinem Tanz auf dem Vulkan verdammt nahe an den Krater geraten war.

Siebentes Kapitel

Quälende, verunsichernde Stunden, in denen ich nichts mit mir anfangen konnte. Innere Unruhe. Ich war noch vergesslicher und fahriger als sonst. Ein scheußliches Gefühl. Dabei hatte ich durchaus zu arbeiten.

Ich hatte seit vorgestern einen neuen Auftrag, und zudem einen, der sehr angenehm war, denn ich brauchte nur um die Ecke zu gehen: Eine alteingesessene Bäckerei in der Südstadt wollte ein kleines Heft zum Firmenjubiläum herausgeben. Die Frauen der Familie sollten dabei im Vordergrund stehen, daher hatte man mich beauftragt. Brot seit 250 Jahren. Reinheit des Korns. Qualität. Keine Nazis in der Familie. Ein Uropa hatte sogar der Frau eines Kommunisten heimlich Brotreste zugesteckt. Sehr erfreulich.

Schuldbewusst dachte ich daran, dass ich mein Brot nun immer mit dem Brotbackautomaten backte – mit jenem praktischen Geschenk meines übereifrigen Matthias, das mir half, Geld zu sparen.

Zu Hause vergrub ich mich in teigige Geschichten und versuchte mich abzulenken, indem ich die auf zahlreichen Fotos abgebildeten Gebäckstücke sortierte, für die man in den 50er Jahren mehrere Preise einkassiert hatte: Unter anderem eine Brezel mit drei Verschlingungen und ein Schaumkrönchen anlässlich der Hochzeit von Soraya. Doch innerlich saß ich wie auf glühenden Kohlen und wartete.

Endlich läutete das Telefon, und endlich war der Richtige dran.

Ich war so erleichtert, so froh, Thomas' Stimme zu hören – ich sog sie ein wie ein Kettenraucher, der nach stundenlanger Abstinenz den ersten Zug inhaliert. »Maren, bist du okay?«

Ich hatte noch keinen Mann gekannt, dessen Besorgnis so männlich klang. Betuliche Männer, die sich gar zu sehr um mich kümmerten, hatten mich immer abgeschreckt – hinter ihrer Fürsorge hatte ich nur zu oft mütterlich anmutende Kontrolle gewittert. Bei Thomas konnte davon keine Rede sein. »Hast du gehört, was passiert ist?«

»Ja. Ein Mann aus Maulbronn ist umgebracht worden.« Und hastig: »Thomas, die Polizei war hier! Sie haben mich ausgefragt, weil … Stell dir vor, man hat bei ihm einen Zettel mit meiner Adresse gefunden! Ich habe keine Ahnung wieso. Er muss ihn an dem Abend zufällig eingesteckt haben, als eure Familienchronik präsentiert wurde, weißt du, in der Mönchsstube, ich hatte meine Visitenkarten nicht dabei … Und die Polizei denkt jetzt, ich hätte was mit dem Mord zu tun!«

»Maren! So ein Unsinn. Mach dir keine Sorgen. Ich bin sicher, die Sache wird sich aufklären.«

Es tat gut, mit Thomas darüber zu sprechen. Seine Gelassenheit gab mir Halt, und ruhiger fuhr ich fort: »Dabei kenne ich den Mann nicht mal! – Und du, hast du ihn gekannt?«

Ich bemerkte nur eine halbe Sekunde des Zögerns. »Ja, doch … natürlich habe ich ihn gekannt. Maulbronn ist schließlich nicht New York. Könnte sogar sein, dass er mal in der Praxis war. Allerdings hat er bei mir keinen bleibenden Eindruck hinterlassen.« »Er war in dem Restaurant deines Bruders, an jenem ersten Abend, als ich in Maulbronn eintraf!«, bemerkte ich. Und dann, wider Willen: »Wann kommst du?«

»Ich versuche es übermorgen. – Im Restaurant von Jean-Franz war der Mann? Wäre mir nicht aufgefallen. Ich … habe den Mann in meiner Patientenkartei gehabt, aber wie gesagt, er war lange nicht bei mir, ich wüsste kaum wie er aussieht. Trotzdem – die Polizei kommt morgen und will die Unterlagen sehen. Eine gewisse Frau Kohlschröter – ist das die Kommissarin, die auch bei dir war? – und ein Beamter vom hiesigen Revier. Könnte mir angenehmere Besucher denken. So etwas ist schlecht für die Praxis. Vivi hat die meisten Patienten abbestellt. Sie meint, das spricht sich rum und macht keinen guten Eindruck. Aber lassen wir das unschöne Thema.«

Auch ich wollte mir nicht vorstellen, wie Elfie Thomas und Vivi aushorchte. Also vergaßen wir die Polizei und sprachen noch ein wenig, leise und zärtlich, so wie es Liebende tun.

Und doch war ich beinahe froh, als er auflegte. Ich wollte ihn sehen, ich wollte ihn spüren, schmecken, riechen – und nicht nur hören.

Am Nachmittag sortierte ich Bäcker-Meisterbriefe, erleichtert, dass das Telefon oder die Türklingel nicht läuteten und kein Haftbefehl ausgesprochen wurde. Obwohl es draußen herrlich warm und sommerlich war und ein tiefblauer Himmel die Südstadt in eine Art fröhliches Neapel – allerdings voll von Türken, Griechen und anderen Nationalitäten – verwandelte, ließ ich die Balkontüren geschlossen.

Meistens freute ich mich am Spielen, Johlen und Toben der Kinder im Hinterhof und an den kehligen Rufen ihrer Mütter aus aller Welt, heute aber wollte ich mit meinen Gedanken alleine sein.

Abends lief ich ziellos durch die Straßen der Südstadt.

Am Werderplatz ballte sich die übliche Gruppe zusammen, bestehend aus den »drei großen P«: Punker, Penner und Polizisten. Man könnte noch Pitbulls hinzufügen, aber das wäre unfair, denn die meisten Hunde, die sich mit ihren Besitzern rund um den Indianerbrunnen aufhielten, waren freundlich-struppige Promenadenmischungen.

Ich schaute ins Schaufenster des ›Zuckerbecker‹: Ein Geschäft, das mich mit seinen bunten Süßigkeiten von Lakritzschnecken bis Nappa normalerweise an meine Kindheit erinnerte und aufheiterte, aber heute machte mich der Anblick der Schokoladenschirmchen und Gummischnuller nur traurig.

Vor dem großen türkischen Supermarkt am Ende des Werderplatzes stand ein gut aussehender Südländer in einem graugestreiften Anzug und packte Auberginen mit fachmännischem Blick in eine Riesentüte. Er würde sie in seinem Lokal zubereiten, und sie würden zum vielfachen Preis als Auberginenpüree oder als Auberginengratin auf der Speisekarte wieder auftauchen.

Vor dem billigen Secondhandladen an der Ecke baumelten ein paar Sommerkleider im Abendwind. Normalerweise hätte ich wenigstens einen Blick darauf geworfen. Doch heute ging ich blicklos an allem vorüber. Ich fühlte mich so alleine, dass ich in meiner Verzweiflung Theophil in seinem vollgestopften Antiquariat aufsuchte.

Er war natürlich noch da: Ladenschluss war für ihn nur ein theoretischer Begriff, denn der Laden war quasi seine Heimat. Er saß über dem Tisch, den er wohl Schreibtisch nennen würde, der aber unglaublich vollgestellt war mit Büchern, einem vorsintflutlichen Telefon, einem überraschend zeitgemäß aussehenden Computer und drei ineinander gestapelten Teetassen. Vor sich hatte er ein Buch mit gelblichen Seiten, auf denen Zeichnungen von Blättern abgebildet waren. Er wies darauf: »Sehr hübsch, aber ich bin mir nicht sicher, ob sie von der Natur gezeichnet sind oder nach einer Schablone. Im 19. Jahrhundert haben viele Damen nach Schablonen gemalt. Es gab damals so viel Dilettantismus wie heute, nur betrachten wir es heute als Kunst, weil es alt ist.«

»Alte Kunst mögen wir«, sagte ich, »alte Damen nicht!«

»Ich schon! Ich mag dich in jedem Alter!«, sagte Theophil. »Schließlich bin ich Antiquar!«

»Sehr hübsch!«, wiederholte ich und setzte mich auf den Hocker neben seinem Schreibtisch. Ein Kunde, ein schmaler kleiner Mann mit Radlerhosen, stand bei den Krimis und bekannte schüchtern: »Ich sammle Edgar Wallace-Ausgaben. Richtig alte. Der Hexer in der amerikanischen Erstausgabe, das wäre mein Traum!« Theophil nickte ihm freundlich zu. Ein altes schwarz-rotes Goldmannbuch wechselte für ein oder zwei Euro den Besitzer, auch wenn es kein Hexer war. Der Mann steckte seine Beute höchst befriedigt ein. »Ich mag die alten Krimis, die wie ein Häkelmuster sind. Voller Löcher und voll falscher Spuren. Wo man keinem ein Wort glauben kann und wirklich erst am Ende erfährt, wer der Mörder war!«

»Ja, bitte sehr, schau dich doch da hinten noch mal um!«

Theo duzte alle seine Kunden, was den meisten gefiel. Der Mann ging in die Hocke und durchforstete ein Regal knapp über dem Boden. Theo klopfte anerkennend an Zorros Scheibe und wandte sich mir wieder zu: »Und wie geht es dir? Du siehst bedrückt aus. Hatte ich dich nicht gewarnt?«

Theophil hatte natürlich auch von dem Mord gehört. So viele Morde geschehen nicht in Karlsruhe – und schon gar nicht in so greifbarer Entfernung mitten in der Südstadt –, dass wir mit einem Achselzucken darüber hinweggehen würden.

»Dieser Mann, der Tote, hatte der was mit euch zu tun? Mit dir und deinem Maulbronner Gespielen?« »Nein, wie kommst du darauf? Wir kannten den Mann nicht …« Ich zögerte. Das *wir* klang gut. »Naja: Kaum. Wie man sich halt so kennt.« Der Edgar Wallace-Fan zahlte zwei ziemlich zerfetzte Rex Stouts. Ich betrachtete Theophil mit seinem gutmütig-intelligenten Bacchusgesicht. Mit einem musste ich reden, warum nicht mit ihm. »Also, Theo, das stimmt nicht ganz. Dieser Mann drückte sich ziemlich oft in der Nähe der Urbans herum, und …« Gesprächsfetzen tauchten auf. »Vivi und Usch haben in letzter Zeit Anrufe bekommen. Der Anrufer hat kein Wort gesagt, nur sein Atmen war zu hören, manchmal auch Gestöhn, dann hat er aufgelegt. Vivi hat mir davon erzählt, und sie sagte, auch ihre andere Schwägerin könnte solche Anrufe bekommen haben, doch Roswitha würde so etwas Peinliches nie zugeben, sie ist viel zu … verklemmt und arrogant. Für mich sieht das so aus, als habe jemand die Frauen der Urbans verfolgt. Bei Vivi kann man es verstehen, denn sie ist«, ich schluckte, denn seit ich ihre Konkurrentin um Thomas war, fiel es mir nicht leicht, das zuzugeben, »sehr attraktiv. Von den dreien sicher die Attraktivste! Aber Usch ist noch alleine, sie ist Single, und ich denke, sie ist mit ihrem Laden eine gute Partie und außerdem ist sie sehr schick …«

»Anrufe?«

»Ja. Ich war sogar selbst dabei, als Usch einen bekam. Der Mann hat meiner Meinung nach die Frauen der Familie Urban verfolgt. Und er hat sogar mich belästigt, einmal, im Klosterhof.« Widerwillig erzählte ich Theo davon.

»Maren, warum sagst du mir das erst jetzt?« Ich zuckte die Schultern. »Ach, ich weiß nicht. Ich wollte es vergessen. Es schien mir nicht so wichtig. Der Typ war doch nur ein Niemand …«

Theo lachte bitter: »Gerade ein Niemand kann gefährlich sein!«

Aber Baitz hatte seinen Meister gefunden. Und dabei sein Leben verloren. Wieso hatte er die Urbans belästigt? Hatte er das noch bei anderen Frauen versucht? Und hatte ihn deshalb etwa jemand umgebracht?

Wer könnte so etwas tun?

Thomas, der Stolze, der Männliche, der sich nichts würde wegnehmen lassen, schoss mir ganz und gar unpassend durch den Kopf. Aber Thomas? Ein Mörder? Und wieso? Weil ein Maulbronner

Handwerker seiner Frau nachgestellt hatte? Oder seiner allein stehenden Schwester? Lächerlich.

Dann wäre es ein Mord aus Leidenschaft gewesen – und Leidenschaft empfand er nicht mehr für Vivi, die ein liebes und sanftes Reh war, aber eben nur ein Reh. Sondern für *mich.* Dass der Mann auch mich bedroht hatte und noch dazu meine Adresse mit sich herumtrug, hatte Thomas nicht wissen können. Einen Moment lang malte ich mir aus, wie er aus Liebe zu mir den Nebenbuhler beseitigte ... Leider war der Gedanke abwegig.

Und Usch? Die sah mir aus wie eine erfahrene Single-Frau, wohl gewöhnt, Anrufe und Angriffe selbst abzuwehren.

Die Lösung für den Mord hatte nichts mit uns allen zu tun.

Und ich wollte auch nichts damit zu tun haben.

Dieser fiese Baitz musste andere Vorlieben gehabt haben, geheime Vorlieben oder sonst irgendetwas, das ihn für einen Mörder interessant machen konnte. Diese Vorlieben musste Elfie herausfinden. Er hatte Geheimnisse gehabt, er war dunkle Wege gegangen, und auf einem dieser Wege war er umgebracht worden.

»Auf jeden Fall war er ein unangenehmer Zeitgenosse, dieser Werner Baitz«, stellte ich fest. »Was ihn aber nicht unbedingt das Leben kosten sollte!«, sagte Theophil trocken, »Denn dann wäre Karlsruhe längst entvölkert!«

Diese Nacht schlief ich durch, träumte kaum und versuchte beim Aufwachen das lebendige Kreischen der Vögel, die es sich in den eher dünn gesäten Südstadtbäumen heimisch gemacht hatten, zu genießen.

Ich hatte mich in falschem Frieden gewähnt.

Gerade als ich aufstehen wollte, läutete das Telefon. Ein Mitarbeiter von Elfie war dran und teilte mir mit emotionsloser Stimme mit: Für den Nachmittag um vier Uhr sei ich aufs Präsidium bestellt. Das traf mich umso härter, als Thomas für fünf Uhr einen kurzen Besuch angekündigt hatte. Wie lange hatte ich ihn nicht gesehen und wie sehr sehnte ich mich nach ihm! Ich musste seinen Besuch verschieben – was natürlich nicht ging: »Ich muss heute um acht

Uhr zu Hause sein«, erklärte er bedauernd, aber unnachgiebig, »Vivi würde sonst Verdacht schöpfen!«

So war ich gezwungen, ihm abzusagen. *Das* jedenfalls würde ich Elfie niemals verzeihen!

»Sag aber auf dem Revier nichts Falsches, Maren!«, ermahnte mich Thomas liebevoll-streng, »Am besten rede möglichst wenig.«

»Was wäre denn etwas Falsches?«, fragte ich vorsichtig. Hatte auch er Angst um unsere Liebe? »Dass du den Mann mehrfach in Jean-Franz' Restaurant gesehen hast. Es würde einen falschen Eindruck machen. Es würde die Polizei auf vollkommen falsche Gedanken bringen. Ich persönlich könnte mir vorstellen, dass der Typ nicht ganz richtig im Kopf war. Ein Mann in dem Alter, immer alleine unterwegs, nicht verheiratet – also das würde mir nicht passieren.« Und lachte.

Wir beschlossen, zu versuchen, uns am Wochenende zu sehen. Ich fühlte mich elend.

In unserer Konversation waren allzu oft die Begriffe »richtig« und »falsch« vorgekommen. Seit ich die Urbans kennen gelernt hatte, sagte man mir ständig, was ich tun sollte und was nicht – etwas, das ich gar nicht leiden konnte.

Ich verscheuchte den Gedanken. Mit Thomas und mir, das war richtig. Liebe ist immer richtig.

Zunächst einmal war ich allerdings wieder falsch.

Ich stand pünktlich um vier vor dem Gebäude, das ich für das Polizeipräsidium hielt – ein großes altes Haus gegenüber vom Stadtgarten, unweit des alten Kongresszentrums. Das Haus, das ich nun betrat, war ein mächtiger roter Kasten, umgeben von schönen alten Bäumen, für die ich allerdings heute keinen Sinn hatte. Ich hatte Angst. Wie vor einer Prüfung oder einem Vorstellungsgespräch. Ganz einfach Angst.

Erstens steht man in einem Polizeiverhör der unanfechtbaren Autorität gegenüber – und zwar einer, die wirklich richtig unangenehm werden kann. Außerdem hat man ständig ein latent schlechtes Gewissen. Hat man nicht doch etwas zu verbergen? Was werden sie finden, in der Vergangenheit? Mir fiel natürlich sofort die Episode ein, als ich im Edeka beim Stehlen erwischt worden war: Haribo Lakritzstäbchen, allerdings – strafmildernd – die kleine Packung. Man hatte mich laufen lassen, weil ich glaubhaft machen konnte, dass ich öfter mal aus Versehen Sachen einsteckte, zu bezahlen vergaß oder meinen Geldbeutel liegen ließ. »Das stimmt!«, hatte die Kassiererin bestätigt, die glücklicherweise im Nachbarhaus wohnte. »Sie findet nie ihren Fahrradschlüssel und muss deshalb ständig laufen!«

»Ich möchte zu Frau Kohlschröter«, sagte ich an der Pforte zu einem Mann, der so weit oben in einem Glasverschlag saß, dass ich mich in die Kindheit zurück versetzt fühlte, wo alle Erwachsenen riesenhaft groß schienen. Man musste mehrere Stufen zu ihm hinaufsteigen, und dann war man immer noch winzig.

Alles falsch – ich wollte nicht. Aber ich musste.

Alles falsch. Hier war nämlich gar nicht die Kripo.

»Wo ist denn die Kripo?«, piepste ich nach oben. Machtvoll kam die Stimme zurück und teilte mir mit: Hinter dem Städtischen Klinikum, in einer ganz anderen Ecke der Stadt – und damit für mich unerreichbar, wollte ich in der vorgegebenen Zeit dort erscheinen, zumal ich mit dem Fahrrad unterwegs war.

Doch die Zeiten haben sich seit den sechziger Jahren denn doch geändert. Bürgernähe, Servicewüste, »Mehr Demokratie wagen!«, all die aktuellen Schlagworte kamen mir jetzt zugute – denn der Pförtner nahm einen schlaksigen großen Beamten mit Kindergesicht in die Pflicht, der gerade auf dem Weg zur Kripo war und mich in seinem Streifenwagen mitnahm. Dergestalt vorverurteilt, saß ich nervös neben meinem Fahrer, zog an jeder Ampel, an der wir hielten, den Kopf ein und hoffte, dass mich keiner sah.

»Zur Frau Kohlschröter wollen Sie? Na, das ist eine ganz Scharfe. Die ist neu, kommt aus Frankfurt und da hatte sie nichts zu lachen. Haben Sie in der Mordsache Baitz auszusagen?«

»Ja!«, antwortete ich und setzte meine schwarze Sonnenbrille auf. »Setzen Sie bitte die Brille ab!«

Wieder ein Pförtner. Mein Fahrer verabschiedete sich mit einem ermutigenden »Viel Glück!«

»Zweiter Stock, dritte Tür links. Kann ich bitte Ihren Personalausweis sehen!« Man konnte nicht einfach so zu Elfie. Ich zeigte meinen Ausweis, er schrieb sich die lange Nummer ab, und dann durfte ich nach oben. Seine Augen schienen mir noch lange zu folgen.

Ein moderner Bau im Stil der siebziger Jahre, sachlich, zweckmäßig. Zahlreiche Büros, die meisten standen offen, Schreibtische, Computer – wenn ich es nicht besser gewusst hätte, ich hätte mich auch in den Vereinten Gummiwaren oder im Finanzamt befinden können.

Elfie hatte ein nicht allzu großes Büro ganz für sich alleine. Es war überraschend freundlich eingerichtet: Mit Urlaubsfotos aus Griechenland, Pflanzen sowie der Statue einer blauen Katze offenbarte es durchaus menschlichere Züge, als ich ihr zugetraut hatte. Sie selbst sah allerdings nach wie vor aus wie Sabine Christiansen. Diesmal in einem lindgrünen Kostüm, klassisch geschnitten, mit passenden flachen Schuhen vom Typ Wildlederslipper und einer schmalen Jadekette. Merkwürdigerweise hatten sich nun auch ihre Augen verändert, sie schimmerten heute eher grün als blau, aber wie auch immer – sie ruhten ohne Wärme auf mir.

»Frau Mainhardt, ich hätte ganz gerne, dass sie aufhören, meine Zeit zu verschwenden!« »Was meinen Sie?« Mein schlechtes Gewissen ließ meine Empörung falsch und blechern klingen.

»Sie kannten den Ermordeten. Sie haben mit ihm gesprochen, das hat uns die Frau aus dem Buchladen in Maulbronn berichtet. Er habe ihnen den Arm um die Schulter gelegt und sie hätten sich an ihn geschmiegt. Als er dann ging, hätten sie ihm versonnen nachgeschaut!« »Wie bitte? Versonnen? Der Kerl hat mich bedroht! Mitten auf dem Klosterhof!«

»Aha. Und das konnten Sie uns vorgestern nicht sagen! Ein Mordfall ist kein Witz, Frau Mainhardt! Und nun erzählen Sie mir bitte aus Ihrer Sicht, was sich dort zugetragen hat!«

Widerstrebend erinnerte ich mich. »Er hat mich gefragt, wie es mir gefällt und dass es ein einmaliger Ort ist und ob ich weiß, dass es … hier ab und zu mittelalterliche Märkte gibt und dann solle ich kommen …« Elfie lehnte sich gespannt vor. Ich berichtete ihr von Baitz' merkwürdigen Worten und auch von seiner kalten Hand in meinem Nacken. Elfie sah mich ungläubig an. In gewissem Sinne konnte ich sie verstehen. Sie notierte sich alles mit einem feinen silbernen Stift.

Ich hatte ein unbehagliches Gefühl, wie immer, wenn sich jemand notierte, was ich sagte. Man hat dann das Gefühl, es gehört einem nicht mehr.

»Und Sie haben daraufhin nichts unternommen? Sie hätten ja zum Beispiel zur Polizei gehen können. Aber Sie haben nichts dergleichen getan.« »Nein«, bekannte ich, »aber ich habe es wirklich nicht für so wichtig gehalten. Der Mann war einfach merkwürdig. Er war offenbar ein verrückter Einzelgänger.«

»Dem Sie aber dennoch Ihre Adresse gegeben haben?«

Ich wies das von mir und erklärte ihr, wie es dazu gekommen war. Es blieb mir nichts anderes übrig, als die Urbans – entgegen Thomas' Wunsch – doch zu erwähnen. Meinen Verdacht, der Ermordete könnte Vivi, Usch und Roswitha mit Anrufen belästigt haben, behielt ich allerdings lieber für mich. Und das nicht nur Thomas zuliebe, denn auch ich hatte kein Interesse daran, dass Elfie zu sehr bei den Urbans nachforschte. Ich erzählte ihr aber noch von Baitz, der im Dunkeln allein auf der Mauer gesessen hatte. Und dass mir aufgefallen war, wie er unverwandt zum Restaurant hinüber starrte.

Ich neige manchmal etwas zur Weitschweifigkeit und bemerkte unfroh, wie Elfie nervös mit ihren Fingernägeln auf den Tisch trommelte. »Gut!«, sagte sie schließlich, »Ich will Ihnen sagen, was wir wissen, vielleicht entschließen Sie sich ja dann gnädigerweise, uns *alles* zu sagen, was *Sie* wissen. Der Mann hatte ein Handy dabei. Ich denke, der Mörder hat danach gesucht, darauf ließ der Zustand der Kleidung des Toten schließen, aber er hat es nicht gefunden, denn Baitz trug es an einer, hm, ungewöhnlichen Stelle!«

Ich fragte nicht danach. Ich beschloss sowieso, mich soweit irgend möglich tot zu stellen. Das Telefon läutete. Elfie nahm ab und sagte ein paar Mal »Ja«, wobei sie mich nicht aus den Augen ließ, was mich zusätzlich verunsicherte. Bei genauer Betrachtung fand ich, dass sogar ihre Fingernägel grünlich schimmerten.

»Gut, also weiter.« Grußlos hatte sie den Hörer aufgelegt. Elfie war keine Freundin für gemütlichen Kaffeeklatsch.

»Er hatte das Handy versteckt. Der Mörder hat es nicht gefunden und hatte wohl auch nicht endlos Zeit, danach zu suchen. Zwar ist die Brücke abends nicht belebt, aber gelegentlich wird sie doch von Radfahrern genutzt!«

»Ja, ich bin da auch schon drüber gefahren!« Ich lächelte dabei versöhnlich – so von Karlsruherin zu Karlsruherin –, doch meine Alltagswege interessierten sie nicht.

»Wir haben das Handy bei der Untersuchung der Leiche gefunden. Wie Sie sich denken können, ist so ein Fund ein Segen für die Polizei: Die letzten Nummern, die das Opfer angerufen hat, die letzten Nummern, von denen es selbst angerufen wurde. Wir haben die Anrufliste auf Baitz' Handy ausgewertet. Die letzte Telefonnummer wurde um 20.46 gespeichert. Es war Ihre Nummer, Frau Mainhardt. *Sie* haben Herrn Baitz kurz vor seinem Tod angerufen, einen Mann, von dem sie behaupten, dass sie ihn praktisch nicht gekannt haben!«

Ich starrte sie an. Fühlte mich mindestens wie bei Kafka. Ich hatte den Mann wirklich nicht gekannt, aber wer sollte mir jetzt noch glauben? Und vor allem: Wieso war meine Nummer auf seinem Handy? Mein Puls begann nach dem ersten Schock, sich wieder ans Schlagen zu erinnern. Ich musste rot angelaufen sein, zumindest glühte ich wie die Alpen beim Sonnenuntergang.

Elfie sah mich so analytisch an, wie ein Insektenforscher eine seltene Mückenart. Doch plötzlich änderte sie ihren Gesichtsausdruck. Tat als sei sie ein Mensch. Beugte sich vor. Der alte Polizistentrick.

Das Telefon läutete wieder. Sie ignorierte es, drückte einen Knopf, es verstummte: abgewürgt.

»Ich sage Ihnen etwas ganz offen, Frau Mainhardt!«

Ich antwortete nicht. Krächzen konnte ich auch später.

»Ich bin geneigt, Ihnen zu glauben. Warum sollten Sie einen Malermeister aus Maulbronn erschießen, und das auch noch in der Nähe Ihres Wohnortes? Sie haben studiert, sie sind eine intelligente Frau. Nein, nein, aber …«, sie beugte sich noch weiter vor, »ich wüsste ganz gerne, *wer* Herrn Werner Baitz kurz vor seinem Tod von Ihrem Telefon aus angerufen hat!«

So, jetzt mach mal was! Ich starrte Elfie an, die kühl wie eine Gurke da saß und in meinen Gedanken herumschnüffelte. Es war klar – Thomas! Nur er konnte es gewesen sein. Er war in meiner Wohnung gewesen, und während ich geräuschvoll wie ein gut gelauntes Baby unter der Dusche geplanscht hatte, hatte er ohne weiteres das Telefon benutzen können. Aber warum hatte er nicht sein Handy genommen?

Auch klar, er hatte es zu Hause gelassen. Scheinbar unabsichtlich-absichtlich. Damit ihn Vivi nicht anrufen konnte. »Es ist besser so«, hatte er gesagt, »damit ich nicht lügen muss. Ich bin kein guter Lügner!« Und doch hatte er behauptet, den Ermordeten nur flüchtig gekannt zu haben. Aber warum hatte er ihn dann angerufen? Und hatte er ihn getroffen, nachdem er bei mir gewesen war? Wann war er an jenem Abend nach Hause gekommen, nach Hause zu seiner Familie in Maulbronn? Wie konnte ich das herausfinden, ohne bei Vivi Verdacht zu erregen?

Mein Gott, Shakespeare hätte gleich drei Dramen auf einmal aus der Sache gemacht. Ich bemühte mich um Fassung und versuchte, mich an alle großen Verbrecher zu erinnern, denen ich im Laufe der letzten Jahrzehnte im deutschen Fernsehen begegnet war. Ich wollte Elfie nichts von Thomas erzählen – selbst wenn er es gewesen sein sollte, der Baitz angerufen hatte. Noch nicht.

Ich musste erst meine Gedanken ordnen.

»Ich fürchte, ich weiß nicht genau, was Sie meinen!«, sagte ich schließlich todesmutig. »Dann gehen wir davon aus, dass *Sie* Herrn Baitz kurz vor neun Uhr auf seinem Handy angerufen haben und sich mit ihm verabredeten, und zwar einzig und allein zu dem Zweck, ihn umzubringen. Woher hatten Sie die Waffe und wo ist sie?«

»Ich habe sie ins Eisbärengehege geworfen!«, sagte ich trotzig. Elfie verzog das Gesicht halb ironisch, halb mitleidig. »Ich werde beim zuständigen Oberstaatsanwalt einen Haftbefehl gegen Sie beantragen, Frau Mainhardt!«

Jetzt wurde es ernst. Ich fühlte mich wie damals, als Rüdiger zu mir sagte, dass es aus sei. Und als mir klar wurde, dass er es auch wirklich so meinte.

Da kriecht eine eisige Kälte in dich herein, überall wo sie dich berührt, hinterlässt sie dieses kalte Gefühl, und dann bildet sie einen undurchdringlichen Ring um dein Herz, gleichzeitig wird dein Kopf ganz leer. In diesem leeren Kopf setzt sich dann hässlich und fett die Erkenntnis fest: Du hast verspielt.

»Ich habe diesen Mann nicht angerufen! Und ich habe ihn nicht umgebracht! Ich habe Ihnen doch gesagt, ich habe nur einmal mit ihm gesprochen! Oder vielmehr er mit mir. Auf dem Klosterhof!«

»Gut, wir werden dieser Sache weiter nachgehen. – Wieso haben Sie also angerufen, auf dem Handy? Sie müssen es ja gewesen sein – oder war an dem Abend, als Baitz ermordet wurde, jemand bei Ihnen? Kann jemand anderes von Ihrem Telefon aus angerufen haben?« Sie würde mich nicht mehr vom Haken lassen, das war klar.

Draußen ließ eine Straßenbahn ein schrilles Klingeln hören. Draußen, da war das Leben. Ich wollte draußen sein und nicht hier drinnen.

Doch ich saß hier fest, in Elfies Fängen, und nun musste ich etwas sagen. »Nun, es ist mir peinlich, aber ich …«, ich versuchte eine Blickverbindung von Frau zu Frau herzustellen, was gründlich misslang, »und es ist auch nicht wirklich moralisch, aber so etwas kann jedem passieren …«, fast flehentlich sah ich sie an, »vielleicht sogar Ihnen?«

Sie schüttelte den Kopf, so als könne ihr grundsätzlich nichts passieren, was auf direktem Weg in ein Polizeipräsidium führte.

»Also gut, *Ihnen* nicht.« Ich sah zu dem jungen Mann hinüber. Er glotzte mich an wie ein Fisch. »Ich habe ein Liebesverhältnis mit Thomas Urban. Wir …«, ich schluckte, »wir haben uns erst jetzt kennen gelernt, anlässlich des Buches … Zwischen uns war sofort so etwas wie ein Verstehen da, ein Gefühl …«

Sie sagte nichts. Ich gab mir einen Ruck.

»Er war an jenem Abend da. Bei mir. Ob er telefoniert hat, weiß ich nicht. Aber er hat Baitz nicht umgebracht, denn sie haben ihn um 21.45 gefunden und Thomas war bis zehn Uhr bei mir!«

»Das wird nachzuprüfen sein!«

»WAS?« Ein grauenhaftes Szenario erschien vor meinen Augen.

»Wie wollen Sie denn das nachprüfen? Sie können doch nicht seine Frau fragen, ich meine, dann kommt doch alles ans Tageslicht!«

»Ihr Sexualleben und die Art, wie sie mit ihren Freundinnen beziehungsweise deren Männern umgehen, ist Ihre Sache, Frau Mainhardt. Wir hingegen haben einen Mord aufzuklären, und das ist – denke ich – vorrangig! Wir sind eine Ermittlungsgruppe, verfolgen also mehrere Spuren, und eine davon, die ich die Ehre habe zu verfolgen, sind Sie. Aber Sie machen es uns nicht gerade leicht!«

Ich schwieg. Verstrickt. Gefangen in Schlingen, aus denen es kein Entkommen mehr gab. Es würde alles rauskommen. Außerdem hatte ich gelogen.

Thomas war um neun gegangen. Er hätte den Mord also sehr gut begehen können. Nein, Thomas konnte Baitz nicht getötet haben!

Aber wenn ich mir da so sicher war, warum gab ich ihm dann ein falsches Alibi?

Wann war er eigentlich nach Hause gekommen in jener Nacht? Das war die alles entscheidende Frage. Und Elfie gedachte, diese Frage sofort zu klären. »Verbinden Sie mich mit Herrn Dr. Thomas Urban!«

Sie warf mir einen Blick zu, in dem jetzt endgültig keinerlei Sympathie mehr lag. Jetzt war ich nicht nur eine wirre Person aus der Südstadt, die einem seltsamen Gewerbe nachging – jetzt war ich auch noch eine, die in der Welt der Frauen den niedersten Rang einnahm: Eine, die der Freundin eiskalt den Mann ausspannte.

»Gehen Sie bitte nach draußen auf den Gang und warten Sie dort!«

Diese Minuten auf dem Gang waren die längsten meines Lebens. Seltsamerweise dachte ich nicht an Thomas, sondern an Vivi. Ich sah im Geiste ihr freundliches Gesicht vor mir, ungläubig zuerst, dann immer entsetzter und zum Schluss sich in bitterer Verachtung verhärtend. Ich war die Schlange, die sie sogar zum Opernball hatte mitnehmen wollen.

Mein Herz raste schon wieder, mir war schlecht, ich hatte Angst, mich übergeben zu müssen. Die große Uhr über mir quälte sich von Sekunde zu Sekunde. Irgendwann ging die Tür auf. Elfie rief mich wieder herein, der junge Mann an der Schreibmaschine betrachtete mich feindselig. Elfie wartete ein paar Sekunden, ihre kühlen blauen Augen musterten mich sezierend. Die Frau hatte wirklich ihren Traumberuf gefunden.

»Sie haben Glück! Herr Dr. Urban bestätigt Ihre Aussage. Er sei um 22 Uhr bei Ihnen weggegangen. Sie seien eine Freundin der Familie. Aber gut, das haben Sie vielleicht abgesprochen.« Ich suchte nach Verachtung in Elfies Augen, aber da war einfach *nichts*. »Doch Sie haben noch mehr Glück – ich habe danach noch kurz mit seiner Frau gesprochen, und sie bestätigt, sie und ihr Mann seien gemeinsam zu Hause angekommen. Sie sei tagsüber in Karlsruhe zum Einkaufen gewesen und sei dort nach vier weggefahren, habe aber auf dem Weg nach Hause ganz spontan in Bretten angehalten und sei ins Kino gegangen. Sie könne den Inhalt des Filmes wiedergeben – *Ein Playboy spielt falsch*. Er sei erst an diesem Abend in Bretten angelaufen, weswegen auch das Kino sehr voll gewesen sei. Leider hat sie die Karte nicht mehr, aber gut … Es sei ja niemand zu Hause gewesen, die Kinder waren bei einem Geburtstag, und sie habe die Freiheit genossen. Gemeinsam sei man um viertel vor elf Uhr zu Hause eingetroffen!«

Blicklos starrte ich vor mich hin. So oder so, die Sache nahm eine unheilvolle Wendung. Vivi – sie hatte abends noch in die Praxis gehen wollen. *Ein Playboy spielt falsch* – hatte der Titel sie gereizt? Ahnte sie vielleicht längst etwas? Vor allen Dingen aber: Wo war Thomas gewesen, wenn er erst um elf Uhr nach Hause gekommen war? Alles raste durcheinander in meinem Kopf.

Der Malermeister, voll Hass und voll Neid, unverheiratet und ohne Partnerin, sichtlich scharf auf die schöne Vivi oder auf die anderen Urban-Frauen, die für ihn unerreichbar waren … was hatte Thomas mit ihm zu tun gehabt? Warum hatte er ihn angerufen? Von meinem Apparat aus? Hatte er sich mit ihm verabredet, um ihn dann eiskalt umzubringen? Der Mann, den ich liebte – ein Mörder?

Theophils Worte klangen mir schwer und düster im Ohr: Denk an den ersten Urban. Sie sind gefährlich, diese Leute sind gefährlich!

»Werden Sie …«, fragte ich mit schwerer Zunge, die mir am Gaumen zu kleben schien, »werden Sie es meiner Freundin erzählen, das alles?«

Elfie musterte mich so, wie man eine hässliche Spinne mustert. »Dass Sie Frau Urban nach all dem noch Ihre Freundin nennen, wundert mich zwar, doch ich kann Ihnen sagen, dass wir versuchen, Ihr verworrenes Privatleben zu schützen. Das tun wir immer dann, wenn es nicht unbedingt zur Aufklärung eines Mordfalls dienlich ist. Natürlich müssen wir in dem Moment die Wahrheit aufdecken, in dem sie für die Aufklärung des Falles notwendig wird.«

»Und wann wird das sein? Ich meine, wie lange dauert es, bis Sie einen solchen Fall aufgeklärt haben?« Sie schüttelte den Kopf und erwiderte kühl: »Ich schätze, Sie haben ein paar Stunden Schonfrist!«

Schonfrist! Mein Gott!

Thomas ich hab es hinter mir. Ich war auf der Kripo!«

Ich stand in einer der selten gewordenen Telefonzellen, und zwar am Bahnhof. Um mich herum bellten Hunde und spielten Kinder verschiedener Größen und Nationen.

»Und? Noch auf freiem Fuß?« Thomas lachte sein freches sonores Lachen, für das ich am liebsten sofort ins Auto gestiegen und ins Kraichgau gebrummt wäre.

Dennoch – es gab einiges zu klären. Doch bevor ich damit anfangen konnte, erzählte Thomas freimütig: »Stell dir vor, bei mir hat die Kripo auch noch mal angerufen. Wann ich nach Maulbronn gekommen wäre, in der Nacht als der Mord geschah. Reine Routinefrage!«

Im Gegensatz zu mir schien Thomas die Ruhe selbst. Offensichtlich hatte Elfie ihm nicht verraten, was sie von unserer Beziehung wusste. Sonst wäre er wohl weniger gut gelaunt. Und ich verspürte meinerseits sehr wenig Lust dazu, es ihm zu sagen. Noch nicht. Was hatte er ihr doch gleich erzählt? *Eine Freundin der Familie!*

Ich konnte nur hoffen, dass Vivi das Telefongespräch zwischen Thomas und Elfie nicht mitgehört hatte.

»Thomas, wann *warst* du denn eigentlich zu Hause in jener Nacht?« Seine Antwortstimme klang harmlos und heiter. »So kurz vor elf. Ich bin gemütlich gefahren, habe angehalten und nachgedacht – über uns!«

»Über uns … beide?«, stammelte ich. *Uns* – ein Zauberwort für die meisten Frauen. *Ich habe über uns nachgedacht.* Frauen lieben es, wenn Männer über sie nachdenken, denn sie denken ja auch ständig über die Männer nach.

»Moment mal! Was ist eigentlich los mit dir? Willst du mich kontrollieren?« Das klang nicht mehr gutmütig. Es klang gereizt – wie eine Warnung. Missklänge, noch bevor alles richtig begonnen hatte. Sollte ich ihm jetzt sagen, dass ich wusste, er hatte Elfie angelogen? Dass ich wusste … er hatte Baitz von meinem Apparat aus angerufen? Lieber nicht.

So stirbt das Vertrauen und mit dem Vertrauen die Liebe.

Matthias war wie immer ohne Anmeldung bei mir erschienen. Frisch geduscht, seinen unvermeidlichen Kaugummi im Mund, stand er vor der Tür, ein Paket in der Hand, und grinste in meinen Spion hinein.

»Matthias!«, stöhnte ich, öffnete dann aber doch. »Kein Problem«, sagte er und schob sich an mir vorbei, »ich will dir nur rasch zeigen, wie man Rosinenbrot bäckt! Weißt du, was ein gutes Rosinenbrot im Laden kostet?«

»1 Euro 49!«

»Siehst du. Eingerechnet den Strom kannst du es bei mir für einen Euro haben!« Stolz zog er eine Packung Rosinen aus seiner Tasche heraus. »Die habe ich vom Lidl. 45 Cent. Spitzenpreis! Ich habe gleich zehn Packungen gekauft, zwei schenke ich dir!«

Klebrige schwarze Dinger in Plastik, die ich mit spitzen Fingern zur Seite legte. »Matthias, ich esse nur ganz selten Rosinen, und von Rosinenbrot höchstens mal eine Scheibe, aber nicht mehr!«

Er knotete seine langen Beine um meinen Küchenstuhl. »Gut! Gut! Also: Du willst nach Maulbronn und dort das Wochenende verbringen. Aber warum, wenn ich fragen darf? Dein Bekannter wird ja wohl keine Zeit haben, denn am Wochenende gehört Papi der Familie!«

»Ich möchte mich einfach noch mal in Maulbronn umsehen!«

»Umsehen!«, schnaubte Matthias, dann: »Nie im Leben! Du hast etwas vor. – Maren, soll ich mitkommen?«

Einen Moment lang zögerte ich tatsächlich. Sollte ich ihn mitnehmen? Meinen treuen Freund: Dumm war er nicht, und kombinieren konnte er auch. Vielleicht sähe er Dinge, die mir entgingen. Andererseits würde er mich die ganze Zeit nur verliebt von der Seite anschauen und mich keine Sekunde aus den Augen lassen. Auch wenn es schwer fiel: Das, was ich in Maulbronn zu tun hatte, musste ich alleine erledigen.

Achtes Kapitel

Wie anders war diesmal die Anfahrt auf Maulbronn. Beinahe grimmig verließ ich meine geliebte Stadt, grimmig und deshalb nahezu angstfrei ließ ich die Kilometer auf der B 293 hinter mir. Mir saß eine andere Angst im Nacken, und als Schonfrist blieb mir nur dieses Wochenende.

Wie hatte Elfie gesagt? »Natürlich ruhen die Ermittlungen nicht während des Wochenendes, aber wenn keine wesentlichen Erkenntnisse dazu zwingen, werden wir natürlich am Sonntag nicht auffallend aktiv werden. Überdies haben wir auch in Karlsruhe noch ein oder zwei Befragungen in der Sache!«

Wie immer wollte ich möglichst flott durch Bretten hindurchfahren. Ich interessierte mich nicht für Bretten. Doch diesmal war es anders. In Bretten schien nämlich etwas los zu sein.

»Peter und Paul-Fest!« stand auf großen Tafeln bereits am Ortseingang angeschrieben, und ein buntes Treiben, das unserer modernen Vorstellung vom mittelalterlichen Leben entsprach, war aufgezeichnet. Die Innenstadt war teilweise abgesperrt, ich musste also durch kleinere Seitenstraßen fahren, und als direkt vor mir unweit des Zentrums ein Parkplatz frei wurde, gab ich der Versuchung nach und hielt an.

Das Mittelalter hatte mich immer fasziniert. Obwohl jeder Historiker weiß, was für eine brutale und grausame Zeit es gewesen war, geistern in unseren Köpfen Errol Flynn-Filme und romantische Märchenwelten herum. Eine Welt, in der die Natur noch Natur war, in der jeder in einem Schlösschen mit Butzenscheiben lebte, die Frauen langes Haar und lange Kleider trugen und Spielleute zur Laute sangen. Minne, üppiges Wildbret und verwinkelte Gassen in reizenden Städtchen – ich wusste haargenau, dass das alles so nicht gewesen war, sondern dass Pest und Adelswillkür geherrscht hatten. Stinkende Gassen, in denen der Kot schwamm, Ratten, die vor Flöhen starrten, und eine dumpf-ungebildete und deshalb gewalttätige Bevölkerung, die kaum dreißig Jahre alt wurde.

Doch Bretten hatte damit nichts im Sinn: Wie 1504 – das Jahr, auf das sich der bunte Markt bezog – richteten hier Bauern mit Obst, Gemüse, Kühen und Schweinen sowie Handwerker und Krämer mit ihren Waren einen spätmittelalterlichen Handelsplatz aus. Hier wurde Seife hergestellt, da Seile gedreht, dort Körbe geflochten. Musiker, Künstler und Köche rundeten das Bild ab.

Das Wetter war schön, ich schlenderte zwischen den Ständen durch, trank hier einen Met und dort probierte ich ein Fladenbrot mit einer Schicht aus Schmalz. Dann zog eine Heerschar von mittelalterlich gekleideten Menschen mit Lanzen und mit Gewehrungetümen an mir vorüber, Spielleute begleiteten das Ganze mit ihren fremdartig klingenden Lauten. Ein Wagenzug – auf manchen saßen Kinder auf Strohballen, manche hatten Hunde dabei, ja sogar Babies sah ich – kroch langsam durch die Stadt. Ein riesenhafter Ochse wurde mitgeführt, ich hörte Schafe blöken, und ein Esel marschierte mit wackelnden Ohren in dem merkwürdigen Zug von Landsknechten, leichten Mädchen und Schäfern mit.

»Was ist denn das?«, sagte ich zu mir selbst. Ich hatte so eine vollständige Abbildung einer mittelalterlichen Idylle noch niemals gesehen. Eine junge kaugummikauende Stimme neben mir antwortete: »Erinnerung an 1504, als Herzog Ulrich von Württemberg mit 500 bewaffneten Typen 13 Tage lang die Stadt belagert hat. Er wollte die ganze Gegend den Speyrern wegnehmen. War auch in Maulbronn und Knittlingen. Und es hat geklappt. Überall – nur hier nicht! Die Brettener haben sie stattdessen überfallen. Die Fete feiern wir schon seit 1824. Geil, was?!« Die Sprecherin war eine ganz junge Frau in Jeans. Supermodern. Doch voll informiert über das Mittelalter. Erstaunlich.

»Ich konnte beim Zug diesmal nicht mitmachen. Wir haben in der Firma auf eine neue Software umgestellt. Aber beim Peter und Paul-Fest mache ich mit – ich bin ein Bauernmädchen!«

Beeindruckt nickte ich. Bretten liebte und lebte sein Mittelalter, das stand fest.

Bei den Kürschnern bog ich um die Ecke, als ich Roswitha Urban sah. Sie stand mit einem Mann zusammen, dessen Bekanntschaft ich ihr nicht zugetraut hätte. Er sah einfach nicht aus wie die Leute, mit denen sie sich sonst umgab. Er hatte jenes Frettchenartige, das man in Kriminalromanen immer zwielichtigen Figuren zuschreibt. Obwohl er durchaus nicht abgerissen gekleidet war, sah man doch, dass er kein feiner Mann war. Er hätte ein Kleinbetrüger sein können oder ein billiger Heiratsschwindler. Er sagte etwas, sie schüttelte den Kopf, dann verschwanden sie zusammen um eine Ecke.

Ich widerstand der Versuchung, ihnen zu folgen, nur ganz kurz, dann gab ich nach und eilte hinterher. Die beiden bogen in eines der mittelalterlichen Gässchen von Bretten ein. Hier war kein Marktstand mehr – das Gässchen war praktisch menschenleer. Ich blieb stehen und lugte um die Straßenecke.

Eine Weile sprachen die beiden. Ohne zu gestikulieren. Roswitha hörte zu, nickte. Und dann griff sie in ihre Tasche und holte einen Umschlag heraus. Einen länglichen Umschlag. Ich sah, dass der Typ hineinsehen wollte, doch mit einer Handbewegung hielt sie ihn davon ab. Er schien zu überlegen, dann steckte er den Umschlag ein.

Er sagte noch etwas, aber sie wehrte mit einem entschlossenen Kopfschütteln ab. Der Mann zuckte die Achseln und ging in die andere Richtung davon. Eine merkwürdige Szene.

Doch ich war schließlich keine Kriminalbeamtin. Ich konnte mir weder einen Reim darauf machen, noch hatte ich das Recht, den Mann zu verfolgen und zur Rede zu stellen, so wie eben ein Polizist es hätte tun können.

Mit energischen Schritten stapfte Roswitha jetzt durch die Menge. Da sie ziemlich groß war, überragte sie die meisten mittelalterlichen Händler und Marketender. Irgendwann war sie im Menschengewühl verschwunden.

Auch ich verließ nun das Städtchen Bretten – der Versuchung noch in letzter Minute widerstehend, mir ein Lederband zu kaufen: »Der einzige Schmuck im Mittelalter, den sich arme Bauernmädchen leisten konnten!«, wie mich der Verkäufer wenig schmeichelhaft anlockte.

Maulbronn lag unberührt von all dem, wie immer im Glanze des Tourismus, der sich auf dem Parkplatz neben dem Friedhof austobte. Einer Eingebung folgend, ging ich zum Friedhof. Verdammt! Das war mir noch niemals passiert: Ich hatte vergessen, die Gräber der Urbans zu fotografieren und zu dokumentieren!

Natürlich erscheinen in einer Familienchronik niemals aktuelle Gräber. Und auch niemals die Gräber der erst in der letzten Generation Verstorbenen. Sind die Vorfahren aber schon seit hundert oder mehr Jahren verblichen, und haben sie gar recht originelle Grabstätten, so können sie durchaus auch in dieser vergänglichen Form noch in einer Familienchronik auftauchen.

Hatte ich jemals mit Vivi oder Thomas über die Möglichkeit, ein Grab zu fotografieren, gesprochen? Mein Gott, warum hatte ich nur so ein schlechtes Gedächtnis? Ich folgte den Spuren meiner Erinnerung. Ja, ich hatte mit jemandem gesprochen – war es Roswitha gewesen? Oder doch Vivi ?

»Das ist nicht nötig!«, hatte sie gesagt, »Auf den Friedhof braucht man hier nicht zu gehen!«

Doch heute besuchte ich den Friedhof. Ich war jetzt in einer anderen Mission hier, und die hatte nichts mehr zu tun damit, dass der Lebenslauf der Urbans sauber gehalten werden musste.

Die Urbanschen Gräber befanden sich hinten rechts in der vierten Reihe. Und da waren sie alle ... ihre Namen waren mir vertraut: Julius Urban, Hermann Urban, dort war Amelie, vereint mit ihrem Fredrick ... Steinbruch- und Brauereibesitzer Frederick Urban. Dort Marianne Köhler. Unternehmer auch die folgenden Urbans. Hier würden einst auch Vivi und Thomas liegen. Vereint?

Und ich – fände meine letzte Ruhe in Karlsruhe: alleine?

Meine Augen schwärmten über die Gräber – einige Menschen waren sehr alt geworden, andere früh gestorben –, mit der professionellen Neugier der Ahnenforscherin rechnete ich immer gleich die Lebensdauer aus: Kuno Frahm, Bäckermeister: 1812–1856. Früh, aber für die damalige Zeit nicht allzu früh. Barnabas Bucher, Kunstmaler, 1850–1920: Ein Mann, der glatte Zahlen liebte. Alexander Hambrecht, Schüler, 1881–1899: Das war eindeutig *zu* früh, auch für damals. Lina Maria Burger, Wirtin, 1891–1989, das war lang. Dazwischen alle Spannen, die das Leben uns zuteilt. Traurig auch die Kindergräber. Da hinten, rechts oben, fast versteckt, ein ungepflegtes Grab und ein ungepflegter Stein, die Schrift nahezu unleserlich: »Karl Knauss, *30.6.1852, gestorben ...« Das konnte ich nicht lesen. Konnte fast ein Fragezeichen sein.

Daneben ein Lehrer aus dem Seminar, der 88 Jahre alt geworden war. Gestorben war er an Weihnachten des Jahres 1933. Wer weiß, was ihm erspart geblieben war.

Und doch machten mich diese nüchternen Zahlen immer nachdenklich. Das blieb dann also von einem Leben: der Tag der Geburt und der des Todes. Bestenfalls der Beruf. Kinder manchmal in der gleichen Gruft, aber selten, meistens lag man vereint mit dem Ehepartner.

Ich schlenderte weiter über den Friedhof. Hier und dort empfing mich noch ein Urbangrab, Kusinen aus der Familie, Tanten, Seitenlinien. Einige Busse rollten heran, parkten in direkter Nähe zu dem niederen Mäuerchen, das den Friedhof vor der Welt der lärmenden Lebenden schützte. Ich sah einen Tunnel mit flachem Wasser, der hinausführte aus dem Kloster, ins Freie. Ein geheimnisvolles Loch. Ich nahm mir vor, bei Gelegenheit zu fragen, was es damit auf sich hatte.

Ich verließ die ungastliche Stätte. Es waren nicht die Toten, die mir weiterhelfen sollten – es waren die, die noch lebten.

Wie ich mich da täuschen sollte!

Sehnsüchtig wie ein kleines Mädchen ertappte ich mich dabei, wie ich den Berg hinaufsah, dorthin wo Thomas wohnte. Thomas und Vivi. In welcher Stimmung mochten sie sein? Tranken Sie gerade einen Samstagsnachmittagskaffee, plauderten und scherzten sie? Sprachen sie über den Mord? Wich Thomas Vivis Blick aus?

Hatte er doppelte Schuld auf sich geladen?

Trotz dieser Gedanken wusste ich: Ich würde ihm später eine SMS auf sein Handy schicken. Vielleicht reichte es zu einem kleinen kurzen heimlichen Treffen in der Praxis. Liebe auf dem Untersuchungstisch!

Mein Gott, Maren, dachte ich – du bist tief gesunken! Und ahnte einmal mehr, dass es so nicht weitergehen konnte. Keine Liebe konnte auf Dauer in dieser Atmosphäre gedeihen. Leidenschaft? Vielleicht. Aber nicht Liebe.

Ich hatte beschlossen, mich zunächst an die Schwester des Toten zu wenden. So machen es die Verdächtigen in den Krimis, die beschließen, den Verdacht von sich abzuwälzen, indem sie den wahren Mörder suchen. Doch in den Kriminalromanen schleichen sich die Privatdetektive heimlich in die Wohnungen der Personen, für die sie sich interessieren, und finden erstaunlich rasch Material, welches ein gänzliches neues Licht auf den Fall wirft. Im richtigen Leben würde das nicht funktionieren, soviel war mir mittlerweile klar.

Ich hatte Baitz' Adresse im Telefonbuch gefunden. Wie zu erwarten gewesen war, hatte Werner Baitz in einem weniger noblen Teil von Maulbronn gelebt. Hier ahnte man noch das einstige Dorf, das sich wie ein Ring aus kleinen Handwerksbetrieben um das mächtige Kloster schloss.

Baitz' Wohnung lag oberhalb von seinem Geschäft: Malerarbeiten Baitz. Traditionsbetrieb. Meistergeführt. Im Schaufenster waren Modelle ausgestellt: Malerisch stand dort ein buntes Puppenhaus sowie ein alter Schultisch, dessen eine Hälfte frisch gestrichen, die andere naturbelassen war. Keine ungeschickte Schaufenstergestaltung.

An der Eingangstür zu dem modern wirkenden Büro, das wohl einer Werkstatt vorstand, baumelte ein Schild: »Wegen Trauerfall geschlossen«.

Ich klingelte an der Wohnungstür. Natürlich öffnete niemand, aber gegenüber wurde sofort ein Fenster aufgestoßen. »Da ist niemand da. Der Herr Baitz ist tot! Er wurde in Karlsruhe umgebracht! Hoffentlich lernen die Deutschen jetzt ihre Lektion!« Ich staunte.

Nicht nur eine komplette Analyse der vorherrschenden Lage, sondern auch der mutmaßliche Täterkreis samt politischer Folgen wurde mir quasi über die Straße geliefert. Die Analyse stammte von einem kleinen spitzgesichtigen Hutzelweibchen, von dem man nur hoffen konnte, es lebte noch lange genug, um mir den Namen und die Adresse der Schwester mitzuteilen.

»Ermordet?«, heuchelte ich dreist, »Ach, er wollte mir die Küche streichen, und ich hatte ihm wichtige Unterlagen gegeben …«

Die Lüge war vollkommen unnötig gewesen. »Da gehen Sie am besten zu seiner Schwester. Die hat ihm das Büro gemacht, zwei

Leute hatte er auch beschäftigt, war eigentlich ein angesehener kleiner Betrieb, das. Die Schwester wohnt in der Talstraße 11. Sie ist allein stehend, seit sie geschieden ist. Sie heißt jetzt auch wieder Baitz, Simone Baitz, vorher hieß sie Schmieder. Sie ist drei Jahre älter als er.«

Unglaublich! Ich hatte mich auf eine mühsame Spurensuche eingerichtet und fühlte mich beinahe meines Vergnügens beraubt. Das Weiblein fügte noch hinzu: »Ein komischer Kauz war er, der Baitz. Ich sage immer, ein Handwerker ist ein Handwerker und kein Professer!«

Sie sagte tatsächlich »Professer«, was mich ein klein wenig mit der Welt versöhnte. Ich wollte sofort nachhaken. Wo findet man noch einmal so ein schnelles Detektivglück? Doch da läutete es dreimal schrill und kurz bei dem alten Weiblein.

Bevor sie sich abwandte, war sie noch für eine Überraschung gut. »Mein Handy gibt mir ein Signal. Ich habe eine SM!«

Und ließ mich an der Welt zweifelnd zurück. SM!

Gottlob war auch das Zuhause von Simone Baitz in einem anderen Viertel gelegen als jenes, in dem Thomas wohnte. Es lag rechts oben am Ortsausgang von Maulbronn. Sowohl feinere Villen als auch einfachere Siedlungshäuschen und ein paar Wohnblocks vermittelten hier einen freundlichen kleinstädtischen Eindruck. Ich hatte bisher in Maulbronn außerhalb des Seminars nur wenige Kinder gesehen, aber hier gab es immerhin einen bunt angemalten Kindergarten.

Gegenüber, über dem Tal, da wohnte Thomas. Schon der Blick hinüber tat weh. Ob ich es ausgehalten hätte, an seinem Haus vorbeizufahren? Alles andere vergessen. Einfach klingeln, ihn nur kurz sehen, seinen Geruch kurz riechen … Alles nur kurz, dachte ich. Alles immer nur kurz.

Die Talstraße war eine recht belebte Straße, die hinunter ins Tal führte, wie der Name schon sagte. Ich konnte mir allerdings vorstellen, dass es hier sehr finster wurde – im November, wenn die Sonne nur knapp über die Waldhügel schielte.

So viel Pech ich bisher mit meinen Urbans in Maulbronn gehabt hatte – das Glück der Hobbydetektivin blieb mir erhalten. Simone Baitz war zu Hause.

Sie ähnelte ihrem Bruder nicht, höchstens in ihrer Reizlosigkeit und Durchschnittlichkeit. Sie war nicht groß, mollig, ohne wirklich dick zu sein, hatte eine schlechte Haut, die sie nicht überschminkt hatte, und unter ihren leicht basedowschen blauen Augen lagen rote Schatten. Ihre Haare waren mausbraun wie die ihres Bruders, aber zu lang und leicht ungepflegt. Um den Hals trug sie einen rotweißen Schal. Die Jeans waren etwas zu kurz, die Socken passten nicht, der Pullover machte sie dicklich ... die Aufzählung der Sünden, die sie selbst an ihrer eigenen Person beging, war beinahe endlos.

»Hallo, Sie wünschen?«, fragte sie mit einem Rest von geschäftsmäßiger Korrektheit, der ihr noch geblieben war. »Guten Tag, mein Name ist Maren Mainhardt. Ich ...«, mir fiel meine Kinderstube ein, »zunächst einmal wollte ich Ihnen gratu...« Mein Gott – wie peinlich! Wo war ich mit meinen Gedanken?

Sie schien es kaum bemerkt zu haben. Auf ihrem Gesicht lag ein festgefrorener »Ja bitte?«-Ausdruck, wahrscheinlich ein Schutz gegen das seelische Leid.

»Ich würde gerne mit Ihnen über Ihren Bruder sprechen!«, sagte ich unsicher – ich wusste nicht recht, was man in solchen Situationen sagte. »Meinen Bruder? Sind Sie von der Zeitung?« Mein feines Ohr registrierte Misstrauen, aber auch eine Spur von Lust an der eigenen neu gewonnenen Bedeutung.

»Nein. Eigenartigerweise hatte Ihr Bruder, als man ihn fand, einen Zettel mit meiner Adresse bei sich. Obwohl ich ihn überhaupt nicht kannte. Und nun hat die Polizei mich verhört und ...« »Die Polizei war bei Ihnen?«, fragte sie und ein wissbegieriger Ausdruck trat in ihre Augen, »Haben Sie etwas mit dem Tod meines Bruders zu tun?«

»Nein, eben nicht!« Ich sah mich nervös um. Elfie war eine Sache, aber Elfie war nicht betroffen. Diese Frau hier hatte immerhin ihren Bruder verloren. »Darf ich reinkommen?«

Sie war eine härtere Nuss, als ich gedacht hatte. Immer noch zögerte sie. »Warum?«, fragte sie trotzig.

In Kriminalfilmen läuft solch eine Szene total anders ab. Dort ließe sie mich rein, böte mir etwas zu trinken an, im Hintergrund würde gerade ein Liebhaber frisch geduscht verschwinden, verdächtige Dinge lägen überall herum und nach der ersten scharfen Frage bräche sie in sich zusammen und enthüllte *alles*.

»Weil ich ihn nicht umgebracht habe, und auch«, ich schluckte, »niemand, den ich kenne!«

Sie musterte mich erneut misstrauisch.

»Und weil ich jetzt selbst versuchen will, herauszufinden, wer ihn umgebracht hat?« »Aber das ist doch Sache der Polizei!«, sagte sie starrköpfig. »Die haben das doch studiert. Das sind studierte Leute!« Sie schwieg eine Weile, dann sagte sie trostlos: »Werner wollte auch studieren, aber er durfte nicht. Mein Vater wollte, dass er das Geschäft übernahm!« Ich seufzte. »Die Polizei macht Fehler, obwohl sie studiert hat.« Erstaunlicherweise ließ sie mich jetzt eintreten. Ob sie auch dieser Meinung war? Vielleicht war sie als Kind ungerechtfertigt von einer Streife angeherrscht worden, »Was machen wir so spät noch auf der Straße, Kleine? Solltest du nicht längst zu Hause sein?« Davon profitierte ich jetzt.

Ihre Wohnung war für eine jüngere Frau überraschend altmodisch. Plüschiges Sofa, muffige Kissen, sogar eine Puppe mit einem gehäkelten Kleid und spanischen Ohrringen. Nur wenige Bücher, dafür Fotos – von ihrer Hochzeit, mit irgendeiner Freundin im Urlaub, dann die gleiche Freundin ebenfalls im Hochzeitskleid, später mit einem Baby, dann mit zweien, dann war Schluss. Ich schluckte, denn dieses Schicksal kannte ich nur allzu gut. Fast alle meine früheren Freundinnen, die »*nie* heiraten und nie Kinder haben« wollten, hatten heute beides.

Manche hatten ersteres, also die Ehe, bereits hinter sich, aber die Kinder blieben und machten mich zur Außenseiterin. Eine Zeit lang hatte ich gehofft, es würde besser, wenn die Kinder größer wurden, doch das wurde es nicht. Im Gegenteil: Jetzt waren Geigenauftritte und Tennisturniere angesagt, Konfirmationen, Kommunionen und Schulbasare, derentwegen ich hintangestellt wurde – ich ahnte schon, später würden es die Enkel sein.

Das scheußlichste Stück in der Wohnung der traurigen Schwester war der Raum füllende Wohnzimmerschrank, ein Monstrum aus Echtholz mit zahllosen Windungen, Knöpfen, Scheibchen und einem geschwungenen Dach. Am Fenster standen Pflanzen in dickwandigen Übertöpfen. Zu dem ganzen spießigen Ambiente fehlte eigentlich nur noch eine jener unsäglichen Makrameeampeln, wie man sie in den 70er Jahren aufgehängt hatte.

Ich betrachtete meine Gesprächspartnerin. Irgendwie, dachte ich, ist sie mit ihrer Lebensfreude und ihrer Erotik wahrscheinlich auch in den siebziger Jahren stehen geblieben.

Und wann, Maren, dachte ich, wann bist du stehen geblieben? Vor zwei Jahren, als Rüdiger dich verließ und du eine Familie verloren hast, die dir ohnehin nie gehört hat? Jetzt hast du dich wieder in einen Mann verliebt, der dir nicht gehört. Und du weißt nicht einmal, ob du ihm vertrauen kannst.

»Wollen Sie sich kurz setzen?«, fragte Simone Baitz und wies auf das Sofa. Ich nahm Platz, aber ganz am vorderen Rand, um ihr zu signalisieren, dass ich nicht beabsichtigte, zum Kaffeeklatsch zu bleiben.

»Frau Baitz, ich denke, Sie haben Ihren Bruder sehr gut gekannt?«

Sie sah wirklich traurig aus. Wahrscheinlich war er das ihr am nächsten stehende männliche Wesen gewesen. Vielleicht war er manchmal unangenehm gewesen oder schwierig, aber nun war er tot, sie war alleine, und das war unendlich traurig.

Schließlich nickte sie.

»Ja, wir haben ja auch zusammen gearbeitet. Das Geschäft haben wir von unserem Vater und der hatte es von seinem Großvater. Ein altes Geschäft, nicht groß, aber angesehen. Ich denke, irgendwann sind unsere Vorfahren mal hergezogen, um den Mönchen im Kloster beim Streichen ihrer Wände zu helfen. Vielleicht aber auch nur beim Mistschaufeln oder Fische fangen. Werner hat immer die Wandmalereien im Kloster bewundert – da waren Meister am Werk, sagte er. Er sprach immer von diesen Schlusssteinen und wie herrlich sie sie gestaltet hätten. Wissen Sie was das ist – ein Schlussstein?« Sie wirkte verwirrt. Ich schüttelte den Kopf, obwohl ich es mir denken konnte.

»Gab es irgendwas, irgendetwas, was ihren Bruder … ich meine, warum man ihn … getötet haben könnte? Ein neidischer Konkurrent, ein entlassener Mitarbeiter, eine Geliebte?«

Beim letzten Wort zuckte sie zusammen. »Mein Bruder hatte keine Geliebte!«, sagte sie scharf. Ich sah sie erstaunt an. »Aber, verzeihen Sie, er war doch ein Mann in den, wie man so sagt, besten Jahren!«

Sie zuckte die Achseln. Ich nahm wahr, wie sich ein falscher Ton in ihre Worte stahl. »Er hatte kein Interesse an irgendwelchen Frauen. Vielleicht eine Affäre, unbedeutend, aber mein Bruder begeisterte sich seit einiger Zeit für andere Dinge. Dabei hätte er natürlich heiraten können – eigentlich war er sogar verlobt.«

Insgeheim zog ich eine Parallele zu Jean-Franz. Auch der interessierte sich angeblich nicht für andere Dinge, nicht für Frauen, für keine Fernreisen – nur für das Kloster. Mochte es hier auch so sein, nur auf einer anderen Ebene?

»Und was waren das für Dinge?« Sie sah mich trotzig an.

»Die Polizei wird Sie das alles auch fragen!«

»Sie sind aber nicht die Polizei!«, stellte sie fest. Ich wartete.

»Er war sehr interessiert an – Büchern, an Bildung. Wir«, sie schluckte, und jetzt schien, ihrem Gesichtsausdruck nach zu schließen, etwas wirklich Wichtiges zu kommen: »Wir hatten, als wir jung waren, nicht die Gelegenheit, etwas zu lernen, weil meine Eltern das nicht für wesentlich im Leben hielten. Mein Bruder war sehr schlau, und er versuchte das nachzuholen. ›Bildung ist der Schlüssel!‹, sagte er immer.« »Der Schlüssel für was?«

Sie sah mich mit einem leeren Ausdruck an. Die angebliche Intelligenz ihres Bruders schien sich in der Familie auf ihn beschränkt zu haben. »Für Glück! Für Zufriedenheit!« Sie sah dabei aus, als glaube sie es selbst nicht.

»Wofür hat er sich denn interessiert?«

»Für alles Mögliche …«, sagte sie und stippte mit angefeuchtetem Zeigefinger einen Kuchenkrümel vom Tisch. »Er hat viel gelesen. Über Kunst und solche Sachen. Und war verrückt nach diesem Hesse, von dem sie hier alle in Maulbronn reden.«

»Er hat viel gelesen?« »Ja, und er sprach davon, die Schule nachzuholen und dann zu studieren!« Das letzte Wort betonte sie mit ironischer Verachtung. Es war klar, dass sie die Universität keineswegs für einen erstrebenswerten Aufenthaltsort hielt. »Ehrlich gesagt, hielt ich das für verrückt. Wir haben einen Handwerksbetrieb. Und er sollte sich darum kümmern. Da hat unser Vater uns mehr hinterlassen als Bildung, für die man sich nichts kaufen kann.« Ich hörte an ihrer Stimme, dass sie aufgebracht und empört war, noch in der Erinnerung an die seltsamen Neigungen ihres verstorbenen Bruders. »Und so wie ich dachten alle, auch die Sonja – die hätte er nämlich heiraten können, wenn er gewollt hätte. Sonja und ihre Schwester haben das Raumausstattergeschäft in der Hauptstraße, wir sind alle eng befreundet! Das ist eine Nette!«

Ich nahm mir vor, mit dieser Sonja zu sprechen. Ich fragte nicht nach dem Nachnamen. Einen Raumausstatter auf der Hauptstraße würde ich schon finden!

»Ich meine auch, dass man sein Geld besser ausgeben kann als für Bücher. Man kann ja jetzt nicht in seine Wohnung, weil die Polizei sie versiegelt hat, aber ich sage Ihnen – Bücher, Bücher, dafür hat er sogar ein Regal an unsere Wohnzimmerschrankwand angebaut. Unsinn!« »Was denn für Bücher?« »Ach, was weiß ich – alles Mögliche. Geschichte, auch vom Ort hier, und vom Kloster und Archi…«

»Architektur?«

»Ja, solches Zeug! Wenn er dann studieren könnte, so hat er mal gesagt, also ich fand das total verrückt – dann würde er Architekt werden. Architekt! Er hätte ein gut gehendes Raumausstattergeschäft haben können. Zusammen mit unserem Gewerbe wäre das die ideale Kombination gewesen!« Sie sah ernsthaft traurig aus.

»Haben Sie eine Ahnung, wer Ihren Bruder umgebracht haben könnte? Ich meine, hat er sich Leute zu Feinden gemacht, hier in Maulbronn?« Sie schüttelte den Kopf, mehrmals, aber wenig überzeugend. »Nein, wir sind ein seriöses Unternehmen!«

Was eigentlich nichts mit einem Mord zu tun hatte. Ich überlegte. Sollte ich sie ansprechen auf die merkwürdige Präsenz ihres Bruders im Bannkreis der Urbans?

»Hat ihr Bruder öfters in der Mönchsstube gegessen?«

Sie sah mich an. »Ja, ich habe ihm immer gesagt, halt dich fern … geh da nicht hin!« Sie seufzte. »Ich glaube, er war vielleicht … auf diese Usch Urban scharf«, sagte sie schließlich bitter. »Er hat das *mir* natürlich nicht erzählt, aber er hat öfters gesagt, die sei eine flotte Biene! Und was sie da mit dem Schmuck macht, das imponiert ihm, und deshalb ist er gern in ihrer Nähe. ›Warum auch nicht?‹, hat er gefragt, ›Ihr Geschäft ist auch nur ein Geschäft, und sie ist keine wirklich feine Dame.‹ Ich hoffe, er hat sie nicht belästigt, weil … die Urbans, das sind stolze Leute – nicht, dass ihr Bruder da was dagegen hatte und den Werner deshalb … Aber so was gibt es ja heutzutage nicht mehr, oder?« Sie sagte es so trostlos, als könne sie das dann beinahe verstehen.

Und ich fragte mich, ob sie das auch der Polizei erzählen würde. Und wie lange Thomas dann noch in Freiheit wäre.

Das Raumausstattergeschäft, in das Simone Baitz gerne als Schwägerin eingeheiratet hätte, war einfach zu finden. Es lag gleich am Ortseingang von Maulbronn, auf der rechten Seite. Ich lief zu Fuß, immer wieder erstaunt darüber, wie profan ein Ort im Alltag wirkte, der einen Schatz wie dieses herrliche Kloster in seiner Mitte barg. Moment mal! Hatte ich da gerade »herrliches Kloster« gedacht? Bislang hatte ich wenig im Sinn gehabt mit Kirchen und Klöstern … doch inzwischen war mir der Anblick der mächtigen Fachwerk- und Steinhäuser im Klosterhof, der ruhige Schatten der Kirche so vertraut, dass ich das Kloster tatsächlich vermissen würde.

Ich sah auf die Uhr. Halb eins. Um drei würden Thomas und ich versuchen, uns zu treffen. Mein Herz begann schneller zu schlagen, wie immer, wenn ich an ein Zusammensein mit ihm dachte. War das Liebe – oder einfach nur Erregung?

Das Raumausstattergeschäft empfing mich mit jener ruhigen gediegenen Atmosphäre, die Geschäfte dieser Art immer an sich haben. Zwischen Kissen, Tapeten und edlen Stoffen – in königlichem Dunkelrot mit goldenen Blockstreifen –, Decken mit Quasten und Porzellan fürs Badezimmer, das eigentlich zu schade ist für Seife und

Waschlappen, stehen stets gut gekleidete Menschen mit traurigem Gesichtsausdruck. Traurig, weil der Kunde noch immer unschlüssig ist, ob er 1000 Euro für eine Tagesdecke Stil »englische Siedler um 1800« ausgeben soll oder weiterhin mit seiner Karstadt-Kuschel-Heimdecke kulturlos dahindämmern will. Alle Raumausstattergeschäfte weltweit sind so – auch in Maulbronn.

Das Geschäft war leer. Ich sah mich scheinbar nach einem Weinglas um und strich mit der Hand über barocke Formen in flaschengrün oder burgunderweinrot. Unweigerlich näherte sich mir eine Dame, gewiss die Inhaberin: Sie bewegte sich mit der Selbstverständlichkeit derer, die keine Chefs zu fürchten haben. »Darf ich Ihnen behilflich sein? Sie suchen ein Geschenk?«

»Danke, nein, eigentlich …« Wie machte man so was nur? Ich hatte als Kind sehr viele Krimis gelesen. Sie stammten aus der Leihbibliothek, und ausgeliehen worden waren sie von meinem Vater, der Krimis liebte. In Krimis kommen oft genug Leute vor, die mir nichts dir nichts zum Privatermittler avancieren, aber sie machen das so selbstverständlich, als könne das jeder. In Wirklichkeit schien mir das nicht so einfach.

Schließlich stammelte ich: »Ich wollte sie eigentlich … nach Herrn Baitz fragen.« Sie sah mich böse an. »Wie kommen Sie dazu?« »Sie waren einmal mit ihm befreundet!«, erklärte ich hilflos. Sie sah mich noch böser an. Gleich würde sie mich rauswerfen. »Was soll das? Erstens – was geht Sie das an? Wer sind Sie überhaupt?« Fragen, die ich auch gestellt hätte.

Ich entschloss mich zur Wahrheit. Zumindest zu einem Teil von ihr. »Er trug meine Adresse bei sich, und ich weiß überhaupt nicht warum. Und er wurde in Karlsruhe umgebracht – nicht weit von meiner Wohnung entfernt! Die Polizei denkt jetzt, ich hätte etwas mit seinem Tod zu tun, dabei kannte ich ihn gar nicht!«

»Das ist nicht meine, nicht unsere Sache!«, entschied die Dame. »Entweder kaufen Sie etwas, oder Sie verlassen unser Haus!« Geschäftstüchtig war sie. Sie warf mich raus, gab mir aber vorher noch die Gelegenheit, etwas zu kaufen!

»Lass sie doch!« Aus dem Hintergrund erschien eine zweite Dame, etwas jünger, aber der ersten ansonsten gleichend wie eine

Supermarkttomate der anderen. »Warum soll sie nicht fragen!« Sie trat näher. Eine rundliche Erscheinung, ebenso wie ihre Schwester, aber sie hatte versucht, durch längsgestreifte Kleidung das Rundliche abzumildern. Mangelnde Schönheit hatte sie durch Gepflegtheit wettzumachen versucht. Sie mochte Anfang dreißig sein. Mit dem Baitz, den ich gekannt hatte, vermochte ich sie auf den ersten Blick nicht zusammenzubringen.

»Danke!«

Die junge Frau setzte sich auf einen mit gelber Seide bespannten Hocker und wies mir einen ebensolchen zu. Mit Respekt ließ ich mich auf dem weichen Teil nieder. So hatte wohl Marie Antoinette gesessen, wenn sie sich mal kurz vom Klamotten- und Schmuck-Anlegen hatte ausruhen wollen.

»Wie heißen Sie?« »Maren Mainhardt.« Wir reichten uns die Hand, von der älteren Dame misstrauisch betrachtet. Sie hatte etwas ausgesprochen Feindseliges an sich. »Ich bin Sonja Thiem, und das ist meine Schwester Rita Thiem!« Ich nickte der Älteren zu.

Sie nickte unfreundlich zurück und ging zögernd nach vorne, um eine Kundin zu bedienen, die gerade eingetreten war und nun ein Stück Stoff in der Hand hielt.

»Ja, ich bin mit Werner Baitz befreundet, und ... nun, es war auch ein bisschen mehr, aber meine Schwester war sehr dagegen. Und heute denke ich, da hatte sie auch recht!«, erklärte mir Sonja Thiem nicht ganz überraschend. Ich konnte geradezu spüren, wie ihre Schwester versuchte, trotz Verkaufsgespräch so viel wie möglich von unserer Unterhaltung mitzubekommen.

»Wann war das?«

»Vor eineinhalb Jahren. Wir waren etwa ein halbes Jahr zusammen. Eigentlich war es keine schlechte Zeit und er war kein schlechter Kerl. Er war klug, hat viel gelesen, wusste viel ...« Sie sah sinnend auf eine Quaste hinunter, die als Dekoration zusammen mit anderen Quasten von der Wand hing. Langsam strichen ihre Finger durch die Wollfäden. Sie tat mir Leid. Natürlich hätte ich niemals um einen Mann wie Baitz getrauert, aber das war sehr subjektiv. Sie hätte vielleicht auch nicht um Rüdiger getrauert und sich ganz sicher nicht mit Thomas Urban, einem verheirateten Mann, eingelassen.

»Doch dann wurde er immer schwieriger. Er hatte immer weniger Zeit … Eigentlich hat es angefangen, als er letztes Jahr im Ephorat und im Seminar die Malerarbeiten durchführte. Danach schien er wie besessen vom Kloster und vom Seminar und der Geschichte von diesem Hesse und all diesen Leuten!«

Ich schwieg. Es gab in Maulbronn offenbar eine ganze Reihe Menschen, die vom Kloster besessen schienen. Aber man konnte es verstehen. Mitten in einer Kleinstadt ragte ein Kulturdenkmal auf!

»Hat er dafür einen Grund angegeben?«

»Nein, er hat nur einmal gesagt … ›Ich war nie gläubig, aber jetzt glaube ich an Gott, denn das Kloster hilft mir, zu meinem Ziel zu kommen.‹ Sinngemäß. Ich war natürlich ziemlich entsetzt. Ich hatte gedacht«, sie schluckte, »dass *ich* sein Ziel wäre. Aber ich denke, er war …«, noch einmal schluckte sie. In ihren wasserhellen Augen schimmerten Tränen. Tränen der Zurückweisung.

Man könnte einen Fluss damit speisen, wenn ich all die Tränen, die meine Freundinnen wegen liebloser Männer geweint hatten, zusammenzählen würde. Warum sind wir Frauen so?

»… auf eine andere Frau aus. Auf die Urban! Aber da hatte er doch gar keine Chance! Die ist doch erfolgreich, sieht fantastisch aus und bewegt sich in ganz anderen Kreisen. Und die Familie! An die wäre er doch niemals rangekommen.«

Ich dachte an die flotte Usch. Klar, sie war erfolgreich und sie verkehrte vielleicht in anderen Kreisen, aber eigentlich hatte sie auf mich inmitten der Urban-Familie einsam gewirkt. Nicht so selbstgerecht wie ihre stattliche Schwester. Die Selbstgerechten haben es einfacher, denke ich manchmal.

»Haben Sie irgendeine Ahnung, wer ihn umgebracht haben könnte?« Sie schüttelte den Kopf. »Nein. Aber er war kein einfacher Mensch. Und wenn er etwas wollte, dann konnte er sehr hartnäckig sein!« Sie dachte noch eine Weile nach. »Ich glaube, er war nicht wirklich zufrieden mit seinem Leben.«

Und du, dachte ich, bist du zufrieden mit diesem Leben hier? Zwischen Plüsch und Porzellan, mit einer herrischen Schwester? Ganz Maulbronn schien voll zu sein von herrischen Schwestern.

Inzwischen hatte die Kundin mit einigen Stoffbändern das Geschäft verlassen. Rita Thiem näherte sich uns. Ihr Blick wanderte von ihrer Schwester zu mir, und ich erschrak vor dem Ausdruck in ihren Augen.

»Er hat bekommen, was er verdient!«, sagte sie nur und da war der gleiche Hass in ihren Augen, den ich bei Baitz an jenem Abend auf der Klostermauer bemerkt hatte!

Elfie, dachte ich, hier solltest du mal vorbeischauen und mit deinen Eisaugen ins Innerste einer einsamen älteren Schwester vordringen, die ihren Besitz nicht verlieren will!

Versonnen lief ich durch Maulbronn, vermied den Blick nach rechts und links. Ich folgte der Straße und ging Richtung See. Mehrere Autos brausten an mir vorbei. Ich war froh, als es endlich zum See hinunter ging.

Ich schaute auf die dunkle glatte Fläche und dachte nach. Alles war so merkwürdig.

Hesse hatte auch hier gestanden:

»Ein anderer Platz ist am ›tiefen See‹. Dieser, nur von kleinen Hügeln umgeben, ist wie ein Spiegel. Eine große, klare schilflose Wassermasse. Im Ganzen bietet er nur wenig Schönes, nur abends etwa um halb fünf Uhr sieht man von einer Stelle aus den ganzen See als einen stillen goldenen Spiegel.«

Baitz hatte sich verändert. Eine aufkeimende, für ihn geschäftlich nicht unpassende Verbindung hatte er einfach aufgegeben. Vielleicht war Sonja nicht der Traum seiner schlaflosen Nächte gewesen, verglichen mit der wirbeligen Usch wirkte sie bieder, doch passte sie insgesamt besser zu ihm als letztere.

Wann hatte er sich verändert?

Ich winkte zwei Jungen zu, die mit einem altmodischen Holzkahn hinaus auf den See fuhren. Sie ruderten, was das Zeug hielt. Es war deutlich zu sehen, dass ihnen die körperliche Anstrengung Freude machte.

Ich versuchte alles, was gesagt worden war, noch einmal zu rekapitulieren. Vor einem Jahr hatte Baitz sich verändert. Und vor einem Jahr hatte er die Malerarbeiten im Kloster erledigt.

Ich beobachtete, wie die beiden Knaben einen interessant geformten Stock mit ihrem Boot verfolgten. Endlich waren sie herangekommen, beide schnappten nach der Beute. Zwischen den Jungs entspann sich ein Streit; erst mit Worten, dann begannen sie sich zu schubsen, die Gesten wurden erbitterter. Ich seufzte – ein kleines Lehrstück, wie Kriege entstehen. Schließlich siegte einer der Jungen. Es war nicht unbedingt der Kräftigere von beiden, sondern eher der schmalere – hätte ich ein Fernglas, dachte ich, so würde ich vielleicht erkennen, dass es der mit dem intelligenteren Gesichtsausdruck war. Der Sieger warf den Unterlegenen kurzerhand ins Wasser und ruderte mit seinem Ast davon. Lebensgefahr bestand nicht: Der See war ein Badesee und es gab irgendwo sogar einen Hochsitz mit einem jungen Mann vom DLRG.

Nachdenklich ging ich davon. Es war halb drei; um drei würde ich Thomas sehen. Thomas – war er wie einer der beiden Jungs gewesen? Hatte er sich mit Baitz um eine Beute gestritten – um seine geliebte jüngste Schwester, die er nicht an der Seite dieses Mannes sehen wollte? Lächerlich. Das Mittelalter mochte in Bretten toben, hier war es vorbei. Seit 500 Jahren!

Thomas war blass und sein Mund ein entschlossener dünner Strich. Er umarmte mich kurz und heftig. Wir trafen uns oberhalb des Sees auf einem ruhigen, grün umwucherten Weg – ein gefährlicher Ort.

Dennoch, kein Spaziergänger war zu sehen. Es war totenstill. Sogar die Vögel schienen zu schweigen.

»Maren, Maren!«, sagte er, »wir können uns nicht mehr treffen. Die Polizei war mehrmals da! Sie wollten alles Mögliche über diesen Baitz wissen. Sie haben bei ihm in der Wohnung alle unsere Privatnummern gefunden – sogar die von Usch. Was wollte dieser Mann von uns? Ich verstehe es nicht, aber wenn die Polizei den Mörder nicht bald findet, und sie kommen wieder und entdecken das mit uns beiden …« Er sah mich an. »Ich kann das Vivi nicht antun, nicht in dieser Situation. Später, wenn sich alles beruhigt hat. Dann kann ich mit ihr darüber sprechen!«

Er nahm mich in den Arm. Der vertraute Geruch von Leder, leichtem Rauch und Rasierwasser, jener Geruch, der uns Frauen irgendwie zu sagen scheint: »Ich bin ja da, beruhige dich, alles okay!« ging von ihm aus.

Genieße es, Maren, dachte ich, genieße alles, was du noch kriegen kannst! Und erzähl ihm bloß jetzt nichts davon, dass Elfie längst über uns Bescheid weiß! Dass uns vielleicht nur wenige Stunden bleiben …

»Dieser Mann, er war hinter Usch her!«, sagte ich und beinahe konnte ich es selbst nicht glauben, »möglicherweise wollte er sie sogar heiraten!« Ich blickte Thomas aufmerksam an. Hatte er es wirklich nicht gewusst?

»Usch?«, rief er fassungslos, »Aber wie kam er denn *da* drauf? Usch, sie hat immer nur mit ganz jungen Männern zu tun, mit Künstlern, Ausländern … ein Mann wie dieser Werner Baitz hätte niemals eine Chance bei ihr gehabt, und wenn er nicht ganz und gar blind war, muss er das auch gewusst haben. Da hätte er sie schon in Ketten zum Standesamt führen müssen, oder sonstwie erpressen … Außerdem, diese merkwürdigen Anrufe – die hat doch nicht nur Usch bekommen!« Schweigend gingen wir Richtung Kloster.

Im nördlichen Teil der Klausur hörten wir plötzlich ein leises Rauschen. »Was ist das?«, fragte ich. »Das unterirdische Dolensystem!«, sagte Thomas, »Das Wasser kommt von oberhalb, aus dem Tiefen See – das Kanalisationssystem, das bis heute funktionstüchtig ist, läuft unter der gesamten Anlage durch. Unser Ururgroßvater hatte mal irgendwie damit zu tun. Es musste da, glaube ich, etwas ausgebessert werden – Genaueres weiß ich nicht! Er hat ja immer mal wieder nebenher gearbeitet, deshalb hat er es ja auch so weit gebracht.« Ich nickte. Das musste Frederick gewesen sein. Er war Bauarbeiter gewesen.

»Hier müssen wir uns trennen. Ich rufe dich an, ich verspreche es. Nächste Woche … wir müssen uns sehen, wenn das alles hier vorbei ist! Ich habe Sehnsucht nach dir!«

Er küsste mich und ging. Und ließ mich im Klosterhof alleine.

Dort wo ich schon einmal alleine gewesen und bedroht worden war – von einem Mann, der jetzt tot war.

Sehnsucht, hatte Thomas gesagt. Hatte er nicht eher *Lust* gemeint?

Eine Stunde später saß ich wieder bei Simone. Sie war wahrscheinlich eine einsame Frau, jedenfalls hatte sie sich beinahe gefreut, mich zu sehen.

Diesmal holte sie aus ihrer schmucklosen Singleküche sogar eine Keksdose. »Ich trinke nur noch Rooibos-Tee!«, sagte sie entschuldigend und stellte eine Tasse mit gelblicher Flüssigkeit vor sich hin. Mich fragte sie nicht. Anscheinend sah ich aus wie eine ausgesprochene Kaffeetrinkerin.

»Ihr Bruder hat im Kloster Malerarbeiten durchgeführt?«

»Ja.« »Wissen Sie genau, wo?«

Sie sah mich mit ihrem leeren Fischblick an. Zuckte dann die Achseln. »Nein, darum kümmere ich mich nicht. Ich kann das ganze Theater um das Kloster nicht verstehen. Meine Mutter war ihr ganzes Leben nur ein einziges Mal dort und für mich ist es einfach nur eine Mauer und ein paar alte Häuser. Was soll die Vergangenheit? Ich habe schon genug mit meiner Gegenwart zu tun.«

Ich schwieg.

»Wo er genau gemalt hat? Ich habe die Rechnungen fertig gemacht, kann mich aber nicht mehr daran erinnern.«

»Wo sind diese Rechnungen? In seiner Wohnung? Da kommen wir ja nicht hinein!« »Nein, die Rechnungen sind im Büro, das ist nicht versiegelt. Wollen Sie sie sehen? Aber ich verstehe nicht, was alte Rechnungen zu tun haben damit, dass irgendein Betrunkener oder ein Drogenabhängiger meinen armen Bruder weg gemacht hat!«

Ich seufzte. Was für eine Schwester! »Man kann nie wissen. Könnte ich sie sehen?«

Sie trank ihren Tee zur Neige und stand bereitwillig auf.

Gemeinsam gingen wir die kleine gewundene Straße hinunter, vorbei an den niedrigen Steinhäuschen, denen Kletterrosen ein beinahe südliches Aussehen verliehen. Sie schloss das Büro auf. Drinnen empfing uns ein schmuckloser Raum mit einem großen Schreibtisch, der aus einer lindgrün angemalten Sperrholzplatte und vier verchromten Füßen bestand. Es sah nicht schlecht aus. Die Regale und Stühle waren ebenfalls in lindgrün gehalten, der Fußboden dunkelgrün marmoriertes Linoleum. An der Wand alte Firmenschilder. Werner Baitz schien einen anderen Geschmack gehabt zu haben als seine Schwester.

»Die erledigten und bezahlten Rechnungen der letzten fünf Jahre sind hier in diesem Schrank!«, sagte Simone und schloss einen der grünen Schränke auf. Drin hingen beschriftete Ordner sehr ordentlich in Schienen. Ein Traum für einen Ahnenchronisten, aber auch für eine Privatdetektivin. »Sommer 2003«, stand in dicken Lettern auf einem der Papierdeckel. »Ich weiß nicht warum ich Ihnen das zeigen soll?«, äußerte Simone urplötzlich. Warum Frauen immer in den spannendsten Momenten ihre Meinung ändern müssen?

»Weil ich vielleicht den Mord an Ihrem Bruder lösen kann. Wollen Sie nicht, dass der wahre Schuldige erwischt wird?«

Sie betrachtete mich erneut misstrauisch. »Irgendwie gefällt mir das nicht …«, stellte sie fest, »dieses Interesse, das sie an meinem Bruder haben. Angeblich kannten Sie ihn gar nicht!«

»Ich finde, er hat ein Recht darauf, für das gewürdigt zu werden, was er getan hat und für was er vielleicht sterben musste!«, erwiderte ich. Das waren Sätze wie aus einem amerikanischen Hollywoodstreifen, aber sie wirkten nicht nur in Hollywood, sie wirkten auch in Maulbronn.

»Werner war kein übler Kerl«, murrte sie, »er war immer der Intelligenteste von uns. Papa sagte, er muss das Geschäft übernehmen, doch ich denke, er hatte wirklich andere Interessen! Aber er hat mal vor kurzem zu mir gesagt: *Familientraditionen können gut und schlecht sein.*« Endlich holte sie den Ordner heraus und breitete seinen Inhalt auf dem lindgrünen Schreibtisch aus. Alles war sehr ordentlich abgeheftet, Zahlungseingangsstempel, Kopien.

»Er hat im Sommer 2003 verschiedene Malaufträge im Klosterbereich gehabt!«, sagte sie und reichte mir die Rechnungen. »Im Fruchtkasten. Im Rathaus und im Hinterzimmer der Buchhandlung.

Des Weiteren im Infocenter und im Seminar im Ephorat sowie in einigen bisher wenig genutzten Nebenräumen des Ephorats.«

Ich musste sie verständnislos angeschaut haben. »Das ist der Schulleiter vom Seminar«, erläuterte sie. »Mein Bruder war sehr froh über diesen Auftrag!« Sie machte wieder ihr leicht verbittertes Gesicht. »Er hat sich immer sehr für das Seminar interessiert, hat danach sogar alles Mögliche von diesem Hesse gelesen. Ich habe zu ihm gesagt, Werner, das sind doch keine Bücher für uns, aber er war ganz vernarrt in diesen Hesse. Irgendwas mit einem Rad!«

Ich studierte die Rechnungen. Ausführung von Malerarbeiten, Wände, Decken, Türen ... Die Rechnungen waren aufgeschlüsselt in Material wie Farben oder Tapeten und in Arbeitsstunden wie Abriss alter Tapeten und Entrümpeln eines Nebenraumes.

»Entrümpeln?«

Simone nickte. »Ja, das machen wir gelegentlich auch. Wir arbeiten da mit einer kleinen Firma zusammen. Naja, eine richtige Firma ist es eigentlich nicht – wie nennt man das heute mit den Arbeitslosen: Ich-AG? Wenn junge Leute ein altes Haus kaufen, da ist immer viel zu entrümpeln, bevor neu gefliest und gestrichen und tapeziert werden kann, das machen die dann in unserem Auftrag!«

Ich nickte und sah mir weiter die Rechnungen und Auftragsbestätigungen an. Es gab da nichts Auffälliges und nichts Besonderes. Und dennoch spürte ich so ein eigenartiges Kribbeln, ein Kribbeln der Erregung. Wie ein Hund, der eine Wurst riecht.

»Wie heißt die Firma?«

»Naja, es ist eigentlich nur ein Mann: Timmo Knecht!« Sie kicherte, erinnerte sich dann aber daran, dass sie in Trauer war, und wurde wieder ernst. »Er wohnt zur Untermiete im Eilfingerhof. Am Wochenende hilft er dort manchmal in der Besenwirtschaft aus.«

»Ob ich mal mit ihm sprechen könnte?«

»Hier ist seine Nummer.«

Ich sah Simone an. »Danke, das finde ich sehr nett von Ihnen. Ich weiß Ihr Vertrauen zu schätzen!«

Tränen traten in ihre Augen. »Was soll nur werden?«, flüsterte sie, »Was wird nun aus all dem?«

Ich konnte es ihr nicht sagen.

Eilfingerhof war eine ländliche Ansiedlung etwa zwei Kilometer vor Maulbronn, Richtung Knittlingen. Der Ort, oder wie man dieses Gebilde nennen mochte, bestand aus wenigen Häuschen, die sich zu einem winzigen Haufendörfchen zusammenknüllten – sie wirkten, als sei die Zeit an ihnen vorübergeschritten.

Ich parkte im Hof. Aus einem offen stehenden Scheunentor drang nicht nur das Gebrüll von Kühen oder Ochsen (als Städterin war ich da nicht sonderlich fest in meinem Urteil), sondern auch infernalischer Gestank heraus. Vom sommerlichen Himmel hatte es ein paar Tropfen geregnet, und der erdige Boden zwischen den Häusern des Eilfingerhofes war aufgeweicht und bestand nun aus einer unappetitlichen Schicht von schmutzigem Stroh und Erdreich.

In einem der Häuser war eine Besenwirtschaft untergebracht – erkennbar an dem vor dem Lokal aufgehängten Strohbesen, der sacht im Wind schaukelte.

Die Nachmittagspause war vorbei, der Abendbetrieb hatte jetzt um sechs Uhr schon begonnen, schien aber noch zaghaft. Drei der etwa sieben Tische, die in einem Raum aufgestellt waren, der mehr einem großen Bauersfamilienwohnzimmer glich, waren besetzt. Deftige Gerichte warteten am Tresen, einfache Weinflaschen standen offen herum.

»Entschuldigung, ich suche einen Herrn Knecht. Er soll manchmal hier aushelfen!« »Setzen Sie sich, ich bringe Ihnen die Karte!«, beschied mich der pauswangige Wirt und wischte sich die Hände an seiner Schürze ab. Gehorsam setzte ich mich und merkte, dass ich tatsächlich Hunger hatte.

»Ein Schinkenbrot!«, bestellte ich, »Und eine Trollingerschorle!« Der Wirt ging und kam nach erstaunlich kurzer Zeit mit dem Bestellten wieder. Es schmeckte lecker.

»Wen wollten sie sprechen?« »Herrn Knecht.« »Der ist in der Küche! – Timmo, komm'sch mal! Hier ist eine Frau für dich!«

»War auch Zeit!«, bemerkte ein Mann in Motorradkleidung am Nachbartisch, und etliche lachten.

Timmo Knecht war groß und ungeschlacht. Er bewegte sich unsicher und wirkte unglücklich. »Was wollen Sie? Wer sind Sie?«, fragte er und setzte sich mir gegenüber, doch so ungemütlich an den Rand der Bank, dass klar war – er wollte gleich wieder gehen. »Ich verdiene hier nur ein Abendessen. Kommen Sie von meiner geschiedenen Frau? Ich kann nicht mehr zahlen. Da kann sie auf dem Sozialamt fragen!«

Ich starrte ihn an. Deutsche Tragödien. Geschiedene Ehen. Geldprobleme. Unsicherheit und Einsamkeit.

»Nein, nein, Herr Knecht, ich kenne Ihre Frau nicht. Ich habe Ihren Namen von der Schwester von Herrn Baitz …«

»Baitz? Den Baitz, den haben sie umgebracht!«, flüsterte er, doch der Motorradfahrer am Nebentisch hatte es dennoch gehört und schaltete sich ein: »Kein Wunder. Das war einer, der wollte hoch hinaus und hat sich gerne in anderer Leute Angelegenheiten eingemischt. Und in fremden Gärten gewildert!«

»Dachte er wär was Besseres!«, bestätigte auch Knecht, dann aber schwenkte er seinen großen Kopf mit dem schütter werdenden, blond-grauen Haar zur Tür. »Gehen wir ein paar Schritte!«

Draußen ging die Sonne hinter einem der Häuser von Eilfingerhof unter und hinterließ eine rote Umrandung.

»Die Simone schickt Sie?«

»Ja!« Ich dachte, dass die beiden vielleicht ein Paar werden sollten. »Sie haben doch ausgerümpelt, im Seminar, für die Firma Baitz?« »Ausgerümpelt?« »Ja, letztes Jahr!«

Er dachte nach.

»Ja, stimmt. Da war ein Nebenraum, muffiges Ding. Da standen alte Möbel rum, massenweise. Meine Güte, ich dachte immer, Leute, die wo denken, sind ordentlicher. Meine Ehemalige, das war eine richtige Schlampe, sag ich Ihnen. Eine richtige Schlampe. Wenn Sie gesehen hätten, wie es bei der in der Küche aussah – unvorstellbar, sag ich Ihnen!«

Ich hatte keine Zeit und keine Lust, mir die Küche von Timmo Knechts ehemaliger Frau vorzustellen. »Was war das denn genau für ein Gerümpel?«

»Wieso interessiert Sie das?« Er starrte mich mit wasserblauen Augen an, die mich tatsächlich ein wenig an Simone erinnerten. Aber sie verrieten auch, dass hier jemand gerne trank. »Naja, ich dachte, das könnte vielleicht …« Ja, warum interessiert dich das,

Maren? Du weißt es selbst nicht, kannst es nicht begründen, hast nur das vage Gefühl, es könnte wichtig sein. Doch Knecht hatte seine Frage bereits vergessen.

»Falls Sie auf wertvolle Sachen aus sind, da war nichts. Uralte Stühle, wo sich die Herren Schüler aus dem Seminar die Ärsche platt gedrückt hatten, um Zeug zu lernen, was man nicht braucht, und Sachen zu machen, die der Pfarrer verboten hat. Denen ihre Lehrbücher, aber auch nichts, was Flocken bringt, nur zerrissene Schinken, alte Schularbeiten von denen ... möchte wissen, wozu man das Zeug aufhebt.« »Was haben Sie damit gemacht?« »Was ich immer mache. Einen Container bestellt und rein damit, und ab auf die Deponie!« »Hat denn niemand Interesse gehabt an den alten Sachen?«

Eine rotgestreifte Katze lief gemächlich an uns vorüber, setzte sich, begann sich zu putzen und steuerte dann Richtung Scheune. Irgendwo schrie ein Abendvogel, es wurde kühler.

»Doch, der Mann, der da Boss spielt in der Schule, der hat sich ein paar alte Bücher genommen, die stellen sie dann in eine Vitrine und nennen das ›Geschichte unserer Schule‹. Lächerlich. Die Schule, in der ich war, die Hauptschule in Bretten, die hat keine Geschichte, nur Geschichten – und nicht immer die Schlechtesten, sag ich Ihnen!« Er lachte. Ich sah auf die Uhr. Schon halb acht. Ich wollte heute noch nach Hause. Nie hatte ich mich so sehr nach meiner Südstadt gesehnt wie heute Abend. Nach den vertrauten Klängen meines Werderplatzes ...

»Der Baitz, der alte Angeber, musste sich natürlich auch ein paar Sachen mitnehmen!«, bemerkte Knecht verachtungsvoll, »hat sich ein paar alte Hefte und Bücher eingesteckt. Nichts Besonderes, voll mit Gekritzel, mit Bildern, sogar von Mädchen!«

Knecht kicherte. »Mögen zwar Mordsstudierte sein, da drüben, aber ...«, und jetzt deutete er nach unten, »da leben die Hormone, auch bei denen!« Und lachte.

Mich schauderte. In Gedanken nahm ich alles zurück. Er war doch nicht der Richtige für Simone!

Neuntes Kapitel

Vor meiner Tür standen zwei Gläser mit Erdbeermarmelade, daran heftete ein Zettel: »Kann man ganz einfach mit der Brotbackmaschine machen! M.«

Ich seufzte und schob die Gläser mit dem Fuß in die Wohnung. Matthias schien sich tatsächlich zum Ziel gesetzt zu haben, von der deutschen Supermarktwirtschaft unabhängig zu werden.

In meiner Wohnung empfing mich ein heiter vor sich hin blinkender Anrufbeantworter. »Melde dich doch mal, Maren!«, hörte ich Vivis warme Stimme. »Ich mache mir ja schon Sorgen um dich! Komm uns doch mal wieder besuchen. Thomas hat auch nach dir gefragt!«

Thomas hatte nach mir gefragt! Na wunderbar.

Meine Mutter hatte angerufen. Und eine Freundin, die für morgen früh Karten für ein Studentenkonzert im Gottesauer Schloss hatte, wollte dringend wissen, ob ich mitginge. Schließlich lud Theo mich zum Mittagessen in die Kippe ein. Ich rief ihn an.

»Theo, ich kann nicht, ich muss morgen noch mal nach Maulbronn. Ich muss an diesem Wochenende noch einiges herausfinden. Nächste Woche kann es schon zu spät sein!«

»Du bist verrückt!«, sagte Theo unhöflich. »Weißt du was – ich komme vorbei. Ich will sehen, wie eine Verrückte aussieht!«

Irgendwie war ich dann doch ganz froh, als er vor der Tür stand. Sein vertrautes Gesicht lugte besorgt aus seinem Vollbart heraus. Wir gingen ins Wolfbräu. Ich bestellte Spaghetti Alio Oglio – mein Leibgericht, das mich mit fast allem versöhnt. Dann berichtete ich Theo von den Erkenntnissen, die ich gewonnen hatte.

»Also, du bewegst dich jetzt in einem selbstinszenierten Krimi und vermutest, dass dieser Handwerksmensch, dieser Baitz, beim Entrümpeln etwas Besonderes gefunden hat. Eine alte Bibel, eine wertvolle Originalhandschrift von Hesse – so etwas?«

»Ich halte es für möglich, denn wenn man die Fakten anschaut, so hat er sich in dem Moment verändert, in dem er diese Malerarbeiten im Klosterbereich vorgenommen hat. Man müsste jetzt herausfinden, ob in dieser Zeit auch die Drohanrufe bei Usch begonnen haben. Und wen hat Roswitha damals in Bretten getroffen? Einen gedungenen Mörder?«

»Maren! Das kann alles Zufall sein!«

»Kann sein, glaube ich aber nicht.«

»Und wo willst du das auftreiben, was er gefunden hat? Wir wissen ja noch nicht einmal, was es ist! Oder war.«

Ich dachte nach und bestellte mir noch etwas Parmesan. Die Spaghetti Aglio Olio waren höllisch scharf. Die bildschöne Bedienung, jene Kunststudentin aus Georgien, brachte den Parmesan und streute ihn höchstpersönlich über meine Nudeln. »Parmesan ist teuer!«, sagte sie aufrichtig und nahm das Döschen wieder mit fort. Ich bestellte trotzdem ein zweites Bier.

»In seine Wohnung kommen wir nicht. Die ist versiegelt. Und die Polizei würde vielleicht ein solches Bild oder eine Handschrift gar nichts als wertvoll erkennen. Mein Gott, was für ein fataler Gedanke!«

Mit dem Parmesan wurden die höllisch scharfen Spaghetti erträglicher. Warum bestellt man immer wieder mit Genuss ein Essen, das kaum genießbar ist? Und bezahlt noch Geld dafür? Das kann mir keiner beantworten.

Theophil wiegte das graue Haupt. »Unterschätz die Polizei nicht. Ein Inspektor braucht heutzutage schon Abitur, um überhaupt diese Laufbahn einschlagen zu können! Ich denke schon, dass sie die Orte durchsucht haben, an denen Leute wichtige Dinge aufbewahren, Dinge, derentwegen man sie hätte umbringen können. Und außerdem – hätte nicht der Mörder auch eher dort gesucht? Es wäre doch ein Leichtes gewesen, Baitz aus dem Haus zu locken und in seiner Wohnung danach zu suchen. Jemand, der morden kann, kann auch einbrechen. Oder sich Leute dafür suchen!« Das klang logisch. »Also hat er die Dokumente irgendwo versteckt.« »Vielleicht. Das weiß man nicht. Wir wissen nicht einmal, um was für Dokumente es sich gehandelt hat!«

»Seine Schwester hat gesagt, er hat sich wie besessen mit der Geschichte des Klosters und des Seminars auseinandergesetzt. Hat sich für alles Mögliche interessiert. Sie konnte das nicht verstehen und natürlich hat sie mir deshalb keinerlei genauere Informationen geben können.«

Theo dachte nach. Er holte ein Blatt Papier und einen einfachen Holzbleistift heraus. »Wir halten fest: Der Mann fängt an, sich für das Kloster zu interessieren, nachdem er sich alte Bücher aus Rumpelkammern der Schule mitgenommen hat. Das heißt, das, was er entdeckt hat, hat wahrscheinlich eher mit der Schule zu tun als mit den Mönchen, die ja – wie wir wissen – schon seit Mitte des 16. Jahrhunderts nicht mehr im Kloster leben. Was könnte es sein, was er entdeckt hat? – Er war kein Kunsthistoriker. Den Wert einer Handschrift, von Hesse etwa, hätte er vielleicht gar nicht erkannt. Es musste etwas anderes sein, etwas, das auch für Laien erkennbar ist. Vielleicht etwas, das aus der Geschichte der Schule bekannt ist und für das es bisher keine Unterlagen gab.«

»Ist das nicht ein wenig sehr weit hergeholt, Theo?«

»Ein Geheimnis des Seminars aus dem 19. Jahrhundert«, sagte er versonnen, »das müsste doch rauszukriegen sein. Ich …«, er sprang auf, »ich bin gleich wieder da. Aber kein drittes Bier mehr, verstanden!«

»Hallo, wie geht's?« Marikka, eine sympathische Frau aus der Werderstraße, winkte mir zu. Sie traf sich immer hier mit ihren Freundinnen. Manchmal kamen ihre Kinder dazu. Eine typische Südstadtfamilie. Unkompliziert. Sie bewerteten sich nicht gegenseitig nach ihren Autos, ihren Häusern und nach den Schulen, in die ihre Kinder gingen. Sie hatten Fahrräder, Vierzimmerwohnungen, bekamen oft Besuch und die Kinder brachten schlechte Noten heim, ohne dass die Familienehre daran zerbrach.

Andere kamen herein, gingen hinaus, draußen erklang Lachen und Stimmengewirr, vereinigte sich mit den Klängen einer Klarinette von irgendwoher. Ich fühlte mich plötzlich zu Hause.

Als Theo wieder kam, hatte er einen triumphierenden Ausdruck auf seinem Gesicht. Soweit man bei all dem Bart und den zottigen Augenbrauen von einem Gesichtsausdruck sprechen konnte.

»Wen hast du angerufen? Du hast doch jemanden angerufen? Warum hast du bloß kein Handy!«

»Goethes Briefe mit Eckermann wären nicht überliefert, hätte es Handys gegeben. Sie hätten sich lediglich SMS geschickt, oder wie das heißt.«

»SMS?« Ich musste lachen. Dann schaute ich auf mein Handy: Noch immer keine Nachricht von Thomas.

»Warum mir das nicht früher einfiel! Ich kenne jemanden, der die Geschichte des Seminars in- und auswendig kennt. Ein Musiker. Übrigens ein weitläufiger Verwandter von Eduard Mörike. Den kann er aber nicht leiden, hält ihn für einen Langweiler. Als er vor zwei Jahren eine Knochenhautentzündung am Fuß hatte, begann er aus Frustration eine Geschichte der niederen evangelischen Seminare zu schreiben. Also, er kennt die Schulhistorie von Maulbronn haargenau. Geheimnisse, sagt er, gibt es natürlich. Bauliche – hier oder da ein Stein, der sich an Vollmond verschiebt und so weiter. Es gibt ein Kreuz, das einem Schüler Mitte des 19. Jahrhunderts erschienen ist und ihn an einen Ort im Klosterhof geführt hat, wo er angeblich geheime Hinweise finden sollte. Man hat aber niemals etwas gefunden. Es gab ein Mädchen, das sich das Leben nahm, weil es schwanger war; aber es hatte nichts mit dem Seminar zu tun. Und es gab diesen Hilfslehrer – man nannte sie Repetenten – der verschwunden ist. Man hatte ihn entlassen, weil er auf irgendeine Weise gegen die Regeln des Seminars verstoßen hatte, und er wollte nach Hause, nach Reutlingen, ist aber dort niemals angekommen. Man hat ihn niemals gefunden.«

»Ein Hilfslehrer? Verschwunden?«

»Ja, du weißt doch, das waren junge Theologen oder Studenten, die für Sport oder andere Hilfsfächer eingesetzt wurden.« »Ja, ja. Wie hieß dieser Mann denn?«

»Karl Knauss!«

»Knauss?«

Ich fühlte mich plötzlich elektrisiert, als sei ich einem verborgenen Sinn ganz nah auf der Spur. Karl Knauss. Verschwunden!

Und dann fiel es mir wieder ein: Da war diese merkwürdige Inschrift gewesen, ein verwitterter Grabstein auf dem Friedhof in Maulbronn, eingemeißelt der Name Knauss – und nur das Geburtsdatum. Und ein Fragezeichen. Dann der Antiquar: Auch er hatte einen verschwundenen Repetenten erwähnt. Die Damen im Touristikbüro … Das Mädchen im Klostergarten …

»Theo, wann war das?«

Theo sah auf seinen Zettel. »1892«.

»Mein Gott – 1892!« Das war lange her. Im Geist ließ ich meinen Stammbaum Revue passieren. Es war die Zeit von Frederick Urban.

Ein Handwerker und ein Mann des Geistes.

Wie Baitz und Usch. Oder wie Baitz und Thomas. Wie Baitz und Hesse. Hatte sich die Geschichte wiederholt?

»Was ist damals passiert?«

»So genau habe ich natürlich nicht gefragt. Der Mann hat nicht ins Seminar gepasst und war eines Tages weg. Wie vom Erdboden verschluckt.«

»Was hat nicht gepasst?«, fragte ich.

»Keine Ahnung. Vielleicht hat er keine Leistung gebracht, vielleicht nicht auf Disziplin geachtet, vielleicht in den Wirtschaften gesessen, Bier getrunken, mit den Mädchen herumgespielt. Oder sogar mit den Buben. Ich glaube, da haben die im Seminar keinen Spaß verstanden.«

»Erst nachdem Baitz möglicherweise die Entdeckung im Seminar gemacht hat, hat er begonnen, den Kontakt mit den Urbans zu forcieren«, sagte ich nachdenklich, »und er hat sich offenbar für Usch Urban interessiert!«

»Woher weißt du das?«, erkundigte sich Theo überrascht, »ich meine, dass er sich für Usch interessiert hat?«

Ich lauschte in mich hinein. Wer einmal taub gewesen ist, genießt den Klang der Stimmen so sehr, dass er sie sich genauer merkt als andere, in deren Ohren es ein Leben lang plätschert, ohne dass sie je diese grauenhafte tote Stille ertragen mussten. »Das hat mir Simone erzählt!«

»Und woher wusste *sie* es?«

»Weiß ich nicht. Sie hatte es vermutet. *Er* wird es ihr gegenüber wohl angedeutet haben, oder sie hat es irgendwie erraten. Aber ich meine, dass noch andere so etwas angedeutet haben – Sonja zum Beispiel, Baitz' ehemalige Freundin. ›*Er war auf eine andere Frau aus, auf die Urban!‹*, das hat sie mir erzählt. Und dann diese Anrufe, die Usch immer bekam … Das passt alles zusammen.«

Ich grübelte weiter: »Frederick Urban hatte eine Schwester: Irmi Urban. Vielleicht hat der Repetent mit *ihr* angebandelt, und unser Werner Baitz – in seinem Wahn, auch zu den Gebildeten und Wohlhabenden zu gehören – hat es ihm nachtun wollen.«

»Das scheint mir aus dem Reich der Phantasien entsprungen!«, sagte Theo. »Ich glaube, wir kommen hier nicht weiter!«

»Nein!«, sagte ich und merkte auch, wie müde ich wurde. »Ich werde morgen nach Maulbronn fahren und mit Jean-Franz reden. Er ist doch auch sehr am Kloster interessiert. Belesen, besessen beinahe, und er ist von allen Urbans derjenige, der am spirituellsten denkt!«

»Ich weiß nicht, warum, Maren«, sagte Theo langsam, »aber ich denke, du solltest nicht mehr sehr oft dorthin fahren. Ich habe das Gefühl, es wird von Mal zu Mal gefährlicher!«

»Ach was!«, sagte ich und versuchte zu verdrängen, dass mir ein kalter Schauer über den Rücken lief.

Ich fuhr sehr zeitig los am Sonntagmorgen. So zeitig, dass mir erstmals Matthias mit seinen Brötchen schon auf der Treppe entgegenkam.

Matthias brachte mir – aller Sparsamkeit zum Trotz und ungeachtet aller Brotbackmaschinen – am Wochenende stets frische Brötchen als Liebesgabe.

Seit er das erste Mal geklingelt hatte und von mir angefaucht worden war, wie nur eine sehr wütende Katze fauchen kann, hängte er sie lediglich an meine Wohnungstür. Anfangs hatte ich sie zurückgehen lassen, ihn geschimpft, ein Schild hingehängt »No Brötchen, please!« – aber irgendwann hatte er mich damit weichgeklopft und ich hatte das erste Mal eines davon aufgegessen. Seither saß ich in der morgendlichen Brötchenfalle.

Sein Gesicht, klar und glatt wie immer, noch ein wenig glänzend von der Niveacreme, die er morgens auftrug, wies alle Anzeichen puren Erstaunens auf. »Wo – wo willst du denn hin?«, stotterte er und lehnte sich schwer atmend ans Treppengeländer.

»Nach Maulbronn. Ich habe nur noch den heutigen Tag. Ich muss versuchen herauszufinden, was geschehen ist!« »Du? Aber das ist doch Aufgabe der Polizei! Was hast du dabei zu tun? – Du willst nur zu *ihm*! Gib es doch ehrlich zu!«

»Nein! Ich will wissen, wer diesen Mann umgebracht hat!«

»Du bist verrückt. Das ist gefährlich. Überlass das denen, die vom Staat dafür bezahlt werden!«

Ich eilte an ihm vorbei. »Heute Abend bin ich zurück. Ich rufe dich an!« Er eilte mit seinen langen Beinen hinter mir her die Treppe hinunter. »Maren, ich könnte mitfahren!«

»Nein, könntest du nicht!«

Ich stieg in mein Auto. Wollte schon die Tür zuschlagen, dann überlegte ich es mir anders. »Hast du auch Mohnbrötchen?«

»Eins!« »Gibst du's mir? Danke! Ich meld mich heut Abend. Wir gehen was trinken, ja?«

Ich gab Gas und sah im Rückspiegel, wie er kleiner und kleiner wurde. Er tat mir Leid. Er war eigentlich wirklich nett. Aber ich musste nach Maulbronn. Vielleicht zum letzten Mal.

Das Kraichgau belohnte mein frühes Aufstehen mit keinerlei Lastern, kaum Autos und einer hellgrünen Natur, mit Vögeln, die sangen, und Blüten, die feucht zwischen Tau besprenkelten Gräsern aufgingen. Überall läuteten Kirchenglocken, aber sonst war es still. Auch in Maulbronn. Noch tobte kein Tourismus, das Kloster lag still und schweigend da. Es wirkte jetzt wie auf einer Postkarte. Statisch und regungslos.

Eigentlich sollte das Bild friedlich sein; das war es aber nicht. Es hatte etwas Unheimliches an sich. Beinahe so, als trete der tote Baitz gleich hinter einem der Mauervorsprünge hervor, mit seinem rattenhaften Ausdruck im Gesicht.

Ich parkte und lief zur Kirche. Meine Schritte knirschten auf dem Kies. Der Wirt der Pizzeria begann bereits, Stühle vors Lokal zu stellen. Ich betrachtete ihn nachdenklich. Jean-Franz! Ich musste zu Jean-Franz. Er war ein guter Beobachter, und Baitz hatte öfter bei ihm im Restaurant gegessen. Er würde vielleicht mehr wissen. Über Baitz, über Usch.

Hatte Usch eigentlich ein Alibi? Wie konnte ich das herausfinden? Die Fragen schwirrten in meinem Kopf.

Eilig verließ ich das Kloster durch den Vordereingang. Ein paar frühe Touristen mit französischem Gesichtsschnitt betrachteten mich erstaunt. Sie klammerten sich an ihren Reiseführer, Michelins »Guide Vert Allemagne«.

Das Lokal war zu dieser Stunde natürlich noch geschlossen. Ich kannte aber den Seiteneingang. Das Tor war offen, aus dem Hintergrund des Hofes hörte ich Geräusche.

Der junge Koch stand im Hof und sortierte Salatköpfe, die in einer Steige lagen. »Sie wünschen? Wir öffnen erst um 11.45!«, sagte er höflich, aber abweisend. Dann erkannte er mich. »Ach, Sie sind die Frau mit dem Buch! Wollen Sie zum Chef? Er ist in der Küche!«

Jean Franz stand tatsächlich in seiner Küche, die blitzblank war. Ergebnis der Bemühungen einer kleinen blonden Frau, die mit energischem Gesichtsausdruck im Hintergrund an einer Chromplatte herumscheuerte. Jean-Franz war gerade dabei, einen Braten in die Röhre zu schieben.

»Frau Mainhardt?«, sagte er freundlich, »Das ist aber nett, dass Sie uns nicht ganz vergessen haben! Sind Sie bei Vivi zu Besuch? Sie hat gar nichts davon gesagt! Dabei will unsere Familienchefin heute irgendwann vorbeikommen, irgendein ganz wichtiges Buffet für den Tennisverein absprechen. Es ist schön von ihr, dabei an uns zu denken – billig sind wir nicht. Aber, Frau Mainhardt, fürs Essen ist es ein wenig früh, nicht wahr?«

Er legte letzte Hand an den Braten, indem er ein herausgefallenes Speckstückchen wieder in das Fleisch drückte, betrachtete sein Werk nachdenklich, griff dann zu einem Pinsel, tauchte ihn in eine kleine Silberschale, in der eine braune Flüssigkeit schwamm, und strich Glanz über den Braten.

»Was ist das?« »Eine Mischung aus Senf, Honig, Wein, ein bisschen Ingwer, ein bisschen Balsamico und ein klein wenig Safran.« »Hm!«

»Man muss den Braten vorbereiten. Nachher schneiden wir Scheiben ab und wärmen sie sanft auf. Ich wickle ihn zwischendurch in ein feuchtes Tuch, getränkt mit dieser Sauce, er wird dann nicht trocken!« »Was gibt's dazu?«

Was für ein sinnloses Gespräch. Ich war hier, einen Mord aufzuklären! Meine Haut zu retten – und die seines Bruders, meines Liebhabers.

»Dinkelreis und Fenchelcreme!«

»Hmm. Sterneverdächtig!«

»Stimmt, aber bisher leuchten sie mir nicht.« Ab in den Ofen mit dem Braten. Jean-Franz' dunkle Augen leuchteten liebevoll. Er wischte sich die Hände an seiner Schürze ab. »Trinken wir wenigstens einen Kaffee?«

In der leeren Wirtsstube war es kalt und roch ganz leicht nach Rauch. Ich wusste mal wieder nicht, wo ich beginnen sollte. Beiläufig erwähnte ich, dass ich gehört hatte, ein Mann aus Maulbronn sei in Karlsruhe getötet worden.

»Dieser Mord – das war ganz bei Ihnen in der Nähe, nicht wahr?«

»Ja, das stimmt. Kennen Sie Karlsruhe so gut?«

»Nein, aber Roswitha hat es erzählt. Sie war wohl einmal zufällig bei Ihnen in der Nähe.«

Roswitha! Schnüffelte sie mir nach? Hatte sie etwa auch Thomas gesehen? Hatte sie uns beobachtet? Was hatte *sie* mit Baitz zu tun gehabt? Sie, die Ehrgeizige, die am meisten zu verlieren hatte. Ihr Mann – ein künftiger Landtagsabgeordneter. Mit Aussichten auf eine noch steilere Karriere … Mir wurde noch kälter.

»Jean-Franz, wessen Idee war es eigentlich, das Familienbuch schreiben zu lassen?« »Haben wir doch schon erzählt!« Er rührte mit unbewegter Miene in seinem Kaffee. Bildete ich es mir ein oder zitterte seine Hand ein wenig? »Unser Onkel war sehr interessiert an der Familiengeschichte, und als er starb, hat er seine Schwester beauftragt, die Sache weiterzuführen.«

»Wo lebt diese Schwester eigentlich? Als wir die Chronik vorgestellt haben, hatte ich leider keine Gelegenheit, mit ihr zu sprechen!«

Jean-Franz blickte nachdenklich in seinen Kaffee. »Sie ist … nun, ich sage es nicht gern, aber sie ist nicht mehr ganz richtig im Kopf. Vivi hat vor einiger Zeit einen richtig guten Spezialisten kommen lassen, und er diagnostizierte fortschreitende Demenz. Doch sie ist nicht böse oder aggressiv wie manche von den alten Herrschaften. Sie befindet sich nur in ihrer eigenen Welt, und da sind manche Dinge einfach anders!«

»Wo lebt Ihre Tante eigentlich? In einem Heim in Maulbronn?«

Jean-Franz sah mich mit seinem mephistophelischen Gesichtsausdruck an – ernst, aber nicht unfreundlich. »Meine Tante möchte keine Besuche. Dafür gibt es auch keinen Anlass!«

Eine Abfuhr. Aber er hatte Recht. Aus seiner Sicht gab es keinen Anlass.

»Nein, nein, da haben Sie ganz Recht.«

Er erlaubte nicht, dass ich den Kaffee bezahlte. Ich stand auf. »Wir sehen uns vielleicht heute nochmal. Vielleicht besuche ich Vivi, und vielleicht habe ich Hunger auf Braten mit Senf-Honig-Ingwer-Sauce!« Ich zwinkerte und versuchte harmlos und scherzhaft zu klingen. Er tat so, als erschrecke er: »Hab ich mein Geheimrezept verraten?« Dann drohte er mir im Spaß und lachte.

Doch seine dunklen Augen – sie lachten nicht mit.

Ich schlenderte die Hauptstraße entlang. Ja, Meisterdetektivin, wie kommst du jetzt an die Tante? Vivi und Thomas zu fragen, schien mir zu auffällig. Roswitha und Usch würden mir die Auskunft erst recht verweigern. Und mit welcher Begründung sollte ich am Sonntagmorgen nach einer Adresse fragen, die mich nichts anging?

Alle Seniorenheime der Umgebung abzusuchen, war auch keine Alternative.

Eine Erinnerung schoss mir durch den Kopf. Die Erinnerung an den Abend der Buchpräsentation. Autos waren vorgefahren, die meisten Gäste waren allerdings zu Fuß gekommen, es war ja ein schöner klarer, wenn auch kühler Abend gewesen.

Die Tante war schon im Restaurant gewesen, als ich gekommen war, doch war mir ein Taxi entgegengekommen, kein normales Taxi, ein Van. Ich hatte neben ihrem Teller eine Taxiquittung bemerkt, als sie mir ihre Hand gab. Später war die Rechnung verschwunden gewesen.

Ein Taxi! Meine Zeit drängte, ich sah mich um. Und hatte das Glück des Anfängers. Eine der heutzutage spärlichen Telefonzellen stand in der Nähe des Klostereingangs. Ich fand glücklicherweise noch eine Telefonkarte in dem Durcheinander von Karten in meinem stets ungeordneten Geldbeutel. Die Nummer des Taxi-Service Maulbronn stand sogar angeschrieben, neben den Notrufnummern.

»Taxi Reichert, Maulbronn!«, meldete sich eine verschlafen klingende Frauenstimme. »Guten Tag, ich hätte gerne gewusst … haben Sie auch einen Van?« »Ja. Einen aber nur, den fährt immer mein Sohn, und der ist gerade unterwegs. Eine Gruppe Japaner vom Bahnhof in Bretten abholen.«

»Können Sie ihn«, ich schluckte, »es ist wirklich wichtig, könnten Sie ihn anrufen? Ich zahle auch etwas, ich zahle Ihnen das Gespräch …« »Was wollen Sie denn?« Die Frau ratterte mit irgendetwas im Hintergrund, wahrscheinlich begann sie jetzt Kaffee zu kochen.

»Vor ungefähr zwei Wochen hat Ihr Sohn eine alte Dame in die Mönchsstube gefahren und ich wollte wissen, wo er sie abgeholt hat!«

»Da brauche ich meinen Sohn nicht zu fragen. Das weiß ich sowieso, weil wir Frau Urban schon öfters gefahren haben. Die wohnt im Seniorenheim Traubenhöhe in Oberderdingen.« Jetzt öffnete sich im Hintergrund eine Tür, man hörte Gähnen und leise Stimmen.

»Brauchen Sie denn jetzt ein Taxi? Mein Mann steht gerade auf, er war gestern noch lange unterwegs!« »Danke, nein, vielen Dank!«

Wir legten beide auf, sie vermutlich leicht verärgert und müde, ich erstaunt, dass ich eine bessere Privatermittlerin war, als ich gedacht hatte.

Oberderdingen? In den Filmen erhalten die Detektive die betreffende Information, jumpen in ihre Sportwagen und fahren schnurgerade an egal-welchen-Ort. Aber das Leben ist nicht so. Ich musste erstmal nach meiner Straßenkarte suchen, die ich schließlich zerfetzt und verknittert zwischen den Autositzen fand. Ich kroch halb unter den Sitz, zerrte die Karte hervor und suchte erst mühsam nach dem Ort Maulbronn und verfolgte dann den Weg von dort aus nach Oberderdingen.

Unsicher tastete ich mich schließlich über Knittlingen und ein winziges ausgestorbenes Dorf namens Großvillars nach Oberderdingen, eine Kleinststadt, die am Ortseingang mit dem Slogan »Alles zum Leben« für sich warb.

Ich hielt verzweifelt nach jemandem Ausschau, den ich fragen konnte, aber außer zwei kleinen, sehr dunkelhäutigen Mädchen, die eine Plastiktüte hinter sich herzerrten, sah ich keinen Menschen. Doch es schien, als sei die Göttin der Hobbydetektive mir hold. Ein Schild links wies den Weg zu verschiedenen Weingütern und einer Besenwirtschaft, zu einem Ausflugspunkt mit Parkplatz namens »Horn« sowie zum Seniorenstift Traubenhöhe.

Seniorenheime oder Seniorenstifte, wie man sie beschönigend nennt, haben für mich oft etwas Deprimierendes. Kindergarten für Alte. Ich habe es mein Leben lang gehasst, in Institutionen verwahrt zu werden, aus denen es außer zu Vordertür mit Pförtneraufsicht kein Entrinnen gab: Kindergarten, Schule, Krankenhaus. Traubenhöhe aber sah nett aus. Freundlich, mit verschiedenen Wohneinheiten, bunten Balkonen und Bäumen davor, zog es sich den Hang entlang. Hinter dem Haus waren tatsächlich Weinberge, vor dem Haus ein beinahe leerer Parkplatz.

Auch hier gab es eine Pforte, besetzt mit einer ganz jungen Frau, die schwanger war. Entsprechend milde besah sie ihre Umwelt. Auch mich.

»Frau Urban? Sie ist auf ihrem Zimmer und hört den evangelischen Rundfunk. Dabei will sie nicht gestört werden!«

»Wie lange geht das denn?« »Bis zwölf normalerweise.«

Ich blickte auf die große Uhr über der Pforte.

»Elf. Noch eine Stunde?«

Sie nickte. Ich sah, dass eine Elternzeitschrift vor ihr ausgebreitet war. »So lange kann ich nicht warten. Ich komme von außerhalb. Es ist dringend. Welches Zimmer hat Frau Urban?« Die junge Frau schüttelte den Kopf. »Muss ich erst anrufen. Wie war der Name?«

»Mainhardt. Maren Mainhardt. Falls sie nicht weiß, wer ich bin, sagen Sie, die Verfasserin der Familienchronik!« »Hm!« Die Pförtnerin ging taktvollerweise nach hinten, um zu telefonieren. Sehr schnell kam sie wieder.

»Zimmer 212, zweiter Stock. Sie freut sich. Sie hat sogar gesagt, sie hat sie erwartet.« »Erwartet? Mich?« »Ja.«

Die junge Frau setzte sich vorsichtig und blickte wieder in ihre Zeitschrift. Es war wahrscheinlich ihre erste Schwangerschaft. Ich beneidete sie. Sie durchlief eine Erfahrung, die ich niemals machen würde.

Zweiter Stock. Ich tastete mich einen langen, leeren, klinisch weißen Gang entlang. Zimmer 204 … 208 … Da hörte ich ganz unerwartet einen Laut, der mich zusammenfahren ließ. Ein Lachen, nein eher ein heiseres Kichern. Ich wusste nicht, wieso mir auf einmal beinahe unheimlich zumute war, ich wusste nur: Ich kannte dieses Lachen. Ich hatte es schon einmal gehört. Aber wo?

Die Tür von Nr. 212 war nur angelehnt, und tatsächlich drang das unheilvolle Kichern aus Tante Johannas Zimmer. Zögernd klopfte ich an. Eine dünne, krächzige Stimme bat mich herein.

»Kommen Sie, Frau Mainhardt. Setzen Sie sich!«

Diese Stimme! Wieder hatte ich das Gefühl, sie schon einmal gehört zu haben – nicht am Abend der Chronik-Präsentation, sondern anderswo, in Verbindung mit diesem heiseren Lachen, das bis auf den Gang hinaus erklungen war.

Abwesend lächelte ich. »Danke. Sie haben mich erwartet?«

»Ja. Irgendwann mussten Sie es doch merken. Wenn Sie sorgfältig gearbeitet haben! Auch wenn nichts davon in der Chronik steht.«

»Was muss ich gemerkt haben?«

Sie gluckste vergnügt, wie es alte Leute manchmal tun. Dann nahm sie mit zittriger Hand ein Glas, in dem sich zu meinem Erstaunen Wein, Roséwein, befand und nahm einen durchaus beachtenswerten Schluck. »Auch ein Schlückchen?«, fragte sie.

»Danke, nicht am Morgen!« »Morgens macht es mehr Spaß als abends«, sagte sie, »man hat den ganzen Tag etwas davon!«

»Was soll ich bemerkt haben?« Ich musste mit ihr sprechen, bevor sie möglicherweise betrunken war.

»Dass etwas nicht stimmt bei den Urbans!«

»Nun, es gibt in jeder Familie einige … dunkle Punkte, das …«

»Die Männer in unserer Familie«, sie ließ wieder ihr heiseres Lachen ertönen und nahm zu meinem Bedauern weitere Schlucke, »die handeln, wenn sie Beute wittern. Die lassen sich nichts wegnehmen. Früher nicht und heute auch nicht. Und Roswitha ist auch beinahe ein Mann. Von allen diesen Weibern in der Familie, allesamt berechnend und alle nur am Geld und Ansehen und ihrem Aussehen interessiert, ist nur die kleine Usch eine Liebe und Süße!«

Sie hat Vivi nicht akzeptiert, dachte ich, arme, liebe Vivi! Sie erwähnt sie nicht einmal. Und täuscht sie sich nicht in Usch? Tante Johanna schniefte ein bisschen und betrachtete ihr inzwischen fast geleertes Glas versonnen. »Kindchen, ich sag Ihnen was: Die haben sie schön an der Nase rumgeführt. So wie immer: Der Chef wird's schon richten!«, krächzte sie. Ich horchte auf. Vielleicht erfuhr ich nun endlich, was sie meinte.

»Mein Bruder, der hat es gewusst, ich denke, viele wissen es, von denen … haben es gewusst … aber warum ihm böse sein, sie wären ja sonst alle nicht da!« Sie lachte scheppernd.

In diesem Moment klopfte es. Ich erschrak.

»Meine Suppe!«, jubilierte die Greisin. Doch in der Tür erschien der, auf den ich so lange gewartet, nach dem ich mich so sehr gesehnt hatte: Thomas Urban.

Er trug eine Lederjacke und ein dunkelblaues T-Shirt, das seinen muskulösen Körperbau betonte.

Aber sein Blick war böse.

»Thomas!« Die alte Dame versuchte, sich gerade zu setzen.

Thomas sah nur mich an. »Was machst du hier?«

»Du kennst sie, ihr seid per du? Holla!«

Jetzt wünschte ich, die alte Dame hätte etwas mehr Wein getrunken.

»Kommst du bitte mal?« Herrisch winkte mich Thomas mit dem Kopf nach draußen. Er ist der Chef!, schoss es mir durch den Kopf. Hat er Baitz getötet? Doch alles in mir wehrte sich, das zu glauben.

Wir standen auf dem todstillen, leeren Gang. Kein Mensch war zu sehen. Thomas drängte mich gegen die Wand. »Was soll das?

Was willst du hier? Wieso mischst du dich in Dinge, die dich nichts angehen?«

»Hast du Baitz umgebracht?«

»Na klar«, sagte Thomas, »und dich bringe ich gleich auch um! Maren, lass die alte Frau in Ruhe und verschwinde. Ich werde dich in Karlsruhe besuchen und wir werden das miteinander tun, was wir am besten können, aber hier hast du nichts zu suchen.«

»Ich will wissen, was hier los ist!«, zischte ich, jetzt nur noch wütend.

Er sah sich schnell um. Dann glitt seine Hand über meine Brüste, ich spürte hilflos, wie das alte Begehren neu durch mich hindurchschoss wie ein schmerzender Pfeil. Er rieb seine Wange an meiner, dann strich sein Mund über meinen Hals, fand meine Lippen … Ich versuchte ihn wegzustoßen, doch ich hatte keine Chance.

Von ferne klangen Schritte.

Thomas ließ mich los. »Und jetzt fährst du schön nach Hause zurück, sonst bekommst du Ärger mit mir!«, sagte er leise. Seine hellblauen Augen waren kalt.

Dann wandte er sich lächelnd um. »Schwester, meine Tante möchte nicht mehr gestört werden. Außer von mir natürlich, ihrem Neffen und Arzt. Ich denke, ich nehme sie nachher vielleicht ein wenig mit hinaus!« Er nickte ihr zu. Kaum war die Frau vorüber, packte er mich brutal am Arm. Wie eine Marionette ließ ich mich zum Auto führen. Er würde doch seiner Tante nichts antun?

»Lass dich hier nicht mehr blicken!«, sagte er und gab mir einen kleinen Schubs, »Ich rufe dich an!«

Ich hörte ihn weggehen. Ich sah mich nicht um. Betäubt stieg ich in mein Auto, innerlich bebend vor hilflosem Zorn. Und da, mitten in meiner tiefsten Verwirrung, fiel es mir ein, woher ich Tante Johannas krächzendes Lachen kannte. Ja, ich hatte es schon gehört. Vor nicht allzu langer Zeit. In meinen vier eigenen Wänden. Wie hatte ich es vergessen können? Vielleicht, weil ich mir so viel Mühe gegeben hatte, es aus meinem Gedächtnis zu verdrängen!

Eine fremde, heisere Stimme: *Haben Sie den Verbrecher schon?* Eine Stimme am Telefon.

Ich fuhr nicht zurück nach Maulbronn, ich raste. Ich schoss durch Großvillars hindurch, eine Gefährdung für die friedlich-ländlichen Kraichgauer, die gerade aus der Kirche kamen. Einige sahen mir empört hinterher und schüttelten die Köpfe.

Ich durfte keine Zeit mehr verlieren. Ich hatte das Gefühl, ganz nahe dran zu sein.

Wie hatte Tante Johanna noch gesagt? *Die lassen sich nichts wegnehmen.* Theo und ich hatten Recht gehabt: Baitz hatte etwas herausgefunden. Und die Urbans hatten es gewusst.

Simone musste meine nächste Adresse sein.

Doch die Läden ihrer Wohnung waren geschlossen. Ich klingelte, aber sie meldete sich nicht. Wo konnte sie sein, so früh am Morgen? Eine alleinstehende Frau, die offensichtlich kaum Freunde und Bekannte hatte? Ein Gedanke kam mir. Ich suchte wieder das Telefonbuch heraus, das ich mitgenommen hatte. Sonja Thiem. Die Schwägerin, die keine geworden war. Hofstraße 11. Nicht weit von hier. Ich fand einen Parkplatz direkt vor der Tür und klingelte.

Es wurde sofort aufgetan. Als hätte man mich erwartet.

Sonja und Simone saßen auf dem Sofa wie zwei Wachsfiguren. Zumindest waren sie ebenso bleich. Wie leblos. Waren sie mit Baitz gestorben? Sie sahen mich mit einem eigenartigen Gesichtsausdruck an. »Sie weiß es!«, sagte Simone tonlos zu mir, »und *mir* hat er es nicht gesagt. Warum, oh warum hat er kein Vertrauen zu mir gehabt! Ich bin seine Schwester, aber er hat mir nie sein Versteck verraten, da wo er die Dinge aufbewahrte, die ihm wirklich wichtig waren!«

Sonja zuckte die Achseln. »Es gab einmal einen Moment ... Sie wissen, es gibt solche Momente ... Ich hatte das Gefühl, er wollte mir einen Heiratsantrag machen. Wir hatten«, sie schluckte, »es ist mir peinlich, aber: Wir hatten das erste Mal miteinander geschlafen. Ich hatte ein wenig gewartet damit, vielleicht aus Instinkt – ich weiß nicht. Und er war in dieser weichen Stimmung, die Männer dann manchmal haben!«

Ich kannte diese weichen Stimmungen sehr gut, zu gut, und ich wusste auch, wie schnell sie vergingen.

»Er hat dann gesagt, er werde einen Brief für mich verstecken, an seinem geheimen Ort, den er seit Kinderzeiten hüte. Wo ist das, habe ich gesagt, lass uns hingehen. Doch er hat nein gesagt. Erst einmal wollte er ganz andere Sachen und wir sind wieder im Bett gelandet.«

Ich sah ausgesprochen enttäuscht drein.

»Aber abends, nachts, im Bett, da hat er ihn mir aufgezeichnet!«

»Ach ja?« Meine Enttäuschung wich der Begierde.

»Auf meinen Körper aufgezeichnet«, sagte sie scheu und wurde tomatenrot. Dann sah sie zu Boden.

Ich schluckte. Das war hart. »Auf dem Rücken!«, ergänzte sie sachlich.

Ich widerstand der Versuchung zu lächeln. Es wäre vielleicht nur ein schmutziges Grinsen dabei herausgekommen.

»Können Sie … können Sie diese Zeichnung«, ich räusperte mich, »nachvollziehen?«

Jetzt lächelte sie, und es war gar nichts Schmutziges dabei. Überhaupt war sie eigentlich recht nett. Ich durchforstete meinen männlichen Bekanntenkreis nach einem geeigneten Single und landete wie immer bei Matthias. Wenn das hier alles vorbei wäre, würde ich sie miteinander bekannt machen.

Dann kam mir ein eigenartiger Gedanke. Wie, wenn *sie* ihn umgebracht hatte? Den untreuen Liebhaber, den Beinahe-Verlobten? Enttäuschte Frauen können recht böse werden! Ich verdrängte diese Idee sofort.

»Sie haben Glück!«, meinte sie, »Wenn meine Schwester und ich früher Langeweile hatten, dann haben wir uns gegenseitig Wörter auf den Rücken oder auf den Po gemalt und mussten sie erraten. Wir haben das ziemlich oft gespielt. Also kann ich ihnen die Lage seines Verstecks beschreiben, denke ich. Es sei denn, die Lage des Klosters hätte sich geändert, und das ist nicht sehr wahrscheinlich, nicht wahr?«

»Nein!«, gab ich zu und durfte endlich verdachtfrei lächeln.

»Würden Sie mit mir hingehen und es versuchen? Es war in der Nähe des Faustturms, rechts an der Mauer – eine Lücke, die er wieder mit einem Stein verschlossen hat. Unter dem Stein blüht eine

Distel und auf dem Stein hat er ganz zart eine Rose eingemalt, eine englische Rose, hat er gesagt. Ich erinnere ihn an eine Rose. Er liebe Rosen!«

Wir verließen ihre Wohnung und fuhren zum Klosterparkplatz. Er hatte sich jetzt schon deutlich gefüllt. Die ersten Busse schwenkten langsam auf den großen Platz, die Touristen kletterten schwerfällig heraus und standen sprachlos angesichts des monumentalen Kulturdenkmals. Wir beachteten sie nicht weiter, sondern eilten auf dem alten Kopfsteinpflaster, das in Zeiten spitzer hoher Hacken gewiss schon der einen oder anderen Besucherin zum Verhängnis geworden war, an der Kirche vorbei, dann am Kloster, an der Westwand des Klosters hinauf zur Schule und wanden uns dann nach links zum Pfründhaus.

Die Mauer, da war sie. Ich sah zum Himmel. Es war vom Morgen an gewittrig schwül gewesen, und jetzt war es noch drückender geworden. Dichte, wie Watte aussehende Wolken hatten sich über die blasse Sonne ausgebreitet, die Luft schien zu dampfen. Ich spürte hämmerndes Kopfweh aufkommen.

Aus der Mauer schossen hier und da wilde Grünpflanzen und blühendes Unkraut hervor. Vor der Mauer wucherte ungepflegtes stoppeliges Gras zwischen den Steinen.

»Etwa zwei Meter links, da müsste es sein!« Wir suchten nach einer Distel, doch da war keine. Wir gingen die Mauer ab, ich glitt sogar mit den Händen darüber – nirgends eine Rose. An manchen Stellen eingeritzte Zeichen, feine Risse im grauen Stein, aber nichts, was an eine Rose erinnerte. Ratlos sahen wir einander an.

»Moment mal!«, sagte ich, »Wie haben Sie gelegen und wie hat er gelegen?«

Sie errötete wieder.

Ich dachte an Thomas. Rief mir unsere Liebesszenen in Erinnerung. Warum tut Liebe immer weh? Die Erinnerung an Rüdiger und jetzt die Trauer um Thomas, der mir auch entgleiten würde oder schon entglitten war, zurück zu Vivi vielleicht, der er gehörte, die von allem nichts ahnte und die es besser verdient hatte.

»Ich lag auf dem Bauch!«, sagte Sonja und versuchte ein schiefes Lächeln. »Und er, nun, quer auf mir!«

»Dann ist das Bild ganz einfach seitenverkehrt.«

Ich ging auf die andere Seite der Mauer und sah sie: die Distel. Sie war halb abgerissen, umgetreten, fast zerstört. Meine Finger glitten über die Steine, forschten nach der Rose. Dann entdeckte ich sie. Etwas über meiner Augenhöhe. Es war eigentlich keine wirkliche Rose, nur der Stil, der sich schlank nach oben wand, mit ein paar Blättern. Zaghaft, beinahe ehrfürchtig berührte ich den Stein. Mein Herz schlug bis zu den Ohren, in denen es vor Aufregung rauschte. Der Stein war locker. Ich zog ihn vorsichtig nach vorne.

Von hinten näherten sich Stimmen. Wir fuhren beide herum. Ein paar versprengte Touristen bahnten sich ihren Weg, strauchelten. »Drehen wir um!«, rief einer. Die Gruppe zögerte, sah nach oben. Immer noch schwüle Gewitterwolken. »Gut, drehen wir um!«, stimmte eine stämmige blonde Frau zu und zielte mit der Spitze ihres karierten Regenschirms anklagend nach oben. »Es regnet gleich!« »Sie haben Gewitter angesagt!«, klagte ein Mann. Die ganze Gruppe schwenkte um, wandte sich nach links und bald waren von ihnen nur noch verklingende Schritte zu hören.

Sonja und ich lockerten den Stein, zogen ihn vorsichtig hinaus, und ich griff in die Lücke. Nichts! Leer. Vor Enttäuschung hätte ich weinen können.

»Jemand hat das Versteck schon gefunden«, sagte ich, doch Sonja schüttelte den Kopf. »Das glaube ich nicht!«, bemerkte sie, »Keiner hat von dem Versteck gewusst.« Und als ob sie meine Gedanken erriete, fügte sie hinzu: »Auch nicht seine Schwester. Das Verhältnis«, sie zögerte kurz, »war nicht so gut wie Simone es darstellt. Sie war oft neidisch. Obwohl sie die Ältere ist, hat er die Firma geerbt. Ihr Vater hielt ihn für den Intelligenteren von den beiden. Und er kam besser an bei den Leuten.«

Bei mir war er nicht gut angekommen, ganz im Gegenteil – doch ich wollte ihre Gefühle nicht verletzen, immerhin hätte sie ihn beinahe geheiratet. Nachdenklich betrachtete ich die Rose, die keine war. Wenn ein normaler Mensch von einer Rose spricht, dann meint er eine Blüte. »Irgendwo muss noch die Blüte sein!«, sagte ich langsam. »Wenn er Rose sagte, meinte er Rose und nicht Rosenstiel!«

»Was meinen Sie damit?«

Ich dachte schnell. Langsam zu denken konnte ich mir nicht mehr leisten. »Es muss irgendwo noch eine Blüte geben!«

Die ersten dicken warmen Tropfen fielen. Doch wir spürten sie nicht. Unsere Augen und unsere Hände glitten über das brüchige Mauerwerk. Hier und dort spross etwas Grün aus den Fugen.

»Da!«, sagte Sonja fast andächtig, »Da ist sie. Ich habe sie!«

Wieder ein Stein, der sich löste. Sonjas Hand tastete sich in den Spalt und zog in Plastikfolie eingewickelte Papiere hervor.

Ein Foto fiel heraus. »Seine Mutter!«, meinte Sonja. Ein paar getrocknete Blütenblätter, ein schön geformter Stein, ein paar Muscheln, so etwas wie ein getrocknetes Seepferdchen. Schätze eines Jungen. Gewiss war das Versteck längst zugunsten eines Banksafes aufgegeben worden. Tagebucheintragungen, ebenfalls in unreifer, altmodisch wirkender Schrift. Ich seufzte. »Er hat als junger Mann wohl Tagebuch geschrieben! Hätte ich ihm gar nicht zugetraut!«

Sonja warf einen Blick auf die Blätter. »Das ist nicht Werners Schrift. Ich kenne ihn seit der Schulzeit. So hat er nie geschrieben!«

Verblüfft sah ich sie an. Der Regen hatte seltsamerweise wieder aufgehört, obwohl sich nach wie vor schwere Wolken am Himmel ballten. Wind zog auf.

»Dann sind es die Tagebücher von jemand anderem!«, sagte ich töricht. Ich begann die vier eng beschriebenen Seiten, die am Rand sehr hübsch mit Ranken, Rosen, Herzen und anderen Zeichnungen versehen waren, nach einem Datum abzusuchen, aber ich konnte keines entdecken. Fieberhaft versuchte ich unter einem finsterer werdenden Himmel zu entziffern, was da stand.

»Sie haben ihm doch auch verziehen, dass er geflohen ist – ein Schüler, der sich ganz einfach von hier entfernt, eine unerhörte Sache, ja, sie hätten ihn sogar an unserem Seminar wieder aufgenommen, dann werden sie auch mir verzeihen. Was kann an der Liebe zu einem reinen unschuldigen Mädchen Falsches sein? Ich werde vielleicht nie einer von ihnen sein, aber ich kann zunächst eine andere Arbeit finden. Und ich muss sie schützen. Sie ist reich an Geld, manche werden sagen, nur deshalb will ich sie, aber das ist es nicht. Ihre Seele, die liebe ich – nicht ihr Geld. Er aber will sie besitzen, ich ahne warum und er hat mich

bedroht. Siehst du die Salzach, fragt er, wenn wir hier unten in dem furchtbaren Keller sind. Oh ja, er kennt die Abgründe, er steht ständig selbst davor, er ist böse. Es ist etwas ungemein Rohes an ihm. Wieso gibt es solche Menschen?«

»Was bedeutet das?«, wisperte neben mir eine aufgeregte Sonja, »Was soll das?«

Für mich war das kein unbedingt seltener Anblick. Der Ausschnitt aus einem alten Tagebuch. Ungewöhnlich höchstens, dass jemand anders die Aufzeichnungen wie einen Schatz aufbewahrte. Ich untersuchte die Seiten. Sie waren mehrmals gefaltet und wirkten plattgedrückt. Ich konnte mir denken, dass sie in einem Buch gelegen hatten. Eine Ecke war eingerissen. Ganz unten, am Schluss der Eintragung, stand: *»Am Firmament die Sterne sprechen ihren Namen aus.«*

Und darunter war, recht gelungen, ein Frauen-, nein eher ein Mädchengesicht gezeichnet. Ich sah mir das Gesicht genau an. Es kam mir bekannt vor. Mit meiner durch die frühere Taubheit geschulten Beobachtungsgabe konnte ich mir oft Details merken, die anderen nebensächlich vorgekommen wären.

Sonja betrachtete mich Hilfe suchend. Ich grub verzweifelt in meinem Gehirn nach der verschollenen Erinnerung. »Das ist ein altes Tagebuch. Er hat es bei den Schätzen aus seiner Kindheit aufgehoben, doch ich glaube nicht, dass es aus seiner Kindheit stammt. Warum hat er es hier verborgen und nicht in seinem normalen Safe? Weil es niemand, wirklich niemand sehen sollte, auch nicht seine Schwester.«

»Und weil es vielleicht von hier stammt«, warf Sonja ein, »ich meine, nicht von dieser Mauer natürlich, aber vielleicht aus dem Kloster. Er hat viele Räume renoviert; er hat manchmal interessante Dinge gefunden, das eine oder andere durfte er sogar behalten.«

»Gut, das könnte sein.« Ich las die kurzen Notizen noch einmal durch. Ein Gedanke sprang mich an. »Der Schreiber könnte Hermann Hesse gemeint haben mit *›dem der fortgelaufen ist und wiedergekommen ist und dem sie verziehen haben‹*. Das würde den Tagebucheintrag auf das Ende des neunzehnten Jahrhunderts festlegen.«

»Hermann Hesse, ach ja?« Wie auch immer – literarisch war Sonjas Interesse jedenfalls nicht.

»›*Ich werde vielleicht nie einer von ihnen sein …*‹ War es ein Schüler aus dem Seminar?« Ich dachte jetzt laut. Sonja war mir keine wirkliche Hilfe, aber ich musste sprechen. »Nein, denn wenn es ein Schüler aus dem Seminar gewesen wäre, dann wäre er ja bereits einer von ihnen. Ein Lehrer? Dafür spricht das gleiche, außerdem waren die gewiss verheiratete Herren und nicht mehr unbedingt im Liebestaumel befindlich. Aber ein Junglehrer …« Ich ließ das Papier sinken. Zwischen den schweren Regenwolken riss ein grellblauer Schlitz auf. »Ein Junglehrer! Wie haben sie sie genannt? – Repetent!« Sonja starrte mich verständnislos an. Ich nickte langsam. »Das würde auch passen, zur Sprache, zum Alter …«

Eine Erinnerung begann sich langsam Bahn zu brechen. Da gab es diesen Repetenten, der fortging, fortgeschickt wurde und niemals zu Hause angekommen war. Einer der seltsamen Fälle, die sich im Kloster ereignet hatten. Konnte *das* der Schreiber dieser Zeilen sein? Der Repetent, von dem Theo mir berichtet hatte? Dessen Grab ich zufällig entdeckt hatte?

Karl Knauss!

Weswegen war er fortgeschickt worden? Theo hatte es nicht herausgefunden. Der Archivar hatte es mir berichtet, aber natürlich – wie so oft – hatte ich es vergessen.

Sonja beobachtete mich immer noch, schweigend und leicht schnaufend. Oben, über uns, ballte sich eines jener Gewitter zusammen, die aus einem ohnehin wankelmütigen Junitag einen frühen Herbsttag machen. Von fern grollte es leise.

Wie immer, wenn ich es verzweifelt benötigte, suchte ich mein verdammtes Handy; nirgends in der Tiefe meiner Tasche konnte ich es finden. »Rufen Sie mich schnell an, damit ich es klingeln höre!« Die höchst erstaunte Sonja hatte ihr Handy zur Hand und wählte meine Nummer, die ich ihr diktierte. Der leise Surrton erklang aus der Tasche meiner umgehängten Regenjacke. »Gott sei Dank, da ist es!« Ich wählte die Nummer des Archivars. Seine Visitenkarte hatte ich in meinem Geldbeutel, und den hatte ich glücklicherweise zur Hand. Er meldete sich schon nach dem ersten Läuten.

»Gottlob!«, sagte er. Aber es war leider nicht die Zeit für Scherze.

»Ich bin es, die Ahnenchronistin, Frau Mainhardt, Sie erinnern sich?« »Aber ja!«, erwiderte er freundlich.

»Sie haben mir von diesem Repetenten erzählt, der von der Schule verwiesen wurde und niemals mehr zu Hause ankam.«

»Ja, der Karl Knauss, natürlich. Wahrscheinlich ist es sein Anzugrest, den man voriges Jahr im Kanal fand. Ein Unfall, ein Unglück, aber beweisen konnte man es nie. Man hat niemals seine Leiche gefunden. Die Polizei nahm an, er sei einfach abgehauen und vielleicht auf dem Weg nach Tübingen, woher er stammte, verunglückt. Er war ein schwärmerischer Mensch, ein Träumer.«

Verschwunden! Der Blutfleck im Keller fiel mir ein. Der Satz aus dem Tagebuch, das von jenem Knauss stammen konnte, über die Begegnung mit seinem Mörder – auch im Keller? Ich dachte an den Stein, den Stein in der Schule, unter dem der Kanal vorbeirauschte. War dort sein Anzug hineingeworfen worden? Bemerkungen, die ich gehört hatte, torkelten in meinem Kopf herum. Heute lag das Schulboot im Keller des Jagdschlosses. Von dort ging man zum Tiefen See. Wo war die Leiche? Würde sie heute noch existieren? Eine sinnlose Frage. Orte zum Verstecken gab es genug in und um Maulbronn für einen findigen Handwerker, der im Steinbruch ebenso gearbeitet hatte wie am See mit seiner Fischbratstelle. Ließ sich das Rätsel jemals lösen? Ich kehrte zurück zu dem unglücklichen, dem verliebten Karl Knauss.

»Warum ist er von der Schule verwiesen worden?«

Durch den Hörer meines Handys erklang ein leises Lachen.

»Wegen einer Mädchensache natürlich! Er hatte angebandelt mit einem Mädel, das bei seiner Tante in Knittlingen zu Besuch war. Eine wohlhabende Tochter aus Bretten übrigens!«

Ich sah noch einmal das Bild an, die Zeichnung des unglücklichen Tagebuchschreibers, und schlagartig fiel mir ein, wo ich dieses Mädchen schon gesehen hatte.

Zehntes Kapitel

Ein schneller Griff in meine Tasche.

Ich trug die Urban-Familienchronik bei mir, und es war ein Leichtes, nachzuschlagen. Hektisch blätterte ich. Sollte ich mich getäuscht haben? Nein, da war sie!

Fredericks Frau: die Erbin der Brauerei.

Amelie Ritter aus Bretten.

Deshalb hatte die alte Tante Johanna gesagt: »Wie *ritterlich*!«, und das mit diesem eigenartigen Unterton. Sie hatte die Wahrheit gekannt, sie hatte gewusst, wie das Geld in die Familie gekommen war – aber sie wollte nicht diejenige sein, die eine alte Mordgeschichte aufdeckte und die Familie bloßstellte. Woher mochte sie es gewusst haben?

Darauf gab es nur eine Antwort: von Franz, ihrem Zwilling, der Familienforschung betrieben hatte und dann plötzlich damit aufgehört hatte. Der sich, als er die Wahrheit herausgefunden hatte, selbst umgebracht hatte – vor dem Amtsgericht, vor dessen Richtern sein Vorfahr hätte eigentlich stehen müssen … Wer hatte mir erzählt, 1892 sei auch das Gefängnis dort gewesen, in der Nähe der heutigen Parkplätze? Ein symbolträchtiger Tod.

»Ist etwas? Ist Ihnen nicht wohl?«, fragte Sonja.

Ich blickte hoch. Jetzt wollte ich sie nur noch loswerden. Ich musste nachdenken. »Nein, nein!«, sagte ich hastig. »Nein, nein. Ist schon gut. Ich habe ein wenig Kopfschmerzen. Darf ich das hier«, ich wies auf die Papiere, »behalten?«

Sie lächelte wehmütig. »Ich bin nicht seine Frau geworden und damit auch nicht seine Erbin. Es sollte vielleicht Simone gehören, was meinen Sie? Aber zumindest vorübergehend können Sie es haben.«

»Ob ihr an Derartigem liegt? Nehmen Sie doch wenigstens die anderen Sachen an sich!«, ich lächelte ermutigend, »vielleicht finden Sie etwas, etwas Schönes – etwas das erklärt und tröstet.« »Vielleicht aber auch nicht!«, erwiderte sie sachlich. Dennoch nahm sie die Papiere. »Ich komme schon zu Fuß nach Hause!«, sagte sie, instinktiv spürend, dass ich jetzt alleine sein musste. Ich dachte, dass Werner Baitz einen Fehler gemacht hatte, als er sie fallen ließ, um der unerreichbaren, flippigen und letztlich oberflächlichen Usch nachzustellen. Sonja war eine feinfühlige Frau. Und sie war nicht dumm.

Denn nun drehte sie sich um und blickte mich ernst an. »Ich gehe davon aus, dass Sie diese Unterlagen der Polizei übergeben. Ich möchte, dass der Mörder gefasst wird – egal, wer es ist!« Ich nickte. »Ich brauche noch ein paar Stunden!«, erwiderte ich. Sie zwang sich zu einem Lächeln, und ich sah wie sie davon ging.

Inzwischen hatte sich der Himmel über uns wieder aufgehellt. Ein Wetter wie im April. Nasse Grashalme klebten an meinen Füßen. Grübelnd ging zurück auf den Weg.

Alles nur Vermutungen.

Werner Baitz hatte diese Tagebücher wahrscheinlich im Seminargebäude gefunden, als er im vorigen Sommer die Malerarbeiten dort durchgeführt hatte. Er hatte sie – besessen, wie er vom Kloster gewesen war – gelesen. Und da er sich intensiv mit dem Seminar und seiner Geschichte beschäftigt hatte, war ihm klar geworden: Diese Seiten konnten der Schlüssel zu dem Geheimnis des verschwundenen Repetenten Karl Knauss sein.

Verschwunden bei Nacht und Nebel, bei seinen Eltern im Schwäbischen nie angekommen. Baitz reimte sich die Geschichte zusammen, so wie sie wohl auch gewesen war: Der Repetent war in ein Mädchen verliebt gewesen, in Amelie Ritter. Aber es hatte noch einen anderen Interessenten gegeben – einen Konkurrenten, der selbst vor Mord nicht zurückgeschreckt hatte, um sein Ziel zu erreichen: Endlich aus dem Elend eines Arbeiterdaseins aufzusteigen. Ein reiches Mädchen, eine Alleinerbin zu heiraten.

Doch Baitz hatte nicht herausfinden können, wer dieser Mann gewesen war, denn er hatte die Zeichnung des Mädchens zwar gesehen, aber nicht gewusst, wer sie war und *wen* sie letztendlich geheiratet hatte. Einen Verdacht mochte er gehabt haben.

Aus den anderen Bemerkungen des Tagebuchs ging hervor, dass seine Angebetete ein reiches Mädchen gewesen war. Und das Jahr

1892 war angegeben. Mit seinem Interesse an Stadtgeschichte musste er nachgeforscht haben und war auf die Urbans gestoßen. Hatte er sich im Archiv deren Familiengeschichte angesehen? Wie hatte er das nur zustande gebracht, ohne Ausweis auf den Namen Urban, ohne Legitimation? Und vor allem: Wie war er auf das Frankfurter Archiv gestoßen? Ein Rätsel! Und doch hatte er herausgefunden: Der plötzliche Reichtum der Urbans hatte 1892 begonnen – mit einer Heirat.

Sein Verdacht verstärkte sich. Und er hatte eine Chance gesehen: auf Usch, hinter der er schon lange her gewesen war. Vielleicht hatte er sie in Karlsruhe getroffen, vielleicht hatte sie ihn abgewiesen … wer konnte das wissen? *Er* konnte nicht mehr darüber sprechen.

Dann war meine Urban-Chronik erschienen. Die überall zu haben war. Mit den Fotos.

Und Baitz hatte jene Amelie erkannt, auf den alten Bildern, und er wusste nun auch, wen sie damals geheiratet hatte: Frederick Urban! Dessen Aufstieg damit begonnen hatte!

Nun hatte Baitz begonnen, die Urbans zu erpressen. Vielleicht, um endgültig die schicke Usch in die Hände zu bekommen?

Hatte Usch ihn umgebracht? Oder Roswitha? Die Stolze, die Dominante? Oder … wen hätte ein Erpresser am ehesten angesprochen? Den Familienältesten – und den, der am meisten zu verlieren hatte.

Thomas!

Die Erkenntnis traf mich so plötzlich, wie der Sonnenstrahl, der eben aus dem aufklarenden Himmel hervorbrach, den Klosterbrunnen traf und aufleuchten ließ. Den Brunnen, der als Zugang zu einem einzigartigen Bewässerungssystem diente; ein Bewässerungssystem, in dessen Tiefen ein Anzugrest des Repetenten verschwunden war, den der Mörder mit sich geschleppt hatte – vielleicht hatte er ihn gebraucht, um Blut wegzuwischen, um die Leiche anzufassen? Oder den Stein im Seminar?

Das Wasser war schweigend seiner Wege geflossen.

Ich lief wie auf Beinen aus Gummi auf den Klosterhof zurück.

Thomas hatte Baitz umgebracht, um seine Schwester zu schützen. Um die Familienehre zu retten. Thomas!

Grausame Ironie! Einmal verliebst du dich wieder, Maren, einmal wieder bringt ein Mann dein Inneres zum Schmelzen, und dann muss es ein Mörder sein.

Thomas, der Mann, der mich in seinen Armen gehalten, mich seine Geliebte genannt hatte, wie konnte er …? Unwillkürlich musste ich an Vererbungstheorien denken, die ich eigentlich ablehnte. Und doch: Seit ich diese Familienchroniken schrieb, hatte ich es oft genug gesehen: Charakterzüge in einer Familie tauchten manchmal in späteren Generationen wieder auf. Musiker, leidenschaftliche Spieler. Casanovas.

Der erste Urban kam mir in den Sinn.

Der sich rücksichtslos genommen hatte, was er brauchte, um ein kleines bisschen Wohlstand zu erhaschen. Die Ahnen der Urbans, die Händler gewesen waren, vielleicht auch sie immer ein wenig am Rande der Legalität …

Und dann Frederick, der gemordet hatte, um den Goldfisch an die Angel zu locken.

Und jetzt Thomas, der mordete, um seine Schwester zu schützen und das Ansehen der Urbans zu bewahren. Oder seinen Wohlstand?

Ich dachte an unser letztes Zusammentreffen bei Tante Johanna. Wie gut kannte ich Thomas wirklich?

Mit wem konnte ich über ihn sprechen?

… Jean-Franz! *Er* kannte seinen Bruder. Und ich hatte zwischen den beiden diese Distanz gespürt … Konnte ich mich ihm anvertrauen? Mir blieb keine Wahl. Zu Vivi konnte ich nicht gehen. Zur Polizei?

Jean-Franz – er war am Morgen sehr entgegenkommend gewesen. Und er schien mir nicht die Impulsivität der unberechenbaren männlichen Urbans zu besitzen. Er lebte gewissermaßen abgewandt von der Welt. Ein Neutrum.

Er würde mir sagen, was ich tun sollte.

Ich ging zum Ausgang des Klosters, nein: ich rannte, keuchend vor Anstrengung. Woher hätte ich wissen sollen, dass ich verfolgt wurde – verfolgt von einem Paar Augen, dessen Besitzer entschlossen war, noch einmal zu morden!

Jean-Franz saß in seinem Lokal, es war drei Uhr, die letzten Gäste waren gegangen. Er schrieb eine Liste von Zahlen. Im Hintergrund trocknete die Bedienung Gläser mit einem grob karierten Tuch ab.

»Jean-Franz, könnte ich Sie alleine sprechen?«

»Frau Mainhardt, was ist denn los? Sie sehen ja aus, als hätten Sie ein Gespenst gesehen! Einen Cognac?« Ich nickte. »Vielleicht, ausnahmsweise! Kann ich Sie … alleine …?«

Die Bedienung stellte ein Glas mit einer wogenden braunen Flüssigkeit vor mich hin. »Bitte!«, sagte sie. Und dann schaute sie fragend zu Jean-Franz: »Ich wäre jetzt sowieso fertig!«

»Okay, dann bis um sechs. Danke, Carina!«

Jetzt umgab uns die ganz besondere Stille eines geschlossenen Restaurants. Einen kleinen Moment lang bekam ich Angst, als sich die Tür hinter Carina schloss. Vielleicht war er auch eingeweiht gewesen? Doch irgendetwas sagte mir – vielleicht weil das Verhältnis zwischen ihm und Thomas nicht sehr gut war –, dass ich auf dieses Risiko jetzt keine Rücksicht nehmen konnte.

Nein, ich musste mit ihm sprechen.

Abgehackt und stotternd kam es aus mir heraus: die Geschichte des Repetenten. Frederick Urban. Die Rolle, die Baitz gespielt hatte. Und dann mein schrecklicher Verdacht.

»Thomas? Mein Bruder? Ein Mörder?« Jean-Franz' Gesicht blieb unbewegt, doch ich spürte seine Erschütterung. Und ich nahm noch etwas anderes wahr: Die Trauer in seinen dunklen Augen. Eine Spur von Resignation. Es war wie ein Abschiednehmen. Eigenartig.

Er straffte sich und beteuerte: »Unsinn! Niemals. Das würde er niemals tun. Doch nicht mein Bruder! Er ist ein herzensguter Mensch … Was wollen Sie denn von ihm! Die Polizei hat ihn doch schon befragt – routinemäßig. Wollen *Sie* ihn etwa ruinieren, indem Sie Ihren Verdacht verbreiten und womöglich noch der Polizei erzählen?« Er griff in seine Tasche und holte seine große schwarze Brieftasche hervor. »Mein Bruder und ich – schauen Sie, da sind wir als Jungens … Nie könnte er jemanden ermorden!«

Zwei Jungs, blond der eine, eher braun der andere – und doch sahen sie sich damals noch sehr ähnlich –, sahen in die Kamera und lachten. Ich sah, dass er noch andere Familienbilder in seiner

Brieftasche hatte. Die Hochzeit von Thomas und Vivi, Vivi und die Kinder, Usch und Vivi bei der Eröffnung der Schmuckboutique. Ein echter Familienmensch, obwohl er niemals geheiratet hatte.

»Hören Sie, Sie müssen zu Thomas gehen, jetzt gleich!«, sagte er, »Und mit ihm selbst sprechen. Sie dürfen so etwas nicht von ihm denken! Er – er wird Ihnen die Wahrheit sagen. Bitte gehen Sie gleich zu ihm, er ist jetzt zu Hause. Sagen Sie es ihm und er wird alles aufklären. Dieser Mann, dieser Baitz … er hat viele Feinde gehabt, aber nicht Thomas!« Jean-Franz' Stimme klang beschwörend.

Ich holte mein besticktes Taschentuch heraus, wischte mir den Schweiß von der Stirn und dachte: Bald werden es Tränen sein. »Gut!«, entgegnete ich, unglaublich erschöpft. Die Anspannung war fast unerträglich. »Ich rede mit ihm, ich will es von ihm selbst hören!«

Wusste Jean-Franz von Thomas' und meinem Verhältnis? Ich stand auf. Unsicher sah ich auf ihn hinunter. Er ließ mich zum Vorderausgang hinaus und tätschelte tröstend meine Schulter.

Draußen war es jetzt heiß. Ich griff nach meinem Taschentuch, wollte mir wieder die Stirn abwischen, doch es war nicht in der kleinen Seitentasche. Immerzu musste ich etwas verlieren!

Ich zögerte. Wollte ich den Moment, in dem ich Thomas gegenüberstehen würde, noch ein wenig hinausschieben? Auf jeden Fall beschloss ich, umzukehren. Ich wollte das vergessene Taschentuch holen – meine Oma hatte es mir bestickt. Und ich würde es gleich noch dringend brauchen. Ich war jetzt schon den Tränen nahe.

Wieder nahm ich den Seiteneingang durch den Hof zum Lokal, drückte die Seitentür zum Gastraum auf – da hörte ich jemanden sprechen. Am Telefon.

Jean-Franz' sprach mit unterdrückter Stimme; aber ich hatte vor vielen Jahren gelernt, genau hinzuhören, durch Aufmerksamkeit mein wieder erwachtes Gehör zu schulen, und meine scharfen Ohren vernahmen jedes Wort.

»Chef! Sie war gerade hier, sie ist der Sache auf der Spur. Wenn du nicht alles verlieren willst, musst du handeln. Jetzt! … Ja, ich weiß.«

Jean-Franz. Er war ein Verräter.

Er hatte Thomas gewarnt.

Wie betäubt eilte ich auf die Straße. Jetzt noch zu Thomas zu gehen, war unmöglich. Mehr noch: Es war lebensgefährlich.

Ich musste die Unterlagen loswerden!

An Touristengrüppchen entlang lief ich zurück in den Park, zum Faustturm. Ich würde die Tagebuchnotizen wieder hinter die Rose stecken, da wo sie gewesen waren.

Diesmal fand ich die Rose schnell. Und hatte gerade die beschriebenen Seiten versteckt und den Stein wieder davor geschoben, als ich Schritte hinter mir hörte.

Ich wagte es kaum mich umzusehen.

Mein Herz jagte, mir wurde schlecht. Thomas!

Ich wollte ihn nicht sehen, er sollte mich von hinten erschießen oder erwürgen oder was auch immer. Ich wollte nicht sehen, wie mich der Mann tötete, den ich geliebt hatte!

Die Schritte kamen näher, federleichte Schritte. Um uns herum war es totenstill.

Wo waren all die Touristen? Warum scharten sie sich nur um den Kreuzgang und das Paradies? – Wie oft hatte ich mich schon gefragt, wieso Touristen immer nur auf den ausgetrampelten Pfaden liefen! Jetzt konnte dies eine Frage nach Leben oder Tod sein.

Das Rascheln der Schritte erstarb.

»Warum hast du dich eingemischt?«, erklang eine zarte Stimme hinter mir. Ungläubig drehte ich mich um.

Vor mir stand Vivi, und in ihrer Hand hatte sie eine Pistole. Das kleine schwarze Loch der Mündung war auf mich gerichtet.

»Wo sind die Tagebuchnotizen?«, fragte sie freundlich.

»Vivi! Was … willst du?«

»Wo sind sie? Du hast Jean-Franz alles erzählt, nur leider *das* nicht. Sonst wärest du jetzt schon tot. Hier, diese Waffe, sie ist von meinem Vater. Meinem Vater aus Amerika. Und sie tötet ganz leise!«

Vivi! Die schöne, die warmherzige Vivi.

Schlagartig wurde mir alles klar. Wie hatte ich nur so blind sein können!

Chef! So hatte Jean-Franz sie schon einmal genannt. Die Fotos in seiner Brieftasche ... Er liebte sie! Deshalb hatte er nie geheiratet.

Vivi: Wie hatte ich das vergessen können – alle Männer waren verrückt nach ihr! Alle! Das war doch immer schon so gewesen.

Und Werner Baitz? Woher glaubte ich denn zu wissen, dass er hinter Usch her gewesen war? Alles nur Vermutungen. Simone hatte nichts Genaues gewusst, und Sonja hatte nur von »der Urban« gesprochen, auf die Baitz scharf gewesen sei. Damit konnte ebenso gut Vivi gemeint sein, nur war mir der Gedanke nicht in den Sinn gekommen.

All diese vagen Andeutungen über die unerreichbare, die feine Frau hatten nie so recht zu Usch gepasst – aber sehr wohl zu der schönen Vivi!

Und die mysteriösen Anrufe auf den Handys der anderen – war sie das gewesen? Hatte sie eine bedrohliche Atmosphäre inszeniert, um von der Tatsache abzulenken, dass nur *sie* von Baitz verfolgt wurde – aus einem ganz bestimmten Grund?

Ihre Schwägerin Roswitha, die sie geschickt zur zwielichtigen Gefahr hochgespielt hatte: wahrscheinlich eine harmlose Person! Vielleicht hatte sie Vivi einfach nur bewundert und hatte es nicht anders zeigen können, als durch ihre selbstgefällige und zugleich unbeholfene Art. Was hätte sie alles getan – um der unerreichbaren Anmut ihrer Schwägerin zu gleichen?

Ich lachte bitter, so kurz vor meinem Tod, der viel zu früh kam, mit dem ich nicht gerechnet hatte. Wie hatte ich die Wahrheit übersehen können?

Agatha Christie hatte immer gewusst: Traue nie dem, was dir jemand sagt, nur dem, was du selbst siehst.

»Ich lasse mir diese Familie nicht auch noch kaputt machen!«, erklärte Vivi jetzt mit beängstigender Ruhe, »Auch nicht von dir!«

»Das mit mir und Thomas, das hat nichts zu bedeuten!«, erwiderte ich hastig, doch meine Beteuerung war überflüssig, denn sie lachte nur: »Ach, du und Thomas ... Das habe ich von Anfang an gespürt. Er ist nun mal ein Schwerenöter, und du bist nicht die erste, die auf ihn hereinfällt. Das ist mir völlig gleichgültig. Es geht mir nur um die Kinder, um Katja und vor allem um Moritz. Moritz soll Klassensprecher werden, im Seminar – das bedeutet etwas, weißt du –, und er stammt aus einer wohlhabenden und guten Familie. *Er* wird später einen Stammbaum haben, einen Vater und eine Mutter, auf die er stolz sein kann, und das lasse ich mir nicht von dir zerstören!«

Familienehre! In den Irrsinn gesteigert!

Wie sehr musste sie als Kind unter ihrer ungeklärten Herkunft gelitten haben!

Sie mordete tatsächlich aus Familienstolz – für eine Familie, in die sie hineingeheiratet hatte. Ein Motiv aus dem vorigen Jahrhundert.

»Vivi, ist es das wirklich wert? Schau mal …«

»Du lebst doch von der Ahnenforschung«, sagte sie ruhig, »du solltest es wissen. Ja, das ist es wert! Ein Baum ist so stark wie seine Wurzeln es sind. Ich hatte keine wirklichen Wurzeln. Jeder Wind hätte mich umblasen können. Ja, es ist es wert. Und Jean-Franz denkt genauso! Jean-Franz steht mir sehr nahe. Er sollte nur versuchen zu vergessen … Vielleicht gelingt es ihm ja jetzt!«

Und dann hob sie die Waffe.

»Maren, sag mir, wo die Unterlagen sind.«

Ich sah sie schweigend an und schüttelte den Kopf.

»Glaub nicht, dass dir das hilft. Du hast mir schon genug Ärger gemacht! Ich dachte, wenn ich *Dich* für die Chronik engagiere, besteht keine Gefahr, dass die Wahrheit ans Licht kommt. Du magst vielleicht nicht dumm sein, aber für besonders raffiniert habe ich dich nie gehalten. Hättest Du einfach nur deinen Job gemacht – das vorhandene Material hübsch zusammengestellt, ab und an nett mit mir geplaudert –, dann stündest du jetzt nicht hier. Ich habe dich unterschätzt – ärgerlicherweise.«

Ein zweifelhaftes Lob, zumal wenn das eigene Leben an einem seidenen Faden hing. Was für Vivi nur ärgerlich war, würde für mich tödlich sein.

»Aber Vivi, warum dann diese Chronik? Warum hast du mich hierher gerufen?«

»Ich habe es dir doch erzählt – wegen Tante Johanna. Ich musste jemanden damit beauftragen, sie bestand auf dieser Chronik. Andernfalls wollte sie ihr gesamtes Vermögen dem Stift Traubenhöhe überschreiben. Als Onkel Franz sich umbrachte, hat er nur das Restaurant an Jean-Franz vererbt – alles andere ging an seine Zwillingsschwester. Maren, wir haben zwei Kinder, die standesgemäß aufwachsen sollen. Dann die Praxis. Und Jean-Franz will in sein Restaurant investieren. Der Wahlkampf für Roswithas Mann und Uschs Luxus-Boutique – wir brauchen das Geld.«

Tante Johannas Erbe! Der Kloß in meinem Hals wuchs. Sollte deshalb auch ich hier sterben, im Klostergarten von Maulbronn?

»Maren, das reicht. Gib mir jetzt die Notizen! Du hast sowieso keine Wahl. Wenn du mir nicht sagst, wo sie sind, werde ich dich erst recht erschießen. Dann wird sie niemand jemals finden!«

Letzte Chance, dachte ich. Mir war schlecht.

Vivi stand vor mir im Sonnenlicht, ihre Farben waren viel zu grell. Ich hatte Todesangst, aber ich musste es versuchen.

»Nein? Was meinst du wohl, wie ich sie gefunden habe? Das kann jederzeit wieder geschehen. Willst du Sonja auch umbringen?«

Sie zögerte. »Sonja?«

»Du wirst ewig vor einem weiteren Erpresser zittern müssen, Vivi. Und was ist mit Tante Johanna? Willst du ganz Maulbronn unter Kontrolle halten? Wegen einer Geschichte, die mehr als hundert Jahre alt ist?«

Sie kam näher, die Waffe immer noch auf mich gerichtet.

Ich wich zurück, zu weit, ich stolperte, fiel gegen die Wand, und der Stein, den ich nur lose befestigt hatte, wackelte.

Verdammt, sie war zu intelligent. Natürlich sah sie ihn.

Und lächelte dünn.

Eines ihrer tausend Lächeln. Diesmal tödlich.

»Darum werde ich mich später kümmern. Ein Schritt nach dem anderen. Trotzdem – danke, Maren.«

Jetzt würde sie mich tatsächlich töten.

Die Südstadt erschien vor meinem Auge, mein Haus, meine Straße, mein Balkon.

Kann es sein, dass man in seiner letzten Sekunde an die Stammkneipe denkt?

Tränen. Ich schloss die Augen.

Dann der erwartete Schuss.

Ich warf mich zur Seite, spürte einen brennenden Schmerz am Arm. Hörte, wie ein zweiter Schuss fiel. Aber er traf mich nicht.

Ich öffnete die Augen, als Vivi aufschrie, und sah sie in die Knie sinken: Aus ihrem Bein quoll Blut.

Vier Polizeibeamte waren plötzlich da, darunter erkannte ich Elfie. Ich hatte nicht gedacht, dass ich einmal froh sein würde, sie zu sehen. Um mich herum verschwamm alles in Nebel.

Irgendwo war auch Thomas.

Noch ein Schuss. Jetzt war überall Blut auf Vivi.

Da war Thomas, neben uns. Sein Gesicht voll Schmerz.

Um wen trauert er?, dachte ich.

Und dann fiel ich in Ohnmacht.

Im Krankenhaus von Maulbronn wachte ich auf. Es roch nach Sauberkeit und frischen Bettlaken.

Matthias saß neben mir. Er sah besorgt aus wie ein Dackel. Fast zum Lachen, wenn nicht alles so schrecklich gewesen wäre.

Es dauerte nur eine Sekunde, bis mir alles wieder einfiel. Ich wollte etwas sagen, aber Matthias hielt mir ein Glas Wasser hin. Und erzählte selbst.

Ach, die Auflösung war so traurig.

»Frau Kohlschröter kommt heute Mittag, um mit dir zu sprechen. Nebenbei bemerkt, eine sehr sympathische Frau. Hat ihr Leben gut im Griff. Habe sie auf ihre Lebensversicherung angesprochen. War nicht abgeneigt. Sehr angenehm. Sie lässt dich jedenfalls grüßen und hat mir das Wichtigste berichtet …«

Ich wünschte mir, wieder taub zu sein. Ich wollte es nicht hören.

Die Liebe, sie hatte getötet.

Die Liebe, sie hatte mich gerettet.

Sonja hatte sofort die Papiere von Werner Baitz, die ich ihr überlassen hatte, gelesen. Dabei hatte sie ein Liebesgedicht gefunden, das er ihr gewidmet hatte – wohl bevor er diese unselige Leidenschaft für Vivi entdeckt hatte. Nun wollte sie seinen wirklichen Mörder mehr denn je gefasst sehen.

Baitz: Er hatte Vivi, die für ihn Unerreichbare, erpresst mit seinem Wissen über die Urbans. Seit einem Jahr hatte er bereits einen Verdacht gehabt und immer wieder an dem Feuer gezündelt, das ihn schließlich verzehren sollte. Hatte Thomas von all dem gewusst?

»Bei den Urbans gab es wohl seit dem Freitod von Onkel Franz so etwas wie eine kollektive Ahnung, dass etwas nicht stimmte, doch wirkliche Beweise fehlten. Man ließ die Sache auf sich beruhen, wahrscheinlich wollte man es gar nicht so genau wissen.

Tante Johanna aber konnte das Schweigen nicht ertragen. Onkel Franz musste ihr von Fredericks Mord erzählt haben. Schwer getroffen vom Tod ihres Zwillings, wollte sie die Wahrheit ans Licht bringen – sie glaubte wohl, ihm das schuldig zu sein. Die beiden hatten sich sehr nahe gestanden. Tante Johanna wollte ihre Familie dazu bewegen, sich ihrer Vergangenheit zu stellen: Ihr Bruder sollte nicht ganz umsonst gestorben sein. Aber sie wagte es nicht, selbst die dunkle Vergangenheit der Urbans öffentlich zu machen. Hatte Thomas als ihr Arzt nicht die Möglichkeit, sie für unmündig zu erklären? Sie kannte seine Entschlossenheit. Und: Sie hatte keine Beweise.

Onkel Franz hatte nichts Schriftliches hinterlassen, und Tanta Johanna selbst war zu alt, um noch danach zu forschen. Sie hatte ja nicht wissen können, dass sie nicht die einzige war, die Bescheid wusste.

In ihrer Verwirrung war ihr dann die Idee mit der Chronik gekommen. Ein Werk, das die Arbeit ihres Bruders fortsetzen und zugleich seinem Tod nachträglich einen Sinn geben sollte: Sie wollte sein Andenken bewahren.

Also hatte sie die Erbschaft an diese Bedingung geknüpft.

Und die schlaue Vivi hatte gedacht, sie könnte das Risiko minimieren, wenn sie mich, eine alte Studienfreundin, mit der Chronik beauftragte. Sie war sich ihres Einflusses auf mich sicher gewesen. Ich würde ihr dankbar sein für den Job – und nicht allzu genau nachfragen. Deshalb hatte sie mich engagiert.

Ausgerechnet Thomas hatte ihre Pläne durcheinander gebracht.

Thomas, der in meinem Bett gelegen hatte, während seine Frau einen Mord plante.

Der über *uns* nachgedacht hatte, während *sie* ihr Opfer erschoss.

Vivi und Baitz: Nachdem er die volle Wahrheit über Frederick Urban herausgefunden hatte, hatte er seinen Druck verstärkt – in dem gefährlichen Glauben, die Unerreichbare dadurch für sich gewinnen zu können. Und Vivi hatte ihren tödlichen Entschluss gefasst.

Von meinem Apparat aus hatte sie ihn an jenem Nachmittag, als sie bei mir Karlsruhe gewesen war, auf seinem Handy angerufen, um sich mit ihm zu verabreden. Diesen Anruf hatte Baitz offensichtlich wieder gelöscht.

Aber Thomas – welche Ironie! – hatte ohne mein Wissen die Wiederwahltaste gedrückt, als er abends bei mir gewesen war. Ich hatte ihm ja zuvor erzählt, Vivi habe zu Hause angerufen. Misstrauen? Echte Sorge? Oder nur Zufall? Ich weiß es nicht. Doch er war bei Baitz gelandet und hatte gleich wieder aufgelegt. Und dabei meine Telefonnummer auf Baitz' Handy hinterlassen, wo die Polizei sie nach dem Mord vorgefunden hatte.

Vivi und Baitz! Es fiel mir schwer, sie mir gemeinsam im Park vorzustellen.

Baitz musste sterben. Mit seinem Wissen über den Aufstieg der Urbans und den Mord an dem Repetenten hätte er die perfekte Welt der angesehenen Familie zerstören können: Moritz' Zukunft im Seminar, die politische Karriere von Roswithas Mann, vielleicht auch Thomas' Praxis. Wer lässt sich schon gerne von dem Nachkommen eines Mörders behandeln?

Vivi war so enttäuscht gewesen von ihrer neuen Familie! Alles war schlimmer gewesen, als sie sich je erträumt hatte.

Nicht Baitz hatte nämlich im Frankfurter Archiv der Familie Urban nachgespürt, so erfuhr ich von Matthias, sondern es war Vivi selbst gewesen! Bevor sie mich oder jemand anderen beauftragte, Tante Johannas Wunsch zu erfüllen, wollte sie sich selbst vergewissern, was hinter Baitz' Drohungen steckte. Den frühen Dieb hätte sie noch verkraftet, aber den Mörder nicht mehr.

Vivi hatte so sehr von einer perfekten Familie geträumt!

Daher hatte sie alles daran gesetzt, den schönen Schein aufrecht zu erhalten. Sie konnte die unschöne Wahrheit nicht ertragen. Nicht einmal ihrem Mann hatte sie sich anvertrauen können – und so hatte sie eine perfekte Angriffsfläche für den von ihr besessenen Baitz abgegeben.

Vivi hatte ja nicht ahnen können, dass nicht nur Baitz, sondern auch Tante Johanna Frederick Urbans dunkle Geschichte kannte. Vielleicht hatte das der alten Dame das Leben gerettet.

Ich ließ den Kopf in die Kissen sinken.

»Hast du Schmerzen?«, fragte Matthias. Ich schüttelte den Kopf.

»Ich habe Frau Kohlschröter am Nachmittag verständigt!«, erklärte er und deutete sich auf die knochige Brust. »Da drin hab ich gespürt – es stimmt was nicht!«

Ich sagte nichts, zwang mich zu einem dankbaren Lächeln.

Doch gerettet hatte mich Sonja.

Das verspätete Liebesgedicht hatte sie dazu gebracht, die Polizei zu alarmieren – und mich damit ins Leben zurückzuschubsen.

Sonja: Sie wollte verhindern, dass Werners Mörder unbestraft blieb. Sie hatte zwar nicht gewusst, was mir die gefundenen Aufzeichnungen verraten hatten, aber sie hatte mich besser beobachtet, als ich geglaubt hatte – und sie traute mir nicht.

Was, wenn ich den Mörder geschont hätte?

Wenn es Thomas gewesen wäre? Was hätte ich getan?

Deshalb hatte sie der Polizei von dem Rosenstein in der Klostermauer berichtet. Die Polizei hatte sofort den genannten Ort aufgesucht – in der Hoffnung, entweder den Mörder oder mich dort anzufinden. Und so war es auch geschehen.

Elfie Kohlschröter schien zumindest Intuition zu besitzen.

Ich schloss die Augen. Sehnte mich danach, nichts mehr hören und nichts mehr fühlen zu müssen.

Vivi! Ich sah noch vor mir, wie sie mit mir durch Karlsruhe lief, wie sie die Karten für einen Opernball kaufte, auf dem sie niemals mehr tanzen würde … Wie ich ihr nachgewinkt hatte.

Doch sie war nicht nach Hause gefahren.

Den Film in Bretten, dessen Handlung sie der Polizei hatte beschreiben können und der erst am gleichen Tag angelaufen war – mein Gott, es war so einfach: In der Karlsruher Schauburg war er an jenem Nachmittag ebenfalls gezeigt worden. Auf Englisch, unter einem vollkommen anderen Titel. Ich erinnerte mich noch gut an das Filmplakat, das ich mit Vivi zusammen studiert hatte. »City Love!«

Hatte sie damals schon alles geplant?

Die Sache mit dem Film – manchmal lohnte es sich, eine Fremdsprache zu beherrschen –, darauf war die Polizei nicht gekommen. Von 17 Uhr bis 19 Uhr war Vivi in Karlsruhe im Kino gewesen. Danach hatte sie ihren Erpresser getroffen. Zeit genug, mit Baitz zu sprechen und ihn am Ende – vielleicht als letztes Mittel? – zu erschießen. Oder hatte sie das die ganze Zeit vorgehabt?

Ich schauderte, als ich hinter dem zerrissenen Schleier, der so lange die dunklen Seiten von Vivis perfektem Leben verborgen hatte, die Wahrheit höhnisch hervorlugen sah.

Ja, sie hatte alles geplant.

Die fingierten Anrufe bei Usch und den anderen: Sie hatten erst begonnen, nachdem Roswitha, die scharf beobachtete, zweimal hintereinander miterlebt hatte, dass ihre Schwägerin unerwünschte Anrufe bekam. Vivi hatte stockend erzählt, ein Unbekannter habe in den Hörer gestöhnt. Bald darauf bekamen auch Usch und Roswitha anonyme Anrufe.

Vivi hatte mit allen Mitteln verhindern wollen, dass jemand von der Erpressung erfuhr. Dass nur sie bedroht war.

Warum Baitz sie in der Hand hatte.

Eiskalt war sie. Dieser Mann sollte ihr einmal gefundenes Familienidyll nicht zerstören.

Die zarte, die warmherzige Vivi: Keiner hatte hinter der Fassade der zerbrechlichen Weiblichkeit, in die sie sich gehüllt hatte, das stolze, eiserne Fundament erkannt. *Sie* war die treibende Kraft in der Familie. Liebreizend, charmant, und doch immer noch genauso wie damals an der Uni: eisern.

Menschen verändern sich nicht. Wie hatte ich das nur übersehen können!

Der schöne Schein der Urbans, er hatte getrogen. Mit einem Mord hatte der Aufstieg der Familie begonnen, ein Mord beendete ihn.

Vivi hatte sich selbst erschossen, mit der Pistole ihres Vaters.

Endlich hatte auch sie ihre eigene Familientradition.

Matthias sagte mir, er habe mit den anderen Urbans gesprochen … Roswitha sei am Boden zerstört und hätte nur noch geschluchzt. Roswitha, die Schwägerin, die Vivi mir so gerne als Belastung hingestellt hatte: Sie hatte die schöne, feine Frau ihres Bruders in Wahrheit geliebt und bewundert. Sie hatte sogar einen Privatdetektiv engagiert, um den in ihr aufkeimenden Verdacht, dass Thomas fremdging, zu beweisen. Um den Bruder zu zwingen, damit aufzuhören!

Ich schloss wieder die Augen. Sperrte meine Tränen ein.

Was mochte der Privatdetektiv, den ich in Bretten gesehen hatte, herausgefunden haben? Ich wusste es nicht und ich wollte es nicht wissen. Mein Gefühl galt nun trotz allem Vivi, die ich seit meiner Jugend zu kennen geglaubt und doch niemals wirklich gekannt hatte.

War sie verrückt gewesen? Krank vor Stolz? Verloren in einer Scheinwelt von Luxus, öffentlicher Anerkennung, längst überholten Werten?

Thomas kehrte nicht zu mir zurück.

»Ich muss mich jetzt um meine Kinder kümmern!«, sagte er. »Sie dürfen nicht unter der Tat ihrer Mutter leiden!«

Das würde Vivi gefreut haben.

Nachdem alles vorüber war, mied ich das Kraichgau.

Und doch: Eines Tages schien mein Auto sich seinen eigenen Weg zu suchen, und ich fuhr noch einmal nach Maulbronn.

Einfach nur so.

Wie schreibt Hesse: *»Noch einmal still und ohne Groll zu Gast«*.

Ich wollte das Kloster einfach nur noch einmal sehen, seinen kühlen Stein an meinem Gesicht spüren.

Inzwischen hatte ich meinen Hesse gelesen, beinahe alle dieser kleinen grauen Bände, die ich noch zu Hause entdeckt hatte. Und ich wusste, dass der Zauber des Klosters auch mich nie mehr loslassen würde.

Hesse hatte eine »*geheime und holde Beziehung*« zu den Säulen und den Türen, den Altären und den Brunnen gehabt. So ging es auch mir.

Sie spendeten mir Trost.

Ich las seine Gedichte, und ich fand darin meinen Schmerz wieder.

Jeden Abend dachte ich an Thomas und an Vivi und an ihre tödliche Verblendung. Hesse konnte mir helfen.

»An schlecht verheilter Wunde litt ich lang
Nun liegt er fern und wird zum Traumgesichte
Und wird in guter Stunde zum Gesang.«

Auf diese gute Stunde werde ich warten.

G. BRAUN BUCHVERLAG
Karlsruhe
www.gbraun-buchverlag.de

Titelfoto: Steffen Harms / Tania Velivello
Titelgestaltung: Steffen Harms, Karlsruhe
Satz: post scriptum, Emmendingen / Hinterzarten
Lektorat: Patricia Keßler
Gesamtherstellung: Karl Weinbrenner & Söhne GmbH & Co. KG,
Leinfelden-Echterdingen

ISBN 3-7650-8327-5